太宰治の〈物語〉

遠藤 *Endō Yū* 祐

翰林書房

太宰治の〈物語〉◎もくじ

この一冊を、ともにいろいろな物語に親しんできた宮本知宙君に捧げる。

太宰治の〈物語〉

1 上野発一〇三列車

一九三三（昭8）年二月十九日発行の『サンデー東奥』に掲載された「列車」は、「太宰治の筆名で発表された最初の作である」[*1]という。すなわちここから、津島修治は太宰治となったわけである。それにしても、原稿にしてわずか〈十枚〉のこの短篇には、いったい、いかなる意味を求めることができるのか。

作品「列車」は、まず〈列車〉そのものについて語るところから、始まっている。この列車を牽引する蒸気機関車の製造年と製造所と形式、列車の編成と発車時刻、そして列車番号に触れる冒頭の語りは、小説のそれというより、鉄道関係誌の解説記事を想わせて、読者の意表をつく趣きをもつ。奥野健男氏の「解説」[*2]もその点を意識したようで、「書き出しの列車の描写など新感覚派的であるが」と、評している。そういわれると、なるほどこれは〈新感覚〉にもとづく手法なのかとも思う。この評言の背後には、おなじく列車の連想から、横光利一の短篇「頭ならびに腹」の〈書き出し〉、「特別急行列車」の疾走を伝える一節、新感覚派の文体の範例として著名な〈描写〉などが、思い浮かべられているだろうか。

しかし「列車」が、横光のいう「自然の外相を剝奪し物自体へ躍り込む主観の直感的触発物」[*3]としての感覚の作用を、表現の基底に据えた作品でないことは、列車に触れた語りに続いて、「番号からして気持が悪い。一九二五年からいままで、八年も経つてゐるが、その間にこの列車は幾万人の愛情を引き裂いたことか。げんに私が此の列車のため、ひどくからい目に遭はされた」という、「私」のコメントがあるので、明らかである。これは、事物そのものに語らせようとする〈新感覚〉の試みではなくて、「私」が語り手としてみずからの想いを語る短篇にほかならない。前記「解説」も、もちろんそのことを認めていて、さきの引用の逆接辞をうけて、「モチーフは、弱さ、虐げられた美しき人々への無限の愛情であり、善意の挫折である。心の美しさ、やさしさが、かえって人をも自分をも傷つけるのだ」と、解説している。きわめてヒューマニスティックな主題が「列車」にたずねられているわけで、そういう視点は、個々の人間存在の解体という認識に根ざす、新感覚派の作品からは生まれてこないはずである。

では、どうして「列車」の「私」は、いきなり列車そのものを、しかも解説記事風の細かさで語るのか。奇をてらったとは思われない。それで人を驚かすつもりがあったのでもないだろう。おなじ作者による「思ひ出」の「私」は、叔母とともに生家の門口に立っていた幼時の思い出、おそらく人生の最初の記憶から語り始めて素直だし、「魚服記」の語り手もまた、地誌的な示し方に多少の眼新しさを感じさせるものの、広範なロケーションから次第に焦点を絞りこんで、語りの舞台の一地点を浮かびあがらせる、ごく普通の手法をとっている。いずれにも横光のようなあくの強さはない。「私」は、題を「列車」としたのにならって、自身のもっとも気になる列車そのものを、まず提示したかったのではなかろうか。のちに詳しく触れたいが、作の後半、出来事を具体的に語る場面でも、「私」の視線は幾度か、列車の方に向けられているのである。そういう情況を、展開に即して読みとることが、「列車」論には必要であるらしい。とともにその問題はどうしても、はじめに記した、「列車」は「太宰治の筆名で発表された最初の作」という事情にかかわっていくようである。そこで作品成立のあり様を、山内祥史編『太宰治全集』[*4]第一巻の「解題」に拠って、確かめておくことにする。

編者による詳密をきわめた「解題」は、そのはじめに収録作品の「配列は執筆推定年月日順にしたがっている。ただし、のちにかなりの加筆をして初出稿が成ったと推定される場合は、脱稿推定年月日順にしたがった」と記して、全集の編纂方針を示している。ここに「推定」とあるけれども、それは、関連の諸資料・考証・論考をつぶさに検討したうえでの、いわばぎりぎりの処まで突きつめたそれであって、限りなく事実に近い「推定」というべきだろう。この手続きにしたがって、「列車」の「初稿脱稿は、昭和七年三月下旬であろう」とされ、「その後、芝区白金三光町二七六に居住していた昭和八年一月頃にも「手を入れ」て、「つい先月」を「つい昨年の冬」とするなど、作品の現在を改竄時点に改めた投稿原稿十枚を書きあげ、昭和八年一月下旬から二月上旬までの頃に、賞金目当てに旧知の「東奥日報」記者竹内俊吉あてに送付されたものと推定され」ている。こういう経過をたどって、「「列車」は、昭和八年二月十九日発行の「サンデー東奥」第二百三号の「乙種懸賞創作入選」欄に発表された」という。

「賞金目当て」ではあっても、作自体に歪みのないことは、一読すれば明らかだろう。これは、全体の運びとまとまりにおいて、たしかな文体と表現において、習作とは一線を画した、紛れもない〈作品〉だといえる。おなじく「解題」に従うと、一九三二（昭7）年中の執筆と推定される三作のなかで、「列車」は、「思ひ出」「魚服記」に一歩先んじていることが、明らかとなる。

すなわち原稿で「十枚」のこの短篇は、津島修治ならぬ〈太宰治〉の処女作にほかならない。作者自身は、エッセイもしくは自伝的と目される作品のなかで、「思ひ出」を、ときに「魚服記」を挙げて、「列車」には言及していない。たとえば「処女作は二十四歳のとき同人雑誌に発表した「思ひ出」」[*5]、「今では、この「思ひ出」が私の処女作といふ事になつてゐる」[*6]と書き、「昭和八年、私が二十五歳の時に、その「海豹」といふ同人雑誌の創刊号に発表した「魚服記」といふ十八枚の短篇小説は、私の作家生活の出発になつた」[*7]と書いている。にもかかわらず、「列車」が太宰治の〈作家生活の出発になつた〉ことは、事実として動かせないと思われる。そのことが、「私」の語りを「列車」たらしめている意味と深くかかわっていると、みなければならない。作中に姿をみせる列車は、しかも、プラットフォームで出発の合図を待つ——のである。

*

「列車」が一九三二年の三月下旬に書かれ、翌年のはじめに改訂されたと考えられることを、全集第一巻の「解題」でみた。視線を作品に転じると、最初の一段に「一九二五年からいままで、八年も経つてゐる」とあるのが、眼につく。その「いま」とは、とりもなおさず「私」の語る〈いま〉以外ではありえない。したがって単純計算をすれば、一九二五年の八年後、一九三三年の〈いま〉が語りの現在であって、それは、改訂つまり「列車」の完成の年代と一致する。そうなのだろう。作者はおそらく初稿に「手を入れ」る現在に「私」をおいて、語らせているのにちがいない。だからこそ「解題」の伝える、「つい先月」から「つい昨年の冬」への改訂が、生きてくる。というより作者の作品に対する意識の在り様が、おのずからそれを必要としたのである。「解題」により即してみると、一九三三年の「一月頃」に「私」の語る、その出来事が「つい先月」のことであれば、それは昨年の十二月に起こったわけで、ならば表現としては「つい昨年の冬」とした方が落ち着く、と作者は判断したのだと思う。ということになって、「列車」の伝える「汐田がテツさんを国元へ送りかへした時」に、「私が此の列車のため、ひどくからい目に遭はされた」のは、一九三二年の十二月中のことであったと、想定できるのである。

「列車」の第二段で、「私」は、自身と汐田ならびにテツさんをめぐる今日までの経緯を、紹介しているのだが、そこに、「私」と汐田が地方の高等学校（旧制）を卒業して「東京の大学」にはいって、「それから三年経つてゐる」とあり、「汐田は私とむつまじい交渉を絶つてから三年目の冬に、突然、私の郊外の家を訪れてテツさんの上京を告げた」とある。作中のトキを問題にしたついでに、「三年経つ」「三年目の冬」というトキの標示にも触れておきたい。汐田は高等学校時代の「私」の友人、テツさんとのロマンスで激しく父親と争い、彼の話に「私」も胸を「轟かせた」という仲であったが、大学入学の当初こそ往来はあったものの、「環境も思想も音を立てつゝ離叛して行つてゐる二人には」昔日の友情は望むべくもなく、「私」とは疎遠になって、時が過ぎたという。そのような彼らの大学入学から「三年経つてゐる」時点とは、先の「いま」、語りの現在をさすだろう。すると大学入学は「いま」から三年前、一九三〇（昭5）年の春のことになるわけだ。その後間もなく離れてしまった汐田が、「突然」、「私」の前に姿を現わすのが、「交渉を絶つてから三年目」すなわち一九三二年の「冬」である、という。「三年経つ」と「三年目」と、語りは、トキの経過を微妙に使い分けながら、「汐田のだしぬけな来訪」と、それとの繋がりで「私」が「からい目」をみることとなった「つい昨年の冬」とを、かさね合わせていく。

汐田の出現は、テツさんの上京にもとづく。郷里で彼の「卒業」を、換言すれば結婚の約束の実現を待っていた彼女は、ついに「待ち兼ねて、ひとりで東京へ逃げて来たのだつた」。ということは、大学に進んで以来この時点まで、汐田がテツさんにおのれの消息をろくに伝えていない情況を、暗示しているだろう。〈青春の熱狂〉を、大学よりもひと足早く〈卒業〉した汐田にとって、テツさんの出奔は迷惑以外のなにものでもない。厄介な荷物をはやく片付けたい、「どうしたらいいだらう」——すでに「無学な田舎女」と結婚して〈大人〉となっている「私」は、そういう「訪問の底意」をただちに見抜き、別れるほかはなかろうと「直截に」反応する。その結果、「四五日して」テツさんの帰郷を報ずる速達が届き、「私は頼まれもせぬのに」彼女を見送る「覚悟をきめた」という運びとなって、語りは第三段、上野駅の場面を迎えるのである。見送りの場に、実は、汐田は姿を見せないのだが、それが予定の行動だったことは、速達にしたためられた言葉、「あすの二時半の汽車で帰る筈だ」によって、わかる。「私」も、逃げを打つ汐田の無責任さを感知したからこそ、「即座に」見送りに行こうと決めたのではないか。だがそうしたところで、テツさんのために、何がどうなるわけでもない。第二段のおわりの一行、「私にはさうした軽はづみなことをしがちな悲しい習性があつたのである」は、そういう事態をのちに踏まえた「私」の、語りの現在におけるみずからへ向けたコメントにほかならない。

ちなみに、「私」と汐田が大学に進んだ一九三〇年の春に、津島修治も東大仏文科に入学している。彼がどれほど講義や演習に出席し、試験を受けて何単位修得したかはわからないが、順調にゆけば、太宰治となって「列車」を発表する年の三月に、卒業するはずであった。しかし、当然のことのように卒業はしていない。以後年譜をたどると、一九三五(昭10)年の条りに、「三月、東京帝大は落第と決定」とあり、「同月〔九月—筆者注〕三十日付、授業料未納の廉により、東京帝大を除籍された」とあって、太宰治と大学との関係は片がつく。*8

ならば「私」の場合はどうか。もちろん「列車」を語る時点よりのちのことは、わからない。卒業の時期をまぢかに控えていることは確かだが、はたしてその見込みがあるのやら、ないのやら、まことに心許ない。けれどもそんな心配をするのは、一部の読者の勝手であって、その点について本人は何ひとつ触れてはいないのだ。というよりも語りに即してみれば、いっこうに気にかけていないのが、実情のようである。入学後の「三年」間は「私にとつては困難なとしつきであつた」とはいうものの、「困難」は尋常ならざる結婚生活、「或る思想団体」との関係ならびに脱落の事情などに由来していて、かならずしも学業とはかかわらぬものらしい。そもそも「私」

は、みずからの体験を語りながら、自身が大学在籍の身の上であることなど意識していないのではなかろうか。少なくとも「列車」に接する多くの読者は、大学三年生の「私」を実感しはしないだろう。とともに「私」は、自分がいまどのようにして暮しているかをも、語らない。「無学な田舎女」の妻には、都会で一人前に働くのは無理だろう。「私」がアルバイトでもしているのか、それとも郷里から仕送りがあるのか。だが、「列車」の語り手としては、その辺の事情もどうでもいいことなのだろう。余計な勘繰りは無用だと、「私」に叱られそうである。

とはいうものの、ひとつだけ、どうしても気になることがある。「私」ははたして、太宰治とひとしく創作を自己の本命としているか、どうか——がそれだ。その点についても、「列車」は何ひとつ告げてくれない。けれども「困難なとしつき」を経たという「私」が、漫然と時を過ごしているとは思われない。「三年」の辛酸はやはり「私」に、世間の実態を知らせたはずである。人生は遊戯ではなく、生きるとは厳粛な事実にほかならぬことを、教えたはずである。現に「私」は、テツさんの上京を言い、「どうしたらいいだらう」と相談を掛ける旧友の態度の底にある、甘やかされたエゴイズムを見抜き、「そのやうなひまな遊戯には同情が持てなかつた」と、語っているではないか。帰郷するテツさんの見送りを「即座に」きめた自分に、「軽はづみなことをしがちな悲しい習性」を認めるのも、生きることの厳しさを識ったからであるにちがいない。

そういう「私」の現存には、核になるなにか、みずから拠りたのむものがなければならぬ、と思う。ではその核になるものとは——と問うとき、わたしには、「私」の語りの行為そのものが、きわめて意味深くみえてくる。「列車」におのれを語ること、あるいは逆におのれの語るところに「列車」の題をつけたこと。それはおそらく、「私」にとって、なにごとかのためにする、もしくは他からの要請による行為ではなかったにちがいない。「列車」のどこにも、おのれを語ることへの遅疑逡巡の気配は感じられない。自嘲の姿勢もみられない。とすれば、「私」はやはり語るべくして「列車」を語ったのであり、そうしたいから「列車」の題を与えたのだろう、と思う。なによりもまず〈列車〉を、そしてそれを舞台にした人生の小さなエピソードを口にすることの、「私」における必然性を認めたときに、ようやく、作品の語り手＝主人公と作者とが、わたしの裡で結びつく。賞金を目当てに作品を書いた点が、「私」とはちがうとしても、「列車」にはじめて〈太宰治〉と署名したところに、語るべくして語った「私」とひとしく、それを書くべくして書いた作者太宰治の意識がうかがわれる、と思うからである。

＊

「列車」の「私」が、しきりに列車を気にしているらしいことを、はじめに記した。「私」を作者に近づけてみれば、それはおのずから、太宰治もまた「列車」を書きながら、「上野から青森に向けて走」るべきこの列車に無意識ではなかったことを、伝えてくれるだろう。その点についてはすでに、山内祥史氏に次の指摘のあるのを、忘れてはならない。「作品「列車」は、〈私〉が「ひどくからい目に遭はされた」〈列車〉の、在り様そのものを物語ろうとした作品であ[9]」る、と氏はいう（傍点原文）。動かぬ読みであって、わたしもこれに従いたい。そこで、標題となり、冒頭に提示され、具体的には語りの後半に姿をみせる、列車そのものにいささかこだわることにしよう。

　問題点はふたつある。ひとつは列車を編成する各種の車輛、ならびに牽引する機関車が、「一九二五年に梅鉢工場といふ所でこしらへられた」ものであること。他はこの列車の「列車番号は一〇三」であるということ。

　製造所とされる「梅鉢工場といふ所」は実在しない。しかし鉄道関係の図書雑誌を参照すると、大正後期から昭和戦前にかけて、梅鉢鉄工所という鉄道車輛メーカーの存在したことがわかる。たとえば、現在の西武鉄道の前身である武蔵野鉄道・旧西武鉄道には、同社製のデハ一〇〇形（大11）・サハ一〇五形（大12）・モハ二〇〇形（昭16）などの車輛が在籍していた[10]。「梅鉢工場」の名称はこれから想いつかれたのかもしれない。ただし、梅鉢鉄工所はいわゆる電車（電動客車・付随車・制御車・荷物電車）の製造をもっぱらとしていたようで、前記山内文に紹介されている長篠康一郎氏の〈「太宰治の文学」（『西播文学』第四十八号、昭和四十六年十月十日発行）[11]〉の調査が明らかにするように、蒸気・電気・ディーゼルを含めて、機関車を製造した形跡はない。そこから、ではなぜ「列車」では〈梅鉢〉なのかが問題とされ、さらには登場する車輛群の

「こしらへられた」年代が「一九二五年」であるのかが、作者の生涯に即して問われることになるのである。けれどもそれらの探索は、山内文・長篠文に委ねて、ここには、前記「太宰治の文学」を紹介する「作家太宰治の誕生」の一節を、参考として掲げさせていただく。

　機関車の製造年を作者のフィクションとする長篠氏の「結論」、およびそれに基づく視点に触れて、「「一九二五年」は、太宰治が『蜃気楼』を創刊し「作家になろうと志した思い出のとしであった」と、注意をうながしたことは、画期的であった」とする山内祥史氏は、論点をさらに進めて、「私見によれば、作品「列車」は、「作家になろう」という〈ひそかな願望〉の、出発を象徴する作品であり、また、「一九二五年に梅鉢工場といふ所でこしらへられた」という〈列車〉は、その〈ひそかな願望〉の、象徴としての意味をひきずっている」（傍点原文）とみる。わたくしはこの見解につけ加えるべきものを、多くもたない。もしなにかをいうとすれば、もう少し「私」により添って、事態の展開をみつめたら、どうなるのかということぐらいであろうか。

　いまひとつの「列車番号」については、当時すなわち一九三二、三年の時刻表を調べれば、一〇三列車が実在したかどうかはすぐ解るわけだが、残念ながら手許にはない。たださいわい『鉄道ピクトリアル』誌に関連する記事[*12]をみつけたので、それらによって確認してみたい。その前に、「私」の語る列車そのものを、改めて眺めておこう。「一九二五年に梅鉢工場といふ所でこしらへられたC五一型のその機関車は、同じ工場で同じころ製作された三等客車三輛と、食堂車、二等客車、二等寝台車、各々一輛づつと、ほかに郵便やら荷物やらの貨車三輛と、都合九つの箱に、ざつと二百名からの乗客と十万を越える通信とそれにまつはる幾多の胸痛む物語とを載せ、雨の日も風の日も午後の二時半になれば、ピストンをはためかせて上野から青森へ向けて走つた」、そして「列車番号は一〇三」。「私」はそう云っていないけれども、この編成が示すように、作品「列車」の「一〇三列車」は、急行列車にほかならない。

　周知のように、上野・青森間の直通列車には、東北本線経由と常磐線経由との二種類があった。調べてみると、国鉄（現ＪＲ各社）では、「列車」冒頭にある一九二五年の翌二六（大15）年八月十五日に、「全線（九州は九月十五日）の時刻大改正を実施」[*13]するとともに、東北・常磐両線の線区別列車番号の見直しをも行なって、東北本線は一〇〇台に、常磐線は二〇〇台に、改めた。その結果上野発青森行急行・一〇三列車が生まれることになり、同時に「本線経由一〇三・一〇四[*14]レは、一等寝台車を廃止して二等寝台車だけとなり、また洋食堂車を和食堂車に変更」[*15]したという。この一〇三列車は、次の一九二九（昭4）年九月十五日の時刻改正の折、Ｃ五一形機関車の牽引となり[*16]、また上野発の時刻が13時から14時・午後二時に繰り下げられた。これで実在の列車は作中の「一〇三列車」のイメジにかなり近づいたわけだが、さらに一九三〇（昭5）年十月一日、一九三二（昭7）年十一月二十日の時刻改正によって、上野発が、それぞれ14時30分、そして14時35分へと変更されている（両改正とも青森着は6時20分と変わらない）。やや煩雑な叙述をかさねたけれども、ここに至って、「私」の語る「一〇三列車」は実在のそれと一致することが、明らかになろう。

ただしそれで問題がすべて解消したのではない。発車時刻にかかわって、「私」は「午後の二時半」といい、あとの汐田の速達にも「あすの二時半の汽車」とあるからだ。もしこれが精確な情報であれば、先程の時刻改正と照らしあわせて、テツさんの帰郷、「私」の見送りのトキは、一九三二年の十一月十九日以前でなければならぬ。だがそうなると、はじめに「列車」の成立のプロセスに基づいて〈想定〉した〈十二月中〉と、矛盾をきたす。「つい昨年の冬」とは、前年の十一月までを含めた表現と、受けとるべきなのだろうか。それにしても「つい」が気になる。「時間、距離、数量などが、ほんのわずかであるさまを表わす[17]」語にほかならぬ〈つい〉は、空間でいえば〈手の届くところ〉を指す。その語感と、先にみた「つい先月」の置き換えという点から推して、「つい昨年の冬」はすぐ前の十二月を意味する、との印象をわたしはどうしても消しがたい。「朝から雨が降つてゐた」見送りの日は、やはり時刻改正よりあとであって、テツさんを郷里に運ぶはずの「一〇三号のその列車」の発車時刻は、14時35分になっていた、と解した方がよいと思われる。では「列車」ではどうして「二時半」なのか。それはおそらく、汐田や「私」が発車時刻を、時刻表どおりではなく、頭にはいりやすいラウンド・ナンバーで憶えていたためなのであろう。「私」はともかく、おのれの都合だけで「テツさんをくにへ返す」汐田にとっては、彼女の乗る列車の精確な発車時刻など、どうでもよかったのかもしれない。

ちなみに「上野駅一〇〇年史[18]」によると、関東大震災で倒壊、焼失したのち、仮駅舎で営業を続けてきた上野駅は、一九三二年三月三十一日に新駅舎が竣工、四月五日から使用を開始した、という。これで現在の上野駅のかたちが整ったのである。それゆえ、「しぶる妻をせきたて、、、一緒に上野駅へ出掛けた」と語る「私」の眼には、まだ新しい駅舎のたたずまい、中央広場の宏壮な吹き抜けのドームや、ずらりとならんだ改札口、その向こうに伸びる幾列もの頭端式地平ホームなどの〈威容〉が、映っていたにちがいない。にもかかわらず、「私」が「列車」に、それらの印象をなにひとつ告げていないのは、どうしたわけか。そう問うのは、さかしらな読者の余計な勘繰りなのかもしれない。解読の作業は、作品の伝える範囲内で行うのが、常道であろうから。しかし、当時の情況のひとつを知り、しかも一〇三列車について「私」が細かく事実に即して語るのに気づいたものにとっては、それは、いささか腑に落ちぬ〈現象〉と思われる。「私」はみずからの想いにとらわれて、新駅の様子など心に留める余裕はなかったのか。あるいは、気づいていても、「列車」を語る際に、意識的に切りおとしたのだろうか。いずれにしても、作の後半、上野駅構内での出来事に触れる語りの第三の展開を、「私」は、すでに入線している九輛編成の列車そのものから、具体的に語りだしているのである。

*

一九三二年十二月と推定される、そのある雨の日に、妻をやや強引に伴って、「上野駅へ出掛けた」と「私」はいう。そのようにして始まる第三の展開は、読者をただちに駅のホームに連れていき、いきなりそこに待機する列車にひき合わせる。

一〇三号のその列車は、つめたい雨の中で黒煙を吐きつゝ、発車の時刻を待つてゐた。

この一行に出あって、読者、いや少なくともわたしは驚く。驚くと同時に「列車」のはじめの一段に接したときの、〈おや〉という感触を想いだして、なるほどこれは冒頭部分と呼応する一行なのだと、うなづくことができるのである。家を出てから上野駅へ着くまでの、着いてからホームへ出るまでの経過が、前とのツナギとして多少とも触れられた方がいいのではないか、と思わぬではない。だが、そうすると、せっかく冒頭に提示した上野発青森行急行、「列車番号は一〇三」のこの列車の「私」の語りに占める意味の重さは、減殺されるおそれのあることに、留意する必要があるだろう。「列車」の主要な場面でも、すべてに先立って列車そのものの在り様が示されることのもたらす効果は、大きい。読者に、列車はやはり軽視できないとの想いを抱かせるからである。

ホームに出た「私」と妻は、見送るべき人の姿を求めて、列車の最前部まで行く。「テツさんは機関車のすぐ隣の三等客車に席をとつてゐた」のである。テツさんを認めて声を掛け、挨拶をかわした「私」は、彼女に妻を紹介するのだが、そこで思いがけない情景にぶつからなければならない。似た境遇に育ったもの同士だから、妻はきっとテツさんの傷心のよき慰め手になるだろうという予期に反して、二人はとり澄ました「無言」の対応を示すにとどまった。その情況を、自身の〈独断〉が「まんまと裏切られた」と語る「私」は、すでに触れたように、おのれの「軽はづみなことをしがちな悲しい習性」を噛みしめているにちがいない。のみならず、上野駅のホームで、一〇三列車の先頭車輛「スハ134273」[*19]（と「私」はいう）の車窓附近に展開された予想外の情景、テツさんと妻とそして「私」のあいだに生じた、冷たくしらじらしい空気を、いやというほど吸ったとき、すでに「私」は「悲しい習性」に気づかされていたかとも思われる。

14時35分の発車までのわずかな時《とき》を、「まのわるい思ひ」で、また「そのやうな光景を見て居れなかつたので」その場を離れて、電気時計を仰いで「堪らない気持」になって、ついには「他人の身の上まで思ひやるやうな、そんな余裕がなかつた」というところまで、心理的に追い詰められて過ごす「私」の胸に宿るのは、すべては〈身から出た錆《さび》〉の哀しさ・苦さ・辛さであったにちがいない。「列車」の第一段で、「私」は、走りはじめてからいままでの「八年」間に「この列車は幾万人の愛情を引き裂いたことか」と語ったあとに、「げんに私が此の列車のため、ひどくからい目に遭はされた」とのコメントを、つけくわえていた。その「ひどくからい目」とは、ほかならぬこの〈身から出た錆〉の思いを痛感させられたことを指すのではないか、と思う。前とのつながりでいえば、「からい目」はどうしても仲をさかれた苦しみに置き換えられることになるが、「列車」のどこからも、それほどの深い関係が「私」とテツさんとのあいだに存したという解釈は、導かれない。そもそも「私」は彼女と、「三四年まへに汐田の紹介でいちど逢つたことがある」にすぎないではないか。ならば、「私」のコメントはどう受けとればいいのかと、詰め寄られると困ってしまう。さしあたり、語りは後半にアクセントをおいているとみて、「此の列車のため」を、列車そのものに限定しないで、見送るべき人物が「此の列車」に乗ったことの〈集約的表現〉とする受けとり方を、提出しておきたい。

それにしても、問題はやはり列車にあるだろう。「私」が妻とホームに出てから、最後に、妻が客車の横にかかっている「青い鉄札」、つまり行先標示板の「水玉が一杯ついた文字を此頃習ひたてのたどたどしい智識でもつて、FOR A-O-MO-RI とひくく読んでゐた」という発車間際にいたるまで、第三段に経過する時間はさして長くない。にもかかわらず、その間に、「一〇三号のその列車」は、三度にわたって言及されている。その〈はじめ〉の情況とそれのもたらす〈効果〉を、先に考察したけれども、さらに〈なか〉と〈おわり〉とに列車の在り様の示されている点が、興味深い。三度の精確な繰り返し——それは、この場面における列車の所在の重要性を、いっそう鮮やかに伝えていると思えるからである。

「発車の時刻を待つてゐた」列車を眼にしたのち、二人の女性のかもした、しらけた情景に「まのわるい思ひがし」た「私」は、やがてその場を離れて電気時計の下に立つ。そこに

列車は雨ですつかり濡れて、黝く光つてゐた。

とある。そして時計が発車の「三分ほど」前を示したとき、無能無策のわが身に嫌気がさした「私」は、「思ひ切つてテツさんの窓の方へあるいて行」く。そこに

　列車は四百五十哩《マイル》の行程を前にしていきりたち、プラットフォームは色めき渡つた。

とある。さまざまな思わくを潜めた人間模様の語りのあいだにはめ込まれたこれらの列車の姿は、「発車の時刻を待つ」〈はじめ〉のそれとあわせて、自己充実の落ち着きと、時いたれば活々と働く力とに満ちたイメジで、われわれの眼をひきつける。そう語られていないとしても、世に処して無器用な、おろおろするだけの「私」の眼もまた、それに吸いよせられているのではないか。だから語りのすべては「列車」なのだ。「むくれたやうな顔をして」たたずみ、〈青森行〉の文字をたどるのは、妻であって、「私」ではない。「私」は、「ひどくからい目」にあいながら、しかし、〈はじめ〉と〈なか〉と〈おわり〉とに、眼を列車に向けることによって、惨めな想いを相対化し得ているのだ、と思う。

　そのように読めば、「列車」冒頭にいう「雨の日も風の日も午後の二時半になれば、ピストンをはためかせて上野から青森へ向けて走つた」この列車は、語りの後半で、「私」にとっては上野発一〇三列車として意味をもつことが、理解できるだろう。ともに「列車」を作者太宰治の次元に戻して、山内祥史氏の「作家太宰治の誕生」における「〈列車〉の、在り様そのものを物

語ろうとした作品」という読みをも、わたしは素直に受け容れることができるのである。

注

＊1 奥野健男「解説」（新潮文庫『晩年』収載）
＊2 ＊1に同じ。
＊3 「感覚活動」（『文芸時代』一九二五・二）
＊4 全十二巻（筑摩書房、一九八九・六～九一・六）及び別巻一（一九九二・四）。本稿における太宰治の作品・エッセイのテクストは同全集収録のものを使用した。
＊5 「自著を語る」（『月刊東奥』一九四五・一）
＊6 「東京八景」（『文学界』一九四一・一）。なお「苦悩の年鑑」（『新文芸』一九四六・六）にも「いまは私の処女作といふ事になつてゐる「思ひ出」といふ百枚ほどの小説」とある。
＊7 「十五年間」（『文化展望』一九四六・四）
＊8 山内祥史編（『作品論　太宰治』双文社、一九七四・六、所収）
＊9 「作家太宰治の誕生」（『太宰治　文学と死』洋々社、一九八五・七、所収）
＊10 『鉄道ピクトリアル』五六〇号〈特集西武鉄道〉、一九九二・五臨時増刊。
＊11 ＊9の山内文による。
＊12 大久保邦彦「国鉄急行列車変遷史」、三宅俊彦「東北地方における〝多層建列車〟アラカルト」、同「上野―青森間全通一〇〇年　運転のあゆみ」など。
＊13 「国鉄急行列車変遷史」37（『鉄道ピクトリアル』三九七号、一九八一・一二）
＊14 下り一〇三列車に対応する上り（青森→上野）急行列車。
＊15 ＊13に同じ。

＊16 「上野―青森間全通一〇〇年　運転のあゆみ」（『鉄道ピクトリアル』五四九号、一九九一・一〇）
＊17 『国語大辞典』（小学館）
＊18 種村直樹編（『鉄道ジャーナル』一九五号、一九八三・五）
＊19 ＊4の『太宰治全集』第一巻附載の「校異」（編集部作成）に従うと、この個所は、初出「書かれあるスヽ」が、『晩年』初版本で「書かれあるスヽワ」、同改訂本で「書かれてあるスヽワ」と訂されており、全集本では「スヽ」（初出）以外は改訂本の表記が採られている。

2

「魚服記」「地球図」「燈籠」など——〈聖なるもの〉の影——

1

太宰治の作品史において、作者の想像力に、いかに聖なるものの影がおちているか——を、作品のいくつかについて、具体的に見てみたい。具体的とは、それぞれの示す語りの構造に即して確かめるということを、意味したつもりである。

「列車」(昭8・2)にはじまり、「思ひ出」「魚服記」と続き、突然の死による「グッドバイ」(昭23・6〜7)の中断にいたる太宰治の作品史は、一般に、一九三七(昭12)年と四六(昭21)年を境にして、前期・中期・後期に分けられている。わたしもおおむねその区分にしたがうけれども、作品のあり様《よう》にもう少し注意するとき、一九三七年の「あさましきもの」(3月)と「燈籠」(10月)とのあいだに、また四六年の「男女同権」(12月)「親友交歓」(同)および四七年の「トカトントン」(1月)と、「メリイクリスマス」(昭22・1)とのあいだに、線をひきたく思う。

「燈籠」については、あとで作品そのものに詳しく触れる予定だが、そのまえおきの「私は、神様にむかつて申しあげるのだ」[*1]という語り手の言葉の印象が、あまりに鮮烈だからである。世俗の耳には大仰なたわ言《ごと》ときこえるであろうこのセリフは、「燈籠」以前の作品には見当らない。「メリイクリスマス」については、やはりその冒頭の「私はそれまで一年二箇月間、津軽の生家で暮し、ことしの十一月の中旬に妻子を引き連れてまた東京に移住して来たのであるが、来て見ると、ほとんどまるで二三週間の小旅行から帰つて来たみたいの気持がした」という語りに、強く心を惹かれるからにほかならない。けっして短くはない「津軽の生家」滞在が、どうして「私」には「二三週間の小旅行」のように思えるのか。「私」に即して考えたとき、それは、「久し振りの東京」が彼の眼に、以前とまったく変わらないと映ったためにほかならぬ、ということになるだろう。しかし「メリイクリスマス」は、一年三か月におよんだ金木での生活を切り上げて、一九四六（昭21）年の十一月十四日夜東京に戻った太宰治の、「上京後の第一作」[*2]である点に注意すると、どうしても、この一節には「私」をとおして作者自身の故郷に対するひとつの意識が語られていることを、想わないわけにいかない。かつてはみずからに濃く大きな影を投げ掛けていた故郷の所在を、「メリイクリスマス」を書く〈いま〉、太宰治はちょうど双眼鏡をさかさまに覗くカタチで、遠くに置いてみているのではないか。「ほとんどまるで二三週間の小旅行から帰つて来たみたい」（傍点引用者）という語りの背後には、故郷の影、いやそのものを縮小化する意図を読みとることができると思う。そこにわたしは、この「上京後の第一作」の、太宰治の作品史における意味を、読みたいのである。ちなみに「メリイクリスマス」以後、想いに故郷をのぞむ作品は書かれていない。

　作品史のそのような展開のなかで、太宰治が聖書と深くかかわるようになったのは、一九三六（昭11）年、パビナール中毒治療のために、十月十三日から十一月十二日まで東京武蔵野病院に入院したときのことであった。そのことは、退院してから「HUMAN LOST」を書き、原稿を

『新潮』に送った直後の書簡[*3]に、「『なんぢを訴ふる者とともに途に在るうちに、早く和解せよ。恐くは、訴ふる者なんぢを審判人にわたし、審判人は下役にわたし、遂になんぢは獄に入れられん。誠に、なんぢに告ぐ、一厘も残りなく償はずば、其處をいづること能はじ。』入院中はバイブルだけ読んでゐた。それについて、いろいろ話したきことございます」とあるのによって知られるわけだが、ここにひかれた「マタイによる福音書」五章二十五、六節は「HUMAN LOST」の〈四日〉の項にも見えて、太宰治にとっては、肝に銘じた聖句であったと思われる。同書簡には続けて「私の、完全の孤獨を信用せよ」とも記されていて、入院時ならびに退院後のおのれをめぐる情況のなかで、「孤獨」を痛切に意識していた太宰治は、〈山上の説教〉のこの一節に、後年の短篇「トカトントン」[*4]の「某作家」のごとく、「霹靂」を感じたのではなかろうか。

「作品『HUMAN LOST』中の諸語句は、入院中の現実における種々の状況の裡で発想されたものであった」と言える[*5]、とのことである。とすればすでに諸家の注目をひいている〈二十六日〉の項の一行、「聖書一巻によりて、日本の文学史は、かつてなき程の鮮明さをもて、はつきりと二分されてゐる」も、先の書簡と照らし合わせて、太宰治の肉声であったと見ることができよう。これは、おのれを離れた、いたずらな感想ではない。人の意表を衝くための、場当たり的な発言では、もとよりない。みずからに深刻な聖書体験を持つものが、その衝撃の強さに促されて書き切った一行にほかならぬ、と思う。

一九四〇（昭15）年の「俗天使」[*6]の〈私〉、「鷗」[*7]の〈私〉にも、「あのころ」（「俗天使」）、すなわち入院時とそれ以後の体験は影を宿すけれども、後者の場合をここに想起しておくことも、無駄ではあるまい。「五年まへに、半狂乱の一期間を持ったことがある」「人間の資格をさへ、剝奪されてゐた」という「鷗」の〈私〉は、いみじくも読者にむかって、聖書によって「救はれたことがある」事実を明かし、次のように語るのである――「いのちは糧《かて》にまさり、からだは衣《ころも》に勝るならずや。空飛ぶ鳥を見よ、播かず、刈らず、倉に収めず。野の百合は如何にして育つかを思へ、労せず、紡がざるなり、されど栄華を極めしソロモンだに、その服装《よそほひ》この花の一つにも如《し》かざりき。けふありて明日《あす》、炉に投げ入れらるる野の草をも、神はかく装ひ給へば、まして汝らをや。汝ら、之よりも遙かに優《すぐ》るるものならずや。といふキリストの慰めが、私に、「ポオズでなく」生きる力を与へてくれたことが、あつたのだ。」〈私〉が「キリストの慰め」として口にするのは、「マタイによる福音書」六章の二十五節から三十節の引用だが、見られるとおりこれは聖書そのままの引用ではない。多少のアレンジがほどこされていて、だから前後に引用記号がつけられていないわけなのだろうが、このことは何を意味しているだろうか。それは、この処で〈私〉が聖書を開いて読んだのではないことを、読者に示しているようだ。換言すれば、「いのちは糧《かて》に……」以下のイエスの言葉は、おのずから〈私〉の口をついて出たのであって、それだけ深く〈私〉の心に浸透していたのだ、と思われる。しかもこのよく知られた〈山上の説教〉の一節が、〈私〉には聖なる言葉として受けとられていたことが、「キリストの慰め」の一句によって理解できるはずである。

そのような「鷗」の〈私〉のあり様の背後に、われわれが、聖書と出会った作者の姿を想い浮かべることは、許されていい。なぜなら太宰治は、武蔵野病院退院後の別の書簡[*8]に、「播かず、刈らず、倉に収めざる生活して居ります」と記しているからである。「一厘も残りなく償はずば、其處を」、「獄」を、すなわち「脳病院[*9]」を出られぬとの指摘に撃たれた太宰治は、それに見合う勁さと速さとで、「けふありて明日、炉に投げ入れらるる野の草をも、神はかく装ひ給へば、まして汝らをや」という言葉に、身心を射抜かれたのであった。書簡の言う「生活」とは、聖書的には、世俗にかかわる「思い悩みを捨てた[*10]」それ、「信仰による垂直な関係での心配の止揚[*11]」においで生きることにほかならない。書簡の時点で太宰治に「信仰」が確立したのかどうかは、なお問われねばならぬところだけれども、「完全の孤獨」にあって、神のみはなおお前に背をむけないと告げられたことは、周囲から〈人間失格〉の刻印を打たれたと思うその「傷心[*12]」に対する、少なからぬ慰藉であったにちがいない。

太宰治のこうした聖書とのかかわりに注目するとき、作品史の節目にたつ「燈籠」の、「神様にむかつて申しあげる」という語りが、あらためて、意味深くわたしの眼をとらえる。「みんな私を警戒いたします」、だから「誰にも顔を見られたくない」と思う語り手さき子の存在は、〈山上の説教〉のふたつの個所に、「霹靂」を感じ、慰藉を見いだした男の姿勢のうえに、鮮やかな映像を結ぶのである。だが「燈籠」に触れるまえに、前期の短篇の一、二について考えておきたい。聖書はまだ直接に働きかけていなくても、『晩年[*13]』所収の作品群のうちに、想像力が聖なるものの影にふれる事例を見ることができる、と思うからである。

2

「私が二十五歳の時に、その「海豹」といふ同人雑誌の創刊号に発表した「魚服記」といふ十八枚の短篇小説は、私の作家生活の出発となつた」と敗戦後の作「十五年間」[*14]に太宰治は書いている。『海豹』の創刊は一九三三年（昭8）三月で、「思ひ出」はその四、六、七月号に掲げられたから、「魚服記」が「作家生活の出発」となるわけだが、作品の公表という点にこだわれば、これは「列車」に続く第二作である。ただ「列車」の掲載された『サンデー東奥』は地方紙で広く人目につくことはなかったので、その意味で「魚服記」が文壇初登場の作とされるのであろう。「十五年間」には「それが意外の反響を呼んだ」とも記されている。

全集第一巻の「解題」によると、「魚服記」は、上田秋成の『雨月物語』巻二の「夢応の鯉魚」に、また柳田國男の『山の人生』の「一　山に埋もれたる人生ある事」に録されたふたつの話に、材をえているという。そうではあっても、しかし少女スワの物語である「魚服記」は、すぐれた想像力の作用によって、もとの説話とはかけ離れた、独自の物語空間を現出させている、と言わなければならない。題名は、「夢応の鯉魚」の原典である中国の説話集『古今説海』中の一篇「魚服記」を借りたようだが、〈魚服〉とはそもそも、魚ではないものが魚の皮をまとって、一時的に魚に姿を変えること——を意味する言葉であって、「夢応の鯉魚」の僧興義も、鯉に変じて水中を悠然とおよぎまわり、ふたたび人間に戻ったのではなかったか。だがスワはちがう。人間界に訣別して、滝にとびこみ、「小さな鮒」となるのである。

「本州の北端」にあるぼんじゅ山脈、その「まんなかごろ」にある馬禿山《まはげやま》、その山かげにかかる「十丈ちかくの滝」、そこは近辺の観光名所であって季節になると人々が訪れるので、「滝の下には、さゝやかな茶店さへ立つのである」、という具合に、広範な景観から次第に焦点をしぼっていって、そのなかの一地点を大写しにするところから、「魚服記」の語りは始まる。冒頭の地理書風の説明を含めて、語り手は物語を四節に分けて伝えるのだが、作品をよく見ると、第四節以外はいずれも、前半に情況の説明があり、後半に具体的な出来事が語られるというカタチをとっているのに、気づく。最後の節には、情況説明の語りがない。とともに、一〜三節の伝える出来事がそれぞれ、夏の終わりの明るく晴れた日の昼過ぎに、秋の、曇って風の強く吹く日の夕暮れに、そして冬、一日中吹き荒れた凩《こがらし》がいったん止んで、初雪が地上を、見舞い、ふたたびはげしい吹雪となる夜に、起こる点にも、「魚服記」の語りの特徴は認められるだろう。物語の内部で時の推移はきちんと秩序づけられており、しかも語りの進行とともに、天候は次第に厳しさを増すのである。だが最後の節だけはやはりちがう。時の推移も天候も何ひとつ触れられていない。第四節の空間は、いわば異次元空間、地上を、人間界を左右する自然の諸条件の支配を超えたそれにほかならない。だから語り手も、そこでは説明抜きで起きた出来事をそのままに語っているのである。そういう枠組みのもとに、「魚服記」は、炭焼きの娘、「滝の下」の「茶店にゐる十五になる女の子」スワの身に、いかなるなりゆきがおとずれたかを、追っていく。

スワは母親を早くになくしたらしく、「滝の傍」の炭焼小屋に、「父とふたりで」暮らす。そのうえ遊び友だちもない。父親が余所者なので、馬禿山にある土地の炭焼きとその家族たちの〈群〉に、受け容れてもらえないからだ。父娘の棲む「此の小屋は他の小屋と余程はなれて建てられてゐた」のである。きわめて孤独な境遇におかれながら、しかしスワはそれを寂しいとも悲しいとも思わずに育つ。ひとりでに、いや、「山に生れた鬼子である」と語られるように、自然の申し子としてその恵みを豊かに受けて生長したと言っていい。

「鬼子」にはいくつかの意味がある。〈①父母に似ない子　②生まれたときすでに歯のある赤子　③醜い子、怪物　④鬼のように荒々しく強い子供〉[*15] など。スワの場合はどれだろう。②は特殊なケースをさすからはずされる。スワに醜怪というイメジはないし、「赤茶けた短い髪」と「美しい声」と、昔語りの憐れさに「泣く」やさしい心情の持主は、元気だが〈荒々しい子供〉には当たらない。とすると、やはり①の意が適切だと思われる。親に似ていないスワ。母親のことは、わからない、というより「魚服記」自体がその所在を締めだしている趣きがあるので、措く。たしかにスワは父親に似ていない。顔かたちはともかく、性質がまるで異なる。父親は、日々の暮らしのことのみを気にかける現実家であって、夢を持つことはまるでない。形而上的な思索には無縁の存在である。つまりは凡庸な世俗の人にすぎない。しかしスワには夢想家の資質がある。「魚服記」の作者にも似た、あるいは太宰治をうわまわる豊かで活々とした想像力に、恵まれている。のみならず機が熟すれば、生きることの意味をたずねずにはいられぬ性分をも持ちあわせている。そうした性質が、親譲りでないのなら、スワはそれを誰から受け継いだのか。その問いに対して読者は、あらためてスワが「山に生れた」ものであることを想い、自然が、炭焼きの〈群〉から拒まれて自身の方に顔をむけている女の子の内部に、それを培ったと、認めざるをえないだろう。「魚服記」の第二節は、この〈内なるもの〉の眼覚めのもたらす変化、女の子から娘へと移りゆくスワの姿を、語っている。

十三のとしからスワは、父親が滝壺のほとりに設けた茶店を手伝う。夏近くから秋の終わりまで、日中は店番をして過ごし、夕暮れになると迎えにきた父親と小屋へ戻るのだが、スワの顔を見た父親のまず口にするセリフが、「なんぼ売れた」であるのは面白い。毎日判で押したように、彼はそれを繰りかえすのだ。第二節は、前半に茶店のスワと滝とのかかわり具合を、後半に秋も終わりに近い「曇つた日」の出来事を示す。

店番をしながら滝とともに暮らす時を、スワは多く持つ。「天気が良いと」「裸身になつて滝壺のすぐ近くまで泳いで行つた」とあるように、まったく滝をこわがることはない。かえって素朴な期待と不思議の念を抱いて、滝とむかい合っていたのである。ところが「それがこのごろになつて、すこし思案ぶかくなつたのである」と、語り手は言う。「このごろ」とはいつか。いうまでもなくそれは十五歳の「このごろ」を指す。思春期を迎えたスワに変化の生じたことを、この一行は告げている。いままで滝を滝として向こうに見ていた少女は、それについていささかの想いをめぐらすにいたる。成長したスワに滝が近づいたとも言えるし、スワの心が滝にひき寄せられたと見てもいい。ともあれ双方を結びつけたのが、ほかならぬ想像力であることは、彼女の在り様を伝える語りの次の一節に明らかだろう。「滝の形はけつして同じでないといふことを見つけた。しぶきのはねる模様でも、滝の幅でも、眼まぐるしく変つてゐるのがわかつた。果ては、滝は水でない、雲なのだ、といふことも知つた。滝口から落ちると白くもくもくふくれ上る案配からでもそれと察しられた」（傍点引用者）。傍点の個所を意識すれば、滝をみつめるスワの眼が、時とともに肉眼から想像力の眼へと転移するさまを、認めることができる。この一節は、滝についての精緻な観察ではなく、夢想なのだ。その夢想のなかで、スワは滝を白い雲に変容させ、しかも変容させたものをこそ、真実と〈みて〉いるのである。私は、そこに想像力の促す現実からの踏みだし、現世を超えた領域への関心の成立がある、と思う。それはスワが異次元空間にむかう第一歩であった。

目覚めた想像力の働きは後半でもスワを誘う。「その日」、すなわち秋の終わりに近い「曇つた日」に、スワはかつて父親から聞いた昔語りの情景を「思ひ出」すのだが、「その日も」彼女は「ぼんやり滝壺のかたはらに佇んでゐた」（傍点引用者）と語り手は言う。みずから意識せぬままに「滝壺」のすぐそばにたたずむその姿は、あたかも滝に呼ばれたもののごとくに見える。若い木こりの八郎が大蛇に変身して水中にとどまり、地上の兄三郎と「泣き泣き」名前を呼び交わす昔語りは、幼い時とひとしく、「追憶」する十五歳の少女にも、印象的であったにちがいない。浸透の深さは第四節が明らかにしてくれる。しかしいまはまだそちらに眼を注ぐときではない。それよりも語りの示す次の情況、「スワは追憶からさめて、不審げに眼をぱちぱちさせた。滝がさゝやくのである。八郎やあ、三郎やあ、八郎やあ」に注目しなければならない。滝とスワとのかかわりがさらに深まりをみせているからである。「追憶からさめた」とはいうものの、スワは完全に現実の我に帰ったわけではない。半身を「追憶」の夢にひたしたままで、視線を滝のほうにむけている。読者はここに、夢想と現実との狭間に宙吊りになったスワの姿を、求めることができよう。「滝壺のかたはら」の岩の上に立ちながら、地上に足を確実につけていない、だからさめてもなお夢想は自由に動く。そのスワに「滝がさゝやく」という。〈囁き〉はもとより幻聴にすぎない。昔語りの悲痛な叫びにひきつけられたスワの心の呟きであろう。にもかかわらずそれを滝から聴くのは、スワの想像力が、生身の彼女を地上に遺して滝に〈飛び込み〉、そのなかに生きるためにほかならない。遺されたスワは「不審げに眼をぱちぱちさせる」だけだが、この時点で、炭焼きの娘、というよりこの「山に生れた鬼子」の終局のなりゆきはひそかに用意されたものと思われる。

だが、滝の〈囁き〉が「八郎やあ、三郎やあ、八郎やあ」とそこまで聞えたとき、「絶壁の紅い蔦の葉を搔きわけながら」父親が現われ、不思議は消えてすべては元に戻る。このときスワは、夏目漱石が英詩に[*16]「夢は、かならず、現実の生によって追い散らされる」とうたうその哀しみと嘆きと苦しさとを、痛切に味わったにちがいない。それゆえ、「スワ、なんぼ売れた」という例の言葉に返事をせず、「鼻先を強くこす」るのだ。のみならず再三の呼び掛けに対しても頑《かたくな》に沈黙を守り、父親を拒否ないしは無視する姿勢を、示すのである。想像力に誘われたスワと、炭焼きの娘にすぎぬおのれを意識するスワとのあいだの落差は、あまりにも大きい。したがって「追憶から」完全に「さめて」、現実の我に帰ったときの衝撃もまた強い。その強さがスワを刺激して、生きることとの意味を訊ねさせることになる。「お父《ど》」「おめえ、なにしに生きでるば」、帰りの山道でのこの問いは、言うまでもなく、自身へのぎりぎりの問い掛けにほかなるまい。それに対する父親の「かかりくさのない返事」にスワが怒りを覚えるのも、無理はない。「きびしい顔」で——とあるように、「秋土用すぎ」の夕暮れに、彼女は夢と現実と、つまりは滝の内と外とのいずれに生きるのが自己の真実なのかを、真剣に問いつめているのだから。

そういうスワの身の上に決定的な出来事の起こるのは、第三節の後半、朝から吹き荒れていた「凩」がやんで、深い沈黙と厳しい寒気が地上を領する冬の夜である。ここで読者は、その夜の情況を伝える語り手の姿勢が変化するのを、見逃してはならない。それまで主人公のかたわらにいながら、しかしやや距離をおいて語ってきた語り手は第三節後半のこの場面になると、その距離をぐっと縮め、主人公の蔭に身を潜めて語るようになる。物語のクライマックスを意識しての

「魚服記」「地球図」「燈籠」など

ことだろう。その結果スワの存在が物語空間に鮮やかに浮かびでてくる。あるいは物語空間がスワの周辺に凝縮するといってもよい。以後第四節の前半まで彼女以外の存在は、物語にまったく現れないのである。

「魚服記」は〈変身〉の物語だが、また「地獄変」（芥川龍之介）にも似た、〈父が娘を犯す〉話でもあるだろう。父親の帰りを待ちくたびれて炉ばたへ寝てしまったスワは、夢うつつの間に、「入口のむしろをあけて覗き見するものがある」ことに、「白いもののちらちら入口の土間へ舞ひこんで来る」のに気づくが、そのまま眠りにはいっていく。続く語りの空白は、スワの眠りの時間を示すとともに、語り手も容易に口にしえぬほどの深刻な事態の準備されているトキの経過を告げているとも、読める。しかし起こったことは語らねばならぬ。「疼痛。からだがしびれるほど重かつた。ついであのくさい呼吸を聞いた。」これは絶妙な語りだ。必要にして十分、僅か三つのセンテンスですべてを言い尽くしている。とくに「あのくさい呼吸を聞いた」は読者の想像を喚起する力を持つ。解説の要はあるまい。それよりも、「阿呆」と叫んで小屋を走りでたスワの動きを追うことが、肝要だろう。

「吹雪」が「顔をぶつた」とあるが、静かな初雪がいつか吹雪となったところに、炭焼の娘の地上における運命の変転が象徴されているようである。吹雪のなかを力をこめて歩き出したスワは、「どこまでも歩いた」とある。どこへという目的意識があったのではない。とにかく小屋から離れたい思いにつき動かされたはずだ。そうして気がつくと、滝の真上にいるのである。いわば無意識のうちに滝に近づいたわけで、スワの歩みは滝にひき寄せられた動きと見ていいだろう。先にスワの想像力に囁き掛けた滝が、今度はスワのすべてを招く。「秋土用すぎ」の夕暮の情況の増幅されたカタチがここにある。それにしても、どうして吹雪なのだろう。「本州の北端」の地方の冬だからと言ってしまえばそれまでだが、炭焼きの娘を包みこむような烈しい風と雪とは、何かの働きを彼女に及ぼすのではないか。考えられるのは雪の持つ浄化作用でなければならない。小屋を出たスワが滝まで歩くあいだに、吹雪は、父親の黒い欲望によって彼女の身にしるされた汚れを、洗い浄めていく。汚れは深くしみついているゆえに、それを消し去るには強力な浄化作用が必要になる。だからこそ初雪は烈しい吹雪に変わらねばならなかったのだ、と思う。

　吹雪による〈洗礼〉を受けたスワの立つのは、どこか。「ほとんど真下に滝の音がした」というのだから、滝を囲む絶壁の頂点、落ち口に近い岩の上であるにちがいない。そこは、炭焼の娘として暮らしていた茶店のある場所ではない点に、注意しておこう。スワの立つ岩は、地上のひとつの場所でありながら、この吹雪の夜には変容する。すなわちそこに異次元の空間へおもむく通路が開かれるのである。その意味でスワはいまふたつの領域の接点に立つ。まだこちら側へひき返すことは可能である。にもかかわらず、スワはそうしない。「狂ひ唸る冬木立の、細いすきまから、「おど！」とひくく言つて」、浄化された身を、向こう側へ躍らすのである。「おど！」。地上にのこしたこの最後のひと言《こと》に、いかなる想いをスワはこめたか。ひどい仕打ちをした父親ではあっても、訣れるとなるとさすがに懐かしかったのか。違うと思う。心をひかれたのではなくて、これは、きっぱりした永訣の挨拶である。ふたたびあなたの許にはもどらないという想いが、「おど！」には託されている。「細いすきまから」言ったとあるとおり、吹雪にまかれるスワの心の眼に、父親の姿は、「絶壁の紅い蔦を掻きわけ」て現われたときとは逆に、遙か彼方の微小な存在として見えているにすぎない。こうして物語は第四節に移る。

　滝に飛びこんだスワは、水中で鮒に変身する。木こりの八郎のごとき大蛇にならず、鮒になったところに〈変身〉の失敗を指摘する視点もあるが、しかし十五歳の少女にはやはり鮒こそふさわしい。水中で意識をとり戻したスワの「やたらむしやうにすつきりした。さつぱりした」という感覚は、重い汚れをとり除かれた身軽さ、自由さを明らかに示している。ともに「うれしいな、もう小屋へ帰れないのだ」（傍点引用者）というひとり言《ごと》は、傍点の個所で「小屋」すなわち父親のいる地上とのまったき断絶をよろこぶスワの心意を、鮮やかに告げている。気づいたときに「大蛇になつてしまつた」と思うのは、記憶の淵に潜む昔語りのせいだが、それが鮒に変身したスワの脳裡に蘇えるのが面白い。先に〈浸透の深さは第四節が明らかにしてくれる〉と記した所以である。

　「魚服記」で〈変身〉を可能にしたのは、第一にスワに恵まれた想像力であり、第二に彼女をまきこむ吹雪であり、そして第三には、地上を離れた彼女を受け容れた滝、すなわち水の世界であるだろう。なかでも、地上に惨劇の起きた夜の吹雪が、「魚服記」を読んだわたしの印象にのこる。「吹雪！」、その浄化作用をすでに訊ねてみたけれども、それは、間断なく天から地上に舞いおりて、激しくスワに働きかけるもの、というイメジをわたしにもたらす。「どつと顔をぶつた」といい、「みるみる髪も着物もまつしろになつた」というそのかかわり方の〈激しさ〉が、悲劇の与える〈疼《うず》き〉と〈重さ〉を超えて、スワのあり様を暗から明へと反転させている。物語のクライマックスにそのような構造を認めるゆえに、「魚服記」はわたしに意味深い作品なのである。運命の反転《ペリペティア》、それを用意したのが誰なのかは、「魚服記」ではまだ明らかではないとしても。

「魚服記」に長くかかわりすぎたきらいがあるので、以下に、おなじく『晩年』に収められた「地球図」の場合を、手短かに見ておくことにする。

「地球図」（昭10・2『新潮』）は「伴天連ヨワン・バツテイスタ・シロオテ」の物語である。シロオテは正確にはジョヴァンニ・バッティスタ・シドッティ（Giovanni Battista Sidotti, 1668～1714）で、実在したシチリア島出身のイエズス会司祭だが、なぜ「地球図」ではシロオテなのかといえば、それは、太宰治が新井白石の『西洋紀聞』に據って、この物語を書いたからにほかならない。同書下巻のはじめに、「我名はヨワン、バッテイスタシローテ」という記述がある。そのシロオテの事蹟をたどる「地球図」は、冒頭の〈小序〉を別にすれば、全十節から成る物語で、前半（1～5）に、主人公の生い立ちと日本上陸ならびにそれ以後の情況を伝え、後半（6～10）に、江戸切支丹屋敷における白石の「取調べ」の模様とシロオテの運命とを伝えている。

語りの比重が後半にかけられ、しかも後半はおもに白石の視点から語られているために、読者はともすれば、シロオテの存在が白石によって相対化されるかのごとき印象をいだきがちだが、「地球図」の語り手にその意図のないことは、仔細に見れば理解できるだろう。

「地球図」は「原典に非常に忠実」[*17]であるという。『西洋紀聞』に據りながら、ひたすらシロオテの動きを追う前半で語り手は、「かなしい眼をして立つてゐた」「自分の使命を了解させたいとむなしい苦悶をしてゐるやうであつた」「わびしげに食べてゐた」と孤独な司祭の心情を想う、原典にない語りをつけ加えつつも、しかし彼により添って語ることはしていない。ところが後半になると、視点を白石におく一方、要所々々では、かならずシロオテに眼を転じて、司祭の側から語っている。たとえば「ヲヲランド鏤版の地図」をまえにシロオテが世界事情を説く場面がそうなのだが、忘れがたいのは、聖なるものに仕えるみずからを表わすその姿勢を、語り手が確かに見ていることにほかならない。「審問」の場に姿を見せたシロオテが、「座につくと、静かに右手で十字を切つた」とあるのが、それである。「獄舎」にあるシロオテを語る次の一節がそれである――「その西の一間にシロオテがゐた。赤い紙を剪つて十字を作り、それを西の壁に貼りつけてあるのが、くらがりを通して、おぼろげに見えた。シロオテはそれにむかつて、なにやら経文を、ひくく読みあげてゐた。」これらの語りは実は原典の記述にもとづくものなのだが、そのことはかえって「地球図」の語り手の特色を示すように思われる。彼は、『西洋紀聞』上巻がわずかに伝える、司祭としての「番夷」の姿を、誤たずとらえて自身の語りに組みこんでいるのだ。事例は以上にとどまらない。「十二月の四日」、三回目の事情聴取の場面についても、「獄舎」

に留めおかれた司祭のなりゆきを語る最後の一節についても、おなじことが言える。

物語の後半でシロオテはけっして相対化されてはいない。白石と対比されることによって、むしろ司祭としての在り様がくっきりと浮かびあがる、と私には読める。「屋敷の奴婢、長助はる夫婦に法を授けた」ために拷問を受けながらも、「日夜」二人の名を呼び、「その信を固くして死ぬるとも志を変へるでない、と大きな声で叫んでゐた」という彼の姿も、見逃せないが、「地球図」の圧巻は、やはり第八節、「十二月の四日」の情況を告げる場面であるだろう。

この日白石に、「いかなる法を日本にひろめようと思ふのか」と問われたときのシロオテの様子を、原典の記述に即きながら、語り手は、「悦びに堪《た》へぬ貌をして、私が六年さきにヤアパンニアに使するやう本師より言ひつけられ、承つて万里の風浪をしのぎ来て、つひに国都へついた、しかるに、けふしも本国にあつては新年の初めの日として、人、皆、相賀するのである、このよき日にわが法をかたがたに説くとは、なんといふ仕合せなことであらう、と身をふるはせてそのよろこびを述べ、めんめんと宗門の大意を説きつくしたのであつた」（傍点引用者）と語っている。〈時に遇《あ》う〉ものの歓びと感動に満たされたシロオテのこのイメジは、まさにその輝きのゆえに、物語のクライマックスに位置するにふさわしい。原典に即くといっても、これはたんなる現代語訳ではない。「このよき日に……」以下の個所に当たる『西洋紀聞』の記述を見てみよう。「初て我法の事をも聞召れん事を承り候は、其幸これに過ず候とて、その教の事ども、説き盡しぬ」（傍点引用者）。一読すれば異同はただちに明らかとなるが、『西洋紀聞』のシロオテを、語り手はスワとひとしく、おのれの想像力の眼でみつめていることに気づく。同時に双方の傍点部分を較べると、「地球図」のシロオテの使命感に燃える姿が、ありありと見えてくる。

そうして〈雪〉である。「地球図」の「十二月の四日」は「朝から雪が降つてゐた」のであり、シロオテは「降りしきる雪の中で」「わが法を……説く」歓びを述べたのであった。雪の記述は原典にはない。そこに「地球図」を『西洋紀聞』とわける決定的な違いを、求めることができるだろう。とするなら「地球図」の雪は、「十二月の四日」にたまたま降ったのではないと言えよう。それは、物語の世界では、シロオテに司祭としての無上の幸福が恵まれたこの日に、降るべくして降った雪なのだ。「審問」の席に連なる白石以下の日本人たちに、雪はただ雪として意識されたにすぎないだろう。けれども、ひとり「地球図」の主人公、「幼いときからして天主の法をうけ」た彼だけは、「めんめんと宗門の大意を説きつくし」ながら、みずからに降りそそぐ白く冷たいものに、「天主」の〈恩寵〉を感じとっていたのではなかろうか。迫害に屈せず「信」をつらぬいて「牢死した」シロオテをみつめる「地球図」は、「奉教人の死」(芥川龍之介)とともに、殉教者の物語なのだ、と思う。

3

太宰治の〈深刻な聖書体験〉をはじめに見たのだが、ではそれ以後はどうなのか。中期・後期の作品群には、当然のこととして、聖書に深くかかわるものの数が少なくない。先に引いた「HUMAN LOST」〈二十六日〉の一行に続いて、「マタイ伝二十八章、読み終へるのに、三年かかつた。マルコ、ルカ、ヨハネ、ああ、ヨハネ伝の翼を得るは、いつの日か」と、太宰治は記していた。彼のこの願いは、例えば、中期の「駈込み訴へ」、〈イスカリオテのユダ〉[*18]が、おのれの〈あの人〉イエスとのかかわりを、衆議所の役人に〈訴え〉る短篇の成ったときにみたされたはずだ。そこには、マタイとともに、ヨハネによる「福音書」の伝えるエピソードがみごとに生かされているからである。

だがまた中期・後期には、直接聖書に触れなくても、聖なるものが影を宿す作品をも見いだすことができる。例えば、「駈込み訴へ」に先だつ「俗天使」。その冒頭で〈私〉の傍らにおかれた「ミケランジエロの『最後の審判』の大きな写真版」が、畳まれてもなお〈私〉をうつのは、なぜか。それは、この図が「無上のもの」「神品」だからにほかならない。「ミケランジエロの、こんな作品には、どこかしら神の助力が感じられてならぬのだ。人の作品でないところが在るのだ。ミケランジエロ自身も、おのれの作品の不思議な素直さを知るまい。ミケランジエロは、劣等生であるから、神が助けて描いてやつたのである。これは、ミケランジエロの作品では無い」、そう〈私〉が認めずにはいられぬところに、「貧しいマリヤ」しか描けない〈私〉を超えて、この「最後の審判」図の聳立する所以がある。「貧しいマリヤ」すなわち一少女の手紙を創作しながら、〈私〉の心底には〈わが扶助《たすけ》〉を期待する想いがあったと思う。しかしそれはどこからも

「魚服記」「地球図」「燈籠」など

こない。だから「作者は、いま、理由もなく不機嫌」なのだろう。

そのような情況のなかで、私が中期のはじまりとみなす「燈籠」は、すでに触れたとおり、一九三七年の十月『若草』に発表された。ちなみに、この年は太宰治の作品史における〈空白期〉と見られ、「燈籠」以外に作品の執筆はない。


「燈籠」のさき子は「まづしい下駄屋」のひとり娘で、「ことし二十四に」なる未婚の女性である。といっても別に独身主義をとおすわけではない。家庭の事情で、まだ「お嫁に行かず、おむこさんも取れずにゐる」のだが、それを恨むことなく、世間的には弱い立場におかれた両親と、互いにいたわり合って、ひっそりと暮らしている。「弱いおどおどした人を、みんなでやさしくいたはらなければならないと存じます」、それがさき子の生活信条にほかならない。外に求めず、内にむかって伸びていく——どこか『門』(夏目漱石)の宗助夫婦の〈日常〉を想わせる、さき子一家のたたずまいが、実は「燈籠」の語りで深い意味を持つ。けれども、それをたずねるまえに、読者はなお、前提となる多くのことを、さき子の言葉をとおして識らなければならない。

「燈籠」の語りは、まえおきと本題と、そして文章ならあとがきに当たる一節とに、分けられる。「言へば言ふほど、人は私を信じて呉れません。逢ふひと、逢ふひと、みんな私を警戒いたします」と、「燈籠」を語りはじめたさき子は、まず自身の「たまらない思ひ」に触れてから、本題にはいって、世の波風が貧しいけれども平穏な親子の暮らしを襲った次第——すなわち「ことしの葉桜のころ」から夏にかけて、一家が世間の噂の種となり、周囲の冷たい好奇のまなざしに曝されるにいたった一部始終を、述べていく。その原因はほかならぬさき子自身の、「五つも年下の商業学校の生徒」水野青年との関係にあって、彼女がその「みなし児」という境遇に同情した挙句、盗みを働いて警察の厄介になったこと、それが物見高い人間たちの好餌となったのである。

盗んだものは男物の水着一枚、だから警察も微罪扱いにして、説諭を加え釈放することにしたらしい。留置場に一夜をすごしたさき子をひきとりにきた父は、「なぐられやしなかつたか」とそっとたずねただけで、他には何も言わなかった、という。だが、世間の方はそうはいかない。温かく家に迎えられたはずのさき子は帰宅後の模様を次のようにつたえている――「近所の人たちは、うろうろ私の家のまはりを歩いて、私もはじめは、それがなんの意味かわかりませんでしたが、みんな私の様《さま》を覗きに来てゐるのだ、と気附いたときには、私はわなわな震へました。私のあの鳥渡《ちよつと》した動作が、どんなに大事件だつたのか、だんだんはつきりわかつて来て、あのとき、私のうちに毒薬があれば私は気楽に呑んだことでございませうし、ちかくに竹藪でもあれば、私は平気で中へはひつていつて首を吊つたことでございませう。二、三日のあひだ、私の家では、店をしめました」。「私」を震撼させるほどの恐ろしさ――弱いものがつまずくのを見て、興味本位になお鞭を加える、冷酷非情な世間の貌が、語りに〈覗〉く。「気楽に」「平気で」とあるところに、「わなわな震えた」さき子の心情がありありと見える。このとき彼女が自殺したとしても、「近所の人たち」は誰ひとり、それが自分たちのせいであると考えはしなかったにちがいない。けれども、そういうさき子を、神がもしその場にあれば、罰せずに許したことであろう。これは無稽の想像ではない。「燈籠」には、事実として神が臨在し、さき子の懸命に語るところを、咎めることなく静かに聴いているとみられるからである。そこでわたしは、冒頭に引いた「燈籠」の一行、〈あまりに鮮烈〉な印象をともなってわたしの裡に生きているさき子の言葉に立ち返って、もう一度作中の情況を点検しなければならない。

「燈籠」は、女性の一人称の語りというかたちをとっているが、「女生徒」や「斜陽」のごとき〈独白体〉[*19]の作ではない。一読して分かるように、これは聞き手を意識して語られている。というよりも、全体に〈いたします〉〈存じます〉などの丁寧なもの言いが目立つとともに、「はじめから申しあげます」「けれども、おゆるし下さい」と、直接に話し掛ける個所もあって、自分以上の存在、特定の〈誰か〉を対象している語り手の姿勢を、うかがうことができるのである。したがって「燈籠」の語りは、基本的には〈monologue〉ではない。〈誰か〉がさき子に応えさえすれば、〈dialogue〉となる可能性をもつ。実情ははたしてどうだろうか。

さき子の「申しあげる」、また「おゆるし下さい」という相手は、本題にはいるまえの語りに明らかだ。わたしに衝撃的な一行を含めて、彼女の語るところを見てみよう。「盗みをいたしました。それにちがひはございませぬ。いいことをしたとは思ひませぬ。けれども、――いいえ、はじめから申しあげます。私は、神様にむかつて申しあげるのだ、私は、人を頼らない、私の話を信じられる人は、信じるがいい」。

引用の後半、「私は」以下にとくに注意してほしい。「燈籠」の他の語りとは異質の、定言的判断とも言うべき強い口調が、際だつ。のみならず三つの表現が、読点によって、[*20]切れながら続く。語り手はそれだけ、勢いこんで畳み掛けるように語っているといえよう。ここでさき子は、おのれの語りの方向性を、自分でしっかりと見据えている。同時に自分を鞭うつ意地悪な世間に対して、きっぱりと絶縁を申し渡している。「信じられる人は、信じるがいい」とは、そんな人はいるはずがないと世間を突き放す心情の表明にほかなるまい。「けれども」となにかを――おそらくは、「私」にも言い分のあることを言い掛け、思い返して「いいえ、はじめから申しあげます」と、わが身の上の一部始終を「神様」に告げるに当たって、さき子はやはり、語りをめぐる〈自己確認〉と〈宣言〉とを必要としたにちがいない。

《汝盗《なんぢぬす》むなかれ[*21]》は、神がモーセに与えた十戒のひとつである。たとえ動機はどうであれ、盗みをしたのは戒めを破ることであり、我が身に罪を負うことになる。それを〈告白〉するためには、自己の神への信頼を問う必要があるだろうし、〈告白〉を真直ぐなものにするには、世間へのこだわりから自由な自己を確保する必要があるだろう。そこに、わたしをとらえる「燈籠」の一節の意味を、求めていいのかもしれない。もっとも《汝盗《なんぢぬす》むなかれ》が直接さき子に影をおとしているかどうかは、確言できない。ただ、そうではあっても、「盗みをいたしました」という彼女が罪の負い目を神に対して感じているとだけは、言えると思う。

盗みの次第をつぶさに語ったあとで、さき子は一通の手紙を示す。差出人はほかならぬ水野青年である。どういうわけかこの青年は、〈事件〉以後まったく姿を現わさない。これまでのいきさつから言って、また〈事件〉の性質そのものから見て、水野こそいち早く店を訪れ、さき子を気遣って然るべきだと思われるのに、そうはせずに、そらぞらしい手紙でことを済まそうとする。いかにも素気ないその在り様に、いみじくも、手紙の署名人「水野三郎」の実体が見えてくる。それに較べると、この春以来、しばしばさき子をデートに誘い、「みなし児」の境遇を、その切なさを打ち明けて、「私と一緒に散歩などしてゐるときだけが、たのしいのだ、とご自分でもしみじみさうおつしやつてゐた」という「水野さん」の態度は、まるで嘘としか思えない。こうして、誠実と見え、信頼できると思われた男のイメジは、さき子の内部でたちまちにして崩れ去るのである。

水野の手紙は、それだけを切り離してみれば、まことに立派なものというほかはない。だが、「燈籠」の文脈のなかにおくと、その意味あいは大きくズレる。尤もらしいことを並べると立派だと評するのが、世間の通例のようだが、まさにその意味で立派なのだ。三百八字からなるこの手紙のどこにも、さき子に寄せる愛情は見られない。やさしくいたわる姿勢はない。あるのは、得々として訓戒を垂れる水野の思いあがりだけである。さき子の無学無教養を指摘して、自分は「いまに偉くなるだらう」と記し、「さき子さんも、以後は行ひをつつしみ、犯した罪の万分の一にても償ひ、深く社会に陳謝するやう」と悔悟を勧めた上で、「社会の人、その罪を憎みて、その人を憎まず」ともったいぶって附け加える手紙の主に、私はどうしても、「ルカによる福音書」の言う《自分《じぶん》は正《ただ》しい人間《にんげん》だとうぬぼれて、他人《たにん》を見下《みくだ》している人々《ひとびと》》[*22](18・9)の一人を、想わずにはいられない。尤もらしい言い回しをとおして、自分との身分違いを相手に思い知らせる——手紙の真意はそこに求められるはずだ。それに加えて〈追伸〉がある。その文面、「読後かならず焼却のこと。封筒もともに焼却して下さい。必ず」(傍点引用者)には、書き手の狡智が見え隠れする。手紙は、男の最後通牒、関係はすべて無きものとするから、そのつもりでという意思表示に、ほかならない。実に嫌な手紙だと思う。

そうした水野青年の思わくを、さき子はただちに見抜く。そのことを彼女は、手紙を示したあとに短く明かす。「私は、水野さんが、もともと、お金持の育ちだつたことを忘れてゐました。」短いが、しかし言葉を少しずつ押しだすようにして言われたこのセリフは、重苦しいニュアンスをともなう。『暗夜行路』(志賀直哉)の表現を借りるなら「密雲不雨」とも言うべきこの情態は、さき子が、内に渦まく感情を押し殺してものを言うところに、生まれるのだ、と解される。ではさき子の感情は何に対してはげしく動くのかと問うなら、答えはすでに明らかだろう。水野の手紙が端的に示す、この男の偽善性そのものであると言っていい。

私は先程、水野の姿に「ルカによる福音書」十八章の伝える「人々」の一人を見たけれども、その「人々」とは具体的には、パリサイ[*23]派の人々を指す。そしてパリサイ派が偽善者の典型として、イエスによって痛烈に攻撃されていることは、よく知られているだろう。そのなかの、彼らを《白《しろ》く塗《ぬ》った墓《はか》》に擬したイエスの言説[*24]は、水野の手紙を難ずる言葉としても、まことにふさわしい。《外側《そとがわ》は美《うつく》しく見《み》えるが、内側《うちがわ》は死者《ししゃ》の骨《ほね》やあらゆる汚《けが》れで満《み》ちている。このようにあなたたちも、外側《そとがわ》は人《ひと》に正《ただ》しいように見《み》えながら、内側《うちがわ》は偽善《ぎぜん》と不法《ふほう》で満《み》ちている。》私は、この一節がイエスによって、水野に突きつけられてよいと思うのだが、さき子自身はどうなのだろう。

手紙を手にしたさき子の感情は、福音書的な意味ではげしく動いたか、どうか。はっきりそうだとは言えぬにしても、情況はすこぶるそれに近いのではないか。少なくとも、「さき子さんは、正直な女性なれども、環境に於いて正しくないところがあります。僕はそこの個所を直してやらうと努力して来たのであるが、やはり絶対のものがあります。人間は、学問がなければいけません」などと、したり顔で書いてよこす、偽善者水野三郎のありのままを神のまえに示し、一部始終の語りとあわせて、イエスの言うごとき、《外側《そとがわ》は人《ひと》に正《ただ》しいように見《み》えながら、内側《うちがわ》は偽善《ぎぜん》と不法《ふほう》で満《み》ちている》その実体を見ていただきたいと、彼女が切に願っているのは、確かである。「これがその手紙の全文でございます」といって、手紙そのものを直接に差しだすことの意味はそこにある、と思われる。もちろん、自身の感情の動きを詳しく「申しあげ」てもよかったのかも知れぬ。けれどもあえてそれを避けたのは、感情が先走って水野の姿を正確に伝えられなくなることを、おそれたためだろう。ただ、そのために内にこもった感情の圧力が、ひとこと言い添えたさき子の口調を重苦しいものにした様子は、すでにみたとおりである。

では「燈籠」で、さき子の懸命な呼び掛けに、神は果たして応えたか。それを識るには、語りの最後の一節をみつめる必要がある。そこにさき子の語る「今夜」の一情景は、直前の一行の漂わす雰囲気とは対照的に、明るい。語りに即して、それを見ておこう。

今夜は、父が、どうもこんなに電燈が暗くては、気が滅入《めい》つていけない、と申して、六畳間の電球を、五十燭のあかるい電球と取りかへました。さうして、親子三人、あかるい電燈の下で、夕食をいただきました。母は、ああ、まぶしい、まぶしいといつては、箸持つ手を額にかざして、たいへん浮き浮きはしやいで、私も、父にお酌をしてあげました。私たちのしあはせは、所詮こんな、お部屋の電球を変《かへ》ることくらゐのものなのだ、とこつそり自分に言ひ聞かせてみましたが、そんなにわびしい気も起らず、かへつてこのつつましい電燈をともした私たち一家が、ずいぶん綺麗な走馬燈のやうな気がして来て、ああ、覗くなら覗け、私たち親子は、美しいのだ、と庭に鳴く虫にまでも知らせてあげたい静かなよろこびが、胸にこみあげて来たのでございます。

ここに「今夜」というのは、「もう、こんなに涼しくなつて……」とあるように、秋も深まった一夜をさす。同時に、語りはじめの「きのふ、けふ、めつきり涼しくなつてそろそろセルの季節にはひりました」を参照すれば、それは、さき子が事のすべてを「神様にむかつて申しあげ」た夜にほかならぬ、と解る。とすれば、「今夜」に導かれて、「燈籠」の終わりに鮮かに浮かびあがるこの明るい情景、〈光り〉に恵まれ、あたかもそれまでの語りの一切を照らし返すかのようなそれは、語るべきことを語り終えたいま、さき子の前に啓《ひら》かれたものであることが、確認されるだろう。語りのなかの情況として、この場を明るくするのは、父が球《たま》をつけ替えた六畳間の「電燈」にすぎない。だが、「このつつましい電燈をともした私たち一家」が、さき子の心に「ずいぶん綺麗な走馬燈のやう」に見えている事実を、読者は忘れてはなるまい。世間の非情な眼を避けて、ひっそりと、しかし互いにいたわり合って暮らす「親子」の「美しい」影を、ここに映しだすのは、「燈籠」のなりゆきを踏まえて、やはり「電燈」の向こうから射してくる、もうひとつの〈光り〉と見るべきなのではなかろうか。さき子は、「静かなよろこびが、胸にこみあげて来た」といって、「燈籠」の語りを閉じている。それは、おのれの呼び掛けに、神が応えてくれたことを識ったからにちがいない、とわたしは読む。その「よろこび」はまた「静か」であることによって、水野へのこだわりから解放されたさき子の心情をも、わたしに伝えてくれるのである。

ちなみに、さき子の語りが「燈籠」と題される所以は、最後の最後に彼女の口にする「走馬燈」のイメジによって、想像がつく。「走馬燈」が〈回り燈籠〉の別名であることを想起すれば、標題の「燈籠」は、それとはるかに呼応して、さき子の語りのゆきつく先を、ひそかに指し示しているのだと、理解されよう。「綺麗な走馬燈のやうな気がして」とあるのだから、「走馬燈」は喩にすぎぬとの反論もあろう。しかし、標題とのかかわりにおいて、それはさき子の心象として、語りのなかに確かに在ることを、認めなければならない。では、なぜ標題は「走馬燈」でも「回り燈籠」でもないのかと問われるなら、それは、「燈籠」であるとともに、「蟷螂の斧」の「蟷螂」の意味を担っているから、他の題にかえがたいのだと、答えておこう。派出所に突き出されて、巡査に調書を取られた挙句、「こんどで、何回めだね？」とたずねられたさき子が、必死の抗弁を試みる姿はまさに、「蟷螂」が車に向かって前脚を振りあげる図になぞらえられるのである。

ひとつだけ、勝手な読みを「燈籠」につけ加えたい。語りのはじめに「私は、ことし二十四になります」というさき子は、派出所での抗弁にも、そのことをしきりに繰り返す。気になるのは二十四という年齢に必然性があるかどうかだが、そこで「読み終へるのに、三年かかつた」と太宰治の記す「マタイ伝」をひらくと、二十四章の次の一節、《多《おほ》くの偽預言者《にせよげんしゃ》おこりて多《おほ》くの人《ひと》を惑《まどは》さん。また不法《ふはふ》の増《ま》すによりて多《おほ》くの人《ひと》の愛冷《あいひやゝ》かにならん。然《さ》れど終《をはり》まで耐《た》へしのぶ者《もの》は救《すく》はるべし》（11—13）*25が、ただちに私の注意をひく。〈終末《しゅうまつ》の徴《しるし》〉*26について語ったイエスの言説の一部だが、「燈籠」におけるさき子のあり様を要約するものとして、これほど適切な表現はほかにない。さき子の二十四歳である必然性は、あるいはその辺りに求められていいのかも知れない。

4

太宰文学の数篇に即して、それぞれの主人公たちの、聖なるものとのかかわりを、追ってみた。もとよりひとつの試みにすぎない。太宰治のすぐれた想像力は、聖なるものの影に触れて輝きをますみずからの質を、他の作品を通してさらに明らかにすることを、私に望んでやまぬようである。

注

＊1　本稿における太宰治の作品の引用は、山内祥史編『太宰治全集』（筑摩書房）所収のものによった。
＊2　山内祥史編「年譜」（『太宰治全集』別巻所収）。
＊3　一九三六年一一月二六日付、鰭崎潤宛。
＊4　『群像』一九四七年一月。「親友交歓」「男女同権」とともに、一九四六年一〇月中に故郷金木で執筆。
＊5　山内祥史「「津島修治殿看護日誌」と「HUMAN LOST」」（『太宰治　文学と死』洋々社、一九八五・七所収）。
＊6　『新潮』一九四〇年一月。
＊7　『知性』一九四〇年一月。
＊8　一九三六年一二月三日付、鰭崎潤宛。

＊9　＊3の書簡。

＊10＊11　『新共同訳　新約聖書注解Ⅰ』（日本基督教団出版局、一九九一年七月）による。

＊12　一九三六年一一月二九日付、小館善四郎宛・同年一二月三日付、鰭崎潤宛・一九三七年一月二〇日付、山岸外史宛の各書簡に、「傷心」と題した短歌「川沿ひの路をのぼれば　赤き橋　また行き行けば　人の家かな」が記されている。

＊13　砂子屋書房一九三六年六月。

＊14　『文化展望』一九四六年四月。

＊15　『新潮　現代国語辞典』（新潮社）、『国語大辞典』（小学館）を参照。

＊16　'I looked at her...' にはじまる無題の英詩（November 27, 1903の日付を持つ）の第三連後半。原文は'Dream is constantly/Chased away by Life!'『漱石全集』第一二巻（岩波書店）所収のものによった。

＊17　渡部芳紀「『地球図』論――太宰文学の一方法」（『太宰治　心の王者』洋々社、一九八四・五所収）。

＊18　『太宰治全集』第三巻の「解題」（山内祥史）に、「「駆込み訴へ」三十四枚は（＊中略）昭和十四年十二月六日以降に、「二度くらゐにわけて」「炬燵に当つて、盃を含み乍ら、ぜんぶ口述し」て、「十二月末日」までに脱稿したと推定されるだろう」とある。

＊19　角川文庫『女生徒』の「作品解説」に、小山清は「彼（＊太宰治）が女性の独白体から成る作品を書いたのは、「燈籠」が最初である……」と記している。

＊20　新潮文庫『きりぎりす』所収の「燈籠」では、「私は、神様にむかって申しあげるのだ。私は、人を頼らない。私の話を信じられる人は、信じるがいい」となっているが、初出誌を底本とする『太宰治全集』第二巻所収の「燈籠」本文に従う。初出と初版本、再録本との異同を示す、同巻の「校異」には、この個所の記載はない。なお、新潮文庫本でも、〈二十九刷改版、昭和六十三年三月十五日発行〉から初出のとおりに改められている。

＊21　「出埃及記《しゅつエジプトき》」二十章十五節。『舊新約聖書』（米国聖書協会発行　一九一四・一）による。
＊22　『聖書　新共同訳』（日本聖書協会）による。
＊23　『聖書　新共同訳』の表記は「ファリサイ派」。
＊24　「マタイによる福音書」二十三章二十七―二十八節。
＊25　＊21の『舊新約聖書』による。
＊26　『聖書　新共同訳』の見出しに従う。

3 「地球図」を読む

「十二月四日は、ヨワンによれば「主の暦」で数えて、ちょうど一七一〇年の歳首に当るという。」「囲いの外で木枯らしも啜り泣き、燻《いぶ》し銀の色にうすい雲が空にはりついている。ヨワンは涙をはらって起立した」

――秦恒平『親指のマリア』・「福音の章」

太宰治の短篇、「伴天連ヨワン・バッテイスタ・シロオテ」の事蹟を語った「地球図」は、一九三五（昭10）年一二月の『新潮』[*1]に掲載され、翌年六月砂子屋書房から刊行された『晩年』に収録されている。しかし、全集第一巻の「解題」（山内祥史）によると、執筆の時期は一九三三（昭8）年の秋にさかのぼるらしい。そこには久保喬の「太宰治の青春碑」の「たしかに八年の秋に読んだ」という一節がひかれていて、その「旧作」に、『新潮』から原稿を依頼された時点で推敲を加えたものが「地球図」だと、推定されている。そして全集別巻の「年譜」――〈昭和十乙亥年　一九三五年〉の項には「「地球図」（昭和八年秋頃初稿脱稿、昭和十年十月二十三日頃発表稿脱稿）」の記述がある。この「地球図」の執筆時期は、おなじく『晩年』に収められた「葉」の成立とのかかわりで、ひとつの問題を含むと思われるが、それについては後に考えてみたい。

「地球図」の物語の本文をたどると、初出と初版とのあいだに大幅な異同はみられない。物語の年代を示す「宝永」五・六年（初出）の元号が、初版では「寛永」となっているのに、注意をひかれるが、これは、史実に徴して「宝永」とあるべきところで、流布本のひとつ、新潮文庫の『晩年』所収の「地球図」の本文は、初出に従っている。もう一個所、物語のはじめに、シロオテがトオマス・テトルノンと「めいめいカレイ一隻づつに乗りつれ、東へ進んだ」（傍点引用者）とあるのが、眼につく。傍点の「カレイ」は、ギリシャ・ローマ時代から一八世紀ごろまでヨーロッパで使用された快速の軍船、船底に多数の櫂を配して、奴隷たちに強制的に漕がせたので奴隷船とも呼ばれ、一五世紀以降は帆を備えて帆漕併用となった〈ガレイ船〉(galley)のことで、全集ではそのように訂されている。この個所が初出・初版ともに「カレイ」となっているのは、物語の資料とされた新井白石の『西洋紀聞』下巻の記述、「二人、をの〳〵カレイ一隻づゝに乗りつれ、……」を、踏襲したからだと思われる。全集での校訂は、〈ガレイ〉という一般化した表記とのへだたりを考慮したための措置だろうか。ただそうなると、「ペツケン」「ヤネワ」などの地名はどうなのかが問題になって、校訂が適切な措置かどうかの判断は、つけにくくなってくる、と思う。ことのついでに、新潮文庫の「地球図」の本文について、気づいたところを記しておく。手許の『晩年』改版では、九〇ページの一行目と次の行とが続いている。しかしここは物語の節の切れ目に当たっていて、他とおなじく一行アキでなければならない。全体構造に直接にかかわる事態なので、軽く読みすごせないのである。それと、後半に出てくる地図、「オオランド鏤版《ろうはん》」のそれのルビは、〈るはん〉の方がよくはないか。〈鏤〉は熟語になると、鏤《る》刻《こく》、鏤《る》骨《こつ》のごとく、呉音で読むのが普通のようである。

　細部にいささかこだわったけれども、「地球図」の初出と初版では、物語本文以外のところに、大きな違いが実はある。『新潮』掲載の時点で本文の前におかれていた〈まえがき〉が、『晩年』

収録に際して削除されたという違いが、それである。〈まえがき〉の削除は、その伝えるところとあい俟って、「地球図」の物語の性質を考えるうえで、どうしても気になる事実である。それは読者に、いったいなにを告げているのだろう。

＊

〈まえがき〉は、初出誌・紙を底本とする全集所収の「地球図」に、生かされている。伝えるところは、かいつまんでいえば、作品の発表をめぐる事情についての、作者のコメントにほかならない。『新潮』の楢崎勤氏から感想を求められたのは、先に発表した「ダス・ゲマイネ」についてなにか書くようにということだと思うけれども、それは評者のまったき無理解にさらされているゆえ、「いまさら」なにをいうことがあろう、「すなはち、左に「地球図」と題する一篇の小品を黙示するのみ」と、作者は記す。

太宰治は、周知のように、一九三五年度第一回の芥川賞候補にあげられ、次席となった。そのとき『文芸春秋』編集部の依頼に応じて、一〇月号に発表したのが、「ダス・ゲマイネ」である。しかし、「舌を焼き、胸を焦がし、生命の限り、こんのかぎり」[*2]を尽くしたと〈まえがき〉に記し、「歴史的にさへずば抜けた」ものとひそかに自負したこの作品に、文壇ははなはだ冷たかった。全集一〇巻の「解題」（山内祥史）は、「作者の言分（その一）」の項に、海野武二の「十月創作評[*3]」の一節を紹介して、その冷たさを具体的に示してくれる。「作者の言分（その一）――十月創作評に応へて」[*4]はそれに対する応酬にほかならない。ただし太宰治の「言分」は、次のごとくきわめて短い。「あなたには、私の、くるしみが判らない。いまに判つて来るかも知れぬ。生涯、判らずに、死んでゆくかも知れぬ。まづ厳格の美を学べ」。短い、けれどもこれはきっぱりした「言分」である。長さは「厳格」に三下り半、くどくどと弁明するかわりに、心情のエッセンスを絞って、お前など相手にならぬというのである。そういうぎりぎりの「言分」を披瀝すれば、たしかに、改めて言うことはなにもあるまい。あとは作品で勝負するのみ、として「地球図」に賭ける太宰治の作家姿勢を、〈まえがき〉に読みとることができる。

その意味では興味深い〈まえがき〉の『晩年』における削除は、内容が〈創作余談〉にかたむく点を、作者が考慮したことによるかと思われる。作品を「黙示する」のが作家としての本道であるのなら、それこそ「地球図」のみを文字どおり黙って世に問えばいいのであって、成立の事情の説明を作品のなかに組みこむのは、筋がとおらぬやり方というべきだろう。読者の関心は、成立した作品にあって、成立の事情にはない。感想を作品にかえたことが気になったとしても、それは、〈まえがき〉とは別のかたちで、直接編集者に説明すれば済むことではないか。したがって削除は当然の措置と受け取っていい。

だが、削除の意味するところは、それに尽きない。〈まえがき〉の後半で、作者が「地球図」の作意に触れているからである。「もとより、これは諷刺に非ず、格言に非ず、一篇のかなしき物語にすぎず、されど、わが若き二十代の読者よ、諸君はこの物語読了ののち、この国いまだ頑迷にして、よき通事ひとり、好学の白石ひとりなきことを覚悟せざるべからず」と、そこに記した太宰治は、括弧づきで文壇に対する自己の心情を吐露する言葉をつらねて、〈まえがき〉を閉じている。「われら血まなこの態になれば、彼等いよいよ笑ひさざめき、才子よ、化け物よ、もしくはピエロよ、と呼称す。人は、けつして人を嘲ふべきものではないのだけれど」。先の「言分」で抑えに抑えた感情の余波が伝わる一節だが、これは、作品解読に便利なものとみえて、実は危険を含む言説にほかならない。なぜなら〈まえがき〉の言葉は、「地球図」のヨミをひとつの方向に導き、読者の素直な、自然な受容をさまたげる力をもつからである。

〈まえがき〉は「地球図」を、「一篇のかなしき物語」だとする。だがはたしてそうなのか。「この国」すなわち当代の文壇には、物語に姿をみせるごとき「よき通事」「好学の白石」はひとりも無い、ともいう。なるほど「地球図」には、シロオテと「よく」話をかわしうる「通事」が、シロオテの語る「万国のめづらしい話」に耳をかたむける「白石」が、登場してはいる。けれども「地球図」の告げるところは、それにとどまるだろうか。物語は、その先、すなわち「通事」の技の熟練と「白石」の「好学」とのむこうに在るものを、問題にしているのではないか。作者の言葉を意識すると、「地球図」のその辺の内実を正確に受けとれぬおそれがあるだろう。のみならず、〈まえがき〉において太宰治は、「地球図」の読者に、シロオテのなりゆきをとおして、自身の「かなしき物語」、「ダス・ゲマイネ」の「不当の冷遇」に傷ついたおのれの心のそれを、読みとってほしいと訴えているようである。最後につけ加えられた括弧づきの一文をみれば、「若き二十代の読者」ならずとも、さらにその感は深い。けれども〈まえがき〉を離れてじかにシロオテの物語に接したとき、読者はその訴えを聴くことになるのかどうか。

このように、「地球図」を読み解くうえで、〈まえがき〉は読者に、さまざまな影を投げかけている。だからこそ〈まえがき〉の削除された事実そのものは大きな意味をもつことになる、といわなければならない。

書簡をたどると、太宰治の浅見淵にあてた次の言葉が、眼につく、「「地球図」（六号のまへがき全部消して十七枚）」。『晩年』に収める原稿に関する覚え書きの一節である。書簡の日付けは一九三五年一一月三〇日。その日付けに注意すれば、太宰治が「地球図」から〈まえがき〉をはずすことにしたのは、年譜の示す雑誌発表稿の執筆から、さほど遠くない時点だったことがわかる。だとすると、〈まえがき〉ははじめから削ることを予定されたものであったのか。『晩年』刊行の話が太宰治に伝えられたのは、発表稿執筆のあとだから、そのはずはない。あるいは収録に当たって、創作集としての体裁を気にしたために、削ることにしたのだろうか。それは有りうる状況という気がする。だが、〈まえがき〉の内容の重さを測定するとき、削除がさらりとおこなわれたとは思えない。書簡は「六号のまへがき」と記していて、太宰治がすでに「地球図」の校正刷を読んだことを、示している。その時点で〈まえがき〉の存廃が、問題となって、熟慮のあげく、それを「全部消して」しまうことになったのにちがいない、と思う。なによりも「消して」

の語が、作者における意識的な削除のニュアンスを伝えているではないか。

「地球図」を「十七枚」の作品にしたことは、太宰治の立場にたてば、作品と読者のあいだに介在する作者の位置から身をひくことを、意味していたと、わたしは推察する。とともにそれは、〈まえがき〉に「「地球図」と題する一篇の小品を黙示する」（傍点引用者）と記した姿勢を、改めて具体化することでもあったろう。『晩年』収録に際して、太宰治は「地球図」のヨミを、読者の手に委ねたといってよいのである。

こうして「地球図」は、いまわれわれの前にただ「一篇の小品」として、おかれている。読者は、作者にとらわれることなく、自由にそれを読めばよい。ただその際に、「地球図」の物語がわれわれに語りかけるところに、すなおに耳をかたむける用意だけは、忘れてはならないだろう。自由に――とは、恣意的な臆断を許すことではない。そこで、次に物語の導きにしたがって、「地球図」を読み進めることにしよう。

＊

太宰治によって「一篇の小品」とされた「地球図」は、〈まえがき〉を別にすれば、全集所収のカタチで一〇ページ、物語としてはたしかに短い。そうではあっても、しかし整然とした布置のもとに、豊かな物語情況を伝えている。ちなみに、おなじく『晩年』の「魚服記」も、短さで

「地球図」にひとしく、しかも〈変身〉の主題を巧みにいかした、炭焼の娘の物語であることを、言い添えておく。他により短い、「葉」のなかの「哀蚊」や花売り娘のエピソードもあって、太宰治はその出発点ですでにすぐれた〈物語作家〉であったことが、確認できるだろう。

「地球図」は、すでに触れたように、根底に資料として新井白石の『西洋紀聞』をもつ。それは周知のことがらに属するが、ただ冒頭の一節に対応する記述の『西洋紀聞』に見当らない点が、従来とも問題にされてきた。最近発表された山内祥史氏の「「地球図」論」[*5]は、おそらくその点に端を発した「地球図」原典探索の結果をまとめたもの、と思われる。山内氏はそこに、新たな「地球図」の典拠として「山本秀煌著『江戸切支丹屋敷の史蹟』（イデア書院、大正一三年六月二〇日付発行）」を挙げ、冒頭の一節をはじめ、シロオテの物語についても、作品と原典との比較検討を試みるとともに、「地球図」の表現が『西洋紀聞』と山本書のいずれにより近いかを測るという緻密な操作を施して、「地球図」の質を照射している。即いて観るべき貴重な試みだと思う。「地球図」がほかならぬシロオテの物語であることは、切支丹屋敷の「ヨワン榎」の由来を示す冒頭の一節によって、明らかだろう。そのことについて、山内氏の「「地球図」論」は、この一節と「『江戸切支丹屋敷の事蹟』の「後編」劈頭とを比較して」、記述照応の度合をたしかめたうえで、「「後編」劈頭」に続いて記される「長助、はる夫妻の墓」のことが、「地球図」冒頭では省略されているのに注目し、その理由を、「第一段の言述を、「ヨワン榎」＝シロオテに関することに限定する」という、語りの意図のシロオテへの集中に見いだして、より厳密な視点を提示するのである。

そのようにして始まる「地球図」は、総体が長短十一の節に分けられている。その順を追って「作品の展開を考察したい」という「「地球図」論」は、いまの冒頭の一節を、シロオテの「殉教譚の世界へと読者を導いていく、扉の役を果たしている」と読む。わたしのヨミもそれに近いが、しかし「扉の役」とするのは、この一節を、導入部すなわち「殉教譚」の一部とみなすことを意味している、と思う。そこに、わたしのヨミとの違いが求められるようである。

冒頭の一節は、わたしには、導入部というより物語の〈はしがき〉と読める。この一節が読者に伝えているのは、切支丹屋敷の榎がなぜ「ヨワン榎」と呼ばれるようになったかであって、「伴天連ヨワン・バッテイスタ・シロオテ」その人の在り様ではない点に、注意しておきたい。物語は、「ヨワン榎」をかたみとして後世にのこすことになった当の人物シロオテが、地上でいかに生き、どのようにして「牢のなかで死」ぬにいたったかを、具体的に語っているのである。細かいことだが、冒頭の一節に「いまから二百年ほどむかしに……」とあるのも、眼につく。それは、「いま」すなわち語りの現在と、語られるべき出来事とのあいだの時間的距離が、そこにはっきりと意識されているのを、示す。その語り様は、以下の十節のそれとは異なる。シロオテの物語では、「いま」の意識が表にたつことはない。というわけで、わたしは冒頭の一節を、物語の本体と区別して〈はしがき〉と読むのである。「扉」の喩にこだわるなら、それは、扉のわきに、もしくは少し離れて門柱に掲げられた標札の役割を担う、と思う。家の標札が主人の名前を記すように、「地球図」の〈標札〉もまた、次に始まる物語の主人公が誰なのかを、はじめに表示しているのではなかろうか。

　標札は小さいが、〈はしがき〉も総字数一七〇字、十一の節のなかで最も短い。しかも作中にそれに対応すべき〈あとがき〉はない。「地球図」のこの体裁は、芥川龍之介の「きりしとほろ上人伝」のそれにひとしい。「れぷろぼす」、のちに「御水を授け」られて「きりしとほろ」となる大男の物語も、はじめに「小序」があって、そのあとに物語そのものが、四章にわたって語られていく。作者の次元にたてば、芥川龍之介に傾倒していた太宰治は、「地球図」の組みたてを、あるいは「きりしとほろ上人伝」に倣《なら》ったのかもしれない。「地球図」初稿の執筆が一九三三（昭8）年秋であることを、はじめに記した。全集第一巻の「解題」によると、「葉」も「昭和八年十一月十七日以後に書き直され、「暮れ」までに脱稿していたのであろう」という。二作の成立時期は近いわけだが、「葉」に組み込まれた掌篇「哀蚊」に、成立の時点で加えられた〈まえがき〉、「彼は十九歳の冬、「哀蚊《あはれが》」といふ短篇を書いた。それは、よい作品であつた。同時に、それは彼の生涯の渾沌を解くだいじな鍵となつた。形式には、「雛」の影響が認められた。けれども心は、彼のものであつた、」（傍点引用者）――をみると、このとき太宰治が芥川龍之介の影を想起していたことが、わかる。「地球図」が「きりしとほろ上人伝」に学んだとするのは、じゅうぶんありうることだと思われる。傍点を附したおわりの二文は、とくにその印象を強めるようだ。

四章仕立ての「きりしとほろ上人伝」に対応するかのごとく、十節から成るヨワン・バッティスタ・シロオテの物語の展開は、まず、もっぱら主人公の足どりを追う前半の五節と、江戸切支丹屋敷におけるシロオテとそして新井白石の容子《ようす》を伝える後半の五節とに、きっちり二分されている。のみならず、前半はシロオテについて、まえの二節（1〜2）に日本・屋久島にいたるまでの経緯を、あとの三節（3〜5）に上陸後のその在り様を語り、後半は、まえの三節（6〜8）に白石のシロオテ審問の情況を、あとの二節（9〜10）にシロオテのなりゆきを語っていて、全体として「地球図」の物語空間は、よくバランスのとれた四つのパートによって支えられている、と読むことができる。「形式」のうえで、「地球図」をより「きりしとほろ上人伝」に近づける所以だろう。「きりしとほろ上人伝」の四章には、それぞれ〈山ずまひのこと・俄大名のこと・魔往来のこと・往生のこと〉の見出しがつけられている。そのひそみに倣うなら、シロオテの〈伝〉は、I　生い立ちのこと、II　日本上陸のこと、III　白石と対面のこと、IV　往生のこと――となるだろうか。ただ、四章仕立てをはじめから明確にする「きりしとほろ上人伝」とは違って、「地球図」がどうしても、前半・後半の二段の語りという点に、まず読者の眼をひきつけてしまうことは、否めない。

＊

「きりしとほろ上人伝」は、「今天が下に並びない大剛の者を尋ね出いて、その身内に仕えようずる志」を抱いた山男「れぷろぼす」が、「悪魔《ジャボ》」に勝つ「えす・きりしと」に出会うべく、洗礼を受け、名を「きりしとほろ」と改め、「流沙河」の渡し守となったのち、「如何なる仕合せにめぐり合うたか」を語るわけだが、その渡し守「きりしとほろ」は、三年目の嵐の夜に、ひとりの「わらんべ」、「世界の苦しみを身に荷うた「えす・きりしと」」を肩に背負って、必死の思いで河をこし、そのまま流沙河のほとりから姿を消した、という。それは、いわゆる殉教者の物語とはやゝ趣きを異にするけれども、主のために地上の生命のすべてを捧げた人間の「仕合せ」を、余す所なく伝えている。

「地球図」の組み立てに「きりしとほろ上人伝」の影の射す可能性を、先にみた。だが、それとともに「地球図」の作者は、ひとたび「悪魔の下部《しもべ》」となった罪をあがなうために渡し守を勤め、ひたすら「えす・きりしと」との邂逅を〈待つ〉「きりしとほろ」の姿に、「えす・きりしと」のために生き、導かれて「父のもとへ帰」った「心の貧しいもの」のイメジに、心を惹かれたのではなかろうか。「地球図」成立の根底に、わたしは、芥川龍之介の書き遺した「きりしとほろ」像を据えたい、と思う。眼を凝らせば、太宰治のシロオテもまた、「師命」すなわち日本における伝道の使命を達成する機会を〈待つ〉[*6]ものにほかならぬことが、みえてくるのではないか。芥川龍之介の作品には、ほかに「きりしとほろ上人伝」とかかわりの深い「奉教人の死」がある。無実の罪のために教会を追放されて「世にも哀れな乞食《こつじき》」に身を落としたのみでなく、長崎大火の際に自分に罪を被せた女人の子供を火中から救出し、大火傷を負って地上の生を終える「ろおれんぞ」を語る「奉教人の死」こそ、まったき殉教の物語であって、「地球図」の産みの親とするにふさわしいのかもしれない。しかし、物語のカタチが「地球図」とは異なるのと、「ろおれんぞ」とはそもそも人の子ではなく、「「はらいそ」（天国）」を「故郷」とし、「「でうす」（天主）」を「父」とするものにほかならぬと読めることとを考慮して、わたしは「きりしとほろ上人伝」をここに問題としたのである。

「地球図」の物語と原典との比較については、すでに渡部芳紀「「地球図」論——太宰文学の一方法」[*7]や、山内祥史「太宰治と日本古典文学」[*8]、また先に挙げた同氏の「「地球図」論」などの試みがあり、私もいささか触れたことがあるので[*9]、詳細はそちらに譲りたい。だが、多少気になる点もあるので、それについて触れておこう。気になるのは、「「地球図」論——太宰文学の一方法」にある、「太宰の「地球図」はその多くを白石の「西洋紀聞」によって成り立っている。太宰が、つけ加えたものは極めて少なく、あったとしても瑣末なことがらである」という指摘である。そうなのだろうか。たしかに「地球図」の「筋立て」は、『西洋紀聞』のとおりかもしれない。加えられたものは僅かなのかもしれない。が、しかし、「あったとしても」それらが「瑣末なことがら」だとは、思われない。『西洋紀聞』はいうまでもなくシロオテに関する新井白石の見聞録であって、それに多くを據るとはいえ、「地球図」はあくまでもヨワン・バッティスタ・シロオテの物語として、読者の前に在る。数は少なくとも新たに加えられた語りは、物語を物語たらしめている、欠くことのできぬ要素なのだ、とわたしには読める。

先の所論に触れたところだけれども、「地球図」の前半において、物語は幾個所か「原典にない語り」[10]（傍点原文）を加えている。物語の冒頭にシロオテを紹介して、ロオマンの人で「もともと名門の出であつた」と、「地球図」はいう。シロオテが「貴族の家に生まれた」ことは、たとえばF・マルナスの『日本キリスト教復活史』[11]には記されているが、『西洋紀聞』にはみられない。一八九六（明29）年刊行のマルナスの原著が翻訳されたのは一九八五（昭60）年だから、「地球図」がそれを参照することはありえない。「名門の出」は物語のためにつけ加えられた、シロオテのイメジを形成する語りとしてよいだろう。そうすることで、太宰治には、あるいはみずからをシロオテに近づける想いが動いたのかもしれないが、物語に即していえば、それは「天主の法」をわが身に生かそうとするシロオテの情熱の深さを、読者に印象づける意味をもつ。

前半ではさらに、シロオテについて、屋久島上陸直後に「かなしい眼をして立つてゐた」姿が、捕えられて長崎に送られ、奉行たちの前で「自分の使命を了解させたいとむなしい苦悶をしてゐる」とみられた姿が、そして江戸への旅の途中で、与えられた食事を「来る日も来る日も……わびしげに食べてゐた」姿が、それぞれ原典の記述にかさねて、語られている。なかでも長崎奉行所における情況は、原典の記述「彼人も、いかにもして、思ふ事共いひあらはしてむ、とおもふ気色なりしかば……」をほとんどそのまま取りいれながら、そこにシロオテの「苦悶」のさまを割り込ませている、という語り様がみられて、興味深い。わたしは「地球図」のシロオテが〈待つ〉もののイメジを宿すことを、先に指摘したけれども、「かなしい眼」も「わびしげに食べ」る様子も、人を、おのれの想いを伝えるべき対象を切実に求めつつ、にもかかわらず得られぬままに待たざるをえない、孤独な司祭の姿を、物語に彫りつけていると思う。「使命を了解させたいとむなしい苦悶を」続けるというシロオテが、願うところに到達できぬもどかしさ、苦しさを現わしているのは、いうまでもない。

事態は、舞台が江戸切支丹屋敷に移ってからも、変らない。白石のシロオテ審問は切支丹屋敷で、前後三回、宝永六年の「十一月二十二日」（一七〇九年一二月二二日）と「二十五日」（同十二月二五日）と「十二月四日」（一七一〇年一月三日）とに行われたわけだが、おもにそれらの情況を告げる後半では、前半とは逆に原典にわずかにある、シロオテの司祭であることを表わす記述が、原文に忠実に採りいれられているのに、気づく。はじめて白石の前に姿をみせたシロオテの「十字を切」る動作は、『西洋紀聞』上巻の「座につきし時、右手にて、額に符字かきし儀あり」を、二回目の審問のあと白石がみた「獄舎」のシロオテの在り様は、おなじく「さて、彼獄舎を見るに、大きなる獄を、厚板にて隔て、三ツとなし、その西の一間に置く也。赤き紙を剪て、十字を作りて、西の壁にをして、その下にて、法師の誦経するやうに、その教の経文を、暗誦して居けり」を、物語が生かしているのである。「地球図」は後半で、シロオテを「伴天連ヨワン・バッテイスタ・シロオテ」、「天主の法」を説く使命を担う司祭として、知識人白石の前に立たせているといっていい。そのシロオテは、しかし「わづかの機会をもとらへて切支丹の教法を説かうと思つてか、ひどくあせつてゐるふう」を示す。そして白石は「なぜか聞えぬふりをする」。機はいまだ熟さない。シロオテはなお待たねばならないのだ。「地球図」のこの個所を、『西洋紀聞』上巻の「かれは、事にふれて、その事どもいひ出しぬれど、そのいらへをもせで、うちすぎたりき」（傍点引用者）と対比するとき、シロオテの「地球図」における〈待つ〉べき定めは、いっそう明らかになるだろう。傍点の語に注意すれば、実際は、「十二月四日」以前にシロオテは「その事ども」、つまり「こゝに来れる由」と「其教の旨」を口にしたが、白石の無視によって抑えられたことがあったというのが実情だったとわかるからである。

だからこそ、「十二月の四日」、三回目の審問の日の情景が、印象的なのだ。「宝永五年の夏のをはり」のある日に「かなしい眼をして」屋久島の一隅に「立つて」から、この雪の日まで一年と二か月余り、ひたすら機会を待ち続けたシロオテが、白石の問いにそれを得て、「めんめんと宗門の大意を説きつく」す。その歓びに満たされたシロオテの〈時〉を、原典の記述に據りつつも、みずからの視点を加えて、鮮やかに語る「地球図」は、初出稿の〈まえがき〉に太宰治が記したような「かなしき物語」では、ありえない。「デウスがハライソを作つて無量無数のアンゼルスを置いたことから、アダン、エワの出生と堕落について、ノエの箱船のことや、モイセスの十誡のこと。さうしてエイズス・キリストスの降誕、受難、復活のてんまつ」、天から絶え間なく降り注ぐ〈雪〉を受けて、そのように語るシロオテは、孤独ではない。白石が「興味」を示さず、「傍見」をしていても、孤独ではない。『西洋紀聞』ではなく、「地球図」の物語空間で〈雪〉のなかに立つシロオテは、〈聖なるもの〉の影とともにあるからである。

＊

「地球図」の主人公シロオテの名は、正確にはジョヴァンニ・バッティスタ・シドッティ、イタリアのシチリア島パレルモ出身のイエズス会司祭で、一六六八年に生まれ、一七〇八年一〇月一一日（宝永五年八月二八日）屋久島に上陸、一七一四年一一月二七日（正徳四年一〇月二一日）切支丹屋敷で没した。物語にあるように、屋敷の使用人長助・はる夫婦に洗礼を授けたため、地下牢につながれたまま殉教したという。「地球図」は、最初の審問の日の朝、白石が「奉行たちと共にシロオテの携へて来た法衣や貨幣や刀や、その他の品物を検査し」たと語るが、そこに挙げられる「その他」のうちに、実は、シドッティを識るのに不可欠な一枚の聖画が含まれていた。おなじイタリアの女性の宗教画家アグネス・ドルチの画いたマリア像、世に「親指のマリア」として知られるそれ。「地球図」が何ひとつ語らぬこのマリア像を軸において、シドッテイと白石の在り様を綿密にたどる長篇に、秦恒平氏作の『親指のマリア』[*12]がある。そのことをおわりにつけ加えておきたい。

注

＊1　山内祥史編『太宰治全集』（筑摩書房）。本稿における太宰作品の引用は、同全集所収のものによる。
＊2　一九三五年九月二二日付の山岸外史宛と神戸雄一宛書簡。
＊3　「十月創作評　青年の頽廃の記録―『文芸春秋』の巻」（『時事新報』一九三五・九・二五）
＊4　『時事新報』一九三五年九月三〇日付。ただし「（その一）」は全集編纂者の附加。原題にはない。
＊5　『太宰治研究』1（和泉書院　一九九四・六）
＊6　太宰治の最初の作品「列車」でも、上野駅のプラットフォームで出発の時を〈待つ〉列車のイメジが注目されている。
＊7　『太宰治　心の王者』（洋々社　一九八四・五）所収。
＊8　『解釈と鑑賞』一九八五年一一月。
＊9　本書第2章
＊10　＊9におなじ。
＊11　LA "RELIGION DE JÉSUS" (IASO JA-KYŌ) RESUSCITÉE AU JAPON　久野桂一郎訳（みすず書房、一九八五・五）
＊12　筑摩書房、一九九〇年一二月。

4

「俗天使」の〈私〉

——なぜ「不気嫌である」か——

「俗天使」は太宰治の中期の作品のひとつ、「美しい兄たち」（「兄たち」と改題）「短片集」「鷗」とおなじく一九四〇（昭15）年一月、『新潮』に掲げられた短篇である。初版は同年四月竹村書房から刊行された『皮膚と心』で、その冒頭におかれている。執筆は全集3巻の「解題」[*1]に前年の十一月十三〜十五日と推定されていて、同時発表の「鷗」（おなじく十一月二十五、六日頃〜三十日頃と推定）にわずかに先立つ。「俗天使」も「鷗」も〈私〉が〈私〉みずからを語る作品であって、二作のかかわりが気になるところだが、本稿では、「俗天使」の〈私〉の在り様を問うことにしたい。

1 本文の異同

〈私〉の語りを聴くという姿勢をとるまえに、「俗天使」の本文自体にいささかこだわっておかねばならない。『新潮』初出のものと『皮膚と心』所掲のものとのあいだには、本文の異同があるからだ。異同のすべては全集3巻附載の「校異」が示してくれるけれども、初出掲載誌を底本とする同巻の「俗天使」と、初版を底本とする新潮文庫『新樹の言葉』に収録された「俗天使」とを較べてみれば、具体的につかむことができる。誰でも無考えに文章に手をいれることはしないわけだから、異同のひとつひとつが意味をもつはずだ。本来ならそのすべてに当たるべきところだろうが、場合によって作品のヨミへのかかわりの程度におのずから差が生じるので、ここでは、多少とも深くかかわる場合に眼をむけておきたい。また異同を考慮したとき、初出と初版のいずれを作品の〈真の〉本文とみなすべきかも問われるところだが、その点については、文章に手がいれられたら、改訂された方を確定的な本文とする常識にしたがうことにする（ただし改訂が第三者の眼に改悪と映ることもあって、その辺に本文確定作業の単純でない所以があるわけだ）。そういう前提のもとに、いま新潮文庫の「俗天使」*2に即して、異同の幾つかに触れておこう。各項に掲げる数字は文庫本のページ数と行数である。

a　281・6〈「聖母子」私は、〉→〈「聖母子。」私は、〉（初出の表記、以下おなじ）。

b　282・1〈六年まえの初秋に、百円持って友人三人を誘って湯河原温泉に遊びに行き、そうして私たち四人は、それぞれ殺し合うほどの喧嘩《けんか》をしたり、泣いたり、笑って仲直りしたときのことを書くつもりであったのだが〉→〈六年まへに、東海道三島で一夏すごしたときのことを書くつもりであつたのだが〉。

c　282・5〈であろうか。あれを、〉→〈であらうか。古谷綱武君は、よろこぶかも知れない。あれを、〉。

d　282・11〈唱歌でしょう。「そうかね。ひどい歌だね。」「そうでしょうか」〉→初出では、ふたつのセリフが改行しておかれている。

e　286・7〈私の態度がよかったからであろうと思い、私は、それ以上の浮いた気持は感じなかった。〉→〈私の態度がよかつたからであらうと、私は、少しも浮いた気持は感じなかつ

た。〉

f　286・17〈サビガリさん。サビシガリさんでも無ければ、〉↓〈サビシガリさん。サビガリさんでも無ければ、〉

以上のごとくだが、それぞれにいささかのコメントを加えておこう。aについては、全集3巻でも初版の表記を採っている。しかし「俗天使」の本文として、わたしには初出の方がふさわしく思われる。句点を打つことによって、『最後の審判』図の「聖母子」像が、語りの文脈のなかでくっきりと浮かびあがり、〈私〉の想念がそれに集中するさまを、よく伝えることになるからである。dの改訂は、ふたつのセリフを含む段落全体が「いつか」の出来事を伝えている点を、作者が考慮したためであるにちがいない。改行せずに続けることで、〈私〉と「家の者」とのやりとりは、過去の回想という語りの枠内にぴたりと収まるわけだ。eの一文は、改訂によって初出の濁りがとれ、文意がとおって意味的に安定したものとなっている。fの初出は、「サビガリさん……」「サムガリさん……」と類音語を並列して、言表に綾をつけるつもりがあったのだろう。しかし、思春期の娘が大人の〈私〉にいだく、親愛のかげにかくれた微妙な甘えの情を表わすには、やはり初出より初版の「おじさん。サビガリさん。」がふさわしい。わざと舌足らずな物言いをして、対象との心理的な距離を縮めながら、そういう言い方自体を楽しんでいる手紙の主の心情が、初版の表現に透けてみえる、と思う。

そしてbとc。このふたつは、「俗天使」の語り手〈私〉の質の読みとりに、直接にかかわる異同であって、注目されていい。さきにcからみておこう。初版で削除された初出の一行に「古谷綱武君」とある。いうまでもなく文芸評論家として知られた古谷綱武にほかならない。古谷は太宰治のひとつ年上の友人、木山捷平・今官一らと一九三三（昭8）年三月『海豹』を創刊。太宰も同人のひとりとなって、創刊号に「魚服記」を発表し、作家生活の一歩を踏みだしたことは、よく知られている。そういう実在の人物、おのれに身近かであった存在に触れた語りが、削除されたところに、cの異同は大きな意味をもつ。「古谷綱武君は、よろこぶかもしれない」の一行は、作者を知る読者に、「俗天使」の語り手は太宰治と同一人物と思わせずにはおかない。そういう一行を、作者は〈私〉から〈削除〉したのである。〈私〉を太宰治から自立させる方向、それはbの異同にも明らかだろう。初出で〈私〉が執筆すべく用意していた短篇の内容は、一九三四年七月末から八月いっぱい三島市広小路の坂部武郎方に滞在した、太宰治の事実と結びつく。のみならず太宰は、その事実をもとにして、「俗天使」のあとで「𠮷《アルト》ハイデルベルヒ」[*3]をまとめている。それは素直な回想体の短篇で、「可もなく、不可もない「スケッチ」といふもの」と、いっていえなくはない。そういう内容を、作者は〈私〉から取りあげて、かわりに「六年まえの初秋」の友人との湯河原ゆきという、太宰治ならぬ〈私〉の事実を、初版に記しているのである。

2 『最後の審判』図

こうして太宰治から自立した〈私〉は、「俗天使」においてまずミケランジェロの『最後の審判』図との遭遇を語ってから、それに圧倒されて、せっかく「腹案」も「すでにちやんとできてゐて、末尾の言葉さへ準備してゐた」短篇にとりかかる気がしなくなったといい、〈聖母子〉をみなければよかったと悔む。そのとき思いだされた「蝙蝠《かうもり》の歌」、幼い子供たちのうたっていたそれに刺激されて、自身の過去、「四年まへ」の「けふ」とおなじ「十一月十三日」の情況を想起して、「この日に、私は或る不吉な病院から出ることを許された。けふのやうに、こんなに寒い日ではなかつた。秋晴れの日で、病院の庭には、未だコスモスが咲き残つてゐた。あのころの事は、これから五、六年経つて、もすこし落ちつけるやうになつたら、たんねんに、ゆつくり書いてみるつもりである。「人間失格」といふ題にするつもりである」と語っている。いや、うっかり〈語る〉と記したけれども、「俗天使」の本文で「さつきから、煙草ばかり吸つてゐる」以下、子供たちの歌声を聞いた「いつか」と「不吉な病院」退院時とを伝えるふたつの段落は、実は〈私〉の〈書いた〉ものである点に、注意する必要がある。

用意した短篇を書けなくなった〈私〉は、にもかかわらず原稿〆切期日の切迫という情勢に押されて、ともかくも書く。何でもよい、思いついたことがらを言葉にして原稿用紙を埋めていく。とともに〈私〉は書こうと必死にもがくおのれの在り様を、「俗天使」に語っているのである。だから「俗天使」の読者は本文の読み分けを、〈私〉の書きものと、語りの部分とを区別して読むことを、作品から求められているわけだ。いささか面倒な事態だが、それも、〈私〉をよく理解するための必然の要請とあれば、甘受するほかはあるまい。その要請にしたがうと、「俗天使」の展開は、『最後の審判』図との出逢いをめぐる〈私〉の語り（Ⅰ）・〈私〉の書く思い出の女性、みずからのいう「陋巷の聖母」たちの姿と〈私〉（Ⅱ）・〈私〉の書く「手紙」と書き終えたあとの自身の情況についての〈私〉の語り（Ⅲ）——の三部に分かれている、と読める。そして最後の、ある娘が〈私〉に宛てたというカタチの「手紙」は、〈私〉の創りだしたもの、その意味でそれまでの書きものとは性質がちがうことを、つけ加えておこう。

Ⅰの終わりに示される、先に触れた〈私〉の書きものの一部は、太宰治の熱心な読者には、〈私〉をただちに太宰と結びつける種となるにちがいない。彼なら、「或る不吉な病院から出ることを許された」と〈私〉の記すところを、麻薬中毒治療のために入院した武蔵野病院から「出ることを許された」太宰治の一九三六（昭11）年の出来事として受けとるだろうし、「あのころの事」を数年経ったら「人間失格」と題して書いてみるという〈私〉の「つもり」を、太宰の「人間失格」の成立との関連で、考えようとするはずだ。作家論の手順として、それはそれでいいのだろう。

にもかかわらず、「俗天使」の読者にほかならぬわたしは、やはり〈私〉は〈私〉であって、作品空間に自立するものであることを、忘れるわけにはいかない。「或る不吉な病院」は語りのままに解されるべきだし、たとえ太宰治の退院の日が実際に「秋晴れの日」で、「病院の庭には、未だコスモスが咲き残つてゐた」のだとしても、それはあくまでも〈私〉における事実と読まれるべきだ、と思う。本文の異同を検討して明らかになった、〈私〉についての作者の意向は尊重されなければならない。それに添うのも、作家論のあり方なのではなかろうか。ちなみに太宰の武蔵野病院退院の日は、一九三六年の十一月十二日であった。〈私〉が「俗天使」に書く「けふ」は、作品そのものの成立したときとみて差しつかえあるまい。とすると太宰の退院は、その時点から逆算して「四年まへのこの日」ではなく、三年と一日まえとなる点にも、眼をとめておきたい。「つもり」もまた、ここでは〈私〉のそれと押さえておく必要があろう。IIの「陋巷の聖母」たちの思い出、IIIの「手紙」についても、事情は変わらない。

夕食をとりながら〈私〉が「傍に」ひろげていた、「ミケランジエロの「最後の審判」の大きな写真版」は、Iの途中でたたまれたまま、ふたたび姿をあらわすことはない。けれども「俗天使」においてそれは、食事を中止して「つぎの部屋」おそらく書斎へひきあげたのちも、ずっと〈私〉の想いをとらえて離さない、と読める。書斎での〈私〉は、何をどうしようと、わが前に高く立つ『最後の審判』図から見おろされている自分を、最後の最後まで感ぜずにはいられない、というのが、「俗天使」の伝える実情のようだ。その意味で『最後の審判』図の作品空間に占める位置は、大きい。語りのはじめに〈私〉はそれを「大きな写真版」と紹介している。そこに「大きな」とはいうまでもなくミケランジェロの作品を収めた画集の判型（四六倍判か）をさすはずだが、しかし続いて「写真版をひろげて」とあるのにこだわると、これは無くても済む表現と思われる。なのに〈私〉はなぜ「大きな」といったか。推測の域をでないけれども、このときすでに〈私〉は、たんなる判型を超えた「大きな」何かを、自身の「見つめる」対象のうちに感得していたのではなかろうか。

そういう『最後の審判』図について、多少の解説をしておくのも、無駄ではあるまい。〈最後の審判〉そのものは、聖書における終末思想の表われであって、世界の〈終わりの日〉に、昇天したキリストが地上に再臨し、玉座に着いて、すべての人間をそれぞれの行状によって天国にゆくものと地獄に堕ちるものとに分ける、すなわち〈さばき〉を下すことを、明らかにする。「マタイによる福音書」（24・29〜31、25・31〜46）がその状況を伝えるほか、「ヨハネの黙示録」（20・11〜15）も「最後《さいご》の裁《さば》き」*4を語っている。それらの記述にもとづいて、〈さばき〉の場を図像として視覚化したものが、すなわち『最後の審判』図にほかならない。図像の起源は四、五世紀ごろ、本格的な〈審判図〉の成立は九、十世紀で、「黙示録」を主とする東方教会系と、「マタイ」に據る西ヨーロッパ系の二つのタイプがある、という。*5ミケランジェロの作品は後者のひとつバチカンのシスティナ礼拝堂の祭壇を飾る壁画で、一五三三年に制作を始め、四一年に完成した。画面中央に審判者キリストが脇腹と手と足の傷痕を示してたち、両側に聖母マリア（向かって左）と福音記者のヨハネ（同じく右）とが、キリストに向かって慈悲を祈り、*6三者のまわりに天使たち、十二使徒、諸聖人が配され、下方にさばかれたものたちが描かれる、——基本的にはその定式に従いながら、しかも、幾つかの層に全体を水平に仕切る従来の構図を破って、審判者たちを中心に群像が下から上へ、ふたたび下へと旋回する構図を創造したことで、ミケランジェロの〈審判図〉は、注目されている。[*7] それは見るものをおのずから〈さばき〉の場にひきこむダイナミズムをもつのである。のみならず「壁画の人物がみな裸体、それも審判者キリストまでが一糸まとわぬ姿[*8]」であることによって、当時作者は大きな物議をかもしたのであった。

3 〈聖母子〉像と〈私〉

ところで、「俗天使」の〈私〉がミケランジェロの『最後の審判』を「見つめ」たのは、そのダイナミズムに動かされたためなのかどうか。それははっきりしないけれども、「箸と茶碗を持つたまま、ぼんやり動かなくなつてしまつて」というのだから、圧倒的な印象を受けたにはちがいない。ただ〈私〉の魅せられかたは、〈審判図〉の鑑賞者としてはかなり特殊といわねばならない。そこに審判の光景をみず、もっぱら「キリスト」とその「母」の姿に眼と心を奪われているからである。「図の中央」の「おほらかな身振をして」いる「すこやかな青春のキリスト」と、「全裸の御子に初《う》ひ初《う》ひしく寄り添ひ、御子への心からの信頼に、うつむいて、ひつそりしずまり、幽かにもの思ひつつ在る」「処女のままの清楚の母」とが、食事を途中でやめさせたと語る

〈私〉は、他の人物たち、絵の主題からいって重要なヨハネにさえ、眼もくれない。いやわずかに下方の「亡者たち」が視野のはしを掠めているだけだ。すぐあとに「「聖母子。」私は、その実相を、いまやつと知らされた。たしかに、無上のものである」とあって、みずからもいうとおり、〈私〉は、『最後の審判』図に〈聖母子〉像を、みてとっている。これはかたよった観方であるにちがいない。

だが、「俗天使」において、そういう指摘、いわば『最後の審判』図の誤まった受容を問題にしても、あまり意味がないだろう。圧倒的な力にひきこまれながら、しかし〈私〉は〈私〉なりの反応を示す。読者は、おのずから〈聖母子〉像に注目してしまう〈私〉の姿勢を、そのものとして素直に認める必要がある。でないと、それを起点に動きだす「俗天使」の語りに、ついていけないことになる。

ミケランジェロの『最後の審判』図に〈私〉は「すこやかな青春のキリスト」をみいだす。そこに描かれたキリストには「髭がない」[*9]ためにそうみたのだろうが、作者にそれで〈青春像〉を示すつもりがあったわけではない。さらにその「腹部に」「手の甲に、足に、まつくろい大きい傷口《きずぐち》が、ありありと、むざんに描かれて在る」画中の事実に気づいたとき、「わかる人だけには、わかるであらう。私は、堪へがたい思ひであつた」と、〈私〉はいう。〈審判図〉の「傷口」は、いうまでもなく十字架上の処刑の傷痕をさすけれども、キリストの傷痕が〈私〉に「堪へがたい思ひ」をさせるのは、なぜなのか。傷痕は、聖書的にはキリストの受難の徴《しるし》にほかならない。とすると、それを通して地上で受けたその苦しみを想うからとする解釈が、すぐになりたつ。そうではあろう。しかしそこにある〈私〉の一句、「わかる人だけには、わかるであらう」が、事態はその解釈だけではかたづかぬことを、示している。「わかる」とは「傷口」の意味する苦しみの深さ、大きさが、本当に感じられるということだろう。だがそれは誰にでもできることではない、と〈私〉はいう。では、誰ならできるのか……。〈私〉は言外に、自分こそその「わかる人」の一人なのだと告げている。だからこそ「堪へがたい思ひ」に襲われるのである。

〈私〉に「傷口」の意味するところが「わかる」のは、Iの終り、あるいはIIの伝える思い出の背後に想定されるように、〈私〉自身にも深刻な苦難の体験があったからにちがいない。歯痛の苦しみはそれを経験したものでなければわからない、といわれる。「わかる人だけには」（傍点引用者）という言い方に、そのニュアンスがこめられていると思う。ミケランジェロのキリストに、「まつくろい大きい傷口が、ありありと、むざんに描かれて在る」（傍点引用者）と〈私〉の眼がみたとき、はからずも〈私〉は、その苦しみによってみずからの「傷口」を、みたのではなかったか。「堪へがたい思ひ」はそれゆえの思いであるだろう。

聖母マリアについてはどうか。「この母は、なんと佳いのだ」と〈私〉の感じるマリアを、ミケランジェロがどう描いたかについて、伝記小説の作者は次のように記す。「そして聖母マリアの顔にとりかかった。無関心と不安の両方がそこに塗り込められていくようだった。悲しみや慈しみ、愛情はそこにはなかった。美しく女性的な面差しは心を固く閉ざしている。彼女は裁きをくだす者に対して影響を及ぼすことを断念し、目を伏せ、まわりを見ないようにしているのだ」[*10]。引用の最後に記される姿勢は〈私〉のいう「うつむいて、ひつそりしずまり、幽かにもの思ひつつ在る様」に通じているにせよ、マリアに〈私〉のみたところは、およそこれとちがう。〈私〉が「佳い」と感じたのは、「若い小さい処女のままの清楚の母」が「全裸の御子に初《う》ひ初《う》ひしく寄り添ひ、御子への心からの信頼に」満たされている、とみるからである。壁画のマリアは「初ひ初ひしく」はあっても、しかし「寄り添」う姿ではない。「この絵のマリアは不安を示している」[*11]とは、システィナ礼拝堂での除幕式に参列した一人の印象だが、逆に〈私〉は「信頼」をそこにみいだしている。感性のちがいではないだろう。〈審判図〉に対して、〈私〉はやはり〈私〉なりの反応を表わすのであって、逆の観方をするのには、それなりの、自身に固有の理由があるためなのだ。

そこで「この母は、怜悧の小さい下婢にも似てゐる。清潔で、少し冷たい看護婦にも似てゐる」という言葉に、注意したい。聖母と「下婢」もしくは「看護婦」――「けれども、そんなんぢやない」と自身でもすぐさま否定するほど、あまりにも飛躍した連想。だがそれだけに、「似てゐる」とされるふたつのイメジは、この場で否応なしに浮かんだものとみることができる。マリアとのかかわりで、そのようなイメジが浮かぶのは、それこそ〈私だけに〉起こることだろう。だからそうなるわけは、〈私〉自身の裡にあるということになる。「下婢」も「看護婦」も、実は、かつて苦難の〈私〉を怪しむことなく、すなおに好意を示してくれた女性たちの面影を宿したイメジにほかならない。心に沁みたその面影が、〈審判図〉を前にしたときに動き、〈私〉は「似てゐる」と思うのである。不安を表わすと評されたマリア像に、「寄り添」う「母」、「御子への心からの信頼」を抱く「母」をみたのは、そもそも裡なる彼女たちのせいだったのではなかろうか。

ただし、記憶にのこる女性たちの所在は、Ⅰではまだ読者に伝えられない。〈私〉自身がそこでははっきりと思いだしていないからである。意識の底にひそむ影の、そのゆらめきを、〈私〉は感じたにすぎない。彼女たち、「荻窪の下宿にゐたとき」に出会った近くの中華そばやの「小さい女中」、「五年まへ」水上温泉にいったとき、町の医院にいた「丸顔の看護婦さん」の姿を、具体的に意識するのは、病院から出た日の記憶を書いたあと、書くのに嫌気がさして、にもかかわらず「書かなければならぬ」、編集者に迷惑はかけたくないと思ったときである。「やぶれかぶれで」材料を探す〈私〉に、「ふいと」（傍点引用者）次の言葉が想い浮かぶ。「私にも、陋巷の聖母があつた」――「女中」と「看護婦さん」とは、他のふたりすなわち、水上温泉で「隣りの宿」に滞在していた「娘さん」、「十年まへ」に「銀座のバア」で飲み代をたて替えてくれた「女給」とともに、それぞれがほかならぬ〈私の聖母〉だったのである。

この一行を起点として、Ⅱに〈私〉は「陋巷の聖母」たちの思い出を書き進めていく。書きだしの一語「私にも」は、明らかに〈『最後の審判』図のあのキリストのように〉というニュアンスを含む。キリストの「傷口」におのれの苦難をかさね合わせて「堪へがたい思ひ」に駆られる

〈私〉にすれば、それは当然の話なのだろう。「陋巷の聖母」たちの思い出を書きだすに当たって、〈私〉が、ミケランジェロの描いたキリスト像を意識したのは、確かである。その「聖母」たちについても、「地上の、どんな女性を描いてみても、あのミケランジエロの聖母とは、似ても似つかぬ。青鷺と、ひきがえるくらゐの差がある」とみずから記すとおり、『最後の審判』図のマリアの姿を向こうにおきながら、筆をとるのである。「陋巷」とは、マリアのつらなる聖なる世界に対比された、俗の領域をさす語であるはずだ。そういう書き手の姿勢に気がつくと、Iで退院の日のことを書いたとき、〈私〉はすでにキリストのイメジを視野にいれていたかもしれない、と思われてくる。天から地上へ再臨したキリストと、「或る不吉な病院」すなわちどこか忌わしい臭いのする場所から、おなじ地上へ復帰した自分と——その逆対応の妙（?）で、気落ちした〈私〉の表現意欲もいささか刺激されたのではなかったか。

ではIIにおける原稿の進み具合は、どうか。「女中」のこと、「看護婦さん」のこと、「隣りの宿の娘さん」のことと、思い出を辿ってきた筆は、しかし、宿を引きあげる「私に笑ひかけ、そのまま泣いた」彼女に、それはお客が皆帰って、自分がとり残される哀しみの表われとわかっていても、「強く私は胸を突かれた。も少し、親しくして置けばよかつたと思つた」と、そこまで書いて止まってしまう。〈私〉は、思い出を綴る自身の在り様にこだわらずにはいられない。こだわると何かコメントせずには済まされなくなる。「これだけのことでも、やはり、「のろけ」というふ事になるのであらうか」と思い、「支那そばやの女中さんから鶏卵一個を恵まれたからとて、それが、なんの手柄になることか。私は、自身の恥辱を告白してゐるだけである」と釈明し、さらに「恥辱を告白してゐる、とまへに言つた。けれども、それは少し言葉が足りなかつた。「恥辱を告白することに、わづかな誇りを持ちたくて、書いてゐるのだ」と言ひ直したはうが、やや適切ではなからうか。みじめの心境であるが、いたしかたが無い」と註釈をつけ加える。くどくどと弁解をつらねるひまに、書くべきことを書けばいいのにと思うが、そうはいかない。自意識の自己増殖。書きながら、〈私〉は書くことに自己のすべてを集中できずにいる。書く〈私〉を落ち着かせないものが、そこに在る。それは何か。「俗天使」の忠実な読者にはすでに明らかだろう。〈私〉は、自分が、ミケランジェロの『最後の審判』の〈聖母子〉像からみおろされているのを、忘れることができないのである。その証據として、コメントの最後の一節を挙げておく。

「かのミケランジエロのマリヤが、この様子を見下して、怒り給ふこと無く、微笑してくれたら、さいはひである」、そう語ることで、〈私〉は、気になるマリアに自分の「この様子」についての諒解を求める〈あいさつ〉をしている、と思う。〈あいさつ〉を聖母の寛恕を請う言葉と読みかえてもいい。それだけの手続きを経て、ようやく〈私〉は、予定した「陋巷の聖母」の稿を書き継ぐことができる。かくて「十年まへ」の思い出を記す文章は生まれた。だがまだ「この雑誌「新潮」」から求められた「二十枚」には、はるかに足りない。〈私〉はどうするのだろうか。

4　ひとつ、書いてみよう

「陋巷の聖母」をともかくも書いたあとで、〈私〉は次のように語る。「もう、種《たね》が無くなつた。あとは、捏造《ねつぞう》するばかりである。何も、もう、思ひ出が無いのである。語らうとすれば、捏造するより他はない。だんだん、みじめになつて来る」。

書くべき材料が何もないのに、書かなければならないという情況に身をおくほど、表現者にとってつらいことはないだろう。だから「あとは、捏造《ねつぞう》するばかり」と追いつめられて、「だんだん、みじめになつて来る」〈私〉には、同情ができる。けれども、ぎりぎりの線にたたされて、ふたたび「やぶれかぶれ」になったとき、やはり〈私〉の裡に〈なにか〉が起こるのだと思う、さきに「ふいと」書くべき一行が想いうかんだように。〈私〉の二度くり返す「捏造」の語に、眼を向けておきたい。「捏造」は、ありもしないことをあるかのようにいつわってつくりあげる、でっちあげの意味で、マイナスのイメジを伴う。[*12] だが、視点を少しズラせば、「ありもしないことを事実であるかのようにこしらえていうこと」（傍点引用者）であって、それはまさに創作の営みそのものをさすではないか。追いつめられた〈私〉は、「語らうとすれば、捏造するより他はない」という。このときの〈私〉は、「みじめ」になりながらも、他方で「捏造」＝創作の試みにおのれを賭ける必然性を、ひそかに感じているように思う。いわば捨身の決意に自身を委ねること――あとに続く語りの一行は、そういう〈私〉の内なる姿勢を告げているはずだ。

ひとつ、手紙でも書いて見よう。

「手紙」はもちろん〈私〉の手紙ではない。一少女の〈私〉にあてた「手紙」であって、それを〈私〉が書くのだから、創作にほかならぬことは誰にもわかる。べつに「種《たね》」が、それに類した手紙を誰かから実際にもらった「思ひ出」があるわけでないことは、〈私〉の前言がおのずから明らかにしている。あとにも「実在かどうかは、言ふまでもない」とのことわりがあるように、「手紙」の書き手は、〈私〉の想像力がうみだした非実在の少女なのである。そこで、文面から察すると思春期にある女学生と思われる書き手の創出の、〈私〉における意味を問うのが順序となるけれども、その前に、なお問うべきことが先の一行にのこされているので、そちらをみることにする。

問題は一行の冒頭の言葉にある。「ひとつ」――この一見何の奇もない言い廻しに、語り手はさまざまな思いをこめている、とわたしは読む。副詞〈ひとつ〉にはふたつの用法がある。人に何かを依頼する場合と何かを始めようとする場合と。〈私〉の「ひとつ」は後者であって、改めて辞書の説明をかりると、「思いたって何かを始めたり、試みたりする気持を表わす」[*13]のである。「思いたって」とあるから、いままであまり考えていなかった、あるいは漠然と意識していたことがらを具体化する意志が、ここで〈私〉に動いたと読める。思い切って書いてみようとする創作への決意、それによって、ともすれば退嬰的になりがちな自分の姿勢をたてなおそうとする〈私〉が、そこにいる。とともに、「ひとつ」は〈ためしに〉と置き換えられるから、結果はどう出るかわからぬとしても、さらにいえば結果はどうなろうとも、まず試みる気持に、〈私〉がなっているとも、みられよう。たしかに〈私〉は「手紙」を〈書く〉ことに、自己を賭けているのだ。

それにしてもこのとき、『最後の審判』図はどうなっているのだろう。ミケランジェロの〈聖母子〉を、〈私〉は意識の外へ追いやったのか。違うとわたしは思う。もしも追いやることができたなら、〈私〉は〈聖母子〉の影から自由になりえたにちがいない。Iで「鳥でもない。けものでもない。さうして、人でもない」と書いた〈私〉は、少なくとも一個の作者として自立することになったろう。だが、そうであれば、「俗天使」の結末は現行のテクストとはまったく異なるものとなったはずである。「をぢさん、サビガリさん。サビシガリさんでも無ければ、サムガリさんでも無いの」と始まり、「をぢさん、元気でゐて下さい」と結ばれるIIIの「手紙」は、なるほど途中でつまずかずに書かれてはいる。それゆえ懸命の努力の跡を「手紙」に認めることは可能だが、ならば〈私〉は何のために、この〈手紙を書いて見た〉のだろうか。そもそも、「手紙」によって甘えをまじえた信愛の情を自分に寄せる一人の「ムスメ」の姿を描くこと、それを創作の課題にとりあげたのは、どうしてなのか。ほかに想いつくことがなかったにすぎないと、人はいうかもしれぬ。しかし、事態を「俗天使」という文脈のなかでみつめ直すと、べつの解釈が導かれる。すなわち、〈私〉に「ムスメ」の姿を想像させる要因がそこに在るとする解釈があって、「手紙」の創作を心に決めた〈私〉の前には、「陋巷の聖母」たちの場合とひとしく、ミケランジェロの〈聖母子〉が立っている、とみるのである。わたしもその解釈に同調する。

「手紙」を書きだそうとするとき、〈私〉は〈聖母子〉像には何も触れていない。けれども書き終えたあとのコメントに、〈私〉は次の言葉を洩らしている。「いまのところ、せいぜいこんなところが、私の貧しいマリアかも知れない」。読者がその一節をここに想起することは、許されていい。「手紙」のかたちにおいて一人の「ムスメ」の在り様を描くのは、〈私〉に宿るマリアの像を言葉に刻む試みであることが、それでわかるだろう。創作を促す要因はやはり〈聖母子〉にあったわけで、ミケランジェロのマリア像に対して、「ひとつ」自分のマリアを刻んでみようというつもりが、〈私〉に動いたのだと思われる。〈私〉は『最後の審判』図の作者に、「卑屈な泣きべその努力」をする「無智」な芸術家をみている。その情報をどこから得たかはわからないけれども、みずからを「弱行の男」「御気嫌買ひ」と意識する〈私〉は、この巨匠におのれに近い存在を感じているらしい。だから、ミケランジェロにならって、〈私〉も「手紙」の創作に〈懸命の努力〉を傾けたのではなかったか。そうだとすると、「ひとつ、手紙でも書いて見よう」と思いたったとき、〈私〉はひそかにひとつの期待を抱いていた、と想像することができる。

抱かれた期待を照らしだすためには、もう一度〈私〉が『最後の審判』図から受けた印象をみておくことが、必要になる。〈聖母子〉像を「無上のもの」と感じた〈私〉は、それをダ・ヴィンチの『ジョコンダ』と比較したうえで、このように語っている。「ミケランジエロは、卑屈な泣きべその努力で、無智ではあつたが、神の存在を触知し得た。どちらが、よけい苦しかつたか、私は知らない。けれども、ミケランジエロの、こんな作品には、どこかしら神の助力が感じられてならぬのだ。人の作品でないところが在るのだ。ミケランジエロ自身も、おのれの作品の不思議な素直さを知るまい。ミケランジエロは、劣等生であるから、神が助けて描いてやつたのである。これは、ミケランジエロの作品では無い」。

ここで〈私〉は、なぜ〈聖母子〉像が「無上のもの」たり得たかを、〈私〉なりに諒解する。ミケランジェロが『最後の審判』制作の苦しみの間に、実際に「神の存在を触知」することができたかどうかは、問わずともよい。問題は〈私〉がその作品のうえに、どうしても「神の助力」を感じてしまうところにある。おなじく制作の「辛酸を嘗め」ながら、「神と争つた罰」で「魔品」となった『ジョコンダ』とは対照的に、ミケランジェロの〈聖母子〉を字義どおりの、神の力が彼の手をささえて出来た〈神品〉とする、その〈私〉の真実こそ「俗天使」では大事なのだ。聖と、俗ならぬ魔、芥川龍之介の〈遺稿〉の語をかりれば「Daimon」[*14]との対比を、読者はここにみいだしていい。そのとき、題名にかかわって「俗天使」なるものは語りのどこに位置づけられるかが気になるが、その検討はおそらく「手紙」の書き終えられるまで待たねばならないだろう。いまは「私」の真実を踏まえて、「手紙でも書いて見よう」と決意する場面を、さらにみつめる必要がある。するとなにかがみえてくる。〈私〉の裡にひとつの期待の兆すのが、その内容はどのようなものかが、みえてくる。神は「劣等生」ミケランジェロの「努力」をよしと見給うて、力をかされた、だから自分も〈懸命の努力〉をかさねれば、あるいは神の助力が得られるかもしれぬ——〈聖母子〉像に促された「ひとつ」という想いには、そういう期待もこめられていたにちがいない。

5 「手紙」の作者

〈私〉の創った「手紙」そのものについては、わたしに言うべきことはとくに無い。子供らしさと成人の女性の感覚・感情とをあわせ持つ、十代なかばの少女のイメジが鮮かに浮かぶ、と言えば足りる。だがそうなると、なんだ、これが〈私〉のマリアなのかとの思いが湧くのを、否めない。終りにルソーの『懺悔録』を読んでいると記す少女とマリアとの間には、あまりにも懸隔がありすぎる、というのが正直な感想である。ちなみに「お母さんが『女生徒』を読みたいとおつしやいました」「をぢさんが私のことを、上手に書いて下さつて、私は、日本全国に知られてゐる」と文中にあり、「お寺さん」「ヂヤピイ」も登場するので、「手紙」の書き手は太宰治作「女生徒」の主人公とする読者も多いはずだ。無理からぬことではあるけれども、「俗天使」の読みとしては、「手紙」は太宰ではない〈私〉の創作にほかならないから、『女生徒』もまた然りと、作品のレヴェルで解すべきだと考える。

そこでようやく結末の一節、仕事を終えた〈私〉の語りにたどりつく。「手紙」をめぐるこのコメントで、〈私〉は意気消沈の体《てい》にみえる。せっかくの「努力」の結果を、すぐに「だらだらと書いてみたが、あまり面白くなかつたかも知れない」などという。いきなりそういわれると、読者の方も同情を覚えて、それほど卑下せずともよい、なかなか「面白く」読めるといいたくなる。たしかに「手紙」自体はよく書けているとわたしは思う。先にその印象に触れたわけだが、作品論の枠を外したら、太宰治の「女生徒」と関連させてさらに「面白く」読めるのかもしれない。にもかかわらず「手紙」は「俗天使」の作品空間にはめ込まれている事実が、問われなければならぬ。それを問うとき、〈私〉の意気消沈は当然至極ということになる。なぜなら、「手紙」の示す少女の姿を、『最後の審判』図のマリア像からひき離す大きな距りに、まっさきに気づいたのは、創作の筆を措いた「いま」、改めて彼女を見返す〈私〉自身であって、他の誰でもないからである。「せいぜいこんなところが、私の貧しいマリヤかも知れない」という言葉が、何よりもよくそのことを告げている。

「私の貧しいマリヤ」――この句の含む「貧しい」は、「マリヤ」にかかるだけでなく、意味論的には「私」をも修飾していると解される。「私」と「マリヤ」あるいは「マリヤ」と「私」は、「貧しい」を介して因果関係にたつ。「ひとつ」と意気込んで仕事にとりかかったものの、終わってみると「貧しいマリヤ」しか創りだせない自分を、〈私〉は、やはり〈貧しい芸術家〉にすぎぬと、認めざるをえない。そのことを告げる〈私〉の口調には、それはそれで仕方のないこととの諦めのけはいが、感じられる。とすると、語りの最後の一行で〈私〉が「不気嫌」になるのは、どうしたわけか。

作者は、いま、理由もなく不気嫌である。

これが最後の一行、すなわち「俗天使」の結末の言葉である。そこで唐突に「作者」が出てくるので、読者は戸惑いを覚えるにちがいない。「作者」とは「俗天使」のそれ、太宰治かとふと思ってしまうからである。しかし語りの最後にいたって、何の前触れもなく語り手が入れかわるということは、あり得ない。〈私〉が作者太宰について語ると読んでみても、違和感を免れない。どうしても「作者」は〈私〉なのだが、それならなんで〈私〉は「作者」というのかをたずねることが、必要になる。この「作者」は、「手紙」の作者、言い換えると「手紙」によって一少女を創りだしたものを、さす。そうは語らないけれども、『最後の審判』図の作者、〈聖母子〉を描いたミケランジェロの影をそこに意識しつつ、〈私〉は、自身を「作者」と呼ぶのである。

その「作者」なる〈私〉が「いま」、つまり仕事をひととおり仕上げて出来栄えをかえりみる時点で、なぜか「不気嫌である」という。本人が「理由もなく」語っているのに、「不気嫌」の理由をたずねるのは、無益というより愚かな仕業なのかもしれない。だが「理由」は〈わけ〉と読めることに、注意したい。〈わけもなく〉は慣用句で、「特別の理由なく。ただなんとなく。また、むしょうに」[*15]の意を表わす。〈私〉のいうところも、「むしょうに」と解していいのではなかろうか。そこで「不気嫌」な〈私〉を、ミケランジェロの影とともにみつめると、わたしの裡には、「手紙」を書きだすときの〈私〉の想いのひとつが、よみがえる。ミケランジェロを助けた神は、〈私〉にもまた力をかし給うのではないかというあの期待、それを、「手紙」を書くあいだ、〈私〉は抱き続けていたにちがいない。にもかかわらず、書き終えた「いま」、期待は満たされぬものだったことに〈私〉は気づく。この「いま」は、ミケランジェロに現われた神は、ついに自分には訪れないことを知らされた「いま」でもあるだろう。待つことの虚しさを身にしみて感じる、読者はそこに、〈私〉の「不気嫌である」理由を求めていいのだと思う。ただ「俗天使」の結末の〈私〉に即して、ふたたび気になることがひとつある。「この雑誌「新潮」に、明後日までに二十枚の短篇を送らなければならぬ」というのが、それだ。ところが原稿は、「陋巷の聖母」たちの思い出に「貧しいマリア」の手紙を足しても、十三枚半にしかなっていない。このままでは、また「「新潮」のNさん」に迷惑をかけるばかりである。もしも「不気嫌」がその点にもからんでいるのであれば、せめてこちらだけでも、気持の負担をのぞくように努めたらどうだろう。そのために〈私〉は、一両日中に何かをさらに「捏造」しなければならないわけだが、さてどうすることか。

そのような〈私〉の語りが「俗天使」の題をもつ。なぜ「俗天使」なのかを、最後に考えておきたい。

「俗天使」は、語りのなかのどの形象を指し示すのか。『最後の審判』図には多くの天使たちが描かれているが、これは俗ではないし、〈私〉も天使たちには触れていない。すると思い出の女性たちなのか、あるいは「手紙」の少女がそうなのか。それとも原稿に彼女たちを生かした〈私〉そのものが、「俗天使」だろうか。けれども少女を含めて〈私〉にかかわる女性たちは、「陋巷の聖母」、または「貧しいマリヤ」ではあっても、天使ではない。天使は本来人間界に派遣される神の使者であって、天に属する存在だから、「俗」とあるにせよ、〈私〉にそのイメジをかさねることもできない。では題の意をどう読みとればいいか。問題は、「俗天使」とはそもそも何かにあると思う。これは人間の喩ではあるまい。

「創世記」に《神《かみ》の子《こ》らは、人《ひと》の娘《むすめ》たちが美《うつく》しいのを見《み》て、おのおの選《えら》んだ者《もの》を妻《つま》にした》（6・2）との記述がみられるが、天使たちにもさまざまな群がある。熾天使・智天使・大天使・守護天使など天に属するグループのほかに、「地獄の天使」[*16]も存在する。たとえばルシファー・サマエル・ベリアル・ベルゼブブ・メフィストフェレスなどの「サタネル」[*17]たち。しかし彼らといえども、はじめから地獄にいたのではない。さまざまの誘惑、ないしは自身の欲望にひきずられ、神に背を向けて天から地上にいたり、さらに神の罰を受けて地獄に堕とされたもの、すなわち堕天使の群なのである。彼等はさまざまな形をとって地上に現われ、人間をそそのかして、悪の行為に走らせるというが、堕天使のなかには、何らかの事情で堕地獄を免れ、そのまま地上にとどまり続けたものもいたはずだ。「手紙」の作者なる〈私〉は、そういう堕天使のひとりを想定して、自身の語るところを「俗天使」と題したのだ、と思う。

読者は語りのはじめに〈私〉が、『最後の審判』図の〈聖母子〉像を、「神が助けて描いてやつた」もの、だから「ミケランジエロの作品では無」く、〈神品〉と目し、それに対してダ・ヴィンチの『ジョコンダ』を、「魔品」つまり魔族デモンが力をかした作品とみていたのを、忘れてはなるまい。ところが、少女の「手紙」を見直した「いま」、自身の作品は、〈神品〉はおろか「魔品」にさえなっていないことにも、〈私〉は気づく。「不気嫌である」と語りを閉じた「作者」には、以下の想いが兆したにちがいない、――神は訪れてくれず、かといってデモンも知らぬ顔をする〈私〉、巷《ちまた》に住む少女の、それとしては面白く読める「手紙」、その意味ではなはだ〈俗なる作品を創るほかはないこの〈私〉に、もし力をかしてくれるものがあるとすれば、それはいったい何ものだろう……という想い。そのとき〈私〉の探りあてたのが、ほかならぬ「俗天使」であったのだ、とわたしは読む。語りのなかで、「俗天使」の語は一度も口にされていない。「俗天使」とは、やはり最後の最後に想いつかれた存在だったようである。

注

＊1　山内祥史編『太宰治全集3』(筑摩書房　一九八九・一〇)。本稿における「俗天使」からの引用は同巻所収のものによる。

*2　本文の異同を例示する必要上、この部分の作品本文は新潮文庫『新樹の言葉』（七刷、一九八六・一）所収の「俗天使」によった。

*3　『婦人画報』一九四〇年三月。

*4　『聖書　新共同訳』（日本聖書協会。一九八七年版）の見出し。

*5　柳宗玄・中森義宗編『キリスト教美術図典』（吉川弘文館　一九九〇・九）の〈最後の審判〉、『大百科事典6』（平凡社）の〈最後の審判〉（吉川逸治担当）の各項目を、参照した。

*6　『最後の審判』図のこの様式は、イエスの十字架上の処刑の状況を伝えるヨハネによる福音書十九章の記述、《イエスの十字架《じゅうじか》のそばには、その母《はは》と母《はは》の姉妹《しまい》、クロパと妻《つま》マリアとマグダラのマリアとが立《た》っていた。イエスは、母《はは》とそのそばにいる愛《あい》する弟子《でし》とを見《み》て、母《はは》に、「婦人《ふじん》よ、御覧《ごらん》なさい。あなたの子《こ》です」と言われた。それから弟子《でし》に言《い》われた。「見《み》なさい。あなたの母《はは》です。」そのときから、この弟子《でし》はイエスの母《はは》を自分《じぶん》の家《いえ》に引《ひ》き取《と》った。》（25～27、『聖書　新共同訳』による）にもとずく。「母」マリアと「愛する弟子」ヨハネとは、イエスの地上の生涯の最後のときに、もっとも近くにいて、その親愛を受けた存在であった。エミール・マール著、柳宗玄・荒木成子訳『ヨーロッパのキリスト教美術(上)』（岩波文庫）を参照。

*7　*5の美術図典を参照。

*8　ローズマリー・シューダー著、鈴木久仁子・相沢和子・佐藤真知子訳『ミケランジェロの生涯下』（エディションq　一九九四・三）の〈第五章　最後の審判〉。

*9　*8におなじ。

*10　*8におなじ。

*11　*8におなじ。

*12　『新潮　現代国語辞典』（新潮社）

＊13　『国語大辞典』（小学館）

＊14　「闇中問答（遺稿）」（『文藝春秋』一九二七・九）。その〈三〉で「僕」（「芥川龍之介」）は自分に語りかける「或声」に対して、「お前は僕等を超えた力だ。僕等を支配するDaimonだ。」「僕は群小作家の一人だ。又群小作家の一人になりたいと思つてゐるものだ。平和はその外に得られるものではない。しかしペンを持つてゐる時にはお前の俘《とりこ》になるかも知れない。」と応じている。その「Daimon」はまた「悪魔や天使ではない。勿論神とも異なるもの」（「西方の人」）であるという。引用は『芥川龍之介全集』第九巻（岩波書店　一九八三・一）による。

＊15　＊13におなじ。

＊16　マルコム・ゴドウィン著、大瀧啓裕訳『天使の世界』（青土社　一九九三・一二）を参照した。本書の〈第一部　天使伝承の宝庫〉の〈第二翼〉が「地獄の天使」と題されている。

＊17　＊16におなじ。そこに「サタネルがかつて熾天使のなかでもっとも強壮なものであり、神の摂政もしくは副王であったことでは、多くの権威が意見を一致させている。」「堕天するまえのサタネルは、他の天使たちを「衣服のごとくまとい、栄光と知識において傑出して」いたという。」との記述がある。

5

〈走る〉ものの物語——「走れメロス」について——

はじめに

〝そぞろ歩き〟とは言うけれども、〝そぞろ走り〟という言葉はない。つまり人間は、なんの前提も目的もなく、無意味に走ることをしないものである。したがって〈走る〉ものの物語は、走りの在り様そのものと同時に、走りだすまでのいきさつ（行動の成立する理由）と、走り終えたあとの情況（行動のもたらす結果）をも、語らなければならない。「走れメロス」とは、基本的にそのような語りの仕組みをそなえた物語なのだ、とわたしは読む。以下にそのことをテクスト[*1]に即して、具体的に検討してみたい。

1

「走れメロス」は、一九四〇（昭15）年五月の『新潮』に掲げられたのち、創作集『女の決闘』（河出書房）に「駈込み訴へ」とともに収録、同年六月に刊行されている。初出と初版のあいだに、物語情況を左右するほどの本文の異同はみられない。しかし多少とも注意すべき個所がないわけではない。初出をいかした『太宰治全集　3』所収のテクストでそのページ数・行数と異同とを示すと、次のとおりである。

「おまへには、わしの孤独がわからぬ」（166・5）↓「おまへなどには、わしの孤独の心がわからぬ」／「神々の祭壇を飾り、間もなく」（168・15）↓「神々の祭壇を飾り、祝宴の席を調へ、間もなく」／「期待してくれる」（174・15）↓「期待してくれてゐる」／「もつと大きい大きいもの」（176・11）↓「もつと恐ろしく大きいもの」／「何かしらの大きな力」（176・16）↓「わけのわからぬ大きな力」／「猛然と群衆を掻きわけ」（177・4）↓「先刻、濁流を泳いだやうに群衆を掻きわけ、掻きわけ」／「と精一ぱいに叫びながら」（177・5）↓「と、かすれた声で精一ぱいに叫びながら」／「わしも仲間に」（178・2）↓「わしをも仲間に」

傍線の部分が初版での訂正個所だが、いずれも初版の表記の方が、言表としての確度は高い。読者は訂された語りにつくべきだと思う。いまひとつ「メロスはいきり立つて」（166・6）は、全集所収のテクストも初版にしたがっていることを、つけ加えておこう。初出の「いきなり立つて」（傍点引用者）では、メロスが「捕縛され」て「王の前に引き出された」とある、その場の情況にそぐわない。

「走れメロス」は、末尾に「（古伝説と、シルレルの詩から）」という附記をもつ。物語の典據を示すこの一行、括弧でくくられたそれは、物語の展開とともに在る語り手のものではあるまい。語り手がみずからを語る「駈込み訴へ」では、最後に〈私〉が「イスカリオテのユダ」と名乗ることで、福音書に基づく物語であるのが明確となるけれども、「走れメロス」の場合は、やはり語り手以外の誰か——といえば作者しかいないわけだが——が、物語の外から追加した、とみるべきなのだろう。ふたつ挙げられた典據のうち、後者の「シルレルの詩」がSchillerの“Die Bürgschaft”(「人質」)であり、作者は小栗孝則訳『新編シラー詩抄』(改造文庫、一九三七・七)によって、それを参照していること、「古伝説」はHyginusの“Fabel”に当たるが、直接にそれをみたのではなく、小栗の訳詩集の注解を参考にした「可能性がつよい」こと——に関しては、全集第三巻の「解題」(山内祥史)が必要にして充分な情報を提供してくれているので、したがいたい。

とともに、作品と典據とのかかわりに興味深い視点を用意するひとつの論考に、注意しておこう。大國眞希氏の「メロスの再生と物語の再生の類似、そして「ヴイヨンの妻」」[*2]がそれで、「シルレルの詩」に生命の枯渇を想定した筆者は、「その物語の枠組としての「人質」を突き破り、新たな視点(メタ・フィクションのメタに当たるだろう)を提示し、物語として再生させる。そのような「人質」に対しての「走れメロス」の作者の創作行為」を、作品の成立にみいだす。物語の活性化をこえた、「再生」を求める試み。新しい葡萄酒を古い革袋にいれることはできない、革袋が破れ裂けてしまうから、《新《あたら》しいぶどう酒《しゅ》は、新《あたら》しい革袋《かわぶくろ》に入《い》れるものだ》という福音書の譬《たと》え[*3]に、どこか通じるこの発想は、タイトルの示すとおり、メロスの〈再生〉が、王ディオニスの否定的な人間観の支配する物語空間に暗から明への反転をもたらす、との読みによって引きだされている点にも、眼を留めておく。

なお、メロスに〈再生〉が問われるなら、彼の〈死〉もあるはずだが、そういうメロスの在り方には私も関心があるので、のちに検討してみたい。

ところで、〈走る〉もののメロスの物語の題名は、なぜ、「走るメロス」でも「メロス走る」でもなく、「走れメロス」なのだろう？　命令形をとる方が、他とくらべて歯切れよく、ひき締まって、題名にふさわしいからか。そうも考えられようが、しかし、おなじ言葉がやや形を変えて、作中に語られているところに注目すると、事態は語調の如何でかたづくような単純なものではないことが、わかる。

走れ！　メロス。

物語のなかでそのように語られる一行は、明らかに命令の機能を果たす。何ものかがメロスに呼びかけ、走るように促すことを、物語は告げている。しかも感嘆符をともなうゆえに、命令は力強く、確かなものであるはずだ。すると当然、呼びかけるものの実体はなにかが、問われなければならない。呼びかけが、いつ・どこで・いかなる情況のもとに、なされたかを瞪《みっ》めて、この問いを解くのは、物語が読者に課した重要な作業なのだ、と思う。だからこそ「走れ！　メロス」が全篇のなかからすくいあげられ、題名とされているのではなかろうか。

2

「人質」がいきなり王に近づくメロスの動きをうたうのと違って、「走れメロス」ははじめに、ことの起こりを告げる〈発端〉に当たる一段をもつ。「メロスは激怒した。必ず、かの邪智暴虐の王を除かなければならぬと決意した」と、衝撃的な言葉でそれを語りはじめる語り手は、「激怒」の理由を伝えるに先だって、「人質」の触れない、主人公の身許と境遇とを明らかにする。「政治がわからぬ」質朴な、しかし「邪悪」には「人一倍敏感な」、妹と二人暮らしの「村の牧人」。それで読者は、メロスとは誰なのかを気にせずに、彼のあとをついていくことができる。「走れメロス」は、物語の展開に必要な〈石〉を、打つべきときに打っている、といっていい。

のみならず、そこにはもうひとりの主要な人物、「今は此のシラクスの市で、石工をしてゐる」セリヌンティウスも、妹の婚礼に必要な品物を調《ととの》えに来たメロスが、用事を済まして「竹馬の友」を訪ねる予定を楽しむ、というカタチで、抜かりなく紹介されている。そして王。メロスを「激怒」させ、排除を彼に「決意」させるこの人物に関する情報を、語り手はみずから提供するかわりに、主人公とシラクスの一市民との対話で、読者に示す。すなわち日没後の市《まち》の異様な雰囲気、「ひつそりして」「やけに寂しい」有様に不審をいだくメロスの問いに答える老人のセリフが、王の人間不信を、猜疑心を募らせてつぎつぎと人を殺す「暴虐」を語って、彼の「激怒」を招くのである。

第三者である老人の「あたりをはばかる低声」[*4]は、事態の深刻さを裏づけているし、思わず口を衝いて出る怒りの言葉「呆れた王だ。生かして置けぬ」は、友の家に向かうはずのメロスの予定変更を告げるとともに、冒頭の語りとあいまって、物語がそれ自身の予定どおりに動きはじめたことを知らせる狼煙《のろし》の役を果たす、といっていい。

「楽しみ」から「激怒」へ——一瞬の心情の転換はただちにメロスの行動をひき起こす。そして、「のそのそ王城にはひつて行つた」というそれが、王＝「暴君デイオニス」との対峙をもたらし、対峙がさらに、思いがけないカタチでの「竹馬の友」との出会いをひき出す。そのように「走れメロス」では、メロスと王とセリヌンティウス三人のかかわりの、新たな物語情況を用意するところに、注意する必要があるだろう。「人の心は、あてにならない。人間は、もともと私欲のかたまりさ。信じては、ならぬ」と、孤独の翳《かげ》を「眉間」に刻んだ暴君は言う。「人の心を疑ふのは、最も恥づべき悪徳だ」と、直情径行の若者は反論する。問題は、人間性への信と不信の対立に尽きるわけだが、メロスが妹の婚礼を済ませるために処刑の猶余を請い、「身代り」に「人質」を置くことを申し入れるに及んで、それは、二人のあいだでにわかに現実性を帯びると同時に、彼の指名した石工、「私の無二の友人」をも、有無を言わせず、みずからの圏内に取りこんでしまう。何も知らない石工が物語空間に登場する場面は、次のように語られている。

竹馬の友、セリヌンテイウスは、深夜、王城に召された。暴君ディオニスの面前で、佳き友と佳き友は、二年ぶりで相逢うた。メロスは、友に一切の事情を語つた。セリヌンテイウスは無言で首肯き、メロスをひしと抱きしめた。友と友の間は、それでよかつた。セリヌンテイウスは、縄打たれた。メロスは、すぐに出発した。初夏、満天の星である。

王城の深夜に、役者の顔が揃うのである。だがここでは、事情を知った石工が「無言で」なりゆきを受け容れたのち、三人はめいめいのおもむくべき場所へ、散っていく。「縄打たれた」セリヌンティウスは獄舎へ、メロスは自身の村へ。王は？　語られていなくても、当然おのれの居室に退くだろう。

「走れメロス」で三人が一堂に会するのは、実は深夜の王城の場面だけではない。物語の終わりに近く、おなじシラクス市の刑場で、彼らは、残照のなかにもう一度お互いをみいだす。トキを距てた三人の登場、ふたつの場面はその意味で前後に照応しつつ、しかもそれぞれの場での動きの違い――王の「面前」における「佳き友」二人の再会と別れ・「ひしと抱き合ひ」うれし泣きに泣くメロスとセリヌンティウスに、あとから近づく暴君ディオニス、というそれを伝えて、興味深い。とくに残照の場面が、「暴君ディオニスは、群衆の背後から二人の様を、まじまじと見つめてゐたが、やがて静かに二人に近づき、顔をあからめて、かう言つた。／「おまへらの望みは叶つたぞ。おまへらは、わしの心に勝つたのだ。信実とは、決して空虚な妄想ではなかつた。どうか、わしも仲間に入れてくれまいか。どうか、わしの願ひを聞き入れて、おまへらの仲間の一人にしてほしい。」／どつと群衆の間に、歓声が起つた。／「万歳、王様万歳。」」と語って、深夜に分散したメロスとセリヌンティウスとディオニスがふたたび集まり、こんどは二人に一人ではなく、三人がひとつの「仲間」となる情況を示し、〈三〉という数のもつ完結性をみごとに生かしている点は、注目されていい。

残照の場面は、かくて物語の〈大団円〉たるにふさわしい一段にほかならないのだが、語り手は、「走れメロス」が王を讃える声で終わることになるのを懸念して、さらに短いエピソード、すなわち、少女に「緋のマント」を「捧げ」られたメロスは、「佳き友」に注意されて自身の裸に気づき「ひどく赤面した」、というほほ笑ましい情景を加えて、物語の幕をひくのである。いまの最後の一行の主格が、メロスではなく「勇者」であるのも、読者の爽やかな微笑を誘う効果をもつ。「緋色」はここでは、ホーソーンの〈緋文字〉とは逆に、高貴な存在を象徴するいろであるだろう。ちなみにこのエピソードは、最初の一段とおなじく、「人質」にはない。

「走れメロス」は、語りの軸をいうまでもなくメロスに置いている。だが、王ディオニスと友セリヌンティウスとの、物語情況の進展に占める比重も、みてきたとおり軽くない。「初夏、満天の星」の夜、居室にひき取った王と、獄舎につながれたセリヌンティウスとは、以後刑場の場面まで、語りの表てに姿を見せていないけれども、「走れメロス」の空間から離れてしまったわけではない。二人ともずっと語りの蔭にいて、対照的なメロスへの思い、王は不信を、「佳き友」

は信を、それぞれ胸にしながら、主人公の帰還を待っているはずだ。あるいは、村からシラクス市へ向かうメロスが、王の誘いの言葉「ちよつとおくれて来い」を思いだして、「私は王の言ふままになつてゐる。」と呟き、また「私を、待つてゐる人があるのだ。少しも疑はず、静かに期待してくれる人があるのだ。私は、信じられてゐる」と思うところに、それぞれの立場からする二人の、〈走る〉べき若者への働きかけを、求めていいのかもしれない。そうすれば読者は、物語の〈はじめ〉と〈おわり〉に登場する王と「佳き友」の影を、中段にも見出すことになるだろう。

こうして、〈走る〉ものメロスの物語は、また〈待つ〉ものたちの物語、ディオニスのそれであり、セリヌンティウスのそれでもある、と受け留めることができる。ディオニスについては、〈待つ〉とともに、「その王の顔は蒼白で、眉間の皺は、刻み込まれたやうに深かつた」と語られる孤独の相貌を示し、ひとの弱点を衝く甘言を弄して「北叟笑」む「奸佞邪智」の心を抱く「暴君」が、「顔をあからめて」二人の友に、「信実とは、決して空虚な妄想ではなかつた」と率直に語る人間となる、不信から信への〈回心〉の物語を読む必要があるかと思うけれども、いずれにせよ「走れメロス」は、メロスとセリヌンティウスとディオニスによって支えられた、《三者一様》のなりゆきを告げる作品であることを、あらためて確認しておきたい。

3

では、〈二〉人の物語の〈ところ〉と〈とき〉はどうなのか。

まず〈ところ〉については、シラクス市とメロスの村と、その二地点を結ぶひとすじの街道との〈三〉を、数えることができよう。さらにシラクス市では、都大路と王城と刑場の〈三〉個所が、具体的にとりあげられている。隣村をとおり、川を渡り、峠を越えて市にいたる街道は、しかし物語ではメロスのたどる「路」として、ひとつに続く。街道の距離は「十里」。メロスはそれを歩いて一往復したのち、〈走る〉ことになるわけだが、キロ数になおして約四十km、フル・マラソンよりやや短いこのコースを、現代のトップ・ランナーならば二時間そこそこで走り切るはずだ。メロスは「十字架」が磔刑の柱であった古い時代の「村の牧人」なのだから、それには到底及ばぬとしても、強壮な肉体をもった若者のことだから、ひたすら走り続ければ、三時間半くらいで走破できたに違いない。ところが、物語の「十里の路」は、メロスの身に起きた劇的な情況、「走れメロス」の〈クライマックス〉を載せて、実際よりもはるかに遠いのである。

〈とき〉については、メロスが王に請う処刑の猶余期間をみればいい。王城で彼は「私を、三日間だけ許して下さい」という。それに対してディオニスは、「願ひを、聞いた。その身代りを呼ぶがよい。三日目には日没までに帰つて来い」と応じている。このやりとりは深夜のものだが、冒頭に「もう既に日も落ちて」あたりは暗い、とあるように、物語そのものは日没からはじまっていることを、忘れてはならない。

　そこで、それを始発の時点（第一日）として、メロスの動きをたどりつつ、作中の時間の推移を追っていくと、夜どおし街道を歩いたメロスが「村へ到着したのは、翌る日の午前」（第二日）、その「夜」花婿をたずねて、結婚式を「明日」にするよう頼みこむが、なかなか承諾を得られず、「夜明けまで議論をつづけて、やつと、どうにか」説得に成功（第三日）、その日の「真昼に行はれた」結婚式と祝宴に村人たちと歓びをともにしたのち、「あすの日没までには、まだ十分の時が在る。ちよつと一眠りして、それからすぐに出発しよう、と考へ」、花嫁・花婿に祝福の言葉を贈ると、「夜に入つて」いよいよたけなわとなった宴《うたげ》の席を抜けだし、「羊小屋にもぐり込んで、死んだやうに深く眠つ」てしまう。「眼が覚めたのは翌る日の薄明の頃」（第四日）で、以後語り手は、ただちに村を「出発」するメロスのこの日の動きを、最後まで語り続けて、「勇者は、ひどく赤面した」にいたりつくのである。最後の時点はふたたび日没。したがって、足かけ四日にわたる「走れメロス」は、日没にはじまり日没に終わる、時間数にして七十二時間、確実に〈三日〉間の物語にほかならない。それゆえ王がメロスに、帰還の刻限を「三日目」（傍点引用者）の「日没まで」と言い渡したのは、第二日にはいってからのこと、とみるべきだろう。

　〈三〉に関して、いまひとつ、村を「出発」したメロスの遭遇する障害を、挙げておく。「全里程の半ばに到達した頃」、まず出会うのが「きのふの豪雨」で増水した川のすさまじい濁流、つぎに現われたのが峠に網を張る「一隊の山賊」、そして三度目にぶつかったのが、心身ともに疲労困憊した自己自身。この〈三〉個の障害のなかで、最大の難関は何といっても、極度の疲労がもたらす「精神」の病い、「心の隅に巣喰つた」「もう、どうでもいいといふ、勇者に不似合ひな不貞腐れた根性」であるに違いない。人間の強いられる闘いで、自己との闘いほどきびしく、困難なものはない、というのが、古来から認められた生の根本原則なのだから。

なお、それぞれの情況をよくみると、濁流を前にしたところには、「ああ、鎮めたまへ、荒れ狂ふ流れを！」云々の祈願の言葉と、ふたつの心の呟き——「泳ぎ切るより他に無い。ああ、神々も照覧あれ！　濁流にも負けぬ愛と誠の偉大な力を、いまこそ発揮して見せる」・「ありがたい」があり、山賊に襲われた個所には、相手の武器を奪って「猛然一撃、たちまち三人を殴り倒し」て（傍点引用者）、突破口を開くとあり、疲労のあまり倒れ伏す場面は、三つの独白——なんとかおのれを励まそうとする「これではならぬ」・「ああ、あ、濁流を泳ぎ切り、山賊を三人も撃ち倒し韋駄天、ここまで突破して来たメロスよ。真の勇者、メロスよ。今、ここで、疲れ切つて動けなくなるとは情無い。愛する友は、おまへを信じたばかりに、やがて殺されなければならぬ。おまへは、稀代の不信の人間、まさしく王の思ふ壺だぞ」、そして、懸命に自己と闘い、揺れ動きながらついに敗北に向かう心情のプロセスを明かす、「私は、これほど努力したのだ。約束を破る心は、みぢんも無かつた。神も照覧、……」にはじまり、「ああ、何もかも、ばかばかしい。私は醜い裏切り者だ。どうとも、勝手にするがよい。やんぬる哉」と自己をなげうつにいたる、テクストで一ページと五行に及ぶ、長い内心の呟きを伝えているのに、気づく。[*5]

いささか細部に踏みこむことになったが、ともあれ、おもな登場人物〈三〉人と、出来事の起こる〈三〉個所と、経過する〈三〉日間、それに〈三〉個の障害、という具合に、「走れメロス」には〈三〉の徴表《しるし》が眼立つ。読者はそこに、物語のこの数字へのこだわりを認めてよい、と思う。としても、こだわるのはどうして二でも四でもなくて、〈三〉なのだろう？　それは、本論のはじめに触れたとおり、なによりも「走れメロス」そのものが、みずからの語りに〈三〉の基本構造を必然とする事態に、基づく。或る人物の〈走る〉行動に注目するなら、物語は同時に、〈走る〉理由とその結果をも語らなければならない。そういう語りの原則に導かれているゆえに、「走れメロス」はみずからの展開に、いろいろなカタチで〈三〉を意識せずにはいられないのである。語り手はもとよりその辺の事情をよくわきまえているはずだ。彼は、たんなる実況中継のアナウンサーとして四十㎞のレースを追いかけているのでは、ない。

4

はじめにことの起こりを告げ、情況発展のプロセスを伝え、それが最高潮に達する場面を語って、いかなるところに落ち着くかを示す、なお語る必要のあることがらがあれば、それをつけ加えて語りを閉じる——というのが、物語の踏むべき常道であろう。たとえば、闇夜の誤殺（「発端」）がもとになった敵打ちの旅のなりゆきをたどる『或敵打の話』（芥川龍之介）は、「発端」のあとに、〈発展〉を伝える「一・二・三」と、〈クライマックス〉を含む「大団円」、そして「後談」の六章をもつ。冒頭と末尾のふたつの簡潔なセンテンスのあいだを、一気に語りとおす「走れメロス」も、そうした明確な章立てをこそもたないが、すでにみたように、王の暴虐に対するメロスの激怒を告げる〈発端〉と、情況の〈発展〉すなわち以後のメロスの動きを追う各段と、王が二人の友に「近づき」、「信実」の「仲間」にいれてほしいと申し出る〈大団円〉と、物語の終わったあとの一情景をつけ加える、〈後談〉にひとしい一節とを実質的に備えて、『或敵打の話』と同様に、〈定跡〉どおりに語りをはこぶのである。

芥川龍之介に私淑していた太宰治の姿勢を想いあわせると、相似は興味深い事実だが、はたして「走れメロス」の作者は、『或敵打の話』を意識していたか、どうか。その点の検討は本論の守備範囲の外にあるゆえ、疑問を呈するにとどめたい。それよりも、二作を較べてみると、それぞれの物語における〈クライマックス〉の位置に、ズレの認められること——が、いまの私の問うべき課題だ、と思われる。

そこで、少し寄り道をして、『或敵打の話』の語りの情況をみておくことにしよう。

『或敵打の話』*6では〈クライマックス〉は「大団円」の章に含まれていると、先ほど記したのだが、この章の〈大団円〉たる所以は、章末の一節、「寛文《くわんぶん》十年陰暦十月の末、喜三郎は*7、獨り

[*8]蘭袋に辞して、故郷の熊本へ帰る旅程に上つた。彼の振分《ふりわ》けの行李の中には、求馬《もとめ》左近《さこん》甚太夫《じんだいふ》の[*9]三人の遺髪がはひつてゐた」（傍点引用者）が、おのずから「或敵打」の旅の終焉を告げているところにあって、そのすぐ前の、語りが「運命は飽くまでも、田岡甚太夫《たをかじんだいふ》に刻薄であつた」とみなして、この人物の最後を見届ける、悲愴感のみなぎるくだりに、読者は〈クライマックス〉を見いだすはずだ。そもそも甚太夫は「或敵打」行成立の因となった存在である。ただしみずから求めてそうなったわけではない。「運命」の手が彼に、敵打ちとのぬきさしならぬかかわりを負わせたとみるべきだろう。そういう甚太夫が敵《かたき》を前にして痢病に倒れ、危篤状態に陥ったとき、「敵打の仔細」を松木蘭袋に告白し、おなじ病にかかった敵《かたき》瀬沼兵衛の容態を気にする彼に、医師の用意した〈処方〉、「兵衛殿の臨終は、今朝寅《こんてうとら》の上刻《じやうこく》に、愚老確《たしか》に見届け申した」という、偽りの、だが時宜にかなった情報の供与によって、おそらく落胆と安堵のいり混じった思いを抱きつつ、死んでいく。その情況を、「さうして遂に空しくなつた」と告げる語りの言葉は、同時に敵打ちそのものが〈虚しく〉なったことをも、意味しているはずだ。

『或敵打の話』で、田岡甚太夫の最後を迎える一段が私を惹きつける理由は、その場の語りの在り方に求められる、と思う。「が、運命は飽くまでも、田岡甚太夫に刻薄であつた」から「遂に空しくなつた」まで、語り手の眼はひたすら甚太夫の在《あ》り様《よう》に向けられている。場には松木蘭袋も江越喜三郎もいて、二三度視線が彼らに向けられることもあるが、そのときの二人の心は、かならず甚太夫の在り様に結びついている。語り手はもとより、蘭袋も喜三郎も、いや雲州松江城下、京橋界隈にある旅籠《はたご》のこの一室のすべてが、甚太夫のなりゆきをじっと見守っている、という印象が強い。語りの意識が鋭く、深く一個の存在に集中する、そのような、他とは違った緊張感のただようこの場面で、語り手の眼は、主人公の本質、「運命」に操られたその姿を、ありありととらえることができるのである。

では「走れメロス」の語りは、どうなのか。

基本的にメロスの語り手は、視点をひとつに固定せず、時と場合に応じてそれをあちこちに移動させながら、情況を具体的に伝えようとしている。視点の自由を保持する、あるいは混在する視点にたつ、といっていいのかもしれない。シラクス市に現れたメロスの動きを語る〈発端〉で、日没後の街の異様な有さまについてたずねるメロスに対して、「若い衆は、首を振つて答へなかつた」、「老爺は答へなかつた」「老爺は、あたりをはばかり低声に、わづか答へた」というように。

続く王城におけるメロスと王との対峙の場面では、語り手は、二人を交互に見つつ語るのであり、人質として召喚されたセリヌンテイウスが登場すると、まずその「竹馬の友」に、ついでメロスに、そして信愛に満たされた「友と友の間」へと、視点を動かす。「暴君デイオニスの面前で」と一応王の所在に眼をやりながら、あとはまったく触れていない。「セリヌンテイウスは、縄打たれ」、「メロスは、すぐに出発した」わけだが、王はどうなったのか。語り手は、それを追うかわりに「初夏、満天の星である」と語って、王を完全に置き去りにしているところが、面白い。「その夜、一睡もせず十里の路を急ぎに急いで、村へ到着した」メロスが、祝宴なかばに席を脱け、「羊小屋にもぐり込んで、死んだやうに深く眠つ」てしまうまで、村におけるその情況を告げる場面でも、語り手はメロスと動きをともにしつつ、同時に「妹」「婿の牧人」「村人たち」「花嫁」「花婿」それぞれの視点にも、たつ。

このように、「走れメロス」の〈発端〉と、そのあとに続く三つの場面、物語が具体的に動きだして、主人公の身の上に走るべき条件が整えられていく〈発展〉のくだりには、混在する視点がみられるが、物語をたどると、終わりの部分の語りも、同様であることがわかる。すなわち〈後談〉ともいうべき結末の一節、および〈大団円〉とそのすぐ前の二つの場面におけるそれ。二つとは、シラクス市の刑場に、帰りついたメロスが姿を現わす場面と、二人の友の再会の場面をさす。語り手はそこで、メロスの、群衆の、セリヌンティウスの動きに眼を配りながら、また、「私は、途中で一度、悪い夢を見た」・「私はこの三日間、たつた一度だけ、ちらと君を疑つた。生れて、はじめて君を疑つた」と、互いに、信頼を裏切るひと時をもったおのれの〈非〉を、率直に打ち明け、相手の制裁をあまんじて受けるメロスとセリヌンティウスとを、等分にみたうえで、「ひしと抱き合ひ」「嬉し泣き」に泣く「二人」のひとつになった様を、語っている。そういう「二人の様」に心をうたれた「暴君」に眼をそそぐ〈大団円〉でも、ディオニスの言葉と行動が、群衆の歓呼の声「王様万歳」で、受けとめられているし、結末の一段でも、「緋のマント」を捧げた「少女」と「まごつ」くメロスと助言する「佳き友」と、そして「ひどく赤面」

する「勇者」――という具合に、語りの視点は固定されていないのである。

ちなみに王ディオニスは、刑場にはじめから居合わせて、事態の推移を見守っていたはずなのに、語り手はそのことには触れず、まずメロスが、そしてセリヌンティウスがどうなったかを語っている点にも、注意しておきたい。「暴君」は、「三日目の日没までに」帰ってくるという、約束の刻限に「間に合った」メロスと、許されて「十字架[*10]」からおろされたセリヌンティウスとの再会のあと、ようやく語りの表面に姿を見せる。「群衆の背後から」そっと二人に近づく、とあるその登場のしかたは、二人の友それぞれの行方を語った、あの深夜の王城の場面で、語り手に置き去りにされたまま、ずっと物語空間の奥に退いていたディオニスに、いかにもふさわしい。

と同時に、この場で「顔をあからめ」ながら「暴君」の口にする「おまへらの望みは叶つたぞ。おまへらは、わしの心に勝つたのだ。信実とは、決して空虚な妄想ではなかつた。……」とのセリフが、やはり王城の夜、メロスの処刑に三日間の執行猶予を認めたときの、「そつと北叟笑」みつつ(傍点引用者)、みずからに浮かべた思い、「生意気なことを言ふわい。どうせ帰つて来ないにきまつてゐる。この嘘つきに騙された振りして、放してやるのも面白い。さうして身代りの男を、三日目に殺してやるのも気味がいい。人は、これだから信じられぬと、わしは悲しい顔をして、その身代りの男を磔刑に処してやるのだ。世の中の、正直者とかいふ奴輩にうんと見せつけてやりたいものさ」と、みごとに逆対応をなすことに、私は気づく。

5

ところで「走れメロス」に接するものは、王城の夜の場面で、記憶すべき語りの事実に出会う。すなわち、先ほど触れたディオニスの「残虐な気持」の動き、他者には隠された内なる呟きを、語り手がちゃんと察知し、しかも呟かれたとおりに伝えていること。それは、語り手が〈物語情況のすべてを識るもの〉だからなのであろうが、そうであってもただ漫然と登場人物を眺めているだけでは、外に現われぬ内側の動きまで見抜くことは、できまい。魔法の操作に必要とされるのとおなじくらいの神経の緊張と意識の集中を、語るべき対象に向けることが、語り手に求められるのではなかろうか。その意味で、メロスとの対峙を伝えるときに、語り手の視線は、メロスとともに、王にもしっかりとそそがれていたことが、わかる。

ところが、「人質」セリヌンティウスの登場によって、みつめられていた王は、「暴君ディオニスの面前で、佳き友と佳き友は、二年ぶりで相逢うた」と、語り手の視野の端を掠める存在にすぎなくなってしまう。読者が、そこになお王のいることを忘れてしまうほど、視点の転換は鮮かなのだ。それはおそらく、自身の語りの方向に読者をつれこむための、語り手の戦術であったに違いない。王の所在を忘れさせたうえで、「友と友の間」の相互了解に注目し、「縄打たれた」とセリヌンティウスの行方を読者に納得させてから、メロスの〈出発〉を告げるのである。三人がはじめて顔を揃えたこの場のなりゆきを締め括る一行、前後とはやや異質で、唐突の感を与えないではない語り、「初夏、満天の星である」は明らかにおのれの村におもむく「牧人」の足もとを照らして、それから数えて三日目、おなじ道を逆にシラクス市へ向かうその足どりを追うときの語りの在り方を、暗示しているのではなかろうか。

そこで私は、メロスの〈走る〉場面をもう一度、みつめなければならない。そうすると、先に掲げた私の課題、『或敵打の話』では、〈大団円〉の直前に見出される〈クライマックス〉は、「走れメロス」の、細かくは十の場面からなる物語のどこに求められるか――に迫ることができるように、思われる。

〈走る〉場面、語り手はそれを、村に「到着した」つぎの日、妹の結婚式を無事に済ませ、祝宴の途中で退席して「死んだやうに深く眠つた」メロスが、「翌る日の薄明の頃」に眼を醒ましたところから、語りだしている。その「薄明」のときから、「太陽は、ゆらゆら地平線に没し、まさに最後の一片の残光も、消えようとした時」まで、「翌る日」つまり足かけ四日の物語の第四日目の時間は、語りのなかで連続して流れていく。いや、精確にいえば、一個所だけ時の経過の語られていないところがある。自己との闘いに敗れたメロスが、いっさいを放擲して「まどろんで」しまうところがそれで、この語られない仮眠[*11]の数刻を境に、〈走る〉場面の展開は前半と後半とに分かれている。実はその境目、というより「まどろん」だメロスが「ふと」眼を開く移りゆきにこそ、物語の重要なポイントを認めることができるのだが、それをたずねる前に、語りの在り方をみておきたい。

〈走る〉場面の語りで特徴的なのは、〈発端〉その他すでにみた個所と違って、語り手の視点がメロスに固定していることだろう。山賊に襲われたとき、両者の押問答に続いて、わずかに「山賊たちは、ものも言はず一斉に棍棒を振り挙げた」と、相手の側を見やる以外、語り手はずっとメロスから眼を離さずに、ついていく。もちろん、メロスの動きを追う場面だから、ということはあるに違いない。だが、事態の示すところを、そういう物理的な理由だけで解くことはできない。場面の後半、仮眠から目覚め、「日没までには、まだ間がある」ことに気がついて、「黒い風のやうに」疾走するメロスは、はるかに「シラクス市の塔楼」を望んだところで、友の弟子フィロストラトスに出会うが、そこで語り手は、弟子のセリフを伝えはしても、その立場に身をおくことはしていない。「「ああ、メロス様」うめくやうな声が、風と共に聞えた」(メロスの耳に)、「「誰だ」メロスは走りながら尋ねた」、「「いや、まだ陽は沈まぬ」メロスは胸の張り裂ける思ひで、赤く大きい夕陽ばかりを見つめてゐた」とあるように、もっぱらメロスのかたわらにたって語るのだ。語るものと語られるものとの距離は、無にひとしいといっていい。のみならず、「夕陽」に眼をそそぐメロスの姿を示すくだりで、「走るより他は無い」と、先のディオニスの場合とおなじく、語り手がメロスの心の動きをそのまま伝えている点も、注意されよう。同様の情況は、フィロストラトスとの対話に続く、〈走る〉場面の終わりの一節にも、見いだせる。「言ふにや及ぶ。まだ陽は沈まぬ」と「間に合つた」とは、やはりメロスの心内語にほかならない。

その点を気にして〈走る〉場面を見直すと、前半・後半を通じて、しばしば、メロスの思い、声にならぬ呟きを語り手の伝えているのが、確かめられるだろう。日の出前に「跳ね起き」てから隣り村に着いたときまでに三度、仮眠から醒め、気をとり直し、疾風のごとく疾走して、フィロストラトスに出会うまでに三度、そして、濁流を乗り切るときの二度の〈呟き〉、「ゼウスに手を挙げて哀願した」言葉のあとにあるそれと、懈怠に傾くおのれと闘いながら心に浮かべた思いとの三つは、すでにみた。そのように、かえりみると、〈走る〉場面で語り手は、ただ主人公に寄り添って情況を報告するだけではなく、メロスのなりゆきに注目し、そのひとつひとつの在り様に意識を集め、心理的に接近しつつ、語り続けていることが、認められよう。とくに仮眠におちいる直前の、心情の屈折をありのままに伝える、あの長い一節に接すると、その感は深い。語り手はそこでほとんどメロスと同化しているのではないか。

とすれば、メロスとともに語り手もまた「まどろんで」しまうわけで、だから仮眠のあいだは語られぬと解してもよい。なお、仮眠から醒めたあとの「私を、待つてゐる人があるのだ」以下の、また走りながらの「ああ、その男、その男のために私は、いまこんなに走つてゐるのだ」以下の二度の内なる呟きには、メロスに呼びかける〈声〉が含まれていて、検討を必要とするけれども、それはのちに触れることにする。

ところで、「四肢を投げ出して、うとうと、まどろんでしまつた」とき、メロスのその眠りはたんなる眠りであったのか。そうではない、と物語情況は告げている。揺れ動く彼の想いの到達点、呟きの最後の一行、「私は、醜い裏切り者だ」を見ればよい。「裏切り者」とは、獄舎の友への背信もさることながら、「正義だの、信実だの、愛だの、考へてみれば、くだらない」とするメロスにあっては、何よりもおのれ自身を裏切り、見棄てることを、意味しているはずだ。それゆえ「やんぬる哉」——ええ、もうおしまいだ、と心に叫ぶメロスが身を委ねる〈まどろみ〉は、単純な眠りにとどまらない。〈まどろみ〉のあいだに、眼を閉じたメロスの裡で、「正義だの、信実だの、愛だの」をまもることに生命を賭けてきたメロス自身が、消えていく。すなわち仮眠の空白は、それまでの彼、「邪悪に対しては、人一倍に敏感であつた」メロスの〈死〉を導くトキ、とみることができるだろう。だからこそ、はじめに紹介した大國論文の問う、〈メロスの再生〉もあり得るのだし、語り手が改めてメロスの眼覚めを告げるところに、物語情況の大きな反転（peripeteia）が求められることにもなるのである。

「ふと耳に、潺々、水の流れる音が聞えた。そつと頭をもたげ、息を呑んで耳をすました」と、語り手は〃誰が〃を抜きにして、言う。そこに、みずからを主人公に重ね合わせて語る姿勢が明らかだが、問題はいま、眼覚めたのは〃誰か〃にある。「耳をすました」ものは、「醜い裏切り者」であることを自認して、眼を閉じたメロスではない。眼覚めた直後の情況は、眠りのあいだに死んだ彼、正義と信実をまもり、愛に生きるのを我がこととするメロスの、生命を得てふたたび立つ姿を、示している。〈まどろみ〉から覚醒へ——それは、一見さりげない推移のようでいて、情況を注視すると、〈死〉そして〈再生〉の秘儀を含む、その意味で大きな反転にほかならぬことが、わかる。〈再生〉したメロスは、もはや「不貞腐れた根性」に毒されることはあるまい。

　では、どのようにして〈再生〉はメロスにもたらされたか。直接メロスに働きかけたのは、「岩の裂目」から湧きだす清水である。「滾々と、何か小さく囁きながら」流れるその〈声〉がまず耳に届き、眼覚めた彼は「泉」に「吸ひ込まれるやうに」身をかがめ、水をすくって飲んだという。起死回生の〈生命の水〉、だから飲んだメロスは「夢から覚めたやうな気」がして、しゃんと立つ。「歩ける。行こう」とみずからに確かめ、強い意志を働かせれば、あとは日没に間に合うべく、刑場まで駆け抜けることがあるだけだ。

　こうして、反転をはさむ前後ふたつの展開に、私はようやく物語の〈クライマックス〉を見いだす。なるほど位置からいえば、〈大団円〉のすぐ前にそれは、ない。けれども、「少しづつ沈んでゆく太陽の、十倍も早く走つ」て、約束の刻限に「間に合つた」メロス、許された友セリヌンティウスとの再会——と、ひと筋に続いて、「暴君」の回心、二人の仲間入りを告げる〈大団円〉にいたる、時の経過の速さ＝短さを想えば、「走れメロス」の〈クライマックス〉も、語りのはこびの在るべき位置に在ることが、理解できよう。それで「走れメロス」の物語のカタチも、『或敵打の話』とひとしく、整うのである。

おわりに

終りに、清水についていま少し触れておきたい。〈再生〉をもたらした清水は、いかにして物語に用意されたのか。はじめからその場に存したといってしまえば、身も蓋もない。だが、もしそうであるなら、すでに街道を往復したことのあるメロスに気づかれぬはずはなかろう。清水の「出現」については、やはり大國論文に、情況の反転そのものが王の論理に支配された物語空間に「裂目」をつくり、「生命体」メロスをささえる清水が湧きだす、という、おそらく物語の「岩の裂目」のイメジに惹かれた、興味深い指摘があるけれども、私は別のヨミを提示してみたい。

蘇ったメロスが疾走の果てに口にするセリフに、「私は、なんだか、もつと恐ろしく大きいものの為に走つてゐるのだ[*12]」とあり、そのことを語り手も認めて、「ただ、わけのわからぬ大きな力にひきずられて走つた[*13]」と語っているところに、注目したいのである。この「もの」、メロスを必死に走らせる「大きな力」を揮う存在の正体は、なにか。彼自身にも語り手にも解らないのだから、読者には突きとめようがない。ただ、メロスが再三呼びかけてきた「ゼウス」でないことは、そのセリフからみて確かだろう。「ゼウス」であったら、「なんだか、もつと恐ろしく大きいもの」という言い方をするはずはない。

想像が許されるなら、私はそこに、唯一の《至上者《いとたかきもの》》*14、地上に〈正義と信実と愛〉の行われることを求め、その実現のために力を尽くす人間を嘉《よみ》する〈大きいもの〉のイメジを、想いうかべる。「走れメロス」の読者の一人として、そう想う。メロスの行く手に清水を備えたのは、この「もの」であるに違いない。それゆえに、「岩の裂目から滾々と」湧きだす清水は、おなじく水であっても、「きのふの豪雨で」増水した川の濁流とは異なって、人間を死から生へ呼びかえすことができるのである。至高の存在、聖なるものの意志は、《活《い》ける水《みづ》》*15に融けこんでメロスに伝わり、反転後のあの内なる呟きに聴きとれるように、内側から《走れ！　メロス》と、そして《先刻の、あの悪魔の囁き*16は、あれは夢だ。悪い夢だ。忘れてしまへ。五臓が疲れてゐるときは、ふいとあんな悪い夢を見るものだ。メロス、おまへの恥ではない。やはり、おまへは真の勇者だ。再び立つて走れるやうになつたではないか》と、「肉体の疲労恢復と共に、わづかながら希望が生れた」彼に、また《急げ、メロス。おくれてはならぬ。愛と誠の力を、いまこそ知らせてやるがよい。風態なんかは、どうでもいい》と、「二度、三度、口から血が噴き出た」にもかかわらず、走り続ける彼に、三《み》たび力強く語りかけ、励ますのである。またしても〈三〉、すると〈大きいもの〉も、「走れメロス」の物語構造がいかなるものかを、知悉していたのかもしれない。とともに、その語りかける〈声〉のひとつ《走れ！　メロス》が標題とされていることを意識すれば、語り手も作者も、それが誰の声であるかを承知していたものと思われる。

　補足をひとつ——物語の幕を閉じるに当って語り手の注目する「勇者」は、「おまへは真の勇者だ」と〈大きいもの〉の認めるメロスを指しているに違いない。

注

＊1　本論における作品のテクストは、『太宰治全集　3』（筑摩書房、一九八九・一〇刊）所収の「走れメロス」を、使用した。

＊2　『無頼の文学』20号（無頼文学会、一九九六・八）所掲。

＊3　「マタイによる福音書」九章十七節。引用は『聖書　新共同訳』（日本聖書協会）による。

＊4　この個所、テクストでは初出にしたがい「あたりをはばかり低声に」となっているが、より自然と思われる初版の表記をとった。

＊5　全集本テクストの組みは、ページ当り、48字×17行。それゆえこの呟きは、最後の行が31字だから、字数にして一〇三九字となる。

＊6　『雄辯』一九二〇年五月。引用は新書版『芥川龍之介全集』第四巻（岩波書店、一九五四・一二）所収の『或敵打の話』による。

＊7　敵打ち当事者の一人。姓は江越。

＊8　雲州松江在住の医者。姓は松木。

＊9　いずれも敵打ちの当事者。加納求馬・津崎左近・田岡甚太夫の三人。

＊10　セリヌンティウスのつけられるべき「磔の柱」は、〈発端〉で老人が王の行状について言う、「このごろは、臣下の心をも、お疑ひになり、少しく派手な暮しをしてゐる者には、人質をひとりづつ差し出すことを命じて居ります。御命令を拒めば十字架にかけられて、殺されます」の言葉によって、「十字架」とわかる。

＊11　「西に傾きかけ」た「午後の灼熱の太陽がまともに、かつと」照りつける時から、「斜陽」が「赤い光

を、樹々の葉に」投げかける時まで、すなわち三時すぎから五時すぎまでの〈二時間〉ほどか。

＊12　全集本テクストの表記（初出にしたがう）は、本論はじめに例示したとおり。表現として熟したとみられる初版の表記をとった。ちなみに「恐ろしく」は程度のはなはだしさを示し、恐怖の意は含まぬことを、念のため注記しておく。

＊13　この個所の引用も、前注とおなじく初版の表記をとる。

＊14　「詩篇」第十八篇十三節の《至上者《いとたかきもの》のこゑいでて……》の表現を借りた。引用は『舊新約聖書』（米国聖書協会、一九一四・一）による。『聖書　新共同訳』では「いと高き神」。

＊15　「ヨハネによる福音書」第四章十節《然《さ》らば汝《なんぢ》に活《い》ける水《みづ》を與へしものを》の表現を借りた。引用は前注におなじ。

＊16　眠りこむ直前のメロス自身に動いた「不貞腐れた根性」の発する呟き、とくに「正義だの、信実だの、愛だの、考へてみればくだらない。人を殺して自分が生きる。それが人間世界の定法ではなかつたか。ああ、何もかも、ばかばかしい。私は、醜い裏切り者だ。どうとも、勝手にするがよい。やんぬる哉」に凝縮する懈怠の心を、「先刻の、あの悪魔の囁き」と明らかに告げることのできるもの、それは同時に人間がいかに悪魔の試みに弱いかをを識るものにほかならない。その点に思いを巡らせば、ここに「メロス」と呼びかける〈声〉の主《ぬし》が誰かは、想像できよう。

6

〈背骨〉のなかでうたうもの——「きりぎりす」を読む——

はじめに

まず作品の引用から始めよう。

　私は、あの夜、早く休みました。電気を消して、ひとりで仰向に寝てゐると、背筋の下で、こほろぎが懸命に鳴いてゐました。縁の下で鳴いてゐるのですけれど、それが、ちやうど私の背筋の真下あたりで鳴いてゐるので、なんだか私の背骨の中で小さいきりぎりすが鳴いてゐるやうな気がするのでした。この小さい、幽かな声を一生忘れずに、背骨にしまつて生きて行かうと思ひました。

「きりぎりす」[*1]の語り手、より実態に即していえば、「新浪曼派とやらいふ団体」を主宰する洋画家の夫にあてた手紙の書き手である妻が、最後に伝える一情景である。秋の一夜に「縁の下」で実際に鳴いているのは「こほろぎ」でありながら、〈私〉がみずからの裡に鳴くと感じるのは「きりぎりす」である、という。しかも作品は『きりぎりす』の標題をもつ。どうなっているのだろう、と考えこむ読者も少なからずいるはずだ。わたしもほかならぬその一人だが、この問題を探るためには、予備知識として虫たちについて心得ておく必要がある、と思う。そこでとりあえず辞書のたすけをかりることにする。

〔こおろぎ・蟋蟀〕コオロギ科。体は黒褐色で光沢があり、触角が長い。夏から秋、雄は夜間美しい声で鳴く。〔きりぎりす・螽蟖〕キリギリス科。バッタに似るが、触角が体より長い。草緑色に褐色をおび、長いうしろあしでよく跳躍する。夏から秋にかけて草むらにすみ、雄は昼間チョン、ギースと鳴く。

以上が辞書[*2]の説明の要約だが、きりぎりすは「こおろぎ（蟋蟀）の古名」であることも、つけ加えておくべきだろう。こおろぎ或いはきりぎりすそのものは、異なる科に属する昆虫であり、活動する季節がかさなるにすぎない。すると〈私〉はむかしの用法にならって、「背骨」の声を〈きりぎりす〉のそれと呼ぶのだろうか。しかし「きりぎりす」一篇のどこにも、日本の伝統文化・古典の世界にかよう雰囲気は、感じられない。〈私〉は「モオパスサン」をよく読み、「シヤヴアンヌ」の誰であるかは識っているけれども、〈百人一首〉の「きりぎりす鳴くや……」の歌のことは知らないようだ。だから〈私〉は、「背骨の中」の「小さいきりぎりす」を、こおろぎのつもりでそう呼んでいるのではない、とみなければならない。

それならどうして「こほろぎ」が「きりぎりす」に置き換えられるのか。この問いをめぐる推理は、私の想いを虫たちそれぞれのもつ特徴に導く。こおろぎの鳴く〈声〉はたしかに澄んで美しい。「Lonely I sit in my lonesome chamber/And cricket chirps.」とはじまる夏目漱石の英詩[3]にあるように、それは、孤独のなかでひとを深い想いにいざなう。けれどもその姿態は決して優美とはいえない。こおろぎにくらべると、きりぎりすは〈声〉はさほどでないが、姿はやさしく美しい。縁の下で鳴く「こほろぎ」の「小さい、幽かな声」にひかれながら、それをわが身内に聴きつけると、〈私〉には、おのずからきりぎりすのやさしいイメジが浮かんでくるのではなかろうか。自身の「背骨の中に」、たとえ小さくても醜怪なこおろぎを〈見る〉のは、若い女性の感覚に受け容れがたいところであったにちがいない。

テクストをそのように読むと、〈私〉が「背骨の中」に聴き、「一生忘れずに、背骨にしまつて生きて行かう」と決めた「小さい、幽かな声」の主《ぬし》は、やはり「こほろぎ」なのかと思われる。だが、そうであるなら、作の標題が「こほろぎ」であっていいはずなのに、「きりぎりす」となっているのはどうしてか。その点に注意すると、〈私〉の最後に想い浮かべる「小さいきりぎりす」は、それまでの展開のすべてを集約するイメジとして、作中に大きな意味をもつことが、明らかになる。〈私〉の裡に棲みついて、いつまでも「小さい、幽かな声」で鳴き続けるであろうこの「きりぎりす」は、草むらにすだく秋の虫そのものではないだろう。それは、「駈込み訴へ」の最後の場面で語り手のしきりに気にする「小鳥の声」[4]がそうであるように、象徴性を帯びたイメジであって、〈私〉の記述の総体から、そこに〈なにものかの影〉を読みとることが、作品「きりぎりす」の読者に与えられた最大の課題なのである。しかしいまは、まだ、いかなる影を求めるかに触れるべきトキではない。さしあたり虫たちの説明にもどって、こおろぎにしてもきりぎりすにしても、鳴くのは「雄」であるという辞書の記述を、記憶にとどめておくことにする。

1 手紙の文章

作品「きりぎりす」は、一九四〇（昭15）年十一月の『新潮』に掲載されたのち、翌年五月実業之日本社から出た創作集『東京八景』に収められている。他に『女性』（一九四二年六月、博文館）『玩具（あづみ文庫）』（一九四六年八月、あづみ書房）などにも再録されているが、全集第3巻の「解題」（山内祥史）によると、「「きりぎりす」」三十二枚の脱稿は、昭和十五年九月二十三、四日頃までであったと推定できるだろう」という。

「きりぎりす」の初出と初版のあいだに、内容に大きくかかわる本文の異同はない。[*5] ただ表現のうえで気になる個所があるので、注意しておきたい。大半は敬語表現の不正確さが問題なのだが、他にも、A「どうやら見合ひまでには漕ぎつけました」と、B「滅茶に凝っても居りません」の二か所が眼につく。Aでは傍線部の「まで」（副助詞）と「に」（格助詞）の順序が気になる。動詞のあとならこのままでいいが、体言に続く場合には、「見合ひにまでは……」とするべきではなかろうか。Bの傍線部「滅茶に」は、意味的に問題はなくても、文章語として使われると、違和感をともなう。やはり「やたらに」と書くべきだろう。なおはじめの方の一行「見てゐるうちに、私も、[*6]もつとひどく、立つて居られないくらゐに震へて来ました」の「私も」は、文脈からみて「私は」でなければ、おかしい。新潮文庫『きりぎりす』所収・角川文庫『女生徒』所収の「きりぎりす」本文では、どちらも「私は」となっている。

敬語表現には周知のように〈尊敬・謙譲・丁寧〉の三つのモードがあるわけだが、「きりぎりす」では、尊敬語と謙譲語との情況に応じた的確な使用がなされていない場合に、少なからず出会う。以下にそれらを例示しておく。引用本文のあとの数字は、全集第3巻所収の「きりぎりす」の該当ページ数と行数を示す。

▼1「その時のことを、あなたにお話申したかしら」(313・14〜15)。手紙文の謙譲語としては、「「申す」と同じ意味で、さらに謙譲の度合いが大きい語」である〈申し上げる〉が定着しているだろう。▼2「お金の事になど、てんで無関心でありました」(316・11)。私信に傍線の丁寧表現が使われることは、まずない。〈無関心でした〉でいいし、尊敬語を使って〈関心をお持ちになりませんでした〉としてもいい。他の二例「大学へはひつたばかりの頃でありましたが」(311・10)「不思議であります」(325・7)も、〈でした・です〉で済むところである。ついでにいえば、手紙の〈でありました・であります〉が気になるのは、ひとつには「僕は、この世の中でさき子さんを一ばん信じてゐる人間であります」という一行を想いだすからにほかならない。『燈籠』の語り手が受け取った水野青年の「手紙」の最初の一行、ここでは「……であります」が文字面《づら》を裏切って、彼のさき子に対する冷淡な姿勢を伝えているのである。▼3「知らん顔をして居り

ますし」(316・13)。これは当然〈しておられますし〉となるべきだろう。「知らん顔をなさつて居ります」(322・16)「きつと、間違つて居ります」(325・14)も同じ。▼4「私だつて、お金の有難さは存じてゐますが」(322・2)。謙譲語を使う必要なし。かえってことごとしい感じを与える。わざとそうしたのなら話は別だが、〈私〉がそれほど皮肉な性格の持ち主とは思われない。▼5「あなたには、まるで御定見が、ございません」(324・2)。尊敬語と丁寧語とがかさなって、くどい。〈定見がおありになりません〉とすれば、すっきりする。▼6「あの、有名な岡井先生のところへ、御年始に、はじめて私を連れてまゐりました」(324・14)。〈連れていく〉という夫の行為について、謙譲語〈まいる〉を使うところに、誤りがある。〈連れておいでになりました〉が文の主格「あなた」に対応する的確な表現である。誤用の生じたのは、〈私〉に、画壇の大家で夫の支持者である「岡井先生」の存在が、大きく意識されているからにちがいない。それなら普通に〈連れていきました〉と記すべきだろう。▼7「私たちの家よりも、お小さいくらゐのお家に住まはれて居られました」(324・15)。「岡井先生」をうやまう気持が、ここでは前例とは逆に、尊敬語の過剰使用となって現われている。▼8「さうして眼鏡越しに、じろりと私を見る、あの大きい眼も」(324・16)。これも「岡井先生」の在り様を伝えるのだから、〈私を御覧になる〉と尊敬の言い廻しをする必要がある。▼9「いかにも誇らしげに申しますので」(325・3)。6とおなじく謙譲語の誤用。やはり「岡井先生」が大きく意識されていて、先生に対する〈私〉自身の立場に「あなた」をもひきいれてしまう結果、謙譲語が出てくるものとみられる。

以上が気にかかる表現だが、なお「みんなに嘲笑せられて」(315・16)と「あなたのお名前が放送せられ」(326・4)の二例も、私の文章感覚になじまない。どちらもサ変の動詞に助動詞〈られる〉のついた受身のかたちであって、それには「―せられる」と「される」の両形があり、前者は改まった、後者は普通の言い方[*7]」と辞書に説明される、「前者」の「言い方」がとられているわけだが、そもそも、役所の通達のごとき事務的な文書などではない「きりぎりす」の手紙に、これはまったくそぐわぬ、と思う。

わたしは表現の細部にこだわりすぎたかもしれない。そうすることで、あるいは繊細な〈私〉の感性を傷つけてしまうだろうか。そうだとしたら許しを請うほかないが、それでもわたしは、自分の指摘を取り消そうとは思わない。一途に、懸命に、真直ぐにおのれを生きようとする〈私〉の姿勢にひかれるゆえに、かえって、〈共感(com-passion)〉にいささかでも水をさす表現の不備を、黙って見過ごせないからである。ちなみに、〈私〉の向う側には「きりぎりす」の作者がいるはずだが、いま見た諸事例を、太宰治はどのように受けとめているのだろう？〈私〉の書き誤りは、太宰治において故意なのか偶然なのか。故意だとすれば、作者は〈私〉を、ときどき不正確な書き方をする女性として、「きりぎりす」に登場させていることになる。偶然だとすれば、〈私〉の誤りは作者自身のものであって、太宰治はそのおかしさに気づいていないことになる。真相がいずれにあるかは、なお多くの文章を点検してみないと、判断はつけられない。他の機会を俟つことにして、いまは「きりぎりす」の手紙そのものをよく読むことにしよう。

2 〈あいさつ〉のことば

「きりぎりす」の手紙——はじめに触れたように、それは洋画家の夫にあてた妻の文章である。けれどもありきたりの手紙ではむろんない。妻の夫にむけた離縁状なのであって、だからこそ異とするに足りるし、ひとつの作品となりうるのだともいえよう。しかも手紙は本文だけで、書かれた日付けも書き手の自署も、受け手の名前もない。つまり書式は完結していないわけだ。したがってことがらの当事者である妻と夫は、書中でも〈私〉と〈あなた〉でとおされていて、「きりぎりす」ではついに名前が明らかでない。それは、無名性をとくに意識してのことなのか、それとも手紙という形式がおのずからそうさせたにすぎないのか。その辺の見究めはわたしには難しいが、多少とも思い当たる節がないわけではない。

創作集『玩具（あづみ文庫）』のあとがきに、作者自身は次のように記す、「「きりぎりす」は、昭和十五年の秋に書いた。このころ少し私に収入があつた。千円ちかい金がまとまつて入つたのではなかつたかと思ふ。そんな経験は私にとつてははじめてであつたので非常に不安であつた。結局それは、すぐに使つてしまつたけれども、しかし、自分もこんな事では所謂「原稿商人」になつてしまふのではあるまいかと心配のあまり、つまり自戒の意味でこんな小説を書いてみた」。この自作自注からは、太宰治が妻と夫をともにおのれの分身とみなして、「こんな小説」を書いたという事態が、知られる。底を割れば、太宰治は、自分で自分を問いつめ、自身に言いきかすプロセスを、〈私〉の手紙というカタチで「きりぎりす」に具体化したわけで、その視点に立てば「きりぎりす」の作品空間はまるごと作者の〈内側〉に在る、ということになろう。そういう事態に、読者は妻と夫とが作中に無名のままでおかれる根拠を求めていい、とわたしには思われる。

　なお、「自戒の意味」をこめた「小説を書」くに当たって、〈私〉すなわち妻の手紙というカタチを作者がとったこと自体も、注意されていい。しようと思えば、問題をめぐる自問自答を、妻と夫とに托して作品化することもできたはずなのに、そうはせず、夫を作品空間から締めだし、もっぱら妻の言説によって、太宰治は「小説を書いた」のである。〈私〉の手紙、すなわち女性の〈語り〉という「きりぎりす」のカタチ――それは、「燈籠」に始まり、太宰の中、後期の作品に多くみられる語り口のひとつにすぎない、と言えば言えるけれども、自注の言葉とともに「きりぎりす」をみつめたとき、そのカタチは、おのずからではなく、意識的に選ばれているということを、読者は想うべきだろう。なかには、「きりぎりす」が妻の言い分だけを一方的に伝えていると受けとる読者も、あるかもしれない。そして手紙から書き手の思い込みを指摘して、彼女のひとりよがりを非難する可能性もある。だがそれは的を射た読みではない。作者が妻の立場に〈真実〉を認めた以上、その〈真実〉とはどのようなものかを、〈私〉の手紙によって具体的に識ることが、「きりぎりす」の読者に要求される読みなのだと思う。あたかも、語り手さき子の言葉に耳を傾けて、懸命に訴える彼女の真意を理解することが、「燈籠」の読みに必要であるように。

では「きりぎりす」の手紙はいったい何を伝えているだろうか。

〈私〉は、「おわかれ致します。あなたは、嘘ばかりついてゐました」と、手紙を書き起こす。受け手にとって（読者にとっても）、これは衝撃的な始まりであるにちがいない。きっぱりと訣別の意志を〈あなた〉につきつけた〈私〉は、続けてそうせざるをえない自身の情況を告げているが、その一節は、全集所収の「きりぎりす」では六行と四字を数える。なぜ行数・字数を気にするのかといえば、先を読めばすぐわかるように、この手紙はなによりも、妻の夫に対する最後通牒すなわち離婚宣言にほかならないからである。離縁状は〈三行半《みくだりはん》〉に書くのが、昔からのしきたりだという。それからすると、〈私〉の離婚宣言は、冒頭の二文を加えて六行半あまりとやや長い。異例なのかもしれない。

しかし、異例というならそもそも妻が夫に離縁状を書くこと自体が、旧い社会の習俗では、異例に属することがらだったはずである。離縁状とは「夫が妻を離別する時に渡す書状」[*8]であって、その逆ではなかった。江戸時代には、これを手にした妻は再婚を許されたともいい、一種公的な文書の性格を有していたらしい。近代以降はそういう意味合いはなくなったのだろうが、離縁は夫の申し渡すことで、妻がそれをするのは、相応の理由があるにせよ、不謹慎のそしりを免れないというのが、敗戦までの社会の実情であったろう。

そういう風潮のなかに「きりぎりす」をおいて読むとき、「私も、もう二十四です」という女性が、いきなり「おわかれ致します」と切りだして、「私は、あなたと、おわかれして私の正しいと思ふ生き方で、しばらく生きて努めてみたいと思ひます。」と語をかさね、「きつと、この世では、あなたの生きかたのはうが正しいのかも知れません。けれども、私には、それでは、とても生きて行けさうもありません」と書きつけるために、どれほどの勇気と覚悟と決断を必要としたかは、読者にも容易に想像がつく。〈あなた〉を含めた「この世」のもの達からどのような眼でみられようとも、まず自己の意志と立場とを明確に告げなければ、生きる意味が喪われる、というぎりぎりの想いが、〈私〉を動かしていたにちがいない。

〈私〉の心情の勁さは、周囲の「人」々の好奇心を宿した冷たい視線にさらされて「たまらない思ひ」を抱きながら、しかし、「盗みをいたしました。それにちがひはございませぬ。いいことをしたとは思ひませせぬ。けれども、——いいえ、はじめから申しあげます。私は、神様にむかつて申しあげるのだ、私は、人を頼らない、私の話を信じられる人は、信じるがいい」と「燈籠」のはじめに決然と語るさき子の勁さに、見合っていると思う。それは、それぞれの一節におのれの存在の重みを賭けた〈語り〉の姿勢であって、だからこそ、さき子は〈語り〉の最後にあかるい〈光〉にてらされた「ずいぶん綺麗な走馬燈のやうな」自身と、ともに在る両親の姿を伝え、〈私〉は手紙の終わり近くに「おわかれ致します。あなた達みんな、ぐるになつて、私をからかつて居られるやうな気さへ致します」とくり返すことになるのである。ついでに〈私〉が

「あなた達」というのは、夫と彼のパトロンである「骨董屋の但馬さん」をさす。

それにしても、離縁状は〈三行半《みくだりはん》〉に書くものとされたのは、〈三行半〉が事態を伝えるのに、過不足のない長さと認められたからにちがいない。「きりぎりす」の離婚宣言は、すでにみたとおりそれより長い。だがこの六行半あまりも、〈私〉の宣言として、必要かつ充分なものとみなすことができる。〈私〉はそこに何ひとつ余計な言葉を加えてはいない。いや人によっては、「キリスト様のやうに復活でもしない事には……」の喩を不要とする向きもあるだろうが、そう記さずにはいられないのが、生れ変わると書こうとすると、おのずからキリストの復活を想い浮かべてしまうのが、「きりぎりす」の〈私〉にほかならないということを、読者は理解する必要がある。「キリスト様」云々は、その意味で書き手に必然の表現なのだ。そこに実は、〈私〉とは誰かを読み解く鍵のひとつがひそむことも、ついでに断わっておこう。

ともあれ、「きりぎりす」において、手紙を書く〈私〉の主旨は、はじめの一節、六行半あまりにすべて尽されている、といっていい。離婚の場合も含めて、およそ宣言とは簡潔で歯切れよくあるべきだろう。「けれども、私には、それでは、とても生きて行けさうもありません」——そのあとに〈さようなら〉と書きつければ、〈私〉の〈三行半〉も、そうなったはずである。にもかかわらず、彼女はそれで筆を措かない。〈さようなら〉のかわりに「私が、あなたのところへ参りましてから、もう五年になります。一九の春に見合ひをして、それからすぐに、私は、ほとんど身一つで、あなたのところへ参りました」と続けて記す〈私〉は、結婚するまでの経緯に触れてから、手紙をしたためる「今」にいたる「五年」、正確には五年と九か月の出来事、夫とすごした暮らしの一切を、思いだすままに書きつらねていく。のみならず再度訣別の辞を記したあとに、夫の「ラジオ放送」をきいた「先日」と「あの夜」の自身の心情を述べ、「この世では、きつと、あなたが正しくて、私こそ間違つてゐるのだらうとも思ひますが、私には、どこが、どんなに間違つてゐるのか、どうしても、わかりません」と、「この世」の在り様そのものに疑問を呈して、ようやく手紙を閉じているのである。それゆえ「きりぎりす」の手紙は、原稿用紙で「三十二枚」ときわめて長い。どうした訳か。

もちろん、手紙は同時に太宰治の作品「きりぎりす」であることを、忘れたのではない。作者は、ある寒い日に父の会社の応接室で、無名の画家、具体的には彼の画に出逢ってしまったひとりの若い女性の、それ以降のなりゆきを書こうとしたのだから、その視点に立てば、「あれは、小さい庭と、日当りのいい縁側の画でした。縁側には、誰も坐つてゐないで、白い座蒲団[*9]だけが一つ、置かれてゐました。青と黄色と、白だけの画でした。見てゐるうちに、私は、もつとひどく、立つて居られないくらゐに震へて来ました。この画は、私でなければ、わからないのだと思ひました」と出逢いを告げる〈私〉が、続けてわが身の〈仕合わせ〉に多くの筆を費すのは、自明のなりゆきとみられよう。いかに充分であっても、離婚宣言の六行半のみでは、作品「きりぎりす」は成り立たぬ道理なのだ。

とはいえ、〈私〉の立場に即して、作中の事態に眼を凝らすとき、手紙の長さはどうしても気になる。やはり、手紙を六行半では終わらせぬ何かが、彼女の裡に動いたにちがいない。宣言をしてそれですっきりするという訳にいかない微妙な心情の影を、そこに読みとっていいのではないか。「私でなければ、わからない」画に出逢って、それを描いた〈男〉に惹きつけられてからの、おのれの〈仕合わせ〉について、夫としての彼をあたかも「他人」のごとくにみなす「いま」でも、宣言とひとしく存分に語りたい、という要求が〈私〉に動く。問題はその点に在る。なぜそうであるのかを、作品「きりぎりす」は読者に問いかけているはずである。

おそらく〈私〉は、「おわかれ致します」と記すに当たって、〈あなた〉に対するわが心情の在り様が気になったにちがいない。離婚を決意しながら、しかし何処か落ち着かぬところのあるそれ、その不思議をみきわめて、おのれの真実を瞭らかにする必要を、意識したにちがいない。だからこそ〈あなた〉にかかわる既往のすべてが、見直されることになったのだ、と思う。「私が、あなたのところへ参りましてから、もう五年になります」に導かれる長い記述は、みずからの内奥の核心にいきつくために、書き手の辿った筆の回路と読むことができよう。正確には五年九か月の経緯の最初の時期を見返す一段に、「今だから申しますが……」「いま、こんな事を申し上げるのは……」「いまは、だめ」など、しきりに「いま」の自分が意識されるとともに、「あの頃も、いまも、私は、あなた以外の人と結婚する気は、少しもありません。それは、はつきりしてゐます」「でも、ひとりくらゐは、この世に、そんな美しい人がゐる筈だ、と私は、あの頃も、いまもなお信じて居ります」と記されるのは、長い記述が自己確認のためになされたことを、告げているだろう。

3　本文の問題Ⅰ

「きりぎりす」の語りの在り様、手紙の展開の次第を検討するに先立って、手紙の書かれた「いま」がいつなのかを、確かめておきたい。それが夏から秋にかけてのある夜であることは、最後にこおろぎが鳴くとあるのでわかるけれども、もう少し特定できないものか。そう考えると、わたしには作品の執筆時点のことが想い浮かぶ。〈私〉が手紙を書くという作中の出来事は、作品の外にたってみれば、作者が「きりぎりす」を執筆した事実に転換されるからだ。先に触れたとおり、太宰治が「きりぎりす」を「脱稿」したのは「昭和十五年九月二十三、四日頃まで」[*10]と推定されている。その時点、一九四〇年の九月下旬の一夜を、手紙成立のトキとみなして差支えあるまい。なお作品「きりぎりす」は、「脱稿」までに数日を要したかもしれない。だが、手紙の伝える〈私〉の筆致そのものは、それが一気に書き継がれ、書きあげられたことを示す。一夜と記す所以である。ただしその夜が九月の何日かは突きとめがたい。

こうして手紙執筆の時点が確かめられれば、筆の回路に〈私〉が辿った日々の出来事についても、おおむねいつのことだったかの見当がつく。記述に即して、以下に、それらを年代順に整理しておくことにする。本人に代わって〈婚姻履歴書〉を作成するわけだが、それは、〈私〉という存在を浮彫りにするための必要事項だと考える。

そのためにはまず年齢に注意しなければならない。*11 手紙のはじめに〈私〉が自分も「もう二十四」であることを告げ、「十九の春に見合ひをして、それからすぐに」〈あなた〉と一緒になったと記しているのを、すでにみた。したがって、手紙を書く〈私〉は一九四〇（昭15）年九月下旬の「いま」二十四歳なのだから、十九歳の「見合ひ」は一九三五（昭10）年の出来事だった、とわかる。「春」は常識に拠って四月と受けとっていいとして、「それからすぐ」とはいつなのか。

銀座の「千疋屋の二階」での「見合ひ」の情況、〈あなた〉の「ワイシヤツの袖口が清潔なのに」心を動かされたこと、社交に馴れぬ態度が母にはかえって不評であったことを伝えたあと、「ひとつき、すねて、たうとう私が勝ちました」と手紙にあって、結婚は五月だったことが暗に示されている。それから「いま」まで、厳密には「五年」と五か月の時間の流れをみるまえに、忘れてならないのは、「どうしても、あなたのところへ、お嫁に行かなければ」と〈私〉に決意させた、画との出逢いのトキだろう。それは、「骨董屋の但馬さん」がその画と続いて縁談を持ちこんでから間もない、「とても寒い日」のことだったという。すると大寒の頃、やはり三五年の一月二十日前後に、運命的な「あの日」があったことになる。

〈私〉が「ほとんど身一つ」で夫の暮らす「淀橋のアパート」に移ってから「二年目の秋」に、〈あなた〉の個展がひらかれた。結婚翌年の出来事である。場所はどこだか記されていないけれども、しかしこれが世間の注目を集めた結果、二人の生活にひとつの影が忍び寄る。個展のあと、「二科会」に迎えられ、会員となった夫は、アパート住まいを嫌がるようになり、但馬さんの奔走で「いま」も住む「三鷹町」の「この、いやに大きい家」に移転したのが、おなじ一九三六（昭11）年の「としの暮」。その直後に転居の挨拶をかねた年賀状を「三百枚」印刷させた〈あなた〉をみて、驚きとともに不安を禁じえなかった、と〈私〉は記す。

ところで、「としの暮」を意識すれば、年賀状の一件のあとに〈私〉の伝える情況の変化――今まで〈私〉たちに背を向けていた両親や姉が、好意をみせるようになり、三鷹の家にはお客がふえて、無口な人間だったはずの〈あなた〉が急に「お喋り」になるという変りようは、いずれも年が改まってからの出来事と、納得がいく。とくにその点に触れないのは、触れなくとも文面からわかるはずとの思いが、〈私〉にあるためにちがいない。だから「そのとしの二科の画は……」と、ためらわずに記すことができるのである。すなわち「二科」展の夫の画が新聞社の賞を受賞し、「孤高、清貧、憂愁、祈り、シヤヴアンヌ」等々の「讃辞」が紙上に並んだのは、一九三七（昭12）年の、「二科」展を踏まえれば秋。「割合ひ、当つてゐたやうだね」と平然と客に言う〈あなた〉をみて、〈私〉は呆れてしまう。「二科会」を脱退した夫が「新浪曼派とやらいふ団体」を結成したのは、「昨年」とあるから一九三九年のこと。「とやらいふ」の表記にもうかがわれるように、「蔭であんなに笑つて、ばかにしてゐたおかた達ばかり集め」たその旗上げに疑問を感じる〈私〉は、第一回展に出品された「あなたの、菊の花の絵」が澄明な心境を表わし、「高潔な愛情」をたたえていると評されるのを聞いて、どうにも合点がいかない。そうして、「ことしのお正月」夫に連れられて「岡井先生のところへ」年頭の挨拶におもむいたとき、帰り道で〈あなた〉の表裏ある態度をまざまざと見せつけられて、「びつくり」した〈私〉が、おなじ一九四〇年の九月下旬の「いま」、離婚宣言にはじまる長文の手紙をしたためている……。

　以上が、夫とのかかわりにみられた〈私〉の履歴のあらましである。本人ではないから月日の細部まで眼がとどかないのは、心残りだが、といって直接〈私〉にたずねることも、かなわない。しかしこうして履歴を整理してみると、〈私〉の筆が一九三八（昭13）年については何ひとつ記していないのに、気づく。これはどういうことなのか。小康状態？　一九三八年は、〈私〉と〈あなた〉の間に記すべき何ごともなかったのだろうか。しかし履歴の示すとおり、出逢いの年以降、年毎に〈私〉に忘れ得ぬ出来事が起っているのを思うと、この一年の空白は〈私〉の手紙というレヴェルにおいて異常である。空白は決して平穏無事を告げるしるしではあるまい。手紙の伝えるそれまでの経緯から推して、夫がみずからを省みたために事なきをえたとは、到底考えられない。やはり事はあったにちがいないが、この年を〈私〉はひとつの決意のもとにすごしたのだ、とわたしには想像される。決意——たとえ夫がどのような態度をとろうと、みずからはじっと〈耐え忍ぶ〉というそれ。夫の言動にいちいち〈心を悩ます〉よりは、その方が〈あなた〉のためによいかもしれない、そう〈私〉は想い定めていたのではないか。一九三八年は〈私〉にとっていわば自己犠牲の年であったろう。そのことを手紙に記さないのは、誇り顔をしたくないからか、あるいは二年前のおのれの姿が「いま」の眼に、あまりにもみじめと映るためか。それとも理由はほかにあるのか。

4　本文の問題II

手紙の触れない、隠された〈私〉の有り様に注目したとき、わたしの視線は、旧約聖書・「詩篇」第三十七篇の《ダビデのうた》のひとつに向かう。眼にとまる個所をここに引いておきたい。《なんぢの途《みち》をエホバにゆだねよ、彼《かれ》によりたのまば之《これ》をなしとげ、光《ひかり》のごとくなんぢの義《ぎ》をあきらかにし午日《まひる》のごとくなんぢの訟《うつたへ》をあきらかにし給《たま》はん。なんぢエホバのまへに口《くち》をつぐみ忍《しの》びてこれを俟望《まちのぞ》め、おのが途《みち》をあゆみて栄《さか》ゆるものの故《ゆゑ》をもて、あしき謀略《はかりごと》をとぐる人《ひと》のゆゑをもて心《こころ》をなやむるなかれ、怒《いかり》をやめ忿恚《いきどほり》をすてよ、心《こゝろ》をなやむるなかれ、これ悪《あく》をおこなふ方《かた》にうつらん》（5〜8）[*12]。

関根正雄の「新訳」[*13]では《心を悩ますな》の見出しが与えられている《うた》の一節。これこそ、みずから〈沈黙〉をまもる一年の〈私〉を彷彿させるにふさわしい言葉だ、と思う。ダビデの呼びかけに〈私〉が耳を傾けたという確証は、もちろんない。けれども、彼女は生れ変わると書こうとすると、キリストの復活を想わずにはいられぬ女性であることを、わたしはすでに注意したはずだ。それはおのずから、〈私〉が信仰に生きるものであることを、顕わしている。のみならず、手紙には、淀橋のアパートで「あなたの、不思議なほどに哀しい画が、日一日と多くの人に愛されてゐるのを知つて、私は神様に毎夜お礼を言ひました」という記述があり、個展が世間の耳目を集めたときには、情況の好転がかえって恐ろしく、「私は、毎夜、神様に、お詫びを申しました。どうか、もう、幸福は、これだけでたくさんでございますから、これから後、あの人が病気などなさらぬやう、悪い事の起らぬやう、お守り下さい、と念じてゐました」とも記されている。どちらにも「毎夜」とあって、事があると、「神様」の方に心を向けて、熱心に祈らずにはいられないのが、〈私〉なのだとわかる。

　そういう〈私〉をみつめるなら、みずからの姿勢をかえりみた彼女が、《心を悩ますな》とうたうダビデの詩句に想いをはせたであろう、とする想像は、許されるものと思う。『舊新約聖書』の《おのが途《みち》をあゆみて栄《さか》ゆるもの》《あしき謀略《はかりごと》をとぐる人《ひと》》は、関根訳では《世渡りのうまい者》《ずるいことをしている者》だが、まさにそれにふさわしい夫のために、結婚後の〈私〉は《心《こゝろ》をなやむる》ものとなり、ひそかに《怒《いかり》》と《忿恚《いきどほり》》とを禁じえなかったのではなかったか。そして、それゆえに〈心を悩ます〉おのれをかえりみるトキが〈私〉に訪れなかったとは、手紙からうかがえる彼女の性格に即して、考えにくい。その時点で、〈私〉には、《なんぢの途《みち》をエホバにゆだねよ……》《怒《いかり》をやめ忿恚《いきどほり》をすてよ、心《こゝろ》をなやむるなかれ……》というダビデの言葉が、きわめて適切な指針と思われたにちがいない。続く自己犠牲の年の情況を、〈私〉が手紙に記さないのは、わが道を《エホバにゆだね》、《エホバのまへに口《くち》をつぐみ忍《しの》びて》生きると決意した以上、その自分の有り様は神のみが御存知であればいいこととする判断が、〈私〉にあったからだ、と思われる。

《エホバのまへに口《くち》をつぐ》んだ〈私〉は、しかし聖女ではなく、やはり一個の生身の女性にすぎない。だから、《世渡りのうまい者》《ずるいことをしている者》のかたわらにいて、彼の態度が眼にあまるほどになったとき、それに反応する自分を、〈私〉はどうしても抑えることができない。人間とはそうしたものだろう。「新浪曼派とやらいふ団体」をつくった「昨年」の夫のうごき、おなじ画家仲間に対する、「葛西さんがいらした時には、お二人で、雨宮さんの悪口をおつしやつて、憤慨したり、嘲笑したりして居られますし、雨宮さんがおいでの時は、雨宮さんに、とても優しくしてあげて、やつぱり友人は君だけだ、等と、嘘とは、とても思へないほど感激的におつしやつて、さうして、こんどは葛西さんの御態度に就いて非難を、おはじめになる」と記される対応ぶりは、神の前に沈黙を守る〈私〉の心をさわがす。夫によって「惨めな思ひ」にさせられた〈私〉は、その姿に定見をもたぬ「嘘つき」の烙印をおさずにはいられないし、「よくそれで、躓かずに生きて行けるものだと……そら恐ろしくも、不思議にも」思う。にもかかわらず、「あなたのお為にも、神の実証のためにも、何か一つ悪い事が起るやうに、私の胸のどこかで祈つてゐるほどになつてしまひました」とあるゆえに、神に心を向けて生きるおのれを忘れたわけではない。ただ、「神の実証のため」に夫の身の上に「悪い事が起るやうに」と祈る、すなわち神の裁きが下るように願うのは、《エホバのまへに口《くち》をつぐみ忍《しの》びて》立つことと矛盾するけれども、それは「私の胸のどこかで」つぶやかれた祈りと記されているところに、おのれの矛盾を意識する彼女の姿勢を、わたしは見いだすのである。

しかも、触れられぬ時の経過はひとつではない。一九三八年のほかに、「ことし」一九四〇年の正月から手紙執筆の「いま」にいたる九か月についても、〈私〉の筆は、わずかに「あなたは但馬さんの、昔の御恩をさへ忘れた様子で、但馬のばかが、また来やがつた、等とお友達におつしやつて、但馬さんも、それを、いつのまにか、ご存じになつたやうで、ご自分から、但馬のばかが、また来ましたよ、なんて言つて笑ひながら、のこのこ勝手口から、おあがりになります」と記すだけで、他は何も伝えていない。だがこの九か月は〈私〉にとって、容易ならざるトキであったはずだ。なぜなら〈私〉は、〈あなた〉と但馬さんの様子に触れる前に、正月の岡井邸訪問の情況を問題にして、先生の前では畏まりながら、辞去するやいなや「ちえつ！　女には、甘くてゐやがら」と吐き棄てるようにいう夫におどろき呆れ、〈あなた〉を「卑劣」漢とも「気違ひ」とも、みなしたことを告げたうえで、「あの時から、私は、あなたと、おわかれしようと、思ひました。この上、怺へて居る事が出来ませんでした」と記しているからである。九か月とは、離婚の意志決定とそれを実行に移すまでのあいだ、すなわちこれ以上「怺へて居る事」は出来ないという、ぎりぎりの所にたたされながら、にもかかわらずなおみずからに耐え続けたトキにほかならない。そこに注目すると、〈あなた〉とともにした五年半の最後の月日を、〈私〉が、どれほどの《重荷《おもに》》[*14]を負い、いかに苦しみつつ、すごしたかは、容易に察しがつく。そういう彼女・《勞《らう》する者《もの》》[*15]をささえたのは、前とおなじく詩篇のあのダビデの呼びかけだったのではなかろうか。

かくて〈私〉は、「ことし」の初めに「あなたとおわかれしよう」と心に決めてから九か月を経た「いま」、「おわかれ致します。あなたは、嘘ばかりついてゐました」と、みずからの意志をぐいとつきつけるように書きだした手紙に、五年半の経緯をあらためてたどったのちに、もう一度「おわかれ致します」とおなじ言葉をくり返し、「あなた達みんな、ぐるになつて、私をからかつて居られるやうな気さへ致します」とつけ加えて、手紙の主文を締め括っているのである。その「いま」、きっぱりと訣別を宣言するトキの訪れは、とりもなおさず彼女が、「詩篇」第三十七篇五〜八節を確実にわが身に生かすにいたったことを証《あかし》するものと、わたしは読む。「おわかれ致します」の導くふたつの節にはさまれた文章は、短くないけれども、それは結局、〈あなた〉との五年半のかかわりに〈私〉の打ったひとつの大きな終止符、とみなすことができるだろう。

「おわかれ致します」の導くふたつの節とは、手紙という形式に即してみれば、たとえ離別の意志を伝えるものであっても、発信者の受信者へ向けた〈挨拶〉のことばにほかならない。その間におかれた、〈あなた〉とのいきさつを告げる〈私〉の文章は、すでに多少ともみてきたように、彼女の夫に対する心情の推移を軸として、書き継がれている。「淀橋のアパートで暮した二箇年ほど、私にとつて楽しい月日《つきひ》は、ありませんでした」と、ともに在った日々の〈仕合せ〉を振り返ったのち、それは、「個展」の開催を機に世間に注目されだした夫、同時に世俗性を次第にあらわにしていく〈あなた〉とのあいだに生じた関係の劈開《ひび》、〈私〉のみいだす心的な距離の有り様を、明らかにする。劈開《ひび》はまずこのままでは「きつと、何か悪い事が起る」という〈不安〉となってあらわれ、ついで「いやな気が致しました」「げつそり致しました」「淋しくてなりません」「呆れて、何も申し上げたくなくなりました」と繰り返される〈幻滅〉に拡大し、「あなたは、とても嘘つきです」「あなたは、卑劣です」「あなたは、気違ひです」と相手をきめつける〈私〉が、夫そのものを〈否認〉するにいたって、ついに、まったく修復不可能なものとなる。そこに「あの時から、私は、あなたと、おわかれしようと、思ひました」の一行が録されるのは、当然至極のはこびというべきだろう。にもかかわらず、なお九か月を耐《た》え忍《しの》んだ〈私〉であることをさきにみたけれども、しかし、〈椿屋《つばきや》のさつちゃん〉の身に起きたような「奇蹟」(「ヴィヨンの妻」)が起こらぬかぎり、劈開《ひび》が消えて関係が元に戻ることは望めそうにない。

5 〈追伸〉の示すもの

「きりぎりす」の手紙は、再度訣れの〈挨拶〉を告げたところで終らない。〈私〉はなお「先日」の出来ごととその夜のわが身の在り方とを書きくわえて、ようやく筆を措く。そこで読者もやっとひと息つくことになるのか、どうか……。それはともかく、手紙の〈追伸〉というべきこの最終の一段に、わたしは、「新浪曼派の時局的意義とやらに就いて、ラヂオ放送を」する、時流に乗った〈あなた〉とのかかわりから自由になった〈私〉を、見いだす。なぜなら、たまたま耳にした放送する夫の声が、「私には、他人の声のやうな気が致しました。なんといふ不潔に濁つた声でせう。いやな、お人だと思ひました。はつきり、あなたといふ男を、遠くから批判出来ました。あなたは、ただのお人です」というのだから。明確に彼女は〈あなた〉を突き放す。「他人の声」はまだ喩だとしても、〈あなた〉がもはや夫でないことは、「あなたといふ男」「ただのお人」の言辞に鮮かに読みとれるだろう。その意識が〈私〉を動かして、手紙の形式をきめさせ、冒頭の「おわかれ致します」を主文の終りに繰り返すことによって、「青と黄色と、白だけの画」に出会ってから「先日」にいたる〈あなた〉との五年半あまりの歳月のすべてを、円環のなかに封じこめることとなったのである。

『きりぎりす』について、ひとつだけ不思議なことがある。〈あなた〉が恬然として俗物性をあらわにしていくにもかかわらず、彼の作品は無名であったときと変わらぬ印象をもたらす、というのがそれだ。「そのとしの二科の画」は新聞社の賞を受け、「孤高、清貧、思索、憂愁、祈り、シヤヴアンヌ」等々と評されたことを、また「新浪曼派」の第一回展覧会の「菊の花の絵」は、「いよいよ心境が澄み、高潔な愛情が馥郁と匂つてゐる」と受けとめられたことを、〈私〉は伝えている。それらの世評はまさか阿諛追従の妄語ではあるまい。やはり、「二科会」会員あるいは「新浪曼派」の主宰者としての夫の作品に、その世俗的な日常の姿勢とは裏腹に、〈私〉のはじめてみた「画」のもっていた「美しい人」の魂が宿っているのを、示すはずである。卑俗の精神と純粋無垢の心情との共存。あるいは俗物と「天使」の同居。「どうして、さういふ事になるのでせう。私は不思議でたまりません」とは手紙の伝える感想だが、ひとり〈私〉にかぎらず、「きりぎりす」の読者は誰しもおなじ思いをいだくにちがいない。

だが、この謎は、解こうとして解けるものではない。〈私〉自身ただ不思議と感じるばかりなので、手紙のどこにも謎の正体を探る手がかりはみつからないのである。しかも手紙は作品のすべてなのだから、「きりぎりす」自体が読者に、いくら不思議ではあっても謎は謎のまま受けいれるよう、求めていると思われる。だから読者は、〈私〉が〈不安〉・〈幻滅〉・〈否認〉の三段階を経て、ついには見放す〈あなた〉の内部、その存在の深所に、ひとつの美しい魂が「俗世間に汚されずに」生き続けているのを、事実として素直に認めるほかはないのである。〈私〉にあっても、事情に変わりはなかったはずである。

〈追伸〉の後半で〈私〉は、たまたま耳にした夫のラジオ放送の、「私の、こんにち在るは」というもったいぶった言葉に嫌気がさして、すぐにスイッチを切ってしまったあと、自分がどうしたかを、次のように記す、「私は、あの夜、早く休みました」（傍点引用者）。なぜそうであったのか。〈休む〉はもちろん臥す、寝るの意だが、それは同時に〈休息のため〉のニュアンスを含むことを考慮すると、「早く」寝に就いた〈私〉は、長く内にかかえ続けた問題にはっきりと決着をつけたための安堵感を覚えていたのではないかと思われる。傍点の語も注意されていい。ひとつのトキが、〈その夜〉ではなく「あの夜」と指示されるところに、単純な指示以上のなにか、そのトキにひかれる〈私〉の想念の動きを、垣間見るからである。

　そういう「あの夜」、いわば「きりぎりす」における〈終末〉の一夜の情景を告げる四つのセンテンスから、どういうことが読みとれるかについては、本論の最初に考察したので、ここに繰り返すつもりはないが、そのなかの表記に、ひとつだけこだわっておきたい。「電気を消して、ひとりで仰向に寝てゐると、背筋の下で、こほろぎが懸命に鳴いてゐました」（傍点引用者）とある一文の傍点の個所がそれであって、どうして〈私〉は、〈ひとり仰向けに〉とせず、「ひとりで仰向に寝てゐると……」と記すのかが、気になるわけである。どちらでもたいして変わりはあるまいと、ひとは言うかもしれない。だがはたしてそうか。手紙の書き手がもし孤閨を守る妻であれば、〈ひとり仰向けに〉と書いたことだろう、その方が文面に寂しさ・遣瀬《やるせ》なさをにじませることになるわけだから。しかし〈私〉の「ひとり」はまったくちがう。〈終末〉の夜の「ひとり」は、みたとおり、夫の世俗性とあいいれぬ〈私〉の本性がみずから選んだ「ひとり」にほかならぬゆえに、誤解されるのを嫌って、〈私〉は「ひとりで仰向に……」と記したのだ、と思う。

　こうして、明確に「ひとり」となった〈私〉の姿を認めたとき、やはり論のはじめに指摘したように、読者は「きりぎりす」の用意するひとつの「課題」に、ゆきつく。あらためて確認すれば、「仰向に寝」ながら「ちやうど……背筋の真下あたりで鳴いてゐる」こおろぎの声を聴く〈私〉の想いにうかぶ、「小さいきりぎりす」のイメジを、それまでの叙述のすべてに照らしあわせてどう読み解くか、という「課題」である。〈私〉の〈内〉なる「きりぎりす」、〈終末〉の夜に「私の背骨の中」にいて「小さい、幽かな声」でうたうもの、しかも手紙本文の始まる前に作品自体が注目して、標題に掲げる「きりぎりす」とは、そもそもなにか。「駈込み訴へ」の最後に語り手の耳につく「小鳥の声」に、ユダ自身の心底の声が響いているように、手紙の終わりに書き手の想いが集中するこの「きりぎりす」のイメジも、「この世」の人間の眼には「間違つてゐる」としか映らない、だからこそ「この世では……とても生きて行けさう」にない〈私〉の魂の影を宿すか、とも解される。

だが、注意して読めばそれはもともと〈私〉の裡にあったイメジではないことに、気づく。なによりも、「ひとりで」寝る〈私〉の耳をまずとらえたのが、「縁の下」すなわちおのれの〈外〉で鳴く「こほろぎ」であるのに、注目しておきたい。その「こほろぎ」が、〈私〉にひそむなにかをひきだすかわりに、〈私〉の〈内〉に転位して「小さいきりぎりす」となった——それが、手紙の明かす〈終末〉の夜の〈私〉の、「駈込み訴へ」のユダとは異なる情況にほかならない、とわたしは読む。すると「きりぎりす」のイメジに〈私〉の魂の影を求めることは、できなくなろう。のみならずもうひとつ、これもはじめに触れておいた、見逃せない条件がある。こおろぎもきりぎりすも鳴くのは雄であるということ、自然の定めたこの事実は、「小さい、幽かな声」でうたう「きりぎりす」が〈私〉自身ではないことを示す、決定的な条件といっていい。これは作品外の事実だが、「きりぎりす」の作品空間、〈私〉の身をおくところは、「この世」なのだから、読者は、そこにも自然の法則が働いているのを、認めるべきであろう。

それゆえ、〈私〉がみずからの「背骨の中」に想いみるイメジには、どうしても夫であったもののの影を求めるほかはない。あれほど激しく反撥し、拒否し、突き離した、現に〈いま〉もそうしているはずの〈あなた〉が、〈私〉の裡に「小さいきりぎりす」となって現われ、「小さい、幽かな声」でうたう、という。この〈不思議〉こそ、作品『きりぎりす』が〈私〉の手紙をとおして、読者に告げたいと願う情況なのだ、と思うけれども、そうであるなら、「きりぎりす」の空間にどうして〈不思議〉は生じたか——が問われなければなるまい。

そこで、ふたたび手紙に眼をやると、例の謎、〈私〉に「嘘つき」「卑劣」そして「気違ひ」とまでいわれる〈あなた〉の描く絵が、その俗物性とは裏腹に、純粋無垢の心情をたたえて観るものの心を打つ、というあの〈不思議〉に、〈私〉はどう対処したかが、わたしの注意をひく。彼女はそれに、「どうして」なのだろうと訝《いぶ》かりながら、しかしあえて異を立てようとしていない。読者はそこに、〈あなた〉の現わす〈不思議〉を事実と認め、受け容れている〈私〉の姿を、みいだすことができるだろう。その〈私〉こそ、手紙のすべてを挙げてしりぞける現実の〈あなた〉のどこかに、結婚の当初にたしかめた「美しい人」のイメジがひそむのを、「おわかれ致します」と繰りかえす〈いま〉に、なお疑わぬ〈私〉なのである。「美しい人」、具体的には「死ぬまで貧乏で、わがまま勝手な画ばかり描いて、世の中の人みんなに嘲笑せられて、けれども平気で誰にも頭を下げず、たまには好きなお酒を飲んで一生、俗世間に汚されずに過して行くお方」というイメジ。欺かれた苦《にが》さ・口惜しさを、手紙の一文「けれども、それは、見せかけだつたのね。どうして、どうして」にこめた〈私〉が、にもかかわらず「でも、ひとりくらゐは、この世に、そんな美しい人がゐる筈だ、と私は、あの頃も、いまもなお信じて居ります」（傍点引用者）と記すことのできるのは、やはり〈あなた〉の裡に棲む「美しい人」の影への〈信〉ゆえであるにちがいない。

そういう〈私〉が、〈終末〉の夜に寝ながら「こほろぎ」の「懸命に」鳴くのを、聴く。美しく澄んだ声音からはおよそ想像のつかぬ、醜怪な体軀の持ち主、その意味で〈不思議〉な生きものである「こほろぎ」は、大小を別にすれば、なんとよく〈あなた〉に似ていることか。聴きながら〈私〉の裡に、「美しい人」である〈あなた〉への〈信〉が兆したとしても、不思議ではない。それゆえ、〈追伸〉後半の伝える「あの夜」の出来事、〈外〉なる「こほろぎ」の〈内〉なる「きりぎりす」への転位は、この〈信〉に導かれて成立したのだ、とわたしは読む。「きりぎりす」の「小さい、幽かな声を一生忘れずに、背骨にしまつて生きて行かうと思ひました」とも〈私〉は記すわけだが、それは、現実の〈あなた〉がどうであれ、おのれの信じている「美しい人」の「声」を、「背骨の中に」みずからの支えとして聴きつつ、生きようとする決意の表明にほかならない、と思う。

おわりに

「あの夜」の情況を伝える記述に、直接〈あなた〉に触れる言辞がみられないのは、長い手紙のなかでこの一個所だけ書き手の意識の在り方が他と異なるためだろう。手紙の文章のほとんどすべてを、「この世」の〈あなた〉を向こうに思い浮かべて、〈私〉は記す。現に末尾の一文「この世では、きつと、あなたが正しくて……」も、その例にもれない。けれども「あの夜」にかかわる四つのセンテンスを筆にする〈私〉は、違う。「この世」の〈あなた〉は相手にせず、「ひとりで」寝ている我が身をみつめながら、〈誰か〉にむけてそれを書く。いったい誰に？〈いま〉までにも、事ある毎に「神様」に祈らずにはいられなかった〈私〉を、そこに確認すれば、彼女の意識の動く方向に神の姿をみることは、許されるだろう。その「神様」が《全知《ぜんち》の神《かみ》にして行《わ》為《ざ》を裁度《はか》りたまふ[*16]》存在であるのを、〈私〉は知っているはずだ。だから〈私〉は、「こほろぎ」と「きりぎりす」のことだけ記せば、あとはすべて解ってくださる、と想ったのにちがいない。

最後に問題をひとつ――「この世では」自分が「間違つてゐるのだらう」と思う〈私〉は、これから何処で生きていくのであろうか。

注

＊1　本稿における作品のテクストは、山内祥史編『太宰治全集』（筑摩書房）所収のものを使用した。

＊2　『国語大辞典』（小学館）および『新潮　現代国語辞典』を参照した。

＊3　『漱石全集』第十三巻（岩波書店　一九九五・二）所収の「〔Lonely I sit〕」に拠る。巻末の「注解」（山内久明）に、「ただ独り孤独なる部屋に坐せば／蟋蟀《こおろぎ》の鳴き声しきり。／灯火も孤独になかばまどろむがごとく／蟋蟀の鳴き声しきり。」の訳がある。

＊4　〈あの人〉が「いま、ケデロンの小川の彼方、ゲッセマネの園」にいることを、役人に告げた直後に、ユダは「ああ、小鳥が啼いて、うるさい。今夜はどうしてこんなに夜鳥の声が耳につくのでせう」「ああ、小鳥の声がうるさい。耳についてうるさい。どうして、こんなに小鳥が騒ぎまはつてゐるのだらう」と繰りかえし言う。

＊5　『太宰治全集3』の「校異」参照。

＊6　全集3の三一四ページ一行目。この個所について、「校異」は異同を挙げていない。『新潮』初出は「私は」であり、「校訂は初版本に據り、発表雑誌および以後の再録本を参照した」（「後記」）という『太宰治全集』（筑摩書房、第一次）の第四巻（一九五六・一発行）所収でも、「私は」となっている。「私も」はテクストとした全集本における誤植であろうか。

＊7　『新潮　現代国語辞典』

＊8　『国語大辞典』

＊9　＊6参照

＊10　全集3の「解題」（山内祥史）

＊11　太宰治の作品の登場人物の年齢は、たとえば『桜桃』で、「ことしの春に生れた次女」を夏の時点で「一歳」としているように、数え年である。

＊12　『舊新約聖書』（米国聖書協会　一九一四・一）に拠る。《口《くち》をつぐみ忍《しの》びて》は『聖書　口語訳』（日本聖書協会）では、《耐《た》え忍《しの》びて》。
＊13　『新訳　旧約聖書Ⅳ　諸書』（教文館　一九九五・一）
＊14＊15　「マタイによる福音書」十一章二十八節。ただし表記は『舊新約聖書』にしたがう。
＊16　「撒母耳前書《サムエルぜんしょ》」二章三節、サムエルの母ハンナの《禱《いの》り》のなかの言葉。『舊新約聖書』に拠る。

7

「鷗」と「風の便り」を軸に

——聖書と太宰治——

太宰治の中期の作品に、二人の作家のあいだに交わされた書簡、計一〇通というカタチをとる「風の便り」[*1]がある。そのなかの気になる個所を、まず挙げておきたい。

私は無学で、本当に何一つ知らないのですが、でも、聖書だけは、新聞配達をしてゐた頃から、くるしい時には開いて読んで居りました。一時、わすれてゐたのですが、こんど、あなたから、「エホバを畏るるは知識の本なり」といふ箴言を教へていただいて、愕然としたのでした。ずいぶん久しい間、聖書をわすれてゐたやうな気がして、たいへんうろたへて、旅行中も、ただ聖書ばかりを読んでゐました。自分の醜態を意識してつらい時には、聖書の他には、どんな書物も読めなくなりますね。（中略）あの温泉宿で、ただ、うろうろして一枚の作品も書けず、ひどく無駄をしたやうな気持でしたが、でも、いまになつて考へると聖書を毎日読んだといふ事だけでも、たいへんな貴重な旅行であつたのかも知れません。

いささか長い引用となったが、書き手は無名の作家を自称する木戸一郎で、引用は、文壇の大家井原退蔵にあてた、彼の五通目すなわち最後の書簡の一節である。これが気になるのはなぜか——といえば、木戸一郎の言説はみずからの向こうに、作者自身の聖書体験を読みとるようにわたしを誘うからにほかならない。もちろん木戸一郎は太宰治ではない。にもかかわらずその木戸の〈体験〉に、太宰の聖書とのかかわりの投影をみるとするなら、それはわたしの臆測にすぎぬ、ということになるだろうか。

　しかし、「旅行中も、ただ聖書ばかりを読んでゐました」という報告は、武蔵野病院退院後の太宰書簡の一行「入院中はバイブルだけ読んでゐた」[*2]を、ただちに想い起こさせるし、「自分の醜態を意識してつらい時」とあり、「ただ、うろうろして一枚の作品も書けず」とある情況は、精神病院収容当時の太宰治の心的体験をうつすといわれる「HUMAN LOST」[*3]の伝える次の事態、「窓外、庭の黒土をばさばさ這ひずりまはつてゐる醜き秋の蝶を見る。並はづれて、たくましきが故に、死なず在りぬる。はかなき態には非ず」・「私は、どうしてこんなに、情が深くなつたのだらう。Kでも、Yでも、Hさんでも、Dはうろうろ、Yのばか、善四郎ののろま、Y子さん。逢ひたくて、逢ひたくて、のたうちまわつてゐるんだよ」（傍点引用者）を、髣髴《ほうふつ》させよう。木戸の、そして太宰の、聖書〈だけ〉を読んでいた時間が、「旅行中」・「入院中」と、ともに日常の秩序から外れたトキであるのも、興味深い。なお、先の太宰書簡には引用の一行のすぐあとに、「私の、完全な孤独を信用せよ」という言辞がみられるけれども、木戸一郎もまた旅先での聖書体験を報じて、「私は今は、生れてはじめて孤独です」と書き添えていることにも、注意しておきたい。

　このようにみたとき、山中の温泉場の旅館で聖書に出会った木戸一郎のイメジの底に、作者自身の影がひそむのを認めることは、許されるように思われる。

　だが、〈出会い〉は木戸の場合、それがはじめてではない。新聞配達をしていた若年のころから親しんだ聖書を、「一時、わすれてゐた」が、井原退蔵との文通がきっかけとなって、再度手にするに至った、と彼は記す。「一時」とはいえ、その時は具体的には十数年を指すはずだ。文通の時点で三八歳の木戸が、新聞配達をしていたのは、一八歳からしばらくのあいだなのだから。すぐあとに「ずいぶん久しい間」と繰り返される所以だろう。そうではあっても、一八歳の聖書との出会いという木戸一郎の〈事実〉は、わたしにひとつの問題を差しだす——この〈事実〉は太宰治においてどうなのか、と。

　太宰治の聖書とのかかわりが〈いつ〉からなのかは、実は明確にされていない。全集別巻の[4]「年譜」は、無教会派の信者鰭崎潤との交友が一九三五（昭10）年「八月下旬」に始まったことを、翌年一〇月の武蔵野病院「入院後間もなく[5]……「朝日新聞」と聖書とを購読[6]」したことを、伝えている。また、作品「狂言の神」（『東陽』一九三六年一〇月）は「（マタイ六章十六）」をエピグラフにもつ。エッセイでは、「もの思ふ葦」のひとつの「難解」（『日本浪曼派』一九三五年一〇月）にははじめての聖句の引用[7]がみられ、おなじく「ソロモン王と賤民」（『東京日日新聞』一九三五年一二月一四日）には旧約聖書に触れた「ソロモン王の底知れぬ憂愁……」の言辞があり、さらに「碧眼托鉢」の一文「作家は小説を書かなければならない」（『日本浪曼派』一九三六年二月）は、「そのとほりである。さう思つたら、それを実際に行ふべきである。聖書を読んだからといつて、べつだん、その研究発表をせずともよい。けふのことは今日、あすのことは明日。そのとほり行ふべきである。……」（傍点引用者）と記している。傍点の文が、「マタイによる福音書」の〈山上の説教〉の一節[*8]にもとづいているのは、いうまでもない。それらの事例を意識すれば、太宰治と聖書の最初の出会いは、一九三五年の夏の終りか秋の初めに求められるようである。そうであるなら、木戸一郎の一八歳の出来事はまったくの〈創作〉ということなのか。

しかし、この疑問に逢着したいま、私の想いに一冊の聖書がうかぶ。ただしそれは太宰治のものではない。一九歳の彼の出会った芥川龍之介の自殺とともに、世に報じられた聖書、その死の枕もとに置かれていたという『舊新約聖書』[*9]がほかならぬそれである。宮坂覺編「年譜」[*10]は、一九二七（昭2）年七月二四日のところに「午前二時頃、書斎から階下に降り、文と三人の息子が眠る部屋で床に入る。この時、すでに致死量のベロナール、ジヤールなどを飲んでいたものと思われる。二階から持って来た聖書を読みながら、最後の眠りについた」と記す。前夜深更、「続西方の人」の終わりの部分を書きあげた直後のことであった。芥川龍之介の死が太宰治に与えた衝撃の大きさは、よく知られている。そしてその後の道行きをたどると、太宰には、自身の生の範例を、芥川の作家生涯に求めるところがあったようにみえる。

そういう太宰治にとって、深く傾倒した作家が生涯の終わりに聖書とともに在った事実が気にならないはずはない。のみならず、芥川の最後の作品であり、また絶筆となった、聖書の世界に「わたしのクリスト」像をたずねて、「我々はエマオの旅びとたちのやうに我々の心を燃え上《あが》らせるクリストを求めずにはゐられないであらう」の一文で結ばれる、「西方の人」「続西方の人」（『改造』一九二七年八、九月）を、読まなかったとは考えにくい。かくて、自身直接聖書を手にすることはなかったにせよ、芥川龍之介の『舊新約聖書』は太宰治の記憶の裡に影をおとしたであろう。あるいはそれは、「風の便り」の木戸一郎がそうであるように、「一時」忘れられていたかもしれない。としても、苦難の淵に沈んだときに、それが復活する兆しは、芥川の死との出会いにおいて、すでに用意されていた、とわたしは思う。木戸の聖書再読のきっかけをつくった井原退蔵の役割を果たしたのが、鰭崎潤ということになろう。ちなみに、聖書を「忘れてゐた」期間について、「一時」と記し「ずゐぶん久しい間」と書く木戸の矛盾は、「風の便り」の作者の、自身の八年と木戸の二〇年との混同を、伝えているのではなかろうか。

*

ここで「風の便り」に先だつ一九四〇（昭15）年はじめの二つの作品、ともに作家の〈私〉を語り手・主人公とする「俗天使」（『新潮』一月）と「鷗」（『知性』同）に、眼をむけておきたい。たまたま眼にしたミケランジェロの「最後の審判」図の写真版、そのなかの「聖母子」像にただよう神韻に圧倒されながらも、締切りの迫ったおのれの仕事にたち向かう〈私〉は、みずからの創作に次のように記す、「けふは、十一月十三日である。四年まへのこの日に、私は或る不吉な病院から出ることを許された。けふのやうに、こんなに寒い日ではなかつた。秋晴れの日で、病院の庭には、未だコスモスが咲き残つてゐた」。また「鷗」の〈私〉は自身に「啞の鷗」をみいだしながら、既往をかえりみて、「私は、五年まへに、半狂乱の一期間を持つたことがある。病気がなほつて病院を出たら、私は焼野原にひとりぽつんと立つてゐた。何も無いのだ。文字《もじ》どほり着のみ着のままである。在るものは、不義理な借財だけである。（中略）私は、人間の資格をさへ、剝奪されてゐたのである。」と書く。どちらも太宰治ならぬ〈私〉の回想であるが、にもかかわらず、二人の「四年前」もしくは「五年まへ」の体験をみつめれば、そこに、武蔵野病院退院前後の時期に向けられた作者の視線をとらえることは、容易だろう。

しかもその眼が、聖書とのかかわりを、みのがしていないこともまた、散歩から帰った「鷗」の〈私〉の告げる情況によって、明らかだ。家で待っていた編集者から作家信条を問われて、言下に「悔恨です」と答えながら、わが身の罪意識に触れ、「自分でも、閉口なのですが、――でも」と言いかけて、「またもや」つまずいた、と語られるそのとき、のみこまれたのはほかならぬ「聖書のこと」であり、「私は、あれで救はれたことがある」という言葉であったところに、注意したい。〈私〉は続けて「キリストの慰め」、すなわちイエスの〈山上の説教〉の一部を挙げて、それが「私に『ポオズでなく』生きる力を与へてくれたことが、あつたのだ」と、みずからに確かめるかたちで、明かしているが、その「マタイによる福音書」第六章二十五～三十節は、鰭崎潤あての書簡[*11]を参照すれば、同時に太宰治の心に浸みた言説でもあったのである。

ただし、「鷗」に挙げられているのは、福音書の精確な引用ではない。とともに出典個所の表示もない。たとえば、「空飛ぶ鳥」「されど栄華を極めし」「汝ら、」は『舊新約聖書』ではそれぞれ、《空《そら》の鳥《とり》》《然《さ》れど我《われ》なんぢらに告《つ》ぐ、栄華《えいぐわ》を極《きは》めたる》《汝《なんぢ》らは》となっているし、〈私〉がおわりに記す「汝ら、之よりも遥かに優《すぐ》るる者ならずや」は、原典の二十六節、「播《ま》かず、刈《か》らず、倉《くら》に収《おさ》めず」のあとにある一行にほかならない。ところが、編集者の帰ったあと、おのれを顧みる〈私〉がもう一度引用する聖句は、福音書の記述のとおりであって、「(マタイ五の二十五、六)」と、出典個所も示されている。これはどういうことなのか。

〈私〉が「キリストの慰め」とする「マタイ」第六章の言説は、「鷗」において厳密な意味の引用ではない、と私は思う。だからといって引用の不備をあげつらうつもりは、いささかもない。「鷗」の「いのちは糧《かて》にまさり、からだは衣《ころも》に勝るならずや。空飛ぶ鳥を見よ、播かず、刈らず、倉に収めず」以下は、むしろ〈私〉の心に深く刻まれていて、だからこそそれにめぐり会った苦難の日々を想うと、ただちに、原典を参照しなくとも、口を衝いて出る一節にほかならない。〈私〉はそれをそのまま「鷗」に記したわけで、記述の福音書どおりではない所以も、出典個所不記載の理由も、そこに求められるべきだろう。「マタイ」第六章二十五〜三十節は、聖句であるとともに、〈私〉を根底で支え、〈私〉を生かす、という意味で、〈私〉自身の言葉でもあったのである。

太宰治と聖書との出会いをめぐって「鷗」に触れてきたけれども、いま少し〈私〉の生涯のある一日の物語である「鷗」自体のなりゆきを、みておこう。編集者が帰ると、もはや夕暮。訪客にまともに対応できぬ「自身」を、限りなく「佗び」しく思う心に、さきにみた聖句、「HUMAN LOST」の〈私〉が手記に書きとめた「(マタイ五の二十五、六)」とことならぬそれがよみがえって、「これあ、おれにも、もういちど地獄が来るのかな？　と、ふと思ふ」〈私〉を、底知れぬ「不安」の淵につき落とす。軽々しくひとには言わぬ、あるいは言えぬところに、ほんとうの「信仰」をもつことの重みがあるだろう、と考える〈私〉は、はたしてその不安から解き放たれることになるのか、どうか。「鷗」の問題は、家にじっとしていられず、三鷹駅近くの「すし屋」に飲みに出かけた〈私〉が、しばらくの時間をそこで過ごして帰宅したあとの情況に、求められよう。夕刊を「たんねんに」読んでから、敷いてもらった蒲団にもぐりこむ、物語の最後の場面――そこでなにが起きたか。

　蒲団のなかで〈私〉は、夕刊を読みかえして、現実の社会情勢の険しさと庶民の「卑屈」さとに心を騒がせながら、しかし眼をつぶると、散歩の折にみた「けさの水たまりを思ひ出す」(傍点引用者)。傍点の語りに注意すれば、「水たまり」は、それをみて「ほつと重荷がおりて笑ひたくなり」、「飛び越して、ほつと」してから、ずっと意識の裡に在り続けた、とわかる。「ほつと」したのは、「この小さい水たまりの在るうちは、私の芸術も拠りどころが在る」と思えるからだが、なぜそうなのかといえば、社会の動きがどうであろうと我不関焉で、自然の美を映す「水たまり」のはたらきに、芸術の〈用〉が認められたためであるにちがいない。また、おなじ思いをよみがえらせる〈私〉は、たとえ「ぶざま」ではあっても「やはり」わが身の処し方を、〈芸術〉

の世界に求める他はないと、みずからに告げ、世の中のことは無力な自分がやきもきしてもはじまらない、「汽車の行方は、志士にまかせよ」と思い定める。けれどもそれで一件落着とはいかぬところに、物語の焦点がみえてくるわけだ。

「あの水たまりの在るうちは」と思いながら、にもかかわらず〈私〉は、「むりにも自分にさう思ひ込ませる」（傍点引用者）とも記す。〈私〉はなお存在の安定を得ていないとみるべきだろう。そうであるのは、かつて「マタイ」第六章二十五〜三十節に「救われ」、いままたおなじ第五章二十五、六節によって堕地獄の不安に駈られる〈私〉自身がいるからにほかならない。だからこそ「鷗」は、最後の最後に、次の事態を大団円として用意するのである、「「待つ」といふ言葉が、いきなり特筆大書で、額《ひたひ》に光つた。何を待つやら。私は知らぬ。けれども、これは尊い言葉だ。啞の鷗は、沖をさまよひ、さう思ひつつ、けれども無言で、さまよひつづける」。

〈私〉に訪れた思いがけない事態。それを眼にすると、太宰治ののちの作品だが、「桜桃」（『世界』一九四八年五月）のやはり最後の出来事を想いだす。陰湿な〈夫婦喧嘩〉の気づまりにたえきれず、家を出て行きつけの飲屋のカウンターに腰を据えた主人公の前に、「桜桃が出た」と語りは、言う。少なくとも彼の眼には、何処《どこ》からかふいに自分の前に現われたと映るその桜桃とひとしく、「鷗」の「「待つ」といふ言葉」もまた、〈私〉の意識の動きとはかかわりなしに、「いきなり」〈私〉に現われる。続く「特筆大書で、額《ひたひ》に光つた」の印象的なフレーズは、「自信をつける特筆大書の想念」をもたなかった〈私〉の「額」に、特大の「待つ」の二文字が、外から瞭《あき》らかに刻みつけられたことを、読者に示す。では「「待つ」といふ言葉」は何処からきたのか、それを「額」に刻んだのはいったい誰か。この問いを解くのは容易ではない。

けれども、聖句によって堕地獄の不安にとらえられた〈私〉の情況を押さえれば[*12]、「待つ」はやはり、おのれの物語を「鷗」に記すいまも、手許におかれているはずの聖書のなかの言葉、と受けとるべきだろう。それなら〈私〉に与えられるにふさわしい〈待つ〉は、聖書の何処に見いだされるか。パウロ書簡のひとつ「ローマの信徒への手紙」第八章に、《我《われ》らは望《のぞみ》によりて救《すく》はれたり、眼《め》に見《み》ゆる望《のぞみ》は望《のぞみ》にあらず、人《ひと》その見《み》るところを争《いか》でなほ望《のぞ》まんや。我等《われら》もし其《そ》の見《み》ぬところを望《のぞ》まば、忍耐《にんたい》をもて之《これ》を待《ま》たん》（二十四―五節）という一節がある。そこの《忍耐》をもって〈待つ〉ことこそ、社会情勢への顧慮を見切って、自然を映す「水たまり」すなわち《眼に見ゆる》ものに《望》を托して、なお落ち着かぬ〈私〉に、必要とされる姿勢なのだと思われる。あるいは、かつて「きりぎりす」の語り手＝主人公をめぐって注目した[*13]、「詩篇」第三十七篇五～八節の〈待つ〉を、〈私〉に即してふたたびとり上げてよいのかもしれない。《なんじエホバのまへに口《くち》をつぐみ忍《しの》びてこれを俟望《まちのぞ》め》とある「主」を〈待つ〉ことを求めるダビデの詩句[*14]も、自身に「唖の鷗」を感じる〈私〉、五年前の入院騒ぎで世間から人間扱いをされなくなって以来「唖になつた」という〈私〉にふさわしい指示、といえよう。

　それにしても、このように適切な指示の言葉を聖書のなかからとりだし、「いきなり」閃光とともに「額」に刻みうるのは、〈私〉をよく識って、物語の一日だけでなく、聖書とかかわってからの〈私〉をずっと見守ってきたものの、よくするところであるにちがいない。そこに〈私〉の鮮かに記憶する「キリストの慰め」にみえる「神」の業《わざ》のあらわれ*15を、わたしは見いだす。なるほど「鷗」において〈私〉は、「燈籠」（『若草』一九三七年一〇月）のさき子や、「きりぎりす」（『新潮』一九四〇年一一月）・「ヴィヨンの妻」（『展望』一九四七年三月）・「桜桃」の〈私〉たちとは違って、直接神に呼びかけることを、あるいはその方に〈目を挙げる〉ことを、してはいない。だが「鷗」には、「信仰といふものは、黙つてこつそり持つてゐるのが、ほんたうで無いのか」と自身にたずねる〈私〉のいることを、忘れてはなるまい。真の「信仰」とは、他者はいざしらず、「黙つて」神にわが身をゆだねるところにあると解する、その〈私〉を、神みずからが見守っているゆえに、「燈籠」ほかの諸作と同様に、「鷗」の最後にも神の意志が〈待つ〉の二文字となって、示現したのだ、と思う。

「額」は智慧の座といわれる。とすればそこに啓示された〈待つ〉こそは、知識ではなく深い智慧として〈私〉に宿り、かつての「キリストの慰め」とともに、「啞の鷗」の生と芸術に新たな力を与えてくれるはずである。だから「これは尊い言葉」なのだが、物語の一日のおわりの時点では、まだ「何を待つやら。私は知らぬ」という。あまりにも突然のなりゆきのもたらした衝撃の強さから、脱けだせずにいるためだろう。社会情勢への顧慮を見切った〈私〉はいま、「啞の鷗」となって、現実の岸を離れ、「無言」すなわち啓示のことは誰にも告げずに、「沖を」さまようわけだけれども、「さまよひつづける」うちには〈我《われ》〉をとり戻して、〈待つ〉べきものは

〈何〉か、もしくは〈誰〉かを、識ることになるにちがいない。

＊

太宰治の作品史になお聖書とのかかわりを問うなら、一九四〇年には「鷗」のあとに、「マタイ」「ヨハネ」の両福音書の〈イスカリオテのユダ〉に関する記述を、着実に踏まえたうえで、「あの人」イエスに裏切りを指摘され、「おまへの為すことを速かに為せ」といわれ、ただちに〈最後の晩餐〉の席を抜けだして衆議所に駈け込んだユダに、祭司長らの前で、おのれの「あの人」との関係を、愛憎に揺れるその想いを、綿々としかし一気に語らせた「駈込み訴へ」（『中央公論』二月）があり、四一年では、「風の便り」の往復書簡のほかに、イエスが弟子たちに「人々は我を誰と言ふか」とたずね、さらに「なんぢらは我を誰と言ふか」と問うたとき、ペテロは「なんぢはキリスト、神の子なり」と答えた、という「マルコによる福音書」第八章二十七―九節を、冒頭に掲げて、「二十世紀のばかな作家」である〈私〉が、「これに似た」だが「結果はまるで違つてゐる」、わが身の「思ひ出」を語る「誰」（『知性』一二月）も、見逃すことはできない。

「駈込み訴へ」では、その大半を占める「あの人」への想いの在り様もさることながら、祭司長らに「ケデロンの小川の彼方、ゲツセマネの園にゐます」と「あの人」の居場所を告げた語り手の耳につく「小鳥の声」と、償金「三十銀」を前にした彼の反応、「へつへ」という笑いが、

「誰」では、「あなたはサタンだ」「君には悪魔の素質がある」「あなたは、悪魔です」と人から言われた〈私〉の体験と「（マルコ八章二十七）」[*17]への注目との、物語における因果関係、三度目の〈悪魔〉体験に続く物語の最後の一行、「後日談は無い」の意味、題名「誰」の含む指示機能の重層性が、とくに気になるけれども、それらの検討は個々の作品論に譲って、ここでは、はじめに木戸書簡の一節を問題にした関係で、「風の便り」の大要を押さえておくことにしたい。

物語空間になか好く五通ずつ交互に並ぶ〈風の便り〉たちは、「六月十日」の木戸一郎書簡から「昭和十六年八月十九日」の井原退蔵書簡まで、二か月と一〇日にわたって二人のあいだを往き来している。一〇通はいわば連鎖をなすとみえるわけだが、眼を凝らすと、受け継ぎの情況は一定していないのに、気づく。なによりも井原の第四信（「七月九日」）と木戸の第五信（「八月十六日」）とにはさまれた三八日の隔《へだた》りに、他との大きな違いが見いだせよう。「謹啓。しばらく御無沙汰して居りました」とはじまるこの第五信は、改めて自身の近況を報じる、しかも木戸一郎の「最後」の書簡にほかならない。さらに、木戸の第四信はすぐ前の井原書簡の四日後のものだけれども、発信地が「山の中の温泉場」[*18]おそらくは伊香保温泉とそれまでとは異なり、「のがれて都を出ました」云々の書きだしも「七月七日深夜」という日付けの記し方も、平生の彼とは違った気分でいる木戸の姿を、想わせる。心中の井原への〈狎《な》れ〉が旅先に在ることで文面に現われているのだろうか。

かくて〈風の便り〉一〇通は、書簡を通しての木戸一郎と井原退蔵との交流のはじまりと、作家姿勢をめぐる二人の応酬を伝える、「六月十日」から「七月三日」にいたる六通・温泉場からの木戸の便りと、それに旅心をそそられた井原の、「君の宿へも立ち寄つてみたい」と思う旨を、「取不敢」知らせる「七月九日」の「短い葉書」（傍点原文）の二通・木戸と井原それぞれの最後の書簡二通、という風に、大きく三つのブロックに分かれることになる。「もう自分に手紙を寄こさないさうだが、自分は、なんとも思はない。友情は義務ではない。また手紙を寄こしたくなつたら、寄こすがよい」とある井原の最後の書簡だけが、執筆の年・月・日を記すのは、これで「手紙」のやりとりはひと先ず打ち切りの意を、表わすのかもしれない。しかも率直に相手を批判し、認めたうえで、「最後に一つだけ、君を歓ばせる言葉を附け加へます／『天才とは、いつでも自身を駄目だと思つてゐる人たちである』／笑つたね。匆々」と文を結ぶ井原には、以後もずっと木戸のなりゆきを見守る用意があるはずだ。「笑つたね」のひと言には、親しみをこめた温かなまなざしが、こめられている。揶揄《やゆ》の色はそこにない。

ところで物語の題はなにを指すか、そもそも「風の便り」とはいかなる意味を表わすのか。物語には木戸と井原の一〇通以外に〈便り〉は見当たらないから、二人の往復書簡そのものが「風の便り」なのだろう。するとなぜそうなのかが問題となる。〈風の便り〉は一般に「どこから伝わってきたともわからないうわさ。なんとなく聞こえてきたこと」[*19]を言うが、題名がもしその義であるなら、往復書簡のすべて、つまり物語全体は、要するに不確かな、大して意味のないもの、ということになってしまう。まさか作者は、それで読者に肩すかしをくわすことを狙ったのでは、あるまい。では「風の便り」とは一体なにか。辞書にあるもうひとつの語義が、私の注意をひく。文字どおり「風が知らせてくること」[20]。木戸の五通も井原のそれもみな、〈風〉によって運ばれる知らせと作者がみなすゆえに、「風の便り」にほかならぬ、と思う。物語がきっちりと二人の人物の書簡で組みたてられて、他をいわぬ理由も、その点にあるのではなかろうか。

　問題はいまひとつ〈風〉にある。それが運んだ〈便り〉の内実に照らして、この〈風〉はただの風とは思えない。「ヨハネによる福音書」第三章八節の《風《かぜ》は己《おの》が好《この》むところに吹《ふ》く、汝《なんじ》その声《こゑ》を聞《き》けども、何処《いづこ》より来《きた》り何処《いづこ》へ往《ゆ》くを知《し》らず。すべて霊《れい》によりて生《うま》るる者《もの》も斯《かく》のごとし》のイエスの言説に拠って、「風は神の霊（聖霊）と結びつけられる」[21]と、認められている。聖霊は神の息吹き、その生命の働きの現われであろう。そもそも「『霊』はヘブライ語およびギリシャ語で、『風』（ヨハ3・8a、ヘブ1・7）、あるいは『息』（2テサ2・8）と同じ言葉」[22]であるという。そのような〈風〉こそ、聖書に深くかかわり、「聖書知識」の購読を通して塚本虎二に私淑した太宰治の「風の便り」に、ふさわしい。

　だから往復書簡は、なによりも「次の箴言を知つてゐますか。／『エホバを畏るるは知識の本《もと》なり』」（井原・第二信）に対する「いい言葉をいただきました。」（木戸・第三信）という応答を、そして「私は今は、生れてはじめて孤独です」「なんだか、深く絶望したものがあります」とともに「私は、エホバを畏れてゐます」（木戸・第五信）という知らせを、それぞれに伝え、さらに

「汝ら、見られんために己《おの》が義を人の前にて行はぬやうに心せよ」「なんぢら祈るとき、偽善者の如くあらざれ。彼らは人に顕《あらは》さんとて、会堂や大路の角《かど》に立ちて祈ることを好む」（井原・第四信）との「マタイ」第六章一・五節を、あるいは聖書を携えて旅に出、温泉場の「渓流の傍の岩風呂」につかって、「心まづしきものは幸ひなるかな」と繰り返し唱え、「いい仕事をしろ」と大声で、「いい仕事の出来るやうに」と小声で言い、ついには「空を仰いで（中略）いい仕事をさせて下さい」（傍点引用者）と「囁くやうに」言う、すなわち祈ったこと（木戸・第四信）、「出エジプト記」*23以下に語られる、モーセの「荒野に於ける四十年の物語」を自身の「小説」として書く試みを進めつつ在ること（木戸・第五信）を、伝えているのである。

木戸が井原から贈られた「エホバを畏るるは知識の本《もと》なり」は旧約聖書「箴言」第一章七節の言葉だが、「知識の本」は『聖書　新共同訳』でも関根正雄新訳でも、《知恵《ちえ》の初《はじ》め》《知恵の始め》となっている。それは、物ごとの本質に触れ、おのれの真の生き方に眼を啓《ひら》かれたことを、意味するだろう。また「畏る」とは、「トカトントン」（『群像』一九四七年一月）の「某作家」が「マタイ十章、二八」について指摘するように、「『畏敬』の意」であるにちがいない。「エホバ」、主なる神をうやまい、その意志にしたがう《心《こころ》の貧《まづ》しき者《もの》》（「マタイ」第五章三節）となること、それが「畏敬」の姿勢なのだ、と思う。そういう「箴言」を手にしたとき、「私は、これから、あなたに対して、うんと自由に振舞」うつもりだ、と井原に対して答えた木戸一郎は、やがてそれをみずからに活かして、「私は、エホバを畏れてゐます」と言い切るにいたる。その木戸は自身のゆくべき道を識る〈知恵〉を、たしかに身に備えた彼であって、それゆえに、「尊敬の心」は失わぬけれども、これまでのように「あなたを愛し、或いは、あなたに甘える事が出来なく」なった、と一九四一年「八月十六日」の時点で記すのである。

「箴言」冒頭の一行によって交流をもつことになった井原退蔵の作品に、すぐれた文学性を認めるとともに、その「底に、いつも、殉教者のやうな、ずば抜けて高潔な苦悶の顔を」、早くから木戸一郎は見いだしている。のみならず井原退蔵もまた、木戸一郎の短篇集『へちまの花』の諸作を読んで「かなりの資質を持つた作家」との印象を抱きつつ、しかも「数千年前のダビデの唄をいま直接に聞いてゐるやうな驚き」をおぼえ、「久し振りに張り合ひを感じた」という。木戸の短篇に創作意欲を刺激されたわけだが、どちらも相手の作品のおのずから宿す宗教性に、強く惹かれているところが注目に価する。その木戸と井原とが山中の温泉宿に「二日間」をともにすごしたあいだに、なにを語り合ったかは、伝えられていない。としても、〈聖書と文学〉ないしは〈キリスト教の信と文学上の真〉などの問題が問われたであろうことは、想像に難くない。そういう出会いのトキを経て、木戸は、さらに深く聖書にかかわり、イスラエルの民を率いてエジプトを出たモーセの、約束の地、「美しい故郷」を前にした、《ピスガの巓《いたゞき》》(「申命記」第三十四章一節)における死までの、苦悶の生涯をみずからの眼と心でたどる「小説」に、着手する。彼なりに〈聖書と文学〉の課題に取り組みはじめたのである。そこに〈わが路〉を見いだした木戸は、同時に〈エホバを畏れるもの〉となった。いやそれでは精確に木戸のなりゆきをとらえたことにならない。「詩篇」第八十六篇の表現を借用すれば、真に《依頼《よりたの》む》（三節）べきは《わが神》（同）「エホバ」であることを識ったために、作家として何を為すべきかが解ったのだ、とみなければならない。だから「八月十六日」の第五信は、井原に宛てた最後の〈便り〉となる必然性をもつ。その木戸一郎のゆくえを、三日後に返信をしたためた井原退蔵の眼が、温かく見守り続けるであろうことは、すでに触れた。

太宰治の一九四〇・四一年において、「風の便り」は、「鷗」「駈込み訴へ」「誰」とともに、聖書の影が深部にさしこむ作品であるといえよう。読者の一人としてわたしは、木戸一郎のモーセの〈物語〉が、実際に太宰治の手で書かれていたら、と残念に思う。

注

＊1　「風の便り」は全体を三部に分け、それぞれ〈風の便り〉（『文学界』一九四一・一一）・〈旅信〉（『新潮』同一一）・〈秋〉（『文芸』同一一）として発表され、作品集『風の便り』（利根書房、一九四二・四）に、「風の便り」の題下に一括、収録された。本論における太宰治の作品およびエッセイの引用は、山内祥史編『太宰治全集』（筑摩書房）所収のものに、拠った。

＊2　一九三六年一一月二六日鰭崎潤あて。ただし引用は『太宰治全集』第十二巻（筑摩書房、一九九九・四）に拠る。

＊3　『新潮』一九三七年四月。

＊4　山内祥史編『太宰治全集』別巻。

＊5　全集第一巻「解題」に、一九三六年二月二一日起稿、五月一〇日に執筆完了と推定されている。

＊6　「なんぢら断食するとき、かの偽善者のごとく悲しき面容《おももち》をすな」、この一行は「創生記」（『新潮』一九三六・一〇）のなかにも、引かれている。

＊7　田中良彦「太宰治とキリスト教―昭和八年～十二年における」（『太宰治と「聖書知識」』朝文社、一九九四・四）に、「随想『難解』（昭10・10）に最初の聖句の引用がみられるものの、聖書に対する太宰独自の理解はみられない」という指摘がある。「難解」の引用は「ヨハネによる福音書」第一章一～五節。

＊8　第六章三四節の《この故《ゆえ》に明日《あす》のことを思《おも》ひ煩《わづら》ふな、明日《あす》は明日《あす》みづから思《おも》ひ煩《わづら》はん》、引用は『舊新約聖書』（米国聖書協会、一九一四・一）に拠る。

＊9　前注参照。

＊10　『芥川龍之介全集』第二十四巻（岩波書店、一九九八・三）所収。

＊11　一九三六年一二月三日の葉書に「播かず、刈らず、倉に収めざる生活して居ります」とある。引用は＊2におなじ。

＊12　「なんじを訴ふる者と共に途に在るうちに、早く和解せよ」以下の一節を引用するとき、〈私〉は、聖書のどこにそれがあるかを確認している点に、注意したい。

＊13　本書6章参照。

＊14　『聖書　新共同訳』では《沈黙《ちんもく》して主《しゆ》に向《む》かい、主《しゆ》を待《ま》ち焦《こが》れよ》。

＊15　「けふありて明日《あす》、炉に投げ入れらるる野の草をも、神はかく装ひ給へば、まして汝らをや」を、〈私〉は挙げる。

＊16　「誰」における引用に従う。『舊新約聖書』は「なんぢはキリストなり」。

＊17　「誰」の注記に従う。

＊18　上野駅で〈私〉は「しぶかは」（渋川）までの切符を買う。

＊19　『国語大辞典』（小学館）

＊20　＊19におなじ。
＊21　マンフレート・ルルカー　池田紘一訳『聖書象徴事典』（人文書院、一九八八・九）
＊22　『聖書　新共同訳』附録「用語解説」。
＊23　「『出エジプト記』の一部分を百枚くらゐの小説に仕上げる事」とあるけれども、旧約聖書では「レビ記」「民数記」「申命記」もモーセの「荒野に於ける四十年の物語」を伝えており、木戸の構想もそれらを視野においている。

「誰」——問いかける物語——

「風の便り」に続く、そして「恥」に先だつ短篇「誰」[*1]は、まず聖書の一節を掲げるところからはじまっている。近代の物語としては破格なはじまりであろう。「(マルコ八章二七)」とあるけれども、その「イエス其の弟子たちとピリポ・カイザリヤの村々に出でゆき、途にて弟子たちに問ひて言ひたまふ「人々は我を誰と言ふか」以下二十九節の「また問ひ給ふ「なんぢらは我を誰と言ふか」ペテロ答へて言ふ「なんぢはキリスト、神の子なり」」まで、『舊新約聖書』[*2]に據る引用が、エピグラフではなく、〈私〉の物語本文の一部である点に、注意したい。引用のあとに〈私〉は、「たいへん危いところである」とのコメントをはさんで、福音書の伝える情況についての自身の解釈をつけ加えているが、それだけにこの一節の「誰」の物語にもつ意味は、重い。続いて語りだされる、悪魔呼ばわりされたみずからの体験のはじめから終わりまで、〈私〉の心から離れることのない情況、だからこそ「(マルコ八章二七)」(〜二九)の伝える出来ごとは、語りの冒頭に置かれているのではないか。体験時だけでなく、物語るいまもなおイエスのこのなりゆきは、心にかかるものとして〈私〉の前に在る、と思われる。

なお〈私〉は、「サタン、悪の子」と呼ばれた最初の体験を、福音書の形式と口調とになぞらえて「かれ、秋の一夜、学生たちと井の頭公園に出でゆき、途にて学生たちに問ひて言ひたまふ……」と語るのだが、それは諧謔の効果を狙った語りではあるまい。物語るいまもマルコの一節が〈私〉に意識されているから、そうなるのであって、のちに詳しく触れるけれども、語る〈私〉は深刻な問題を抱えて、とても読者にサービスする余裕などなかったに違いない。

そのように重い「マルコ傳福音書」[*3]の一節に、いつ・どうして〈私〉は出会ったか。その情況を物語に即して確かめることは、「誰」の読者に求められるひとつの課題だろう。けれども「誰」の語り手の身許について気になることがあるので、その方を先にみておくことにする。

＊

物語のはじめに「二十世紀のばかな作家の身の上に於いても」という言葉がある。イエスとその時代に対応させて、みずからをそう呼ぶ〈私〉は、また「自分の三十三年の生涯を、こまかに調べた」ともいう。「誰」の現在は、作者によってそれが書かれた一九四一（昭16）年の〈秋〉[*4]とみていいだろう。しかもその〈秋〉の一聯の出来事の終わりに近いトキを「先日」としているので、〈私〉が「誰」を語るのも、おなじ〈秋〉のうちだとわかる。なお、最初の出来ごとを伝えながら、〈私〉は「その時期に於いて」と体験の時点が語るいまのはるか以前であるかのごとき物言いをするけれども、それは、おのれを精確に語るための、懸命な自己対象化のあらわれにほかならない。「二十世紀のばかな作家」というのも、福音書になぞらえた語りも、同様に自身を落ち着かせようとする要求にもとづく動き、とみなすことができよう。

それにしても、語り手〈私〉の年齢が、宣教のイエスとほぼかさなっているのは、面白い。〈私〉はなにひとつ触れていないが、イエスの動向をかなり注意してみているようだから、そのことを意識しているに違いない。とともに太宰治の読者なら、〈私〉の「三十三年」は一九〇九（明42）年生れの作者の年齢と一致するのに、気づくはずである。のみならず、〈私〉は三鷹に世帯をもち、とり巻きの「学生たち」を連れて井の頭公園へ出かけ、また、聖書の「サタン」について調べるに当たって、「日本に於ける唯一の信ずべき神学者、塚本虎二氏の説」を参照し、自身の語りのなかに引いている。「名称に依つても、ほゞ推察できるやうに、新約のサタンは或る意味に於いて神と対立してゐる」以下の一節。〈私〉がこれをどこから引用したかをつまびらかにしないけれども、その説が塚本虎二主宰の『聖書知識』に掲載されたものであることは、すでに確かめられている。[*5]とすれば〈私〉は、太宰治とともに、同誌の熱心な読者であったことになろう。

　問題はそれだけではない。「誰」に〈私〉の姓は直接には示されていないが、「五、六年前」つまり一九三五、六（昭10・11）年ごろに、〈私〉が「或る先輩」に出した「借金申し込みの手紙」のなかに「太宰」姓が記され、しかも末尾に「三月十九日。治拝」とある点が、注意されていい。それは、そのころの太宰治本人が改まった場合に用いた書信の結び方でもあった。全集第四巻の「解題」（山内祥史）は、先輩のモデルを山岸外史と推定し、根據となる山岸文「太宰治の借金」の一節、[*6]〈私〉の手紙の「材料」に触れたところを、紹介している。山岸あてのその太宰書簡は、新編の『太宰治全集』12〈書簡〉篇にも収録されていないので、見ることが叶わない。けれども、同時期の、鰭崎潤にあてた借金を請う手紙[*7]があって、それを参照すると、「謹啓　生涯いちどの、生命《いのち》がけのおねがひ申し上げます」「来月三日には、きちんと、全部御返却申しあげます」「お友達に「太宰に三日まで貸すのだ。」と申して友人からお借りしても、かまひませぬ」（傍点引用者）など、懇願の基本的なパタンは〈私〉の場合と変わらないことが、わかる。〈私〉の手紙にも「「太宰がちよつとした失敗をして、困つてゐるから」と申して借りて下さい」（傍点引用者）とあるが、傍点の言いまわしは太宰独自のものにほかならない。

　そのようにみれば、誰しも〈私〉に作者の顔を認めたくなるだろう。実際に読者のなかには、「誰」を作者の自己告白と受けとったものも、少なくなかったに違いない。そうではあっても、「誰」ははたして太宰治の〈私小説〉なのか。作者は「誰」に、直接おのれの一身上の出来ごとを語っているのだろうか。そうではないと私は思う。芥川龍之介が生涯の最後の瞬間まで、〈話らしい話のある小説〉にこだわらずにいられなかった[*8]ように、芥川に私淑した太宰治も、自己の創造の営みのうえで、〈物語る〉意識を置き去りにすることはなかったはずである。三鷹在住の、「おでんや」によく飲みにゆく〈私〉が、どれほど作者に近かろうと、「誰」はやはり太宰ならぬ語り手による〈私〉の物語として、読まれるべきであろう。「太宰がちよつとした失敗を……」が、「治拝」が、なお気になるのなら、太宰治の作品世界に「太宰」を名のる〈私〉が何人も登場することを、思いだせばよい。

　たとえば「家庭の幸福」[*9]で「役人のヘラヘラ笑ひ」に対する反感を語るのは「私（太宰）」であって、自分の構想した短篇の主人公、ある町役場の小役人に、「私の戸籍名」である「津島修治」を名のらせてみる、と彼はいう。「桜桃[10]」の語り手も「太宰といふ作家」なのだが、その〈私〉は、「もともと、あまりたくさん書ける小説家では無い」、「極端な小心者」で、「それが公衆の面前に引き出され、へどもどしながら書いてゐる」のだと、みずからについて語っている。「誰」により近いところでは、「女の決闘[11]」の〈私〉、やはり「二十世紀」の「無学者」を自認する作家が、オイレンベルク原作・森鷗外訳の短篇の再構築を試みながら、作中に再三「私（DAZAI）」と称し、ときにはわざと「D先生」と呼んだりしている。以上のほかにもまだあるはずで、太宰治の全作品に何人の「太宰」なる〈私〉が登場するかを調べてみるのは、興味深い作業だが、いまはその余裕がない。つけ加えると、初期作品の「ダス・ゲマイネ[12]」には、語り手〈私〉・「佐野次郎」のほかに、「太宰治とかいふわかい作家」が姿を見せていた。

このようにしばしば「太宰」たちが出現する事態に接すると、作品の「太宰治」は、もう一人の〈私〉・「笠井一《はじめ》」と同様に、作者とは別人格の存在としか思えない。ちなみに「女の決闘」は最後に、〈私〉が、親しくしている「牧師さん」に原作の女主人公の遺書を読んでもらって、感想「女は、恋をすれば、それつきりです。ただ、見てゐるより他《ほか》ありません」を聞くエピソードを伝えていて、その場面に「私は教会は、きらひでありますが、でも、この人のお説教は、度々聞きにまゐります」という一行が、見られる。だから「私（DAZAI）」がそのまま太宰でないことは、明らかだろう。他の「太宰」たちについても、よく見れば、作者と異なる点を求めることができるに違いない。

*

「誰」の語り手の身許をめぐって、さらに気になるのは、ひき続いて短篇「恥」[*13]の執筆されたことである。「恥」の伝える情況を考慮すると、作者は、「誰」を書きあげてから、語り手〈私〉が自身と読まれる危うさに気づいたものと、わたしには思われるのだ。「恥」はなぜ書かれたかを、以下に検討しておきたい。

「恥」は、大学教授の娘和子が友人の菊子にあてた手紙をとおして、おのれの体験を語る短篇だが、「誰」とひとしく一字一語の名詞を標題とするところに、わたしの関心はまず動く。しかも「誰」の〈私〉がしたように、和子も具体的に情況を語るに先立って、おのれの在り様とのかかわりで聖書の言葉を引いているのが、眼につく。「誰」と同様に『舊新約聖書』による「サムエル後書」(と和子はいう。原典では〈撒母耳《サムエル》後書《こうしよ》〉の第十三章十九節、「タマル、灰を其の首《かうべ》に蒙《かむ》り、着たる振袖を裂き、手を首にのせて、呼《よば》はりつつ去《さり》ゆけり」[*14])、異母兄のアムノンに肉体の辱めを受けたタマルの痛烈な《嘆き》[*15]を伝える一行で、和子は、「恥づかしくてどうにもならなくなつた時」の自分の気持を、タマルの心情に托して、菊子に伝えているのである。「誰」の〈私〉はイエスに「似た」、しかし「結果はまるで違」う体験をしたわけだが、タマルに比すべき和子の場合も、その最終のなりゆきはタマルと大きく異なっている。タマルの受けた屈辱の苦《にが》さは実兄アブサロムのアムノン殺害によって償われたのに、和子はおのれの鬱憤を、大学教授令嬢にはいささかふさわしくない独白のなかで、はらすほかはないのだから。

だが、それもそのはずなのであって、「ひどい恥をかきました」と冒頭に記す彼女の体験は、実は自業自得の結果にほかならない。そこにわたしは、作者の意識における二作の連繫を見いだすのである。「誰」の語りのはこび——すでにみた〈私〉の聖書体験を掲げる、物語の基調を示す〈序〉・〈私〉の身の上の出来ごとを三段に分けてたどる〈物語の本体〉・〈私〉の物語へのコメント「後日談は無い」による一行の〈結び〉——というそれを、「恥」もまた踏襲していることを押さえると、前作を視野に置いて「恥」を執筆する太宰治の姿勢は、さらに明らかになるだろう。そこで「恥」の「誰」との連繫の情況を、具体的に探ってみることにする。

「誰」の語り手は、〈物語の本体〉に第三の出来ごととして、「女の読者が絶無であつた」〈私〉に、ひとりの女性の読者ができたいきさつを語っている。それは入院加療中の二十三歳の「女のひと」で、「ことしの九月以来」頻繁に手紙をくれるようになった、という。ことのはじまる時点が「九月」であるのを、ここで確認しておく必要がある。なぜなら、「恥」で「小説家の戸田さん」に心惹かれた和子が、戸田に最初の手紙を出したのも、「九月のはじめ」にほかならないからである。病院の女性はそのうち〈私〉に逢いたいと言いだし、さらに「家の者」にまでその旨を書いてよこすけれども、〈私〉はそれに対応するのをためらう。べつに道徳意識にとらわれたわけではない。人づき合いが下手で、「赤黒い変な顔」をした自分の姿をさらして、相手の抱いているに違いない「綺麗な夢」をうち壊し、その人に嫌われてしまうことを、恐れたからである。

　そういう状態でひと月ほど過ごした挙句、意を決して病院におもむいた〈私〉は、「精一ぱい……美しく笑つたつもり」で、ひと言「お大事に」といって、さっと病室からひきあげた、という。そこに、「相手を無慙に傷つける」ことを避け、「相手の夢をいたはる」〈私〉の、やはり精一ぱいの心遣いを働かせたつもりがあったわけだが、しかし次の日届いた一通の手紙はそのつもりを、完膚なきまでに打ち砕いてしまう。「無慙に」相手を傷つけまいと懸命に気を遣ったものが、当の相手から見るも〈無残〉に叩かれる始末となったわけである。病院の女性は次のように書いていた、「生れて、二十三年になりますけれども、今日ほどの恥辱を受けた事はございません。私がどんな思ひであなたをお待ちしてゐたか、ご存じでせうか。あなたは私の顔を見るなり、くるりと背を向けてお帰りになりました。私のまづしい病室と、よごれて醜い病人の姿に幻滅して、閉口してお帰りになりました。あなたは私を雑巾《ざふきん》みたいに軽蔑なさつた。（中略）あなたは、悪魔です」――以上が〈私〉の身に起きた第三の出来ごとの経緯であって、手紙の最後の一行が〈私〉の眼と心に与えた強い衝撃をのこしたまま、「ことしの九月以来」ひと月ほど続いた〈私〉の、女性の読者とのかかわりは、終止符を打つ。「後日談は無い」――のである。

　この第三の出来ごとに、「恥」が直接に「誰」とかかわる情況を、わたしは見いだす。なによりも、「恥」の語り手の体験、すなわち、「ごめん下さい。非常識と知りつつ、お手紙をしたためます。……」「戸田様。私は、おどろきました。どうして私の正体を捜し出す事が出来たのでせう。……」とはじまる二通の手紙を、「小説家」の戸田に「こつそり」出したこと、戸田が「今月の「文学世界」に発表した「七草」といふ短篇小説」の主人公を、自分をモデルにしたとばかり思いこんで書いた二通目に、折り返し届いた葉書、「拝復。お手紙をいただきました。御支持をありがたく存じます。また、この前のお手紙も、たしかに拝誦いたしました。……」という、当り障りのない返信を手にした翌日、思いたって戸田を訪問し、「大恥」をかいたこと、その折返してくれるように頼んだ自分の手紙が、ただそれだけ戻されてきたとき、「私は十年も、としをとりました。」と記すほどのみじめな思いをしたこと――それらはいずれも、「誰」の〈私〉の場合とひとしく、「九月はじめ」から十月なかばにかけての出来ごとにほかならぬ点が注意されていい。そこに、「二十世紀のばかな作家」とひとりの「女の読者」とのかかわりを、読者に測り直させる「恥」のなりたつ根據のひとつを、求めることができると思う。

さらに「誰」の女性が〈私〉によこした〈最後通牒〉の一行、「生れて、二十三年になりますけれども、今日ほどの恥辱を受けた事はございません」を想起すれば、彼女の立場が「恥」にひき継がれているのは、明らかだろう。和子もまた「二十三歳」で、戸田と会ったその日に「草原をころげ廻つて、わあつと叫びたい、と言つても未だ足りない」ほどの恥ずかしい思いをしたのだから。しかも和子にはいまひとつ、「二三日経つてから」の恥の上塗りの体験が課せられて、「誰」「恥辱」はより重いものとなっていることを、忘れてはなるまい。とともに和子があたかもの記述「私の小説には、女の読者が絶無であつた……」を読んだかのように、はじめの手紙に「おそらく貴下の小説には、女の読者がひとりも無かつた事と存じます」と記しているのも、わたしの興味をひく。ただしそれらはもちろん作者のレヴェルに属する問題であって、当の本人のあずかり知らぬことがらではあるのだが。しかしまた、「恥」の主人公が、戸田と会うに当たって、病院を訪れる〈私〉のしたように、相手を気遣ういろいろな配慮を示したことも、注意されていい。のみならず、「小説」によって戸田を長屋住まいの「貧乏作家」とみなし、「恥をかかせないやうに」とわざわざ貧しく醜い娘に身をやつして出かけた、その「こまかい心使ひ」は、戸田を前にしたとき、無になるどころか、煮え湯を飲まされるという結果を招く。思いがけぬなりゆきのもたらした衝撃。面会の翌日に〈私〉を見舞ったそれをも、和子は当日その場でひき継いでいるとみることができるだろう。

〈私〉の物語に、ふたたび言えば「後日談」はない。だが、いまみたとおりの具体的なかかわりを意識するとき、「恥」は、「誰」のかたちを変えた〈後日談〉にほかならない、とわたしには思われる。作者のレヴェルでも、そうであったに違いない。すると二作を通じて、「恥」の「小説家」の存在が問題になる。郊外の「省線電車」の駅に近い戸田の家は、案に相違して、「小さいけれども、清潔な感じの、ちゃんとした一戸構への家」で、そこに住む「小説家」は、同時に、「上品な奥さま」とともに暮らす、きちんとした生活者、豊かな趣味と深い教養を身に備えた、ひき締った顔だちの知識人であった。作品の伝える無頼の「貧乏作家」の面影は、彼のどこにもない。その意味で戸田は、「誰」の〈私〉とは裏腹の存在というべきだろう。

和子は、「今月の「文学世界」に」掲載された短篇「七草」を読み、「てつきり私をモデルにして書いたのだと思ひ込んで」（傍点引用者）、戸田をたずねる気を起こしたわけだが、その〈思い込み〉がそもそも間違いのもとであった。作中の事実をただちに作者のものと受け取ってしまうこと。「小説に依ると」「小説で知つてゐました」と繰り返されるように、戸田を、無智・無教養の、「蛸の足なんかを齧つて焼酎を飲んで、あばれて、地べたに寝る」といった、不潔でみじめな人物と断定したのもそれで、だからこそ手紙に、「哲学や語学をいま少し勉強なさつて、もつと思想を深めて下さい」などと、したり顔で忠告を記したり、「私も貴下を、及ばずながらお助けする事に覚悟をきめました」と申し出たりして、会った途端に身悶えするほどの「大恥」をかくことになる。

このようにしてわたしは、「誰」にひき続いて「恥」を世に問うた作者のひそかな意図を、次の点に見いだす。読者の勝手な作品の解釈が、いかに「ひどい」事態をひき起こすにいたるか——を、和子の体験によって、「誰」の読者に気づかせたい、というのがほかならぬそれである。茶室風の無駄なく整った、「床の間には、漢詩の軸」がかかり、「竹の籠には、蔦が美しく活けられて」いる書斎で、戸惑う和子に「僕はあなたの事なんか知つてゐませんよ。へんですね」「何だか、僕の小説が、あなたの身の上に似てゐたさうですが、僕は小説には絶対にモデルを使ひません。全部フイクシヨンです」と、静かに戸田は話す。それらはとりもなおさず「恥」と「誰」

の作者の肉声であり、太宰治の読者への警告であったに違いない。

ひとりよがりの二通の手紙を前にした書き手が最後に、「小説家なんて、つまらない。人の屑だわ。嘘ばつかり書いてゐる。ちつともロマンチツクでないんだもの。普通の家庭に落ち附いて、さうして薄汚い身なりの、歯の欠けた娘を、冷く軽蔑して見送りもせず、永遠に他人の顔をして澄ましてゐようといふんだから、すさまじいや。あんなの、インチキといふんぢやないかしら」と、ひとりでいくら息巻いてみても、もう遅い。〈恥〉をかくのは、「小説家」とは本来〈嘘〉を書くのを職業とする人種であることに気づかなかった読者の、自業自得なのである。だから「小説家」に向けられた和子の憤懣は、お門《かど》違いといわなければならない。彼女自身いつかその誤りを意識するようになるだろうか。すべてが終わって、親友に事態を告げる段になっても、「小説家なんて、人の屑よ。いいえ、鬼です。ひどいんです」と記すのをみると、和子にそれは望めそうにない。では太宰治の読者には、どうか。

*

「恥」の「誰」とのかかわりに、いささか執着しすぎたようである。ここで視線を転じて、「誰」そのものを、それがいかなる物語なのかを、あらためて訊ねることにしたい。

冒頭に「マルコ傳福音書」の一節と、それについての〈私〉の解釈を掲げた「誰」は、ついで

〈私〉の第一の体験、「秋の一夜」の出来ごとを、告げている。学生たちと井の頭公園に出かけた〈私〉は、途中で彼らに「人々は我を誰と言ふか」と問い、続いて「なんぢらは我を誰と言ふか」とたずねたとき、返ってきた学生のひとりの答えに、衝撃を受け、別れてひとり帰宅した、という。「なんぢはサタン、悪の子なり」――はじめて〈私〉は悪魔と呼ばれたわけだが、自分は〈誰〉なのかとたずねて、言下に悪魔だと言われたら、〈私〉ならずとも驚くに違いない。同時に、まさかそんなはずはないと思いながらも、どこかに一抹の不安がのこって、言われたことを気にせずにはいられないだろう。〈私〉もまたその例に洩れない。「秋の一夜」以来、学生の言葉が「何だか気になつて」、「サタン」＝悪魔の正体をはっきりと識るために、「諸家の説を、いろ〳〵調べてみ」ることとなったのである。

調べた期間は、「それから一箇月間くらゐ」と意外に長い。手を尽くしたとの印象を与えられるが、あるいは他に考えることがあったためかもしれない。探究の結果を、〈私〉は細大洩らさず「誰」に紹介している。悪魔学に興味をいだき、プラス・マイナスを問わず「サタン」とは何ものかを知りたいと思う読者にとって、これは耳よりな情報であったろう。それにしても、「サタンは普通、悪魔と訳されてゐるが、ヘブライ語のサーターン、また、アラミ語のサーターン、サーターナーから起つてゐるのださうである」とはじまり、「神学者、塚本虎二氏の説」の引用にいたる〈私〉の報告は、テクストで二ページを占めていて、学術論文ならぬ物語にはどうもなじまない。もっと簡潔に、要点を押さえて示すべきだった、と思う。〈私〉も、長すぎるのを意識してか、「こんな学術的な事を言ふのは甚だてれくさいのであるが……」と弁解じみた言葉を、報告のはじめにはさんでいる。

そう断わりながら、しかし長々と論述を続けるのは、語りの時点でなお、悪魔の正体をこれこれだと、自身にも読者にも納得させたい気持が動くためかと思われる。すると〈私〉は物語るいまも、自分は〈誰〉なのか、悪魔であるのか、ないのかの問題に、決着をつけかねていることになろう。とともに、悪魔に関するこの長い報告は、「秋の一夜」の驚き、〈私〉の受けた衝撃が、いかに強かったかをも、告げているだろう。その一夜「ひとりの落第生」から「なんぢはサタン、悪の子なり」と言われたとき、驚きのあまり〈私〉は、井の頭公園にゆくのを止めて、ただちにひとり引き返したのであった。帰る途々、往きとは逆に、他人《ひと》の眼におのれは「サタン」と映るのか、おれははたして悪魔なのかという問いが、自身に向けて呟かれ続けたに違いない。

「学生たちと別れて家」に帰った〈私〉は、「ひどい事を言ひやがる、と心中はなはだ穏やかでなかつた。けれども私には、かの落第生の恐るべき言葉を全く否定し去る事も出来なかつた」という。衝撃とともに大きな不安の重荷を背負いこんだわけで、「ひでえ事を言ひやがる」「ひでえ野郎だ」と、「家の者」に「わざと」大声で繰り返し、「伊村の奴がね、僕の事をサタンだなんて言ひやがるんだ。なんだい、あいつは、もう二年もつづけて落第してゐるくせに。僕の事なんか言へた義理ぢやないんだ。失敬だよ」と訴える、負け犬の遠吠えに似たその姿勢は、悄気切った〈私〉の心情的な足掻きを、よく示している。「家の者」との会話のあとで、悪魔に関する自分の知識を動員してみても、おのれを「悪の子」にあらずと言い切る自信は、もてない。だからこそ「諸家の説」を参照することが、どうしても必要になる。語りのなかの長い報告は、「私が決してサタンでないといふ反証をはつきり摑んで」、不安の重荷をまぬかれるための、懸命な努力の軌跡にほかならなかったのである。そのように読めば、物語に似合わぬ学術的な言説を口にした〈私〉の姿勢も、諒とされるだろう。

もっとも、「諸家の説を、いろ〳〵調べてみた」と〈私〉はいうが、実際に作者が参照したのは、すでに触れたように『聖書知識』の塚本虎二の説である。もうひとつ報告に引かれた「或る外国の神学者」の「旧約以降のサタン思想の進展に就いて」の見解が誰のものかは、いまのわたしには突きとめがたい。とはいえ、「諸家の説をいろ〳〵」といいながら、調べたのは二人だけとは何ごとかと怒りだす読者もあることだろう。だが〈私〉を咎めるには当らない。太宰治ではない〈私〉が「諸家」と言う以上、それはそのままに受け取ればいいのであって、咎められるべきは、むしろ〈私〉に太宰治の顔を見た読者の側なのである。そのとき、「恥」で和子を前にした戸田が、軽侮の念をのみ込みながら口にする例のセリフ、「僕は小説には絶対にモデルを使ひません。全部フイクシヨンです」は、さらに光彩を加えることになるはずである。

「一箇月」にわたった諸説の検討は、〈私〉にいかなる事態をもたらしたか。結論を先にいえば、「ほつと」ひと息吐くことができたのである。塚本説に従うと、「サタン」＝悪魔は「『この世の君』であり、『この世の神』であつて」、「国々の凡ての権威と栄華と」を所有する「大物」

にほかならない。「三鷹の薄汚いおでんやに於いても軽蔑せられ、権威どころか、おでんやの女中さんに叱られてまごまごしてゐる」ケチな自分などとは、比較を絶した存在である――とわかって不安の重荷からのがれることができたためである。努力の甲斐があったといっていい。だが、それも束の間、「ほつと安堵の吐息をもらした途端に、またもや別の変な不安が湧いて出」て（傍点引用者）、ふたたび〈私〉をゆさぶり、心をかきみだす。たとえばようやく地獄から這いだして、やれ嬉しやと思ったら、たちまちもとの処へ突き戻されてしまうのに近い、情況の逆転。これは、物語の少し先でおなじ現象が〈私〉のうえにくり返されるゆえに、記憶されていい。その二度の逆転にはさまれて、〈私〉の出会う第二の出来ごと、先輩宅の訪問があるのだが、そこでも〈私〉は小刻みに、心情の反転をくり返す。そういう明暗の交替を告げるところに、「誰」の語りのもつリズムを、認めることができるのではなかろうか。

＊

〈私〉をとらえた「別の変な不安」は、ひと月前とおなじくあの「落第生」伊村君の答えを意識したところに、兆す。同時にその「不安」の根底には、「悪の子」としての〈宿命〉をめぐって、「サタン」でないことは確かだとしても、自分はやはり本質において悪にかかわるものなのではないか……との想いもまた動いたはずだ。伊村君は「なぜ」「サタン」だなどと言ったのだろう――そのことが気になった〈私〉は、あれこれと推理を働かせた挙句、無学な彼のことだから、「サタン」の正体を知らず、単純に「わるい人」の代名詞として使ったに違いない、と思いいたったとき、また問題を抱え込むことになったのである、――すると結局、「私は、わるい人であらうか」。そうみずからに問う〈私〉の裡に、「サタン」の配下、聖書に登場する「悪鬼」[*16]のことがおのずから想い浮かぶところに、〈私〉の〈宿命〉へのこだわりがのぞいている。しかも今度は、はじめから「悪鬼」である可能性を「きっぱり否定できるほど」の自信がない、という。その意味で、事態は前よりも深刻とみなければならない。「なんぢはサタン」と言われたときは、驚きながらも、まさかという思いがはじめから在ったのだから。

　念のために『聖書辞典』[*17]をひいて、「悪鬼」の姿を確認した〈私〉が、「サタンに追従《ついしょう》して共に堕落《おち》し霊物《もの》にして、人を怨み之を汚さんとする心つよく、其数多し」とあるその説明から、ただちに「マルコ傳福音書」第五章の一行、《わが名《な》はレギオン、我《われ》ら多《おほ》きが故《ゆゑ》なり》（九節）と、イエスの威を畏れた彼らが《二千匹《にせんびき》ばかり》の豚の群に入り、《海《うみ》に向《むか》ひて、崖《がけ》を駈《か》けくだり、海《うみ》に溺《おぼ》れた》という、いわゆる〈ガダラ（ゲラサ）の豚〉のエピソード（同十二～十三節）とを、ひきだしてくるところが、興味深い。「誰」のなりゆきをたどると、〈私〉は、日ごろから聖書を身近な一冊と意識している人物だと理解されるのだが、この場面にもその姿勢をうかがうことができるからである。参照した『聖書辞典』も、おそらく手許に置いてあるに違いない。

「悪鬼」の所在に気づき、わが身をかえりみて「どうも似てゐる」と思ったとき、不安の「極点」に達した〈私〉は、「諸家の説」のかわりに「自分の三十三年の生涯」を詳しく点検して、「五、六年前」に「サタンにへつらつてゐた一時期」のあったことを、その折文壇の先輩に借金申し込みの手紙を書いたことを、思いだす。先輩宅を訪れたのは、その手紙が気になって、じっとしていられなかったためである。ということは、それだけ、自分が「悪鬼」すなわち《穢《けが》れし霊《れい》*18》である可能性のもたらす不安が強いものであったことを、告げているだろう。みずからいう「甚だ、いやらしいもの」「だらしの無い奴」に、この自分が似ているとしたら――そんな想いをひとり温めることに、〈私〉がたえられぬのも、無理はない。動きを求めて、すぐに先輩の許に「駈けつけた」その在り様が、いまのわたしには了解できる。ただ、そこで「五、六年前」の〈私〉が「サタンにへつらつてゐた」とみなされるのは、どういうことなのか。〈へつらい〉の語と、続いて示される問題の手紙の文面とを意識すると、先輩をサタンに擬しているようにもとれるけれども、そうではあるまい。おそらく、他人に迷惑をかけて、いっこうに恥じることのなかったかつての自分に、虎の威を借りる狐の姿を認めたために、〈私〉はそれを「サタンに追従《ついしょう》して共に堕落《おち》し霊物《もの》」にかさね合わせたのだ、と思われる。

どれほど「狡智」を働かせて巧みに嘘をついたか、換言すれば、「悪鬼」にひとしい小悪党ぶりを、いかに手紙で発揮したか、と不安に駆られながら、先輩宅を訪れた〈私〉は、渡された「一通」を手にして、わが眼を疑う。「〇〇兄。生涯にいちどのおねがひがございます」と書きだされ、「三月十九日。治拝」と結ばれているその手紙には、先輩の手で「朱筆の評」が書きこまれていたからである。数えると、書きこみは十四個所にわたっているけれども、それらを紹介するに先立って、なぜか〈私〉は、「ところどころに」施されていたと語る。おそらく、手紙をひと眼みたときの印象を、そのまま伝えたかったのだろう。もし言葉どおり全文において「ところどころ」だったら、一読後の「嘆声」は生じなかったはずだ。読んでいくうちに、多くの評言にくわえて、「借金の手紙として全く拙劣を極むるものと認む。要するに、微塵も誠意と認むるものなし。みなウソ文章なり」というきわめて手きびしいコメントが、最後に添えられていることも、判明する。

すべてに眼をとおした〈私〉は、先輩の前で思わず呟く。「これは、ひどいですねえ」というその「嘆声」は、しかし自分の文章にではなく、先輩の書きこみに対するものであるところが、面白い。ひどいのは〈私〉を容赦なく裁断する先輩の評言であって、おそらくそれとの対比で「僕の文章は、思つてゐた程でも無かつた」と感じられたのであろう。自分はさほど〈非道《ひど》い〉人間ではない——そのことを読者に解ってもらうために、手紙の原形と書きこみをくわえたカタチとの双方が、並べて掲げてあるのだ、と考えられる。たしかに、「狡智」の限りを尽くしたはずの「ウソ」を、たちまち見抜かれてしまうようでは、悪魔はおろか、「悪鬼」の資格さえない、としなければなるまい。みずから「こんな……まぬけた悪鬼」など在りはしないと思う所以だが、ただ、そうすると、〈私〉はいったい何ものかがまた解らなくなってしまう。しかしそのとき、手紙を読み返した先輩の、笑いながら口にしたひと言が、〈私〉に答えを与えてくれたのである。

「君も、馬鹿だねえ」――それによって「私は救はれた」という。不安に襲われてから、数日ならずして、重荷を取りのぞかれたことになる。前回、学生たちと別れて帰宅するやいなや、「ひでえ事を言ひやがる」「ひでえ野郎だ」と、嘆声ならぬ鬱憤ばらしの言を家人に放った〈私〉は、伊村君の言葉のもたらした不安から逃れるために、「一箇月」ほどの懸命な努力を必要としたのに、それに較べて今回の事態の恢復はまことに速い。というより、速すぎていささかあっけないという印象を、わたしは抱く。〈私〉の方は、なるほど自分は「バカといふものであつた」と納得した様子だが、それで本当にやすらぎが、休息が、えられたのかどうか。

「救はれた」と感じたとき、聖書を身近におく〈私〉の裡に、「マタイ傳福音書」第十一章の伝えるイエスの声、《凡て《すべ》勞《らう》する者《もの》・重荷《おもに》を負《お》ふ者《もの》、われに來《きた》れ、われ汝《なんぢ》らを休《やす》ません》（二十八節）が響いたとしても、不思議ではない、と思う。緊張を解かれた〈私〉の、これまでのいきさつを告げたのちに語る、「僕には、人がみんな善い弱いものに見えるだけです。人のあやまちを非難する事が出来ないのです」云々のセリフは、先輩の耳に「キリストみたいに立派な事を言ふ」と聞えているところが、わたしの注意をうながすのである。

だが、〈私〉は直接イエスと出会ったわけではない。「私は救はれた」とあるけれども、実情は、〈私〉がそう思ったのにほかならない点をも、認める必要があろう。〈私〉はなお確実な拠り所を持たない、したがって根柢において揺れ動く、〈救われぬもの〉なのだ。だから〈私〉のもの言いに「キリスト」の影を感じて、軽い反感を覚えた先輩の、〈私〉をからかうための「厭味」、「君には悪魔の素質があるから、普通の悪には驚かないのさ」「大悪漢から見れば、この世の人たちは、みんな甘くて弱虫だらうよ」と、わざと言うその言葉によって、またすぐに「暗澹たる気持ち」にならざるをえないのである。以後の数日、病院の女性を見舞いにいった次の日に、彼女からの手紙を手にする、物語の終わりのトキまで（おそらくそれからもずっと）、事態に変わりはあるまい。「厭味」を言ったことの釈明に続く、先輩の、この世には〈芯〉からの悪人が存在する例、おのれの興味を満たすためにポストにマッチの火を投げいれて郵便物を焼いた男の話を聞いて、「そいつ」こそ「此の世の悪魔」、われとは異質のものと思い、「もう之で、解決がついた」と、大きな安堵感にひたることのできた〈私〉なのだが、にもかかわらず、《霊魂《たましひ》に休息《やすみ》を得《え》》[*19]たかと見えた〈私〉のトキは、やはり短い。先輩宅から帰って「四、五日」すると、「またもや、悪魔！　と呼ばれ」る羽目（傍点引用者）に、おちいってしまう。物語情況のはこびからみて、傍点の語りには、強いアクセントが置かれているようだ。「解決した」はずの問題は、ここに至ってふたたび振り出しに戻ったのである。

　舞い込んだ一通の手紙で、〈私〉が、「あなたは、悪魔です」と指弾されたのは、いつのことなのか。それが、「なんぢはサタン……」と言われた日から数えると、およそひと月と四、五日のちであること、逆に「誰」の出来ごとを〈私〉が語る日にたてば〈二日前〉[*20]であることは、物語自体から明らかになるけれども、何月何日なのかを定めるのは、容易でない。そのための基準となるべきはじめの日が、〈秋の一夜〉とだけ語られているにすぎないからである。ただ「誰」そのものの成立のときが、一九四一年の「九月末頃から十月中旬頃まで」[*21]とみなされる点を思い合わせると、それでもきっちりというわけにはいかないが、〈私〉の語りの時点をいちおう十月二十日ぐらいとおさえることができよう。したがって病院への見舞いと手紙の到着は十七、十八日ごろ、先輩を訪ねたのが十月十三、四日ごろで、はじめの日は九月十二、三日あたりと、おおよその見当はつく。それでは「秋の一夜」にはいささか早いという感もなくはないが、物語には他に確かめる手だてがないので、いたし方ない。

そうすると、しかしひとつの懸念が生じる。〈私〉に女性の読者のできたのが、「ことしの九月以来」とあって、だから彼女の便りが頻繁に届きはじめるのは、「秋の一夜」より前なのか後なのかが気になるのに、わからない、というのがそれである。わかれば〈私〉の在り様に光を投げかけられると思うけれども、やはり諦めるほかはない。それにしても、「秋の一夜」以降に〈私〉が二つの容易ならぬ問題を抱えこむことになったのは、わかる。おのれは悪魔か、悪鬼かと深刻な不安に駈られながら、同時に自分に関心を寄せる一人の女性の動きをどう受けとめるべきかにも頭を悩ます、しかも「いつのまにか、その人に愛情を感じてゐた」のである——「誰」の日々は〈私〉にとって、緊張の連続であったに違いない。ただ、二つの問題は語りのうえで截然と区別されているので、愛を感じた〈私〉は自己存在の不安をまったく意識していない、と見えるところ（普通なら当然意識していい情況と思われる）が、いまひとつ腑に落ちない点だが、そこで、「病院へ来て下さい」という女性に会いに行くかどうかをしばらく考えた〈私〉が、「私の赤黒い変な顔を見ると、あまりの事に悶絶するかも知れない」と思うのは、そうと語られなくとも、悪魔、悪鬼にひとしい自身を想いうかべてのことであったろう。

＊

「誰」は、物語のはこびのうえで、〈私〉の病院の女性との交渉の経過と問題の手紙の内容とを、最後に伝えている。だが、それは「誰」に〈私〉のたどるなりゆきの最後ではない。先輩を訪ねて帰宅してからの〈私〉の思いと、数日後の〈どんでん返し〉とを告げる個所こそ、〈私〉の語りの行きつく地点にほかならない。そのことは、手紙のあとにつけ加えられた、物語への短いコメント「後日談は無い」によって、確認できるはずである。そこで、〈私〉のなりゆきの終局を語るテクストの三行余りに、あらためて注目しておこう。もっともどこからが帰宅後の情況なのか、実ははっきり線を引きにくいのだけれども。

もう之で、解決がついた。私は此の世の悪魔を見た。そいつは、私と全然ちがふものであつた。私は悪魔でも悪鬼でもない。ああ、先輩はいい事を知らせてくれた。感謝である、とその日から四、五日間は、胸の内もからりとしてゐたのであるが、また、いけなかつた。私―

は、またもや、悪魔！ と呼ばれた。一生、私につきまとふ思想であらうか（傍線引用者）。

さきに自分が悪魔ほどの大物ではないと気づいたときよりも、より徹底した情況の反転がここにはある。みずからの疑念ではなく、他者、しかもひそかに好意をいだき、だから傷つけまいと心を尽したその相手からの、悪魔の指摘。すでに注意したところだが、傍線部の、事態をいちいち確かめるような語りは、女性の手紙のひと言が、いかに〈私〉にこたえたかを、示している。

こうして問題が振り出しに戻った終局のトキに、宿命の影を意識せずにはいられない。「一生、私につきまとふ思想」と見做されてしまう自己の存在に、〈私〉は、何をどうしようと悪魔と見做されてしまう自己の存在に、〈私〉は、言う。「思想」の語はやや解釈に苦しむが、〈私〉についての世間の考え、というほどの意味なのか。あるいは、このひと月と七日ほどのあいだに、学生のひとり、先輩、そして病院の女性からと三度、「悪魔」を突きつけられて、自分で自分をどう観ようと、ひとにそう思われるのは、やはりわが身に〈悪魔の思想〉がひそむせいなのかもしれない、との想いが兆したゆえの言葉とも解される。そのいずれであるかはともかくとして、ただ、物語の最後の最後に容易ならぬ瀬戸ぎわに立たされたのは、確かだろう。悪魔呼ばわりを、もしくは〈悪魔の思想〉のひそむことを、おのが宿命と認めるか、いなか。もし認めたら、〈私〉の行く手には、汚《けが》れを焼き尽す《永遠《とこしへ》の火《ひ》》[*22]が待ち受けていることになる。それは恐ろしい。

そういうぎりぎりのところで、〈私〉はしかし、自身の問題に結着をつける一、、、歩手前に身をおいて、「一生、私につきまとふ思想であらうか」（傍点引用者）と、なお問いかけることをやめていない。一歩手前に立つその〈私〉の姿勢が、すでにみたように物語の終わりのひとつ前に示されるのは、興味深い。それは、語りの時点の〈私〉もまた、一歩手前を強く意識していることを告げている――と思われる。したがって、「異状な質問」にはじまった「誰」は、形こそ異なるとしても、ひとしく問いかけたままで打ち切られる物語にほかならず、終わりの問いは、はじめに通じて〈では私は誰なのか〉の疑問に、重ねられているに違いない。タイトルの「誰」は、「〈マルコ八章二七〉」になぞらえた〈私〉の語り、「我を誰と言ふか」に基づく題名であると同時に、物語終末の一語《か》とはるかに呼応しているのではなかろうか。

　問題が最後に振り出しに戻る「誰」のなりゆきをみつめると、三度目に「あなたは悪魔」を突きつけられた〈私〉の裡に、冒頭にみずからの掲げた「マルコ傳福音書」のイエスの姿のよみがえった情況が、みえてくるだろう。「マルコ」の伝えるイエスについて、〈私〉は、「なんぢはキリスト、神の子なり」と言ったペテロに「教へられ、いよ〳〵深く御自身の宿命を知つた」という解釈を下す。「誰」の示す〈私〉のみたイエスと、わが身に悪魔の陰翳《かげ》が落ちかかる事態を宿命なのかと疑う自己に至りつく〈私〉と。二個のイメジの鮮かな対比が〈私〉の裡に在ることを、忘れてはなるまい。その点に注意すれば、イエスに「似た」体験をしたが、「結果はまるで違つてゐる」とある〈私〉の「結果」は、「秋の一夜」の情況だけでなく、実は「誰」のすべてのなりゆきのそれを見こして言われた言葉と読むことも、不可能ではない、と思う。

のみならず、「マルコ傳福音書」第八章二十七〜二十九節に據って、自身の「身の上」に起きた出来ごとを語りはじめた〈私〉が、暗におなじ一節を思いうかべて口を閉じる、という語りの在り様は、それが物語情況の全体を導く役割を担う一節にほかならぬことを、告げている。だからこそそれは、何のことわりもなく、いきなり「誰」の最初に提示されているのだろう。

ところで、「ピリポ・カイザリヤの村々」に出むいたイエスのエピソードに〈私〉が注目したのは、いつのことなのか。「後日談は無い」のだから、語りの時点でないのは、はじめから明らかだ。では「秋の一夜」の悪魔呼ばわりがあったときだろうか。「一夜」の出来ごとが、福音書の文体（テクストは『舊新約聖書』）を借りて語られているのをみると、それが正解かとも思われるのだが、しかし読者は次の語り、〈私〉の述懐を見のがしてはならない。「その時期に於いて私は、自分を完全に見失つてゐたのだ。自分が誰だかわからなかつた。何が何やら、まるでわからなくなつてしまつてゐたのである。仕事をして、お金がはひると、遊ぶ。お金がなくなると、また仕事をして、すこしお金がはひると、遊ぶ。そんな事を繰り返して一夜ふと考へて、慄然とするのだ。いつたい私は、自分をなんだと思つてゐるのか。……」

述懐はなお続くけれども、ここまでたどれば充分だろう。〈私〉の言いたいことの要点は以上で尽きている。「秋の一夜」の帰宅後の模様を自身の言葉で語るに当たって、〈私〉がまず「その時期」のおのれの在り様に触れるのは、どうして学生たちに〈私は誰〉と尋ねるに至ったかを、あらかじめ明らかにしておく必要を意識したからだろうが、その語り方はたんなる事情説明に止まらぬところが、読者の注意をうながすはずだ。既往のおのれの姿を想起する〈私〉の心情は、語るにつれて「その時期」に還《かえ》っていることが、「仕事をして」以下の語りのカタチからわかる。「……いったい、どうなる事だらう。私は人間でないやうだ」で終わる、先に引用を略した数行についても、事情はおなじである。ということは、「秋の一夜」の出来ごとを招いた〈私〉の情態が、語るいまでも生々しい印象をとどめているのを、示す。しかも「自分が誰だかわからなかつた」という、存在の苦しみと不安は、それにおちいらなければ何ごとも起こらなかったわけだから、「誰」の物語そのものの成り立つ大前提に、ほかならない。

そういう二重に深刻な情態に在って、聖書に親しんでいる〈私〉は、まずイエスのことが気になったに違いない。イエスも自分と同様の情態におちいったことがあるだろうか——その想いが聖書を繙《ひもと》かせ、「マルコ傳福音書」第八章二十七〜二十九節との出会いをもたらしたのだ、と思う。なぜなら「なんぢらは我を誰と言ふか」と弟子たちに問うたイエスの動きを、〈私〉は、「たいへん危いところである。イエスは其の苦悩の果に、自己を見失ひ、不安のあまり」そのようにしたと、受けとめているからである。自身の情態に據ってイエスをみつめていることは、確かだろう。そこに、わたしは「秋の一夜」以前の「マルコ傳福音書」への注目を、見いだす。学生たちに、「私は誰です」という「異状な質問を発し」たのは、〈私〉としては、イエスに倣った動きであったのだ。だからその情況は、「かれ、秋の一夜、学生たちと井の頭公園に出でゆき……」と、福音書の文体で語られる必然性をもつ。なに気なく読めば、「マルコ傳福音書」のパロディめくけれども、決して読者をおもしろがらせるための操作ではなかったことが、理解できよう。「秋の一夜」の学生たちへの質問に対して、もうひとつの問いかけは、〈誰〉に向けられたものなのか。

自分自身に――という答えがすぐに浮かぶ。もちろんそれもあるだろう。しかしみずからの問いの重さを持ちこたえて、ひとりで考え抜くほどの勁《つよ》さと器量とを、〈私〉が備えていないこともまた、確実だろう。したがって物語終末の疑問の一語は、自身にとどまらず、他者に発せられた問いかけ――と読んでいい。すると物語の標題は、〈私は誰〉の「誰」であると同時に、最後に〈私〉の問いかける相手は〈誰〉の「誰」をも指示する、という、重層的な役割を担っていることに気づく。その相手とはいったい「誰」か。物語の内にいるものでないのは、瞭らかだ。そうであるなら、それは、「誰」をすべて読みおえて、「後日談は無い」のかわりに、「……であろうか」の《か》の響きに反応を示す読者にほかなるまい。

こうして「誰」は、人びとに忘れ去られぬ限り、〈問いかける物語〉として、世に在り続けることになるだろう。もしも女性の手紙を手にする〈私〉の問いかけが自問にとどまるならば、「誰」はついに〈私〉の裡に閉じこめられて、そうした拡《ひろ》がりをもてなかったはずである。その意味では、〈私〉が「二十世紀のばかな作家の身の上」の出来ごとを語りのこしたこと自体、よかったのかもしれない。〈私〉の疑問にどう反応するかは、「誰」の読者ひとりひとりの判断に、委ねられている。ついでに言えば、〈私〉の生涯における容易ならぬ体験を伝えながら、先のパロディめいた一節をはじめ、あちこちに〈語られる私〉の戯画化されている個所が、「誰」には認められるけれども、それもまた、できるだけ自己を対象化しようとする語り手の強い要求の表われであって、そうでもしなければ語れぬほど、〈私〉の体験は深刻なものであったことを、告げていると思う。

注

＊1　『知性』（一九四一・一二）に発表。本稿における「誰」のテクストは、山内祥史編『太宰治全集』（筑摩書房）第四巻所収のものを使用した。

＊2　米国聖書協会発行、一九一四（大3）年一月、初版。私の手許にあるのは一九三三（昭8）年一〇月の版だが、作者の引照したのがこの版かどうかはわからない。しかし文章は、一個所の表記と原典が総ルビである点をのぞけば、引用のものとおなじである。表記の異なるのは、引用の最後のペテロの答えで、原典は《『なんぢはキリストなり』》となっている。引用者の誤記か、意図的な書き換えなのかは、つまびらかでないが、おなじエピソードを伝える他の福音書には、《『神《かみ》のキリストなり』》（ルカ9・20）、《『なんぢはキリスト、活《い》ける神《かみ》の子《こ》なり』》（マタイ16・16）とあって、引用は後者に近い。

＊3　『舊新約聖書』の表記に従う。

＊4　全集第四巻の「解題」（山内祥史）は、「おそらく、「誰」二十三枚は、「風の便り」の稿を終えたのちの、九月末頃から十月中旬頃までに、執筆脱稿したのであろう」と推定する。

＊5　前注「解題」の言及、「田中良彦「太宰治と『聖書知識』」（『太宰治と聖書』教文館、一九八三・五）に指摘されたように、「誰」の「サタン」について述べた一節は、塚本虎二「イエス伝研究／第百七十五講ペテロに対する遺言—躓の予告と委託」の「付録／新約聖書に於けるサタン」（「聖書知識」第百四十一

号、昭和十六年九月一日発行）の一節に依っている」に従う。なお「解題」には、〈私〉の言説に対応する塚本虎二の文章が、紹介されている。『太宰治と聖書』は佐古純一郎編。

＊6 「太宰治の借金」（『新潮』一九五〇・一一）に、「この手紙を材料として書いたのが、かれの小説『誰』である。むろん、太宰らしく、もじつて扱つているが、朱筆を入れたぼくの文章も、自分の手紙の文章も、それは、そつくりそのまゝ使つている」（読点原文）とある個所が引かれている。

＊7 一九三六（昭11）年六月二八日づけ。

＊8 『解釈と鑑賞〈特集 芥川龍之介作品の世界〉』（一九九九・一一）所収の拙稿『蜃気楼』を参照。

＊9 『中央公論』一九四八（昭23）年八月（没後発表）。

＊10 『世界』一九四八（昭23）年五月。

＊11 『月刊文章』一九四〇（昭15）年一～六月。

＊12 『文藝春秋』一九三五（昭10）年一〇月。

＊13 『婦人画報』一九四二（昭17）年一月。執筆は前年の「十一月「十日前後」頃、おそくとも十一月二十五日頃までには、脱稿したであろう」（全集第四巻「解題」）と推定されている。本稿における「恥」のテクストは、＊1の「誰」のそれとおなじ。なお他の太宰作品の引用も山内祥史編『太宰治全集』所収のものに據る。

＊14 「恥」における引用。ただし原文（総ルビ）に従って、読みにくい個所にルビを施した。なお原文に読点はない。

＊15 『舊新約聖書』の《呼《よば》はりつつ去《さり》ゆけり》は、『聖書 新共同訳』では、《嘆《なげ》きの叫《さけ》びをあげながら歩《ある》いて行《い》った》となっている。

＊16 《穢れし霊《れい》》（マルコ5・13）とも呼ばれる。『聖書 新共同訳』では《悪霊《あくれい》》と訳されている。「精神的、肉体的な病気や障害など、人間に災いをもたらす霊」（同書「用語解説」）。

＊17　どういう版か不詳。

＊18　＊16参照。

＊19　「マタイ傳福音書」第十一章二十九節のイエスの言葉を借りた。

＊20　見舞いのための病院ゆきが語りの時点の「先日」、つまり昨日・一昨日のその先、三日前とみられ、手紙は病院ゆきの「あくる日」に来たのだから、〈二日前〉ということになる。

＊21　＊4参照。

＊22　「マタイ傳福音書」第二十五章四十一節に、《「詛《のろ》はれたる者《もの》よ、我《われ》を離《はな》れて悪魔《あくま》とその使《つかひ》らとのために備《そな》へられたる永遠《とこしへ》の火《ひ》に入《い》れ」》というイエスの言葉がある。

9

ふたつの音——「トカトントン」を読む——

「トカトントン」とは、たいへん珍しい標題である。それは、作中の青年を悩まし続けた、金槌で釘をうつ音、もしくはその幻聴にほかならない。ただ、金槌の音なら、普通は〈トントントン〉と表記されるのに、〈トカトントン〉であるところが面白い。文中に〈トントントン〉とあればどうということもないが、なるほどそれだけをとりだして、作の冒頭に据えてみると、締まりがなくて、頼りない。作品そのものも間が抜けてみえるようである。標題とするには、やはり〈トカトントン〉の方がふさわしい。わずか一字の違いでも、金槌の音のイメジをきっかりと喚びおこすからである。工夫された標題というべきだろう。金槌の音のほかに、実はもうひとつの〈音〉が作品に意識されているはずであるが、それについてはのちに触れることにしたい。

「トカトントン」（昭22・1『群像』）は、太宰治が「金木の生家で最後に脱稿した」（相馬正一『評伝太宰治』第三部）作品である。一九四六（昭21）年八月中旬戯曲「春の枯葉」を書きあげた太宰が、「未知の青年からの手紙にヒントを得」て（前掲書）、この短篇を執筆したことは、当時の書簡に明らかである。「あなたの手紙にあつたトンカチの音」を借りたい（9・30付、保知勇二郎あて）というその音が〈トカトントン〉だったかどうかは確かめられないが、たとえそうであったにしろ、〈トカトントン〉をヨシとする作者の感覚を、私は信じたい。同書簡にまだ着手していないとあり、十月二十四日の伊馬春部あて書簡に「もうしばらく劇は休んで、こんどは短篇小説を二つ三つ書きました」とあるから、「トカトントン」は「親友交歓」「男女同権」とともに、十月中に執筆されたようである。

「親友交歓」の題は、それを裏切る、徹底して傍若無人ぶりを発揮する〈親友〉との交歓を語った〈私〉の末尾に近く口にする感想とかかわっているだろう。「たつぷり半日、親友交歓をしたのである。私には、強姦といふ極端な言葉さへ思ひ浮んだ」。〈交歓〉が実は〈強姦〉であるという、見事な対置がそこにはある。「男女同権」は、都落ちして田舎に逼塞していたある〈老詩人〉が、時勢の変動に伴って、教育会から招かれ、講演を試みた、その「速記録」というかたちをとる。題は〈男女同権〉――だが「速記録」をたどっていって講演の結びにいたると、「新憲法に依つて男女同権がはつきりと決定せられましたやうで、まことに御同慶のいたり、もうこれからは、女子は弱いなどとは言はせません、なにせ同権なのでございますからなあ、実に愉快、なんの遠慮も無く、庇《かば》ふところも無く、思ふさま女性の悪口を言へるやうになつて、言論の自由のありがたさも、ここに於いて極点に達した観がございまして……」（傍点引用者）という言葉にゆきつく。そこで、傍点を付した〈同権〉の語に、そうは語られずとも、演題とは裏腹の、〈女男同権〉の意がこめられていることに気づかぬ読者は、まれであるにちがいない。〈老詩人〉は、〈男女同権〉と題しながら実はその逆を語った。この講演の「速記録」をそっくり読者に提示する作者にも、標題を反転させる意識があるのは、いうまでもないことだろう。

　それならば、太宰治が同時に執筆した「トカトントン」の場合はどうなのか。標題とされた金槌の音は、「親友交歓」や「男女同権」のように、やはり作中でひっくり返されているのではなかろうか。はじめにもうひとつの〈音〉を気にしたのは、そのためなのである。

＊

「親友交歓」は〈私〉の語りであり、「男女同権」は〈老詩人〉の講演速記を作者が紹介するかたちであったが、「トカトントン」は、ある青年と〈某作家〉とのあいだに交わされた往復書簡の形態をとっている。読者はまずそのことを確認しておく必要があるだろう。青年の手紙にくらべて、作家の返信ははなはだ簡略であるが、だからといってそれが無視されてよい理由はなにひとつない。返信はたんなる添え物ではないはずである。それゆえ「トカトントン」に、われわれは、青年の訴えと作家の応答とをともに聴くべきなのである。しかしそれだけではない。いまなにげなく〈某作家〉と記したけれども、ふたりの書簡にはさまれて、次の一行のあることも、忘れてはならない。

この奇異なる手紙を受け取つた某作家は、むざんにも無学無思想の男であつたが、次の如き返答を与へた。

そこにわずかだが作者も顔をだす。その点は「男女同権」の場合とよく似ている。ただ「男女同権」では最初に登場して、以下が「或る片田舎に定住してゐる老詩人」の「試みたところの不思議な講演の速記録である」ことを紹介するのだが、「トカトントン」では、中間に姿をみせて、前と後とは二人の人物のとり交わした書簡である旨を、われわれ読者に取りつぐわけである。作者もまた作中にひと役買うというべきだろう。

〈男女同権〉の速記録を紹介するに当たって「不思議なる講演」といったように、作者は、「トカトントン」でも「拝啓」にはじまり「敬具」と閉じられる長文の書簡について、「この奇異なる手紙」という。たしかに、〈老詩人〉の「愚かな体験談」も青年の訴えも、常識の眼には、変わっている、珍しい、不思議だと映るにちがいない。あるいはばかばかしいと憤慨する向きもあろう。それは論外として、作者はさすがに腹を立てず、〈不思議〉といい、〈奇異〉だと思う。とすると、作者は常識の眼をもつということになろう。そこにいささかの抵抗を覚えぬわけではない。作者すなわち太宰治とみるほかはないからである。だが、境遇からいえば太宰にきわめて近い、「親友交歓」の〈私〉も、眼の前に出現した自称〈親友〉に対して、いかにも常識人らしく振る舞っているではないか。傍若無人のその男は、〈私〉の眼にほとんど〈不可解〉と映るのである。「トカトントン」のコメントに関して、もうひとつ気になるのは、それがなぜ二通の手紙のあいだにあるかということだ。その問いは、とりもなおさず作者がどうして青年と〈某作家〉とのあいだに身をおくのかを問うことでもあろう。単純な取りつぎ手としてなら、「男女同権」とひとしく、作の最初に顔をだしてもいいのに、そうはしないで〈中間〉という位置をえらぶ。そこには、いうまでもなく往復書簡のかたちが意識されてはいるだろう。だがその選択は、作中にあえてひと役買った作者のひそかな意図をおのずから伝えてくれる。「トカトントン」で作者は、「この奇異なる手紙」とともに、〈某作家〉の「返答」をも、読者にしっかりと取りつぎたかったにちがいない。作者にとって〈某作家〉がどうでもいい存在でなかったことは、「むざんにも無学無思想の男」ということわりがあるので、わかる。

わずか一行の作者のコメントであるが、それが作中に果たす役割は軽くない。この一行を軸として、あらためて「トカトントン」を読むとき、二通の手紙がつくりだす、微妙な力関係がみえてくるだろう。誰の眼にも、二通が量的にはなはだしく均衡を欠いているのは明らかだ。だから読者の関心はともすれば「奇異なる手紙」にひきずられがちだが、しかし「返答」は短くても密度が濃いことに、気づかねばなるまい。「不尽」と最後に記されるそれは、言いたいこと、言うべきことを言い尽くして、決して〈不尽〉ではないのである。

二通の手紙がやりとりされたのは、青年のそれをたどれば、作品成立とかさなる一九四六年秋と、見当がつく。発信の場所はそれぞれ青森市近郊のAという「海岸の部落」であり、金木町である。まず青年の手紙に眼を移そう。

おそろしく長い手紙である。『こゝろ』（漱石）の先生が〈私〉にあてた遺書には及ばないが、それでも四百字詰の原稿用紙になおして、三十枚を優にこす。「私の文章には、ずゐぶん、さういしてそれからが多いでせう？　これもやはり頭の悪い男の文章の特色でせうかしら」と自分でも気にしながら、どうしてどうして、青年はなかなかの書き手、あるいは語り手である。はじめに

「拝啓」と記したあと、いきなり「一つだけ教へて下さい。困つてゐるのです」と、いかにも追いつめられたという姿勢を示す彼にしては、よく書いたものだと思う。あるいは書き進めるうちに、次第に気が楽になったのか。長い手紙は、しかし、三部に分かれて意外にしっかりした構成を保っている。自己紹介と、「困つてゐる」その実情を綿密に記す部分と、追白と。先取りしていえば、追白は青年の自己弁明である。〈トカトントン〉に妨げられてなに事にも熱中できぬはずなのに、綿々と自己を訴えたことについての弁明——それでうまい具合におさまりがついていると読むのは、青年に酷というものだろうか。

青年は〈某作家〉とは一面識もない。ただ作品をとおして身近なひとと思っているだけで、しかも相手は自分のことをなにひとつ知らない。青年みずから「私はあなたにとつてはまるで赤の他人」という、その〈某作家〉にはじめて送る手紙なのだから、なにはともあれ自己紹介は必要だろう。それによってわれわれ読者も、〈某作家〉とともに、発信人がなに者であるかを知ることができるのである。

そこで青年はまず、その年齢と出生を紹介し、現在までの自身の経歴を手短に述べたのち、さらに〈某作家〉に寄せるおのれの心情を披瀝している。先にも触れた手紙の書きだしの一行は唐突の感をまぬがれないが、あとは踏むべき手順を踏んでいるといってよかろう。青年は青森市寺町の花屋の次男に生まれ、「ことし二十六歳」、四年を軍隊に暮らしたところで敗戦となり、帰郷してからは、母方の伯父が局長をしている、Aの部落の「三等郵便局」に勤めて、「もうかれこれ一箇年以上」になる、という。だから手紙を書いたのは、一九四六年秋と推定できるわけである。ついでに太宰治の他の作中人物の例にてらして、青年の年齢はかぞえ年であることをことわっておこう。彼が〈某作家〉の作品にはじめて接したのは、中学をでて軍需工場で働いていたときとあるから、十九か二十、一九三九、四〇(昭14・15)年のころだろう。以来いまにいたるまで熱心な読者であり続けた彼は、自己の想いを明かしつつ、二度「胸のつぶれる思ひ」がしたことを書く。いずれも作品をとおして、〈某作家〉が中学の先輩で、かつ中学時代に自分とおなじ町内の豊田太左衛門方に下宿していたのを知ったときと、「罹災して生れた土地の金木町に来てゐるといふ事」を知ったときと。その「思ひ」は意外なことに出会ったための驚きと喜びの感情にほかならない。〈胸がつぶれる〉には、「胸さわぎを感じてどきりとする」(『国語大辞典』小学館)という意味があるのだから。遠い、遥かな存在であった〈某作家〉は、青年の主観でいえば、自分との距離をぐっと縮めてくれたのである。そこに「小心者ですから」という青年が、あえて長文の手紙を書いて自己を訴えることを決意した根拠を、求めることができよう。冒頭にいきなり「一つだけ教へて下さい。困つてゐるのです」と記した彼は、自己紹介の条りにも、「実に困つてゐるのです」「教へていただきたい事があるのです。本当に、困つてゐるのです」(傍点引用者)とくり返すのを、忘れていない。困窮の情を直接に表わす語句のくり返しが、次第にアクセントを強めている点は、注意されていい。それは、効果をねらった書き方だろうが、手紙のこの段階では、相手に少しでも近づこうとする青年の、懸命な心情の表われと解したい。

ただ〈某作家〉への敬愛の念とともに、この相手ならなにをどう言っても聴いてもらえるにちがいないという安心感が、書き手の心底に動いているのは事実だろう。だから〈トカトントン〉に悩まされる自身の窮状を、煩をいとわず書き連ねることになるのである。煩をいとわず？――いや煩をいとうのは手紙の受け手の方であるかもしれないのに。

「何か物事に感激し、奮ひ立たうとすると、どこからとも無く、幽かに、トカトントンとあの金槌の音が聞えて来て、とたんに私はきよろりとなり、眼前の風景がまるでもう一変してしまつて、映写がふつと中絶してあとにはただ純白のスクリンだけが残り、それをまじまじと眺めてゐるやうな、何ともはかない、ばからしい気持になるのです」、青年はおのれの苦悩を、そう説明している。「映写がふつと中絶して」云々は、行動への情熱が瞬時にさめて、すべてが無意味化してしまう状態の比喩として、なかなかに巧みである。そういうところに眼をつけると、私にはひとつの疑問が浮かんでくるが、それに執着するにはまだ時機が早すぎる。

「どこからとも無く、幽かに」きこえてくる金槌の音は、青年の抱く幻聴である。だがそれは青年みずからがつくりだしたまぼろしの音ではない。もしそうであったら、神経自体が蝕まれていたのであって、その苦悩はとうてい筆にしうるものではなかったにちがいない。〈トカトントン〉は敗戦の日の午すぎ、偶然に実在する音として青年の耳をとらえ、外界から内部へすべりこんで、青年の脳裡に棲みついてしまったのである。降伏を告げる詔勅の放送、徹底抗戦と自決をいう将校の訓示をきいて、「死ぬのが本当だ」と思った直後の出来事。「ああ、その時です。背後の兵舎のはうから、誰やら金槌で釘を打つ音が、幽かに、トカトントンと聞えました。それを聞いたとたんに、（中略）私は憑《つ》きものから離れたやうに、きよろりとなり、なんともどうにも白々しい気で……」と、青年は記す。手紙の受け取り人も読者もここではじめて〈トカトントン〉に出会うのだが、たまたまきこえた、しかもかすかなその音が、どうして彼の耳にそれほど強力に響いたのかと、不思議に感じてしまう。真剣に夢中に死を想いつめていたのなら、金槌の音など耳にははいらなかったはずではないか。にもかかわらず「脳髄の金的」を打たれたというのは、青年の奥底に、平凡な日常の生、いささか退屈ではあっても安穏なそれを求める心性が、しっかりと根を張っているためではなかろうかと、思われてくる。

　敗戦の日の午すぎ以来「私は実に異様な、いまはしい癲癇持ちみたいな男になりました」というけれども、花屋の次男、このいわゆる津軽のオズカスの一員である青年は、本質において、〈異様〉でも、病的でもない。ごく普通の常識人の魂をもっている。それが彼の生まれつきなのであって、〈トカトントン〉は、なぜか自身の意識がすなおに容認したがらない常識人の魂に呼応した、外界の日常の音にほかならなかったのである。ひとたび外界の刺激によって眼覚めた魂は、二度と眠りこむことはしないだろう。それゆえ、凡庸をきらい、日常を超えでようとすると、いつも〈トカトントン〉がきこえてくるのだ。「どこからとも無く、幽かに」きこえてくるそれ、まぼろしの音は、彼本来の魂がみずからの所在を忘れさせないために発するひびきといえるだろう。
そのような青年にとって、復員後に与えられた、そしていまも身をおく境遇ほどふさわしいものは、実はあるまい。身内の伯父が営む「三等郵便局」の局員。青年の勤務条件はさほど厳しくはないはずだ。むしろ気楽な勤めとさえいえるだろう。Aに来てから彼は職場に続く伯父の住居の一部屋に暮らしている。生活に不自由はない。しかも手紙で読むかぎり、伯父の局長には甥をかなり頼りにしている様子がみえる。暗に青年を後継者と考えているのではないか。「大それた野心」を起こさず、おとなしく「平凡な日々の業務に精励」していさえすれば、局長の椅子は約束されたも同然、といっていい。

懸命に訴える青年には失礼かもしれないが、結構な境遇に身をおいて、何を好きこのんでそんなに騒ぎたてることがあろうと、皮肉のひとつも言いたくなる。「あまり同情はしていない」と、返信に〈某作家〉が記すのも、もっともだという気がする。長い手紙をひととおり読んで振り返ってみると、書中のどこにも、現在の自身の境遇を根本的に疑い、苦しみ、否定する心情は影を落としていないことに気づく。「甚だ気力の無いのろのろして不機嫌な、つまり普通の、あの窓口局員になりました」、「またもや、ぼんやりした普通の局員になりました」と、情けなさそうに青年は書く。けれども、手紙全体をとおして、その青年の心の隅のどこかに、それでいいのだ、それがお前だと、幽かにささやく声のあるのを、読者の耳は聴きわけるのである。〈某作家〉もおそらくそのささやきを認めたことだろう。それは諦めなのかもしれない。だが〈しかたない〉

と〈それでいい〉とは根底であい通じているのである。

青年が〈トカトントン〉のほんとうの意味を知るためには、もう一度おのれの苦悩の原点、あの八月十五日の体験にたち戻らねばならない。しかし彼はそうはしない。というよりも、その必要を意識することもせず、ひたすら、〈トカトントン〉に自分がいかに苦しめられているかだけを、問題にする。「秋の夕暮」銭湯で、完成間近い自作の結末を考えて興奮していたとき。金融緊急措置令に基づく通貨切り換えの事務の繁忙も〈いよいよ最後という日〉の朝、局の窓口で労働の満足感に浸りかけたとき。やがて部落の旅館の女中に恋をして、「五月の、なかば過ぎの頃」その時田花江からデートに誘われ、夕方海岸の砂地に二人ならんで腰をおろしていたとき、女性が涙ぐんで真情を打ち明け、青年もそれに応えて「花江さんとなら、どんな苦労をしてもいい」と思って、自身の感情の動くまま、きわめて自然に相手に近づこうとしたその瞬間。「六月にはひつてから」青森市に出て労働者のデモ行進に出遭い、そこに「憂鬱の影も卑屈の皺も」なにひとつない、いきいきとした活力を感じ、「生れてはじめて、真の自由といふものの姿を見た」、あの真紅の旗の燃える色を「死んでも忘れまい」と思ったそのとき。そして敗戦から一年たった「ことしの八月」のある日、駅伝競走の大会がひらかれ、青年の郵便局も中継所のひとつになって、窓から、走りこんでくる選手たちを眺めるうちに、「実に異様な感激に襲はれ」、自分もキャッチボールをはじめて、スポーツのもつ無償の情熱を見いだしたと思ったとたんに——〈トカトントン〉。以上が、青年のつぶさに記す、帰郷後の〈トカトントン〉体験であって、あとは「もう、この頃では、あのトカトントンが、いよいよ頻繁に聞え」て、なにかをしようと思いたつたびに、金槌の音に封じられてしまう有様だという。幻聴はわがもの顔にのさばりでたかの趣きがあって、やけになっている自分の姿を、読み手に印象づける効力をもつ。だがここにいたると、文面は、苦衷を告白して援助をこうという当初の目的、「火急の用事」を忘れたように、賑やかな調子を帯びている。自暴自棄のあまり故意にふざけてみせているのか。それほど手紙を書いている青年の状態は、深刻なのか。

だがしかし、率直にいって青年の手紙は、初めから終わりまで、面白い。作者はこれを〈奇異なる手紙〉だと語っている。たしかにあまり類例のない、珍しい体験が、報じられているにはちがいない。と同時に、青年の告白は、表現にところどころ稚拙さをとどめているにせよ、それだけを切り離しても、一箇の短篇として充分に興味深く読むことができる。その方が「トカトントン」の標題にぴたりとはまって、見事な完結性をもつと、読者の眼には映る。青年は伯父の郵便局に勤めてから、「軍隊生活の追憶」を「小説」にしようと努力し、百枚近く書いたところでひと息いれて、結びを「オネーギンの終章のやうな、あんなふうの華やかな悲しみの結び方にしようか、それともゴーゴリの「喧嘩噺」式の絶望の終局にしようか」と気負ったときに、金槌の音で挫折したのであった。青年の「小説」は自己の体験の創作化である。とするなら、敗戦後「一箇年以上」にわたる自分の苦悩を綴るこの長文の手紙もまた、書いていくうちにいつしか創作意識がしのびこんで、〈某作家〉を読者に見立てた作品にすり変わっている可能性をもつことは、いなめまい。青年の用いる比喩の巧みさにかかわってさきに抱いた疑問は、そのことと関連している。「教へていただきたい事があるのです。本当に、困つてゐるのです」、「私はいま、実際、この音のために身動きが出来なくなつてゐます。どうか、御返事を下さい」、「しかし、トカトントンだけは、ウソでないやうです。読みかへさず、このままお送り致します。敬具」と、いかにも切迫した調子で窮状を訴えてはいるものの、その作業をとおして、この青年は、結局は自己を巧みに面白く語ろうとする「大それた野心」を満たしているのではないか。先取りして自己弁明だといった追白の部分に、彼は「この手紙を半分も書かぬうちに、もう、トカトントンが、さかんに聞えて来てゐたのです。こんな手紙を書く、つまらなさ」と記している。ほんとうに〈つまらない〉なら、止めればよいのである。それでこそ、〈トカトントン〉は〈ウソ〉ではなく、青年の苦悩は真実のものであることが、証明されるだろう。

＊

「奇異なる手紙」を寄せられた〈某作家〉が、それを面白く読んだかどうかは、わからない。ただ細大洩らさず読んだことは、その「返答」をみれば明らかである。そして読み棄てずに答えてやったところに、〈某作家〉の青年に対するある種の想いを汲みとっていいのかもしれない。それは理解か、同情か、あるいは憐憫だろうか。ちなみに、未知の青年の手紙から「トンカチの音」を借用した太宰治は、そのことをことわる返書に、「若い人たちのげんざいの苦悩を書いてみたいと思つてゐる」旨を記している（昭和21・9・30付、保知勇二郎あて）。そう記す太宰のレヴェルにたてば、「トカトントン」の〈某作家〉は、〈奇異なる手紙〉の書き手を、冷たく突き離してはいない、と解釈することになるだろう。作者は〈某作家〉について「むざんにも無学無思想の男」と注記しているわけだが、もしも彼が学にすぐれ、知識を有し、強靭な思想性をもった作家であったとしたら、たとえば「いったい、あの音はなんでせう。虚無《ニヒル》などと簡単に片づけられさうもないんです。あのトカトントンの幻聴は、虚無《ニヒル》をさへ打ちこはしてしまふのです」とか「あのトカトントンの音は、虚無の情熱をさへ打ち倒します」というようなことばにひっかかり、その苦悩に種々の意味づけを試みようとして、かえって実質を見失うことになったと思われる。

〈無学無思想〉、単純素朴な〈某作家〉の返事は、字数にしてわずかに二百二十字余り、きれいさっぱりと短い。短いが、しかしなか味は峻烈で、寸鉄人を刺す趣きがある。力関係において、青年の盛り沢山な、部厚い手紙に充分に拮抗しうる重みをもつ。というよりも、綿々と訴えられる〈トカトントン〉の無限の連鎖を、一挙に断ち切る勢いを示している。「気取つた苦悩ですね」という第一行はきわめて痛い。すでにみてきた青年の苦悩のありようを〈気取つた〉もの、つまりポーズのひと言に摑みとるこの〈某作家〉は、ただものではあるまい。返事をもらった青年はなによりもさきに、このことばに「脳髄の金的を射貫」かれるべきだろう。そのあとの、「いかなる弁明も成立しない醜態」をさけているとか、「真の思想は、叡智よりも勇気を必要とする」

ということばも、見事に青年の弱点を衝き、なにを為すべきかを〈教えて〉いる。安全な場所に身をおいてひとりで苦しがっている青年、本来の自己をそれと受け容れる〈勇気〉のない青年、そうしたイメジが逆に〈某作家〉の返事から、われわれ読者の前にも浮かびあがってくるだろう。

　そして最後に突きつけられるのが、思いがけないイエスのことばである。「マタイによる福音書」第十章二十八節、それは口語訳でみれば、《体《からだ》は殺《ころ》しても、魂《たましい》を殺《ころ》すことのできない者《もの》どもを恐《おそ》れるな。むしろ、魂《たましい》も体《からだ》も地獄《じごく》で滅《ほろ》ぼすことのできる方（かた）を恐《おそ》れなさい》（『聖書　新共同訳』、傍点引用者）となる。傍点の個所に注意したい。〈某作家〉もこれを正確に解して、「懼《おそ》る」は「畏敬」の意にちかい」と記す。返事の最後の一行は、神をおそれ、神に従えということばを、まさに「霹靂」として作中に鳴りひびかせている。それが「トカトントン」のもうひとつの〈音〉だ。「霹靂」――イエスのことばは、青年の手紙をとおして読者の耳にも執拗にきこえ続けた〈トカトントン〉を、むなしいものとするはずである。

　青年は、はたして「霹靂」をきいたのかどうか。それについては、青年でも〈某作家〉でもなく、「トカトントン」の作者自身が「返答を与へ」てくれるだろう。

10 〈奥さま〉と〈ウメちゃん〉と——「饗応夫人」について——

〈奥さま〉と〈ウメちゃん〉（以下ともに括弧を省略する）とは、作品「饗応夫人」[*1]に登場する女性たちである。ほかに医者の笹島某など数人の男女も「お客」として姿を見せるが、彼らは、物語情況の進捗にひと役買うことになるものの、いずれもそれ以上の存在ではない。

「饗応夫人」は一九四八（昭23）年一月の『光』に掲げられ、同年七月刊の作品集『桜桃』（実業之日本社）に収録されている。全集第九巻の「解題」には、奥さまのモデル桜井浜江、ウメちゃんのモデル近藤ヨシのことが記されていて、太宰治における「饗応夫人」成立の事情を探る手がかりを与えてくれるけれども、本稿ではウメちゃんの語るところに即しつつ、物語情況そのものをたずねてみたい。あるいは彼女の声に耳を傾けると言ってもいいのだが、すると奥さまとともに語り手の在り方もまた問題になるようである。ウメちゃんは「饗応夫人」のイメジのたんなる伝達者にとどまらない。

＊

作品のはじめに「女中の私」とあるように、「饗応夫人」の語り手ウメちゃんは奥さまの家に住み込んでいるお手伝いさんであって、その意味でこれは使用人が主人の姿を伝える物語ということになり、しかも語り・語られるのがいずれも女性である点で、読者の注意をひく。「饗応夫人」のこの形態は、太宰治の傾倒した芥川龍之介の「糸女覚え書」[*2]のそれでもあることが、わたしには興味深い。あるいは二作のあいだにかかわりがあったのか？
「饗応夫人」と「糸女覚え書」と――それぞれの時代は異なるにせよ、後者もまた「秀林院《しうりんゐん》様（細川《ほそかは》越中守《ゑつちうのかみ》忠興《ただおき》の夫人、秀林院殿《しうりんゐんでん》華屋《くわをく》宗玉《しゆうぎよく》大姉《だいし》はその法諡《ほふし》なり）のお果《は》てなされ候次第のこと」を記すという体裁をとって、秀林院に仕えた侍女の一人が、女主人の行状を伝える物語なのである。のみならず、その糸女は「覚え書」の最後に、女主人の思いがけない側面に触れた印象深い瞬間を書き留めていて、これも「饗応夫人」に通じる〈語り口〉にほかならぬことが、注目されていい。ウメちゃんもやはり「饗応夫人」の終わりに、奥さまとの暮らしのなかで生涯忘れられないだろうひとつの「時」を語って、みずからの物語を終えているのだから。だが、双方の「時」に何があったかは、のちにウメちゃんとは誰かを問うとき、あらためて検討することにして、このような共通性をもつ「糸女覚え書」と「饗応夫人」とはまたいくつかの点で鮮かな対照をみせているところに、いまは眼を向けたい。

まず眼につくのは、二人の女主人のなりゆきだろう。「糸女覚え書」は秀林院の死にいたるいきさつを記す文書のかたちをとるけれども、「饗応夫人」はウメちゃんの語るもてなし好きの奥さまの話であって、無理をかさねる主人公に喀血の事態は訪れても、そこに死の影はさしていない。もしも情況に死と結びつくところがあったとしたら、語り口はいまとちがっていただろう。死と生と――二人のなりゆきのあまりにも著しい対照は、かえって私に、二作のかかわりを想わせるようなのだが、問題はそれに終らない。

あらためて二作の標題に注意しよう。「糸女覚え書」と「饗応夫人」、ひとつは文書の書き手は誰かを示し、他は語られる人物を指している。この点にこだわると、「糸女覚え書」において読者は、糸女という存在にもっぱら書き手すなわち事がらを記録し伝達するものの役割を求めることになり、したがって自己の関心のすべてを秀林院に集めて読むことになるだろう。単純明快な標題は実は読みの方向を規制するようにはたらく、といっていい。それが〈名付け親〉の狙いでもあるはずだ。だが「饗応夫人」の場合は違う。

「饗応夫人」という題は、「奥さまは、もとからお客に何かと世話を焼き、ごちそうするのが好きなはうでしたが……」と語りだされる人物を指し示すけれども、読者の関心を奥さまに釘づけにすることはない。そもそも〈饗応夫人〉なる呼び名は、ウメちゃんの語りのなかにはみられないのであって、だからこれは、彼女の語りを聴いて書き留めた誰かが、物語に与えた題名であるにちがいない。その誰かには、実際に「饗応夫人」を書いた作者を擬していいわけだが、語り行為の完了したあとで思いつかれた標題に、読者の読みを方向づける力が稀薄なのは、道理だろう。かくて「饗応夫人」の読者は、語られる奥さまだけでなく、語り手についても、ウメちゃんとはいかなる存在なのかを問う自由を、もつ。はじめにウメちゃんは語り手として機能するだけではないと記したけれども、それは、「饗応夫人」一読後の率直な印象にもとづく。大江健三郎『燃えあがる緑の木』三部作のサッちゃんとひとしく、彼女もまたおのれの紡ぐ物語を生きている。もしウメちゃんの話を直接に聴いていたら、この印象はあるいは与えられなかったかもしれない。標題が単純に「饗応夫人」であるのはそのためか、との想像も成りたつ。だがさいわいに、作者が書き留めてくれたおかげで、わたしは、奥さまの在り様をみつめながら、みずからの奥さまとのかかわりを語るウメちゃんの姿にも、注意を払うことができるのである。「饗応夫人」は、三部作の記述にならえば、ウメちゃんの「しるしとして私自身に刻みこまれた物語」にほかならない、と思う。

そうしたウメちゃんの〈饗応夫人〉に向けられたまなざしは、温く優しい。ときには奥さまの常軌を逸したもてなし振りに「にがにがしい感じ」を抱き、「子供みたいな苦労知らず」の女主人の、他人に利用されやすい善良さを「ばかばかしい」と思うことはあっても、それは常識の眼による自然の批判であって、対象を冷たく突き放すわけではない。批判しながら、ウメちゃんは奥さまを受け容れ、温く見守っているのである。

「私がこの家へお手伝ひにあがつたのは、まだ戦争さいちゅうの四年前で……」とウメちゃんはいう。「饗応夫人」では、語りの現在にいたるその四年間の、いまに近い三か月余りのあいだに、語るべき諸情況が発生するのだが、「糸女覚え書」の方は、「わたくしももはや三年あまり、御奉公致し居り候へども……」とあって、その年月の最後の七日間、慶長五年七月一〇日から一六日「亥《ゐ》の刻《こく》頃」にいたる「大阪玉造《たまつくり》のお屋敷」内部の有様を、「秀林院《しうりんゐん》様（略）のお果《は》てなされ候次第のこと」を焦点として、具体的に伝えている。「御奉公」の期間は「饗応夫人」の場合とさして違わないが、しかし糸女にとって秀林院の許にあった「三年あまり」は、ウメちゃんとは逆に、「兎角気《とかく》のつまるばかり」の日々であったという。始終窮屈な思いをさせられていれば、奉公人が主人に対して心的に距離をおくようになるのは、当然の仕儀である。すると主人の姿が、その弱点・欠点がよく見えてくる。そうなれば、奉公人の眼はさらに辛辣さを増す。糸女の秀林院に注ぐまなざしはまさにそれだ。対象を皮肉にみているのではない。冷静ではあっても、意地悪ではないのである。彼女はことさらに対象を皮肉にみているのではない。ウメちゃんとはおよそ対照的なそのまなざしが、秀林院・細川忠興夫人ガラシャの〈実像〉をとらえていると目されるところに、作品「糸女覚え書」の提示される所以を求めていい、と思われる。

「秀林院様は少しもお優しきところ無之《これなく》、賢女ぶらるることを第一となされ候へば……」、これが〈覚え書〉冒頭の伝える秀林院像の輪郭だが、このイメジは「饗応夫人」の奥さまとの対比で、注目されていい。以下に糸女は自身の眼がとらえた女主人の在り様を、具体的に記していくのである。ラテン語で「おらつしよ」を唱え、侍女たちに「えそぽ物語」の寓話や、孔子・橘姫・「きりすと」そして「はらいそ」の話を説き諭す秀林院は、たしかに「賢女」ではあるにちがいない。しかしそこには教導意識の倨傲がちらつき、他者の考えを受けつけない独善性がみえすく。だから「ぶらるる」と言われるわけだ。また、他人の失態はきびしく咎めるのに、我執のゆえに周囲のものを傷つけるおのれの大きな過ちに気づかないのも、秀林院の特徴であって、みずからを犠牲にして他を生かすという発想は、もちろん微塵もみられない。

糸女の伝える秀林院の在り様が、実在の細川ガラシャとどうかかわるかは、興味深い問題だが、それは本論の範囲を越えている。糸女の記した七日間の出来事が、実は慶長五年（一六〇〇）九月一五日の関が原大会戦に先立つひと齣であって、秀林院の「御最期《ごさいご》」は〈天下分け目の戦い〉に向かう社会情勢のもたらした悲劇にほかならないのに、物語はそれを意識しないことも、「糸女覚え書」論そのものの課題だろう。ここでは、「饗応夫人」の読者の一人として、「賢女ぶらるる」秀林院のイメジを裏返すとそのまま奥さまの姿となることに、気づかねばならない。そこで眼を奥さまに向ける必要がわたしに生じるわけだが、論の順序として、先に「饗応夫人」はどのように語られているか、物語のカタチをみておこう。

＊

「饗応夫人」の物語の舞台である奥さまの家は、「東京の郊外」「でも、都心から割に近くて、さいはひ戦災からものがれることが出来」た「M町」にあるという。都心の西なのか東なのかははっきりしないけれども、太宰治の読者にはどうしても都下三鷹町[*3]が思いうかぶだろう。家の周辺は静かな住宅街であるらしい。語り手は「お手伝ひにあがつ」て以来、ずっとそこに働く。語りについてさらに問題なのは、〈いつ〉語られたかだが、その点をみきわめるためには、まず物語内のトキの位相を確かめておく必要がある。

「饗応夫人」において物語情況が具体的に動きだすのはいつか。ウメちゃんの語るところをたどると、自身の記憶を喚《よ》びさますかたちで、「昨年の暮、でしたかしら」とひとつのトキの提示されているのが、まず眼につくが、さらに、その日の出来ごとの語りに続いて、「それから四、五日経つて」なにがあったかが告げられるのをみれば、このふたつの〈事件〉の起きた「昨年の暮」に、始動の時点を求めることができよう。そのあとに時間の経過を示す、「そのうちに」の導く一節がおかれ、そして「早春の夜の事」から「静かな春の或る朝」へ、「それから三日目」へと、物語のトキは推移していく。それらはいずれも語りの現在から振り返られたトキであって、ウメちゃんはそれゆえ、事のすべてが終わったあとで奥さまについて語っていると、理解できる。

ではウメちゃんは〈誰に〉対して語るのか。一人に、それとも複数の人間に？〈どこで〉とおなじく、それは容易に突きとめがたい。読者に向かってだと言われれば、そのとおりとうなずくほかはないけれども、「饗応夫人」の物語空間に即して誰かを求めるなら、すでに触れたように、少くとも作者が、記録に価するものとして語りを受けとめていることだけは、認めねばなるまい。しかし物語のどこにも、聴き手の情況を知るための手がかりはみいだせない。それを気にする余裕のないほど、ウメちゃんは語るのに懸命なのだ。奥さまの姿を是非ともひとに伝えたいとの熱い思いを、そこにみるべきだろう。同時に、その懸命さがおのずから、女主人と深くかかわる自身を語るという結果をもたらしたもの、と思われる。

そういう姿勢を示すウメちゃんは、決して不器用な語り手ではない。といって無用に口数の多いおしゃべり好きとも、違う。「饗応夫人」を素直に読めば、ウメちゃんに順序よく物語る才能が恵まれていることは、誰にでもわかる。持って生まれた才能なのだろうが、しかし彼女はそれを意図的に用いて語っているわけではない。プロの〈語り部〉ではないのだから。いや、彼女はそもそも、自分に語りの才能のあることに気づいてさえいなかったのではないか。にもかかわらず「饗応夫人」はきちんと物語の体裁を整えているところが、面白い。ひたすら奥さまのために真実を明かそうとする懸命さが、おのずから隠れた才能の発動を許したことを、読者は「饗応夫人」に認めてよい。

それならウメちゃんの語り具合は、実際にはどうなのか。

物語が「昨年の暮」に起きたふたつの〈事件〉で具体的に動きだすのを、すでにみたけれども、「饗応夫人」はそれに先立つ一段をもつ。つまりウメちゃんは、いきなりことがらを語らずに、まず語るべき対象の人がらと境遇とを聴き手に紹介するところから、語り始めるわけで、それで聴き手は、同時に読者も、奥さまという存在の輪郭をつかむことができ、用意された物語情況に注意を集中することができるのである。しかもこの〈導入〉部において、語り口はすでに単調ではない。「奥さまは、もとからお客に何かと世話を焼き、ごちそうするのが好きなはうでしたが、いいえ、でも……」と始まり、「さうしてお客のお帰りになつた後は、呆然として客間にひとりでぐつたり横坐りに坐つたまま、後片づけも何もなさらず、たまには、涙ぐんでゐる事さへありました」にいたる冒頭の一節は、途中に句点をおかない、全四百四十五字の一文であって、息をも継がずに話しだす語り手の姿勢を示す。その口調は聴き手を揺さぶり、だから奥さまのイメジを心に刻む効果をもつ。この一節を眼で追う読者にしても事情はおなじだろう。

さらにウメちゃんは、戦争未亡人となった奥さまの境遇を紹介したのちに、交際の範囲は限られた身内だけという、奥さまと自分の「わりに気楽で、物静かな、謂はばお上品なくらし」が、「あの、笹島先生など」、第三者の介入によって「滅茶苦茶になりました」と、以下の展開を予告することも忘れていない。敗戦を境に二人の住む町の様子が、「都心」から戦災者の流入で一変したことをつけ加えるのは、自分たちの暮らしの激変もそれがもとになっている、という頭があるためだろうと思う。「あの、笹島先生」はそういう戦災者の一人で、「こつちへ流れて来て、もう一年ちかくなる」人物なのだから。

「饗応夫人」の物語情況は、すでにみたように昨年末から今年の春の或る日にかけて、およそ三か月余りの間に経過していく。すなわちこれは〈冬から春へ〉の物語であるわけだが、その間のなりゆきの一部始終を語らぬところに、ウメちゃんの物語る才能の働きが、指摘されていい。ことの起こりを告げる一段のあと、以降の展開のプロセスを伝えるに当たって、彼女は、「そのうちに、狼たちの来襲がいよいよひどくなるばかりで、この家が、笹島先生の仲間の寮みたいになつてしまつて……」と、事態の推移の大要を押さえたうえで、語りの照準を「早春の夜」と「春の或る朝」とのふたつの出来事に合わせて、それぞれの情況を細かに語っていく。あいだに推移の大要を示す一節（それは当然トキの経過をも表わすことになる）をはさんで、前後に昨年末と春との出来事をふたつずつ対応させる語り口は、意識されたものかどうかはともかくとして、「饗応夫人」のはこびに静と動のニュアンスを加味し、〈導入〉部ならびに〈頂点〉から一挙に〈解決〉へ向かう最後の一段の語りとあい俟《ま》って、全体に物語としての整った体裁を、与えている。

なお、「糸女覚え書」もそうだが、「饗応夫人」はいわゆる〈後談〉をもたない。ウメちゃんは、買物に出たマーケットにおける、奥さまにかかわるひとつの発見の与えた衝撃を明かして、おのれの物語を閉じるのだが、その終り方には、逆に、語るべきことがらを精いっぱいに語った素人の語り手の姿が、のぞいているようである。

巧まざる巧みな語り手——とウメちゃんを呼んでいいのではなかろうか。

*

「饗応夫人」を読むと、語りの焦点に位置する奥さまの年齢が明らかでないのに、気づく（直接の聴き手にはあるいはわかっているのかもしれないが）。年齢といえば、語り手のそれも読者には告げられることがないけれども、女主人から「ウメちゃん、すみません」と呼びかけられているのをみれば、奥さまよりは年下の、二十歳ないしはそれに近い女性だろうと、想像がつく。ではは奥さまは、となると難しいが、召集されて「南洋の島」におもむいたまま「消息不明」の

「ご主人」と、中学で同級生だった笹島某が「四十歳前後」とあるから、彼女は三十代なかばというところだろうか。[*4]それで、客を迎えたときの奥さまの「逆上」ぶり、分別のある大人とは思えぬ〈饗応夫人〉の在り様の、語り手の眼に子供っぽく映るのが、うなずけよう。

来客が告げられると、話半分で「立つて廊下に出て小走りに走つて、玄関に行き、たちまち、泣くやうな笑ふやうな笛の音に似た不思議な声を挙げてお客を迎へ、それからはもう錯乱したひとみたいに眼つきをかへて、客間とお勝手のあひだを走り狂ひ、お鍋をひつくりかへしたりお皿をわつたり、すみませんねえ、すみませんねえ、と女中の私におわびを言ひ、さうしてお客のお帰りになつた後は、呆然として客間にひとりでぐつたり横坐りに坐つたまま、後片づけも何もなさらず……」と語られる奥さまに較べて、情況に着実に対応する、冷静さを失わぬウメちゃんは、歳に似合わぬしっかりもの、という印象をひとに与える。物語をたどっていくと、どちらが歳上なのかと疑いたくなる程だ。

だからこそ二人のあいだには、切っても切れぬ密接なかかわりが成りたつのではないか。のちにまた問うことになるけれども、四年前「この家へお手伝ひにあがつ」て、初めて奥さまと出会って以来、ウメちゃんの心底には、幼女に対する保護者のいたわりめいた想いが、ずっと在り続けたにちがいない。そして敗戦後も未帰還の「ご主人」の死の可能性が高まってから、いちだんと「物狂ほし」さをました奥さまの接待ぶりを、「お気の毒で見てをれないくらゐになりました」という。保護者めいた想いはいよいよ強化されたわけで、そのとき「饗応夫人」の語りを促す条件が整えられた、とわたしは思う。

ちなみに、語り手は「饗応夫人」のなかで奥さまの名前を、一度も口にしていない。だから読者にまで伝わらぬのがいささか心残りではあるけれども、ウメちゃんにとって奥さまは、奥さまとだけ言えばそれですべてを尽くすほどの、身近な存在なのだろう。親からみれば幼い我が子は何よりもまず〈我が子〉であって、それ以外ではない、名前でその所在が意識されるのは、〈他者〉なのだ——その辺りに、ウメちゃんの奥さまの名前を口にせぬ根拠が、求められていい。とすれば読者はおのれの心残りを我慢するほかはあるまい。

名前はわからないとしても、奥さまはウメちゃんの語りを通して、読者の前に鮮かに姿を現わす。「本郷の大学の先生」であった「ご主人」との結婚生活が何年になるかはやはりわからないが、二人のあいだに子供はない。もし在ったとしたら、情況は大きく変わって、「饗応夫人」の物語自体が成立しなかったと思われる。ゆえに「饗応夫人」は〈母〉でない女性の物語でもあるわけだ。奥さまの実家は「福島県の豪農とやらで」、「お里から充分の仕送りもあつて」、生活は恵まれたゆとりのあるものであった、という。その安定した静かな暮らしが、厚かましいあの笹島某の出現でかき乱されたあげく、自身も健康を損なうにいたって、ようやくウメちゃんの忠告を受け容れた奥さまは、静養の必要を認めて「いちど」実家へ帰る決意をするけれども、事態はそのままで終局に向かわず、ぎりぎりのところで反転してしまう。この物語が「饗応夫人」と題された所以を、読者はそこに求めてよい。静養を要する病人なのに、客の影さえみれば、たちまちもてなしに狂奔する〈饗応夫人〉となる、いやそうならずにはいられない存在。少くともウメちゃんの語りの範囲内で、奥さまは〈饗応夫人〉として生きるべく運命づけられているかにみえる。物語の〈発端〉、「十年振りとか」いう笹島某との出逢いを機に、生活が一変するなりゆきについても、出逢いがまったくの「偶然」、予想外の出来事であった点を想うと、さらにその感は深い。

＊

もてなし好きは、奥さまの持って生まれた性質のようだ。そうではあっても、しかしみずから求めて客を呼びこむほどではない。客が現われなければ、彼女は〈饗応夫人〉の天性にひきまわされることはないのである。その意味で、笹島某の出現、M町のマーケットで奥さまを見かけて声をかけたというそれも、最後の場面で主従二人がまさに家を出ようとするそのときに来合わせるそれも、物語の成立に欠くことのできぬものとみなければならない。初めてお客となってからの彼の在り様、奥さまの人の好さにつけ込んで、自分だけでなく、同僚の医者や看護婦たちまでひき連れて現われ、静かな暮らしを「滅茶々々に」して平然たるその厚顔無恥についても、事態はおなじだといえよう。ウメちゃんがどれほどの侮蔑、嫌悪、憎しみをあらわにしようとも――である。

もちろん奥さまといえども、笹島某とその一党の態度に、不快の念を抱くことはあったにちがいない。奥さまの感受性は鈍くない。それどころか、わが身ゆえにひとを煩わすのだと思うと、「女中の私」（と語り手は言う）にさえ「ウメちゃん、すみません」とわびずにはいられぬほどの、細かな神経の持ち主なのだ。厚顔無恥は繊細な神経に障らずには措かないだろう。「早春の夜」の一場は、その神経が劇《はげ》しく深く傷つけられた、ひとつの事例にほかならない。「やはり一組の酔つぱらひ客があり」（傍点引用者）、忙しくならぬうちにと台所で二人が夜食をとっているとき、客間から聞こえてきた酔客たちの下品な笑い声と悪どいセリフに、ウメちゃんが「むつと」するのは当然だが、さすがの奥さまも眼に涙をうかべ、「口惜しさうな」表情を抑えきれないのである。

　にもかかわらず、奥さまは動く。不快をもたらす連中が姿を現わすたびに、彼らをもてなすために動く。ウメちゃんの伝えるその動きに、ほとんど自動的との印象を、わたしはいだく。止めた方がいいと解ってはいても、やってしまうといった趣きが、饗応にはしる奥さまにはあるようだ。物語での笹島某との最初の出会いは、相手が旧知の人物でしかも「十何年とか経つて」の再会なのだから、自宅へ招じてもてなしたのに、無理はないと思う。だが「引きとめたくも無いのに、お客をおそれてかへつて逆上して必死で引きとめた様子で」とあるウメちゃんの言辞は気になる。もしそれが実情に触れているなら、平生は淑やかで慎ましい女性の裡《うち》にひそむ〈饗応夫人〉は、物語のそもそもの始まりから、奥さまの意に反して、もしくはそれを超えて、顕現する存在だったということになる。そしておそらくそうであるにちがいない。

　ウメちゃんの推察が的外れでないことは、笹島某の再度の出現――病院の忘年会の帰りに知人三名とともに押し掛けた折の情況をみれば、想像がつく。二次会をやると勝手に決めこみ、客間にあがった一同の、飲み食いの騒ぎ、果ては「雑魚寝《ざこね》」にまでつきあって、疲労の色濃い〈饗応夫人〉の身を案じるウメちゃんのきっぱりした忠告、「なぜあんな者たちと、雑魚寝なんかをなさるんです。私、あんな、だらしない事は、きらひです」に対して、相手の勢いに気圧されながらも、「ごめんなさいね。私、いや、と言へないの」と答える奥さまなのだ。一語々々を噛みしめるようにして口にされるその答えは、たんなる弱気の発言ではないことを、おのずから告げている。誰がどう言おうと、自分でもどうにもならぬ〈饗応夫人〉の動きを、みずからに認めないわけにはいかない奥さまの、心情の屈折がそこに認められていい。

　物語はもう一度、トキの経過を示す一節に、おなじ意味合いの奥さまの言葉を伝えている。「狼たちの来襲」がたびかさなるにつれて、疲れから体調を崩すにいたった奥さまに、「ずいぶんおやつれになりましたわね。あんな、お客のつき合ひなんか、およしなさいよ」とウメちゃんはいうけれども、奥さまはやはり「ごめんなさいね。私には、出来ないの」と答えるのである。語りの表てに現われるのは二度であるが、ウメちゃんの忠告と奥さまの嘆声は、物語空間にきかれる折が、他にもあったのではなかろうか。

　ただ、読者はここで、物語での二度目の嘆声に続く奥さまの言葉に、注意しておく必要がある。「みんな不仕合せなお方ばかりなのでせう？　私の家へ遊びに来るのが、たつた一つの楽しみなのでせう」、それに注意すると、はじめて笹島某を家に連れてきたときの、彼のセリフに対する〈饗応夫人〉の反応が、軽く読みすごせぬものとして、想い返されてくるはずだ。空襲ですべてを焼かれ、妻子と別居して間借りする自身の「みじめな生活」を言いたて、「こんど僕の友人を連れて来ますからね、みんなまあ、これは不幸な仲間なんですからね、よろしく頼まざるを得ないといふやうな、わけなんですね」と言いかぶせるのに、「奥さまは、ほほほといつそ楽しさうにお笑ひになり、『そりや、もう』とおつしやつて、それからしんみり、『光栄でございますわ』」と応じた（傍点引用者）という。笹島某の話が実情の正確かつ真剣な訴えかどうかはともかくとして、傍点の反応は、それが奥さまの心に浸みこんだことを、物語っていよう。だからこそ「みんな不仕合せなお方ばかり……」の発言が生まれるわけである。疲労に蒼ざめた顔で「眼には涙さへ浮べて」、「私、いや、と言えないの」と答えたときも、裏にはおなじ気持が動いていたにちがいない。

　ウメちゃんの紹介にしたがって、〈饗応夫人〉の奔走は奥さまの資質によることを、先にみたけれども、それですべてが片づいたわけではないところに、「饗応夫人」の秘密がひそむ。奥さまの〈饗応夫人〉としての動きは、「もとから」のもてなし好きのさせる業《わざ》であるほかに、いまひとつ、他者の負う〈痛み〉に敏感な資質、ひとの苦しみや不幸を知ると、手をさしのべずにはいられないという性情にも基づくことを、見逃してはならない。もてなしが常軌を超えて「物狂ほしく」なるのは、そのふたつの資質の相乗作用がもたらす結果にほかならぬ、と思う。笹島某の出現をめぐって「運のつき」とも「本当に、よせばよいのに」とも思い、「れいの逆上の饗応癖」に「にがにがしい感じさへ」抱くウメちゃんは、この秘密には遠い。物語の後半、体調を崩して寝こむことの多くなった奥さまに、つきあいを止めるように忠告した時点でも、「私には、出来ないの。みんな不仕合せなお方ばかり……」の答えに、「ばかばかしい」と咄嗟の反応を示して、距離はまだ縮まっていないのだが、それがゼロとなる「時」に、いずれ彼女はめぐりあうはずだ。

このようにウメちゃんをはらはらさせ、苛立たせながら、しかしついにその類稀れな資質によって彼女を「驚」かせ、「呆然と」させてしまう奥さまの在り様は、私の裡に、別の女性のイメジを喚《よ》び起こす。「子供の時からなぜか、だれかが不倖せな顔をしているのを見ると、たまらなくなるのだ。ましてその不倖せが自分のためであると、もう耐えられなくなる」、「だれかが不倖せなのは悲しい。地上の誰かが辛がっているのは悲しい」、だからつい手をさしのべてしまう——という森田ミツ[*5]がほかならぬそれだ。あるいは、フランス人の青年ガストン・ボナパルト[*6]の姿を、ここに加えてもいい。この二人と奥さまとは、それぞれ異なった境遇に生きるとしても、本質において通じるものをもつ。しかも三人は、ともに敗戦後の東京でおのれの資質をあらわすところが、興味深い。

*

ウメちゃんに訪れた、物語の決定的な「時」を凝視《みつ》めるまえに、奥さまの在り様とともに、ウメちゃん自身のそれをも、みつめておきたい。この〈巧まざる巧みな語り手〉は、「饗応夫人」の語りにおいて、期せずして、物語空間にみずからもひとつの位置を占めることに、触れているのだから。

ウメちゃんとはそもそも〈誰〉なのか? 奥さまの家に住みこむお手伝いの女性がその実体であるのは、いうまでもないが、それ以前の経歴、どこの出身で、どのようにして「お手伝ひにあがつた」かは、まるでわからない。わからないのはウメちゃんが語らぬためだが、そうかといって彼女に、それらについて語るのをあえて抑えるという気配は感じられない。いや、それらはいとも自然に語られていないのであって、お目見え以前の自分のことは、はじめから語りの意識のそとにおかれているかの如くである。そうなのだ、と私は思う。するとウメちゃんは「饗応夫人」の物語空間で、初めて奥さまと出会ってから語りのいまにいたる「私」を、自分のすべてと認めていることになろう。そこにわたしは、たんなる伝達者にとどまらぬ彼女の存在理由を求めたい。

ウメちゃんが「この家にお手伝ひにあがつ」て(傍点引用者)、奥さまと出会ったのは、「戦争さいちゆうの四年前で」あったという。それはいったい何時《いつ》のことなのか。引用の傍点の語に注目すれば、ウメちゃんは語りのいまもなお「M町」の奥さまの家にいて、そこで語っている情況がみえてくると同時に、初対面もその時点からかえりみて「四年前」のことだったとわかる。だが語りのなかの「昨年の暮」そして今年の「早春」と「春」とが、その後の語りのいまが、敗戦後の〈昭和〉何年であるのかは、かならずしも明確ではない。ただ作者のレヴェルに立って、「饗応夫人」が「昭和二十二年十月下旬に執筆され、十月二十九日か三十日に脱稿したと推定され」る事情に眼を向けると、ウメちゃんの言説が書かれたこの時点を、語りのいまとみなすことができるだろう。彼女が語ったから、「饗応夫人」が成立したのである。[*7]

そうであれば、笹島某らの出現は、奥さまの体調不良は、喀血は、「それから三日目」の出来事は、〈昭和〉二十一年の「暮」から二十二年の「春」にかけて起こったのにほかならず、ウメちゃんの奥さまとの出会いは、なるほど「まだ戦争さいちゆうの」〈昭和〉十八年、一九四三年秋と特定されることになる。「まだ」の語に、逆に、敗戦後まもない庶民のひとりの〈あゝ、戦争はもう終つたのだ〉という想いがにじむのをみるけれども、しかしそれまでに奥さまの境遇には、戦争のもたらしたひとつの変化が生じたという。第二国民兵として召集された「ご主人」が「南洋の島へ連れて行かれ」たまま、消息を断ち、ついに還らぬ人となったのがそれで、この変化が奥さまの接待好きに輪をかけるにいたった次第を、にもかかわらず交際の範囲は「ご主人の御親戚とか奥さまの身内とかいふお方たちに限られ」ていたので、「M町」の家にはあい変わらず「わりに気楽で、物静かな、謂はばお上品なくらし」が保たれていた情況を、ウメちゃんは身近かに体験しているのである。

　そういうウメちゃんにとって、みずからもその一員として享受してきた「M町」の家での「くらし」が損なわれるのは、大きな衝撃であり、嘆かわしい〈事件〉だったにちがいない。笹島某の最初の出現を具体的に伝えるに先立つ一節の、「あの、笹島先生がこの家へあらはれる迄はそれでも」どうということはなかったのに、「あの、笹島先生などが見えるやうになつてから、滅茶苦茶になりました」との語りの底に、掌中の珠《たま》を奪われたものの嘆声を、わたしは聴く。のみならず、奥さまがたまたま出会った笹島某を家へ連れてきたのを、「運のつき」と認めるウメちゃんは、その最初の〈事件〉を語ったあとにも、「その日から、私たちのお家は、滅茶々々になりました」（傍点引用者）と、くり返すのである。

　ところで、ここにウメちゃんの認める「運のつき」とは、いったい誰にかかわることなのか。「奥さまが……笹島先生に、マーケットでお逢ひしたとかで、うちへご案内していらしたのが、運のつきでした」とある言葉からは、奥さまの〈運〉が尽きたと読むのが自然のようであるけれども、しかし語りは、かならずしもそうだと断言していないところに、注意したい。ウメちゃんにとって「運のつき」とは、やはり「うち」そのものの、つまりは奥さまと自分双方の運のつきであるのを、意味していたと思われる。読者はそこに、奥さまの命運、その身の上のなりゆきを、〈わが事〉として受けとめずにはいられないウメちゃんの姿勢を、みいだすことができよう。

私はすでに「糸女覚え書」の女主人に向けられた侍女の冷たい視線との比較において、ウメちゃんの奥さまに注ぐまなざしの優しさ、温さをみた。また、彼女が逆に年齢《とし》うえの奥さまの保護者の位置にたつことにも、触れた。けれども「饗応夫人」で事態はそれにとどまらない。この若いお手伝いの女性は、さらに一歩を進めて、「子供みたいな苦労知らず」の奥さまの同伴者、いかなることが起ころうと、見棄てず離れず、つねに〈ともに在るもの〉のイメジを担う存在にほかならぬことを、いまわたしは理解するのである。その意味で、先に引いた最初の〈事件〉を伝えるくだりにつけ加えられた語りのなかの、傍点を附した「私たちのお家」の語は大きく注目されていい。それは、M町の「この家」を〈わが家〉と感じるウメちゃんの、自分の生きるべき空間はそこに在るとの想いを、期せずして読者に告げている。その家が「滅茶苦茶になり」「滅茶々々になりました」とくり返す彼女の語りに、深い嘆きの聴かれるのも無理からぬことだろう。のみならず、家が〈わが家〉である以上、奥さまもウメちゃんにとって、他人ではないはずである。

だから、嘆きとともに、「お家」をおのれの快楽充足の場に変えた「あんな者たち」、とくに厚かましさの元凶笹島某への反感がウメちゃんに強いのは、当然なのだけれども、それはひとえに、「無理にお酒を飲まされ」、「雑魚寝」への参加を強いられる奥さまの、あまり丈夫ではない身を案じるゆえであるのを、見逃すべきではない。反発の強さは、気遣いの深さに見合っているはずだ。そのウメちゃんが心配のあまり、「あんな者たち」「あんな、お客」とつきあうのを止めるように、奥さまに言う二個のセリフを、〈饗応夫人〉のイメジを探るために先に掲げた。どちらも歯に衣着せぬ直言の趣きを宿して、とても使用人の雇い主に対する口振りとは思えぬ程なのだが、それだけに、いわゆるお手伝いさんの立場をこえたウメちゃんの在り様を、二個のセリフはよく示している、と思う。奥さまについて感じたことを、当の奥さまに向かって、遠慮せず真直ぐに言う彼女は、だから「饗応夫人」の空間に、誠実で親身な支え手として奥さまのかたわらにただ一人立つ。

*

さらに、後半の次の情況をみておきたい。

「いや、いや、さうぢやあるまい。たしかに君とあやしいと俺はにらんでゐる。あのをばさんだつて君、……」「何を言つてやがる。俺は愛情でここへ遊びに来てゐるんぢやないよ。ここはね、単なる宿屋さ」、客間の二人のセリフと「下品な笑ひ声」と、「早春の夜」に台所でそれらを耳にしたとき、ウメちゃんが思わず「むつとして顔を挙げ」たのは、語りに明らかだ。傍若無人な酔客どもの無礼な言動に対する即座の反応、もし目の前の出来事だったら、「むつとした」ウメちゃんはただちに彼らをきつくたしなめたことであろう。いまみたセリフのひとつが「……」で終っているのは、そこに「医学の言葉」がはさまれたためで、ドイツ語を知らぬウメちゃんには聴きとれなかったからにほかならない。にもかかわらず彼女の鋭い感覚は、それが「とても聞くに堪へない失礼な、きたない事」であるのを、察知している。直接奥さまにかかわる客間の動向に触れて、たちまち神経のぴんと張りつめた様子を、そこに求めることができよう。酔客どもの言動はそれだけ強く奥さま思いのウメちゃんを刺激したわけで、彼らの無礼は自分の大切な人を傷つける、というよりその存在を瀆《けが》す働きとして、許しがたく思われたにちがいない。

そのウメちゃんが「眼を挙げ」て、かたわらの奥さまの眼に屈辱の涙のうかぶのを認めたとき、「私はお気の毒のあまり」言葉につまった、とあるけれども、それは、彼女の心情において、酔客どもへの憤りと、瀆された奥さまへの同情とが、わかちがたく結びついている情況を、示す。慰めの言葉を失うほどに、その同情は深い。奥さまの屈辱の痛みを、口惜しさを、ウメちゃんは我が身に感じていたことが、わかる。それゆえに、涙をみせながら、しかもなお冒瀆するもののために「朝風呂」の用意を「静かに」たのむこの夜の奥さまの姿勢、そして「あとはまた何事も無かつたやうに」饗応に熱中するその在り様は、常識人ウメちゃんの眼に、常識では測られぬ〈不可思議なもの〉と映った、と思われる。

すでに年明け早々から健康を損なっていた奥さまが、度かさなる饗応の疲れで病状を悪化させ、ついに庭先で「かなりの血」を吐くにいたった、「静かな春の或る朝」の情況は、どうか。井戸端で「のんびり」洗濯をしていたウメちゃんは、奥さまの異常に気づくと同時に「大声を挙げて」駆け寄り、抱き起こして部屋にはこんで、「しづかに寝かせ」た、という。喀血はまさに青天の霹靂にひとしかったわけだが、続いて「私」が「泣きながら奥さまに」（傍点引用者）告げるセリフ、「だから、それだから私は、お客が大きらひだつたのです。かうなつたらもう、あのお客たちがお医者なんだから、もとのとほりのからだにして返してもらはなければ、私は承知できません」をきくと、笹島某らへの怒りとともに、奥さまの身にいついかなることが起こるかわからないとの懸念が、正月以降ウメちゃんの心底から去らない情況も、みえてくる。それだけ、身近かに奥さまのなりゆきを、はらはらしながら見守っているといっていい。

そうではあっても、しかし、ウメちゃんが「泣きながら」ものを言うのは、どうしてだろう。まさか、「だから、」〈言わぬ事じゃない〉と、再三の忠告の奥さまに受け容れられなかったのを口惜しく思って泣いたわけではあるまい。「だから、それだから……」と繰り返されるもの言いに注目すると、奥さまに訪れた事態の重さを、何とか受けとめようと懸命になるウメちゃんの姿が、眼に浮かぶ。喀血は、まったくの不意撃ちではなく、いく分か予期されていた悪い事態の具現であるだけに、衝撃の心に喰い込む度合は、深かったにちがいない。彼女の泣いた理由をそこに見いだしていいのではないか。極度に張りつめた感情はおのずから、涙に〈ゆるめ〉を求めたのである。

さらに、「こんなにからだが悪くなつて、奥さまは、これからどうなさるおつもり？……雑魚寝のさいちゆうに血なんか吐いたら、いい見世物ですわよ」と、これ以上接待を続けることの無理を説くウメちゃんの言葉に、ようやく耳を傾ける気になった奥さまが、では実家に帰ってしばらく静養するから、留守の間は代わって接待してほしい、と応じて、「優しく微笑みました」というところにも、注意しておこう。微笑みの伝える〈優しさ〉は直接ウメちゃんに向けられたものであるけれども、その奥にはもうひとつのそれ、身勝手で、ひとの心を傷つけて平然としている「あのお客たち」に、なお「あの方たちには、ゆっくりやすむお家が無いのですから」宿の用意を整えようという思い遣りをみせる奥さまの本来の〈優しさ〉が存することを、「饗応夫人」の読者はみいだす。ウメちゃんはそれに気づいたか、どうか。何もコメントしていないのをみると気づかなかったようでもあるが、「ばかばかしい」との反応を表わした以前の在り様を踏まえれば、コメントの無いこと自体、この〈優しさ〉がふと心を掠めた情況を示すと思われる。

*

それにしても奥さまが「里へ」帰る気になったことは、ウメちゃんにすれば、「私たちのお家」の乱された秩序を回復する、またとない機会なので、「その日にもう荷作りをはじめ」、福島行の切符も二枚手に入れて、奥さまを実家に送り届ける手筈を整えた彼女が、そのあと如何なる事態に出会ったか、ひき続き語られる「それから三日目」のなりゆきを、最後にみておきたい。それが物語の到達点であって、全篇の〈頂点〉と〈結末〉とがそこに示されているのだから。

「静かな春の或る朝」からなか一日おいて、奥さまの「元気」も回復したので、「雨戸をしめ、戸じまりをして」二人が玄関に出たとき、「南無三宝!」（と語り手はいう）若い女を連れた笹島某が出現し、情況はたちまち反転して、奥さまは「また」饗応夫人に戻ってしまう。すべての経過をたどった揚句にそうなるゆえに、物語は「饗応夫人」の題をもつのかもしれない。「三日目」のなりゆきは完全にウメちゃんの期待とは逆に動くわけだが、それをどうこう思議する暇もなく、買物に出された彼女が、マーケットでなにを見いだし、なにを思い、どう反応したか――についは、直接ウメちゃんの語るところを聴こう。

奥さまからあわてて財布がはりに渡された奥さまの旅行用のハンドバツグを、マーケットでひらいてお金を出さうとした時、奥さまの切符が、二つに引き裂かれてゐるのを見て驚き、これはもうあの玄関で笹島先生と逢つたとたんに、奥さまが、そつと引き裂いたのに違ひないと思つたら、奥さまの底知れぬ優しさに呆然となると共に、人間といふものは、他の動物と何かまるでちがつた貴いものを持つてゐるといふ事を生れてはじめて知らされたやうな気がして、私も帯の間から私の切符を取り出し、そつと二つに引き裂いて、そのマーケットから、もつと何かごちそうを買つて帰らうと、さらにマーケツトの中を物色しつづけたのでした。

そのように語り終えられる「饗応夫人」の結末の一節こそ、それまでに語られたすべての出来ごとにもまして、奥さまとウメちゃんとのかかわりに重要な意味をもつ。この一節がなければ、物語は〈龍を画いて點睛を欠く〉ことになるだろう。「四年」間ずっと傍らにいて、温かく見守りながらも、なお奥さまとのあいだにウメちゃんのおいていた間合いは、マーケットで「旅行用のハンドバッグ」を開けてなかを「見」た〈いま〉、完全に消滅してしまう。「奥さまの切符」がひき裂かれているのに気付いて「驚」いたあとの彼女の動き、「私の切符」もひき裂いたうえ、「もつと何かごちそうを買つて帰らうと」あたりを探し続けたというそれが、注目されていい。〈饗応夫人〉と同一の歩調をとるウメちゃんは、かくて、決定的に奥さまとともに在り、ともに生きるものとなったのである。

一昨日心を掠めた、奥さまの「底知れぬ優しさ」は、物語の〈終末〉のトキにひき裂かれた切符となって顕現し、ウメちゃんの心を、まっすぐに打って、みずからの限りない深みにひき込んでしまう。そこに、彼女が「驚き」そして「呆然」となる所以を、わたしは見いだす。同時に〈饗応夫人〉の真実に触れた衝撃の大きさも、伝わってくる。その大きさは、奥さまの「優しさ」の「底知れぬ」深さに見合っているはずだ。あの「賢女ぶらるることを第一と」した秀林院、驕慢な女主人が、急を告げる若侍の姿を眼にした「この時」、生涯の終わりの一瞬に思わず表わした恥じらい、女性としてきわめて自然な、それゆえに人間らしい美しさは、糸女の「一生」に忘れられぬものとなったわけだが、ひき裂かれた切符の示す「底知れぬ優しさ」は、ウメちゃんと奥さまとをわかちがたく結びつける絆《きずな》となったのである。

のみならず、〈終末〉のトキに、ウメちゃんはまた「人間といふもの」について新たに眼を開かれるところがあった、という。新たに？　だが、「生れてはじめて知らされたやうな気がして」（傍点引用者）と伝えた語りの「やうな」にこだわると、それはこのとき、精確に「生れてはじめて」体験されたのではなかった、と読むのが妥当だと思われる。ウメちゃんは、「底知れぬ優しさ」の場合と同様に、すでにうすうす感づいていたことを、奥さまのひき裂かれた切符によって、あらためて明瞭に意識させられたのではなかったか。

最後の最後に、「生れてはじめて知らされた」とウメちゃんのいうことがら自体を、凝視《みつ》めておくことにする。「人間といふものは、他の動物と何かまるでちがつた貴いものを持つてゐるといふ事」（傍点引用者）がそれだが、傍点の個所で、語りはなぜ単純に〈人間は〉といわないのかが、なによりも気になる。なくてもよいとも思われる言い回しが用いられているのは、そこに特別なニュアンスがこめられていることを、示すためであるにちがいない。「人間といふもの」とは、いうまでもなく物語のなかの誰彼と直接にはかかわらない、いわば〈人間そのもの〉を指す言辞であって、しかも、〈人間〉とはそもそもいかなる存在なのか、換言すれば個々の人間を〈人間〉たらしめるものは何か——を見きわめることのできた語り手の姿勢を告げるひびきをもつ。

ウメちゃんの見きわめた、人間を〈人間〉たらしめるもの、すなわち「他の動物とは何かまるでちがつた貴いもの」とは、ほかならぬ《人格》であるだろう。では《人格》が「貴いもの」である所以は、どこにあるか。それを求めるに当たって、私は、たまたま眼についたW・ウェイドレ『芸術の運命』の一節を、参照したい。

「人格は、あらゆる自然のなかで最も完全なものである」と、聖トマスは、『神学大全』のなかで書いている。人格がそのようなものであるのは、たんに自然にのみぞくしているのではないからである。どのような屈辱と遺棄のなかにあっても、人格には超自然的なものが、いや、神的なものがやどっている。*8

そのように記される著者の言説に、とくに補足すべきことを私はもたない。ただ、「饗応夫人」の読者としては、人間が「たんに自然にのみぞくしているのではない……」とあるところに、関心の動くことを、つけ加えておきたい。なぜなら、この否定的な表現は同時に、人間が《自然》に属する存在でもあることを、その点では「他の動物」とちがわないということを、告げているのだから。ウェイドレにおける《人格》と《自然》の対比と、ウメちゃんが見いだす「人間というもの」と「他の動物」の対照とは、パラレルであると認められるが、そうだとすれば、「他のふもの」と「人間というもの」＝《人格》的存在以外の「動物」には、《自然》的存在としての人間も含まれることになる。マーケットで自分の切符をも「そつと二つに引き裂い」たウメちゃんの意識の内実は、かならずしもすべてが明らかではない。にもかかわらず、ウメちゃんが《人格》性のまことに稀薄な笹島某らの無礼な態度を、つぶさにみてきたことを踏まえれば、彼女の想いにおいて、彼らのような人間が「動物」の範疇に組みこまれていたとしても、不思議ではないだろう。

《我々《われわれ》にかたどり、我々《われわれ》に似《に》せて、人《ひと》を造《つく》ろう。そして海《うみ》の魚《うお》、空《そら》の鳥《とり》、家畜《かちく》、地《ち》の獣《けもの》、地《ち》を這《は》うものすべてを支配《しはい》させよう》*9、『創世記』冒頭に示されたこの創造者の意志に、《人格》の貴さの原点を求めるなら、その私の眼には、「ごちそうを買つて」奥さまの許へ帰るウメちゃんも、家で帰りを待つ奥さまも、〈神の似姿《にすがた》〉である《人格》的存在として、ともに、おのれの《自然》を超えて生きることになる――というふたりの成りゆきがはっきりと映るのである。

注

*1 本稿における「饗応夫人」のテクストは、山内祥史編『太宰治全集』（筑摩書房）第九巻所収のものを使用した。

*2 『中央公論』一九二四（大13）年一月。作品の引用は、新書版『芥川龍之介全集』（岩波書店）第六巻所収の『糸女覚え書』に拠った。

*3 一九五〇（昭25）年市制施行。

*4 「秀林院様」について「お年は三十八ゆゑ……」（忠興も同年）と作中に明示されている点も、参照しておく。

*5 遠藤周作『わたしが・棄てた・女』（『主婦の友』一九六三・一～一二）の主人公。

*6 遠藤周作『おバカさん』（『朝日新聞』一九五九・三～八）の主人公。ペン・フレンド檜垣隆盛をたよっ

て、「この人間の悲しみを背おうために」、敗戦直後の日本を訪れた、ナポレオンの末裔とされる青年。

＊7　全集第九巻「解題」（山内祥史）に拠る。

＊8　ウラジミル・ウェイドレ（WLADIMIR WEIDLÉ）、前田敬作・飛鷹節訳『芸術の運命——アリスタイオスの蜜蜂たち——』（新潮社　一九七五・三）の〈第一部第二章三節〉、七九ページ。

＊9　「創世記」第一章二十六節、『聖書　新共同訳』に従った。

11

『人間失格』と大庭葉蔵

(1) 手記の書き手——葉蔵と〈地獄〉

〈地獄〉というと、すぐにつぎの文句が想いうかぶ。

「地獄、極楽、えんま様こわい。針の山へ飛んでゆけ」——俚謡のひとつなのかもしれないが、いつ、どうしてこれが耳に残ったか。記憶の淵を探ると、はるか以前、少年よりももっと幼かった昔に、怪我の痛みを訴えた折、母が手当をしながら口誦んでいたのを、思いだす。したがってこれは、痛みを早く取り除くための禁呪《まじない》の言葉でもあったようだ。そう思うと、いまにして、後半の地獄の山が〈剣〉のそれでなく、「針の山」であることに、なるほどと納得がいく。誤って針で指を突いた経験は、誰にでもあるだろう。だから、痛みと「針の山」との結びつきが、実感を伴って受け容れられるのである。

幼い子供を苦しめる悪い痛みなど、さっさと「針の山」へいってしまうがいい——という言表の背後には、この世に悪をなすもの、災いをもたらすものが、最後の裁きによって追われる先は地獄とする通念が、存在するはずだ。裁きが、再臨のキリストによる終末の日の審判であろうと、閻魔の庁における地獄の審問官えんま王のそれであろうと、悪が堕地獄の恐怖と一体である点は、洋の東西を問わない。すると、たとえば太宰治の短編「誰」[*1]の語り手＝主人公、ひと月余りの間に三度、他人から悪魔とよばれた〈私〉は、どうなるか。「秋の一夜」、自分の家に出入りする学生たちに〈私はだれか〉と訊ね、その一人から「なんぢはサタン、悪の子なり」と言われ、ひと月たって訪ねた文壇の先輩にも「君には悪魔の素質があるから、普通の悪には驚かないのさ」と言われ、その数日後、せっかく病院に見舞った唯一人の女性の読者から、手紙で「またもや、悪魔！　と呼ばれた」という〈私〉、それゆえに、悪魔とは生涯わが身につきまとう「思想」なのかと疑わずにはいられないこの作家は、同時に堕地獄と滅びの不安を抱えこんだまま、生き続ける[*2]と観《み》なければならない。

あるいは、そういう情況を招くもととなった「その時期」の〈私〉の在り様、おのれのアイデンティティの喪失、三鷹に家はあっても、仕事場にすぎず、この世に自己の居場所を得られぬままに「あちこちうろついて、さうしていつも三鷹の事ばかり考へてゐる。三鷹に帰ると、またすぐ旅の空をあこがれる。仕事場は、窮屈である。けれども、旅も心細い。私はうろついてばかりゐる。いつたい、どうなる事だらう。私は人間でないやうだ」（傍点引用者）と、みずから告げるそれ自体、すでに、「人生は地獄よりも地獄的である」（『侏儒の言葉』[*3]）と記した芥川龍之介にならって、〈地獄的〉なものと見なすことができるだろう。人と人と人との間《あいだ》に暮らしながら、自分を人間ではないらしいと思うのは、確かに呪われた在り様であるに違いない。人間でなければ、では〈私〉は誰なのか？　それが皆目つかめぬゆえの深刻な不安の影が、標題「誰」に集約されているはずだ。

そういえば、やはり作家の〈私〉（もちろん「誰」の〈私〉とは別人である）が、『人間失格』と題して紹介した三つの手記の書き手の大庭葉蔵もまた、「第三の手記」の終わり近くに、「人間、失格／もはや、自分は、完全に、人間で無くなりました」と記している。これは麻薬中毒を断ち切るために、そうとは知らずに「脳病院」に連れていかれた折をかえりみての記述であって、病棟に収容され、「ガチヤンと鍵《かぎ》をおろされ」て、気づいたときには世間から「狂人」の刻印をうたれていたのを受けて、「人間、失格」という。すなわち正常な人間として世に在る資格を奪われた、と葉蔵は記すのである。それはそのとおりなのだろうが、「完全に」とある点を意識すれば、収容のトキを俟《ま》たずして大庭葉蔵はすでに〈人間では無かった〉情況を、読むことができよう。手許にある葉蔵の写真、子供の頃と、学生時代と、「としの頃がわからない。頭はいくぶん白髪のやうである」三枚のいずれにも、人間らしくない、いわば化生《けしよう》のもののもつ、「へんにひとをムカムカさせる表情」を・「怪談じみた気味悪いもの」を・「どんな表情も無い……自然に死んでゐるやうな、まことにいまはしい、不吉なにほひ」を見いだす〈私〉が、手記のすべてに眼をとおしたうえで、それに「人間、失格」のかわりに『人間失格』の題を与えたことも、注意されていい。

「自分はことし、二十七になります。白髪がめつきりふえたので、たいていの人から、四十以上に見られます」と、手記の最後に記すこの書き手とは、いったい何ものなのか。

手記の伝える二十七年の人生のそもそもの始まり、物ごころのついたときから、人間社会に違和感を抱き、彼の流儀にしたがえば、「人間の営み」が理解できず、「自分ひとり全く変つてゐるやうな、不安と恐怖に襲はれるばかり」であった、という大庭葉蔵は、太宰治が他の場所に書きとめた言葉、「生れて、すみません」[*4]・「罪、誕生の時刻に在り」[*5]を、作者にかわって口にする資格をもつ存在ではなかろうか。その意味で「第一の手記」の学校で「尊敬されかけてゐた」自分についての記述は、注目に価する。「尊敬されるといふ観念もまた、甚だ自分を、おびえさせました。ほとんど完全に近く人をだまして、さうして、或るひとりの全知全能の者に見破られ、木つ葉みぢんにやられて、死ぬる以上の赤恥をかかせられる、それが、「尊敬される」といふ状態の自分の定義でありました。人間をだまして、「尊敬され」ても、誰かひとりが知つてゐる」（傍点引用者）。

「人」はだませても、それだけは欺くことのできない、傍点の箇所の「ひとり」とは、人間を高みから支配する超越者、唯一絶対の神にほかならない。葉蔵が少年の身で、早くもその神の存在を想い、いつかは嘘を「見破られ」、「死ぬる以上の」屈辱をこうむる、つまりは罰を受けるはず、という予感を抱くところに、手記の書き手の、なみの人間とは異った特性を、求めることができる。葉蔵の予感は、「第二の手記」で、中学時代に級友の竹一から、高等学校二年のときに起こした心中事件を取調べた検事から、嘘を見破られて「震撼し」[*6]た、という出来ごととなって、彼の身の上に現れる。そう言えるのは、竹一が「白痴に似た生徒」、すなわち現世の利害にはかかわらぬ無垢の魂の所有者であり、物静かな微笑をうかべる検事は「正しい美貌、とでも言ひたいやうな、聰明な静謐の気配」を湛《たた》えた正邪の裁き手であって、ともに神の代理人にふさわしいイメジを、読者に示すからである。葉蔵の、意図的な道化の振舞いと、「贋の咳」をして自身を病人と見せかける所作とに対して言われた、「ワザ、ワザ」と「ほんたうかい？」というセリフは、実は竹一と検事の口をとおして彼に発せられた神の言葉と受け取ることが、できるだろう。

のみならず「第三の手記」に、「自分は神にさへ、おびえてゐました。神の愛は信ぜられず、神の罰だけを信じてゐるのでした。信仰。それは、ただ神の笞を受けるために、うなだれて審判の台に向ふ事のやうな気がしてゐるのでした」と記した葉蔵は、現世でわずかにつながる他者の一人堀木と「対義語《アントニム》」当ての遊びをする場面で、「罪のアントニムは、何だらう」と発題し、自身も懸命に考えた揚句、ドストエフスキーの《罪と罰》を想いうかべて、胸を突かれた気がした、という。「もしも、あのドスト氏が、罪と罰をシノニムと考へず、アントニムとして置き並べたものとしたら？　罪と罰、絶対に相通ぜざるもの、氷炭相容れざるもの。……」と辿られる思念の底に、大庭葉蔵とは何ものなのかを解く鍵のひとつがひそんでいるはずだ。「ああ、わかりかけた、いや、まだ、……などと」なお思念は揺れ動くけれども、葉蔵には何が「わかりかけた」のだろう？

そもそも罪と罰とは、いかにして「アントニム」たりうるか。「氷炭相容れざる」点は、どこに求められるか。考えてみれば、根源的な意味において、罪とは神の摂理に背馳する人間の行為であるのに対して、罰とは人間に下される神の業《わざ》であって、人間はそれを免れえない、ということに気づく。「牢屋にいれられる事だけが罪ぢやないんだ。罪のアントがわかれば、罪の実体もつかめるやうな気がするんだけど」とあるのに徴して、罪のひいては罰についての葉蔵の認識が、その点にふれるものであることは、理解できよう。彼の言うように、「罪と祈り、罪と悔い、罪と告白、罪と……嗚呼、みんなシノニム」なのであって、罪を悔い改めて祈るものの「告白」の声に、神は応えてくれるに違いない。だから罪には〈許し〉が伴うわけで、そこに神の愛の働きがみとめられるのである。だが、罰には〈許し〉は無い。神みずからの意志に基づく罰は、ひとたびそれとさだめられた人間の上に、霹靂《へきれき》のごとく容赦なく落ちてくる。「神の愛は信ぜられず、神の罰だけを信じてゐる」葉蔵が、「対義語《アントニム》」当ての遊びの折に、罪と罰とのこの対立関係に思いをめぐらしたとしても、不思議ではない。「ああ、わかりかけた」と言ったのは、そのことではなかったか。

　もはや明らかだろう。大庭葉蔵とは、ほかならぬ〈神の罰をうけたもの〉であって、そのようにしてこの世に生まれ、そのようなものとして人々の間に生きるべき宿命におびえる存在――なのである。存在の根底にわだかまる不安は、「誰」の〈私〉とは違って、この世の人々の輪に自分をなんとか繋げたいという要求を、葉蔵にもたらす。「道化」も心中事件も、あるいは未亡人の雑誌記者母子との暮しも、それをみたすための動きであった。「駈込み訴へ」[*7]のユダの言葉を借りるなら、「つつましい民のひとりとして……静かな一生を、永く暮して行くこと」を、彼は願ったのである。

だが、願いは空《むな》しい。ようやく人並みの幸福を手にして、やれやれこれでと思った途端、「二十世紀旗手」の〈私〉とおなじように「神の眼、ぴかりと光りて」、罰の鉄槌が下される、という体験を、大庭葉蔵は幾度かくり返す。その止めを刺すのが、「内縁の妻」ヨシ子の身に起きた事件で、〈結婚〉後暫くして、あるいは自分も「人間らしいものになる事が出来て、悲惨な死に方などせずにすむ」かもしれないと、胸奥に「幽か」な期待が兆したそのトキ、他を疑わない生来の美質のゆえに、出入りの出版業者に犯される妻の姿を目撃した葉蔵は、直接神の罰の示現そのものに触れて、「もの凄《すさ》まじい恐怖」に襲われた、という。「生涯に於いて、決定的な事件」、だから葉蔵は自己を立て直すことができず、以降現世の営みの間にふたたび顔をだすことがない。

そういうおのれの「所謂「人間」の世界」における二十七年を顧みて、「阿鼻叫喚で生きて来た」（傍点引用者）と大庭葉蔵は記す。傍点の「阿鼻」と「叫喚」はもともと仏説の地獄の略称であって、続けて四字熟語となると、阿鼻地獄に堕ちたものの泣き叫ぶ様から転じて、「非常な惨苦に陥って、号泣し救いを求めるさま」[*8]を意味する。葉蔵は後者の意味で用いたのだろうが、同時に「阿鼻叫喚」の二十七年に地獄のイメジをもかさねていたに違いない。最初に「震撼」を味わった竹一体験の折に、「世界が一瞬にして地獄の業火に包まれて燃え上るのを眼前に見るやうな心地がして、わあつ！と叫んで発狂しさうな気配」をまざまざと感じた彼、そしてヨシ子の事件のあと薬物中毒におちいって、死のうとして死なれず、その上好意をみせた薬局の奥さんと「醜関係」を結んで、「やつぱり、アパートと薬屋の間を半狂乱の姿で往復してゐる」自分の姿に、「地獄」（と、手記は一語一行に刻みつけている）を見いだす彼を想えば、そのことはうなずけるだろう。作家の〈私〉の見た三枚の「不思議な」顔写真、とくに年齢不詳のそれは、この世に在りながら地獄に生きている「男」の相貌を、鮮かに映しだしていたのである。

葉蔵の「第三の手記」に印象にのこるひとつの情景がある。ヨシ子の事件から半年ほど経ったときのこと。「東京に大雪の降つた夜」、酔ってひとり銀座裏を徘徊するうちに、葉蔵は雪の上に血を吐く。「自分の最初の喀血」、夜の底で、その血の痕をみつめながら、葉蔵は、わが身の「不幸」、他の誰のせいでもなく、みずからがもともと抱える「罪悪」のもたらしたそれを想い、涙を流す。折から遠く幽かに「童女」の歌声が聞こえた、という。この情景に賽の河原の子供らの哀しみを連想するのは、わたしだけであろうか。早く訣れて親を嘆かせた罪を償うために、石を積んで石塔を造るのだが、途中で鬼が出てきて突き崩してしまう。始めからやり直す。するとまた崩される……また積み直す……という繰り返し。子供は泣きながら、甲斐のない努力を続けねばならない。「どこまでも自《おのづか》らどんどん不幸になるばかりで、防ぎ止める具体策など無い」と泣く葉蔵の姿は、河原の子供にきわめて近い、とわたしには思われる。

だが、河原にはやがて地蔵菩薩が現われて、子供らを抱きとり、苦患と悲嘆から救いだしてくれる。葉蔵はどうか。この夜何処かから響いたわらべ歌をうたう声。「こうこは、どうこの細道ぢや？」と繰り返される童女のそれは、河原の子供らのつらい務めを口誦さむ憐れな声とは異なり、無心のものの聖なる歌声であって、その声の主《ぬし》にめぐり合えば、苦界《くがい》からの救いがもたらされるはず——とわたしには聞こえる。けれども「手記」の歌声は「かすかに遠くから聞え」るにすぎず、葉蔵には決して近づいてこない。苦しむこと、不幸への傾斜だけが、彼に与えられた道なのである。

　喀血は葉蔵を近所の薬局の奥さんの許へ連れていく。同情した奥さん（未亡人とある）が、「造血剤」「ヴイタミンの注射液」などのほかに、是非酒を止《や》めなければ……と言って渡してくれた「モルヒネの注射液」、それが葉蔵を、直接「地獄」＝薬物中毒の「半狂乱」に導くことを、すでにみた。すると、夜の銀座裏の徘徊は、地獄にはまりこむ〈きっかけ〉であった、と解る。いっぽう賽の河原は、すべての死者がそれを渡って、冥府すなわち地獄へおもむく、三途の川の河原にほかならない。そのように想いあわせるとき、雪の上に血を吐いて泣いた葉蔵は、賽の河原に「しやがんで」いたにひとしい、と言うことができよう。

　写真によれば生きながら死んでいるような、「どんな表情も無い」、実在感の稀薄な「いま」の葉蔵の居場所は、具体的には故郷の町から遠くない、「海辺の温泉地」にある「茅屋」だが、「いま」の自分には「幸福も不幸もありません」といい、「ただ、一さいは過ぎて行きます」と繰りかえすその在り様に注意すると、葉蔵はやはり、おのれとはかかわりなくものみなは過ぎゆく、という索莫とした空無の域に、身を置くとみるべきだろう。「完全に、人間で無くなりました」とみずから認めるものにふさわしい場所。それをひとつの〈地獄〉と見なしていいのではないか。あるいは葉蔵が手記を書くこの場所に、《ダビデの子《こ》エルサレムの王傳道者《わうでんだうしゃ》》の伝える最初の言葉、《空《くう》の空《くう》、空《くう》の空《くう》なる哉《かな》都《すべ》て空《くう》なり》*9をかさねることができるのかもしれない。もっとも手記における〈地獄〉のイメジは、「或るひとりの全知全能の者」を恐れ、「人間は、お互ひの不信の中で、エホバも何も念頭に置かず、平気で生きてゐる……」（傍点原文）とも記して、聖書と無縁ではない人間にしては、仏説の地獄に傾きすぎているわけだが、「東北の田舎に」生れ育った大庭葉蔵であってみれば、それも無理からぬこととして、認めなければなるまい。

　書き終えた手記に写真を添えて、在京時に世話になった「京橋のバアのマダム」に贈ったあとの葉蔵が、どうなったかはわからない。としても三つの手記を克明にたどって最後にいたれば、索莫空無の領域に何するすべもなく佇んで、過ぎていく一切とおなじく〈ただ〉、おのれの滅びのトキを待つほかはない葉蔵の姿が、見えてくる。『人間失格』の現在の時点（一九四八年二月）で、千葉県の船橋に喫茶店を営むマダムから預かった手記を、徹夜で読んだ〈私〉は、次の日また店に寄って彼女に言う、「それから十年、とすると、もう亡くなつてゐるかも知れないね」。〈私〉もまた一歩一歩破滅の淵に近づいていく葉蔵を感じとっていたのであろうか。

(2) 「はしがき」と「あとがき」——作家〈私〉と手記および写真

『太宰治全集9』[10]の「解題」（山内祥史）を参照すれば、作品「人間失格」は一九四八（昭23）年六・七・八月の『展望』に連載されるとともに、同年七月二十五日筑摩書房発行の『人間失格』に「グッド・バイ」とあわせて収録・刊行されている。すなわち、その発表は太宰治の死と前後するわけで、「解題」の紹介する『展望』の「編集後記」（六月と八月）の文面によって、「六月十三日午後十一時半から十四日午前四時頃までの間」[11]とされる、山崎富栄との玉川上水への投身は、〈第一回〉（はしがき・第一の手記・第二の手記）の掲載に続く出来ごとであった、とみることができる。ちなみに、志賀直哉の「太宰治の死」[12]は、「太宰君が死んでから、「展望」で「人間失格」の第二回目を読んだ……」「死後発表される「如是我聞」で、私に悪意を示してゐるといふ噂を聴いた時、イヤな気もしたが……」（傍点引用者）と記して、そのことを裏づけてくれるようである。たしかに「悪意」を読まれても仕方のない「如是我聞（四）」の志賀直哉論駁は、「人間失格（第二回）」（第三の手記〈一〉）の載った『展望』と同時に発行された『新潮』七月号に掲げられたのだから。

『人間失格』の手記の書き手は、「東北の田舎」に生れた、そして父から「葉蔵は?」(東京の土産になにが欲しいか)ときかれ、中学の教師に「このクラスは大庭さへゐないと、とてもいいクラスなんだが」と言わせ、早くから巧みに道化を演じた、「道化の華」[*13]の主人公と同姓同名の、しかし異なる存在である人物。太宰治は、いち度使った〈名前〉を、以後十三年間篋底にしまいこんでおき、『人間失格』の執筆に当たってふたたび取りだしたことになる。大庭葉蔵とは、作者にとってそれほど大事な〈名前〉だったのであろうか。

そういう大庭葉蔵、父親を怖れる少年、「女に惚れられる」と予言される中学生、「非合法」つまりは反社会性の感触に惹かれて左翼の運動に関係する旧制高校生、しかし「次々と」出される指令の煩わしさに耐えかね、運動から「逃げて、さすがに、いい気持はせず、死ぬ事に」し、とどのつまりは、銀座のカフェの女給と鎌倉の海に「入水」して、「女のひとは、死にました。さうして、自分だけ助かりました」という、それだけは「道化の華」の葉蔵とおなじ結果を招いたこの人物のイメジに、動かされた読者の大方は、やはり女性と一緒に〈入水〉した作者の最後を知ったとき、「第一」と「第二」の「手記」に、あらためて太宰治の影を読み取ったに違いない。すでに『展望』六月号の「編集後記」に「本篇ほど自己を吐露しつくしたことはなかつたであろう」の一行があって、それも大きく読者の関心を刺激したはずである。

だからこそ続きが待たれたのだ、と私は思う。

病院に収容されたのち、「自殺幇助罪」で警察から検事局に送られ、「起訴猶予」になった大庭葉蔵のその先どういう〈仕合せ〉にめぐりあうか——との興味に迎えられた「第三の手記」のふたつの章、煙草屋の娘ヨシ子との「結婚」までを告げる「一」と、以降のなりゆきを記し、最後に「いま」のおのれの情況に触れて閉じられる「二」(「あとがき」とともに『人間失格』(第三回))とは、こうして、『展望』八月号の「編集後記」の言葉のように、「自身の文学の最高峰を示す自画像」と認められることになったのである。ただ、「後記」の筆者が(読者を含めて)、『人間失格』を手記において読んでいるところに、問題はひそむけれども、ともあれ、『人間失格』によって太宰文学に滅びの美学の原理をたずねる、という視点の成立する所以を、そこに求めることができるだろう。「自画像」の語にこだわらなければ、『人間失格』をめぐる以上の情況を、次のように言い換えていいのかもしれない、作家生涯のはじめにヴェルレーヌ『叡智』中の詩句、「撰ばれてあることの／恍惚と不安と／二つわれにあり」を自身の作家信条として掲げた太宰治の〈白鳥の歌〉を、人びとは大庭葉蔵の語りに聴きとったのだ——と。だが、はたして『人間失格』は、太宰の滅びの〈自画像〉もしくは〈白鳥の歌〉なのか?

*

『人間失格』は、精確には太宰治の最後の作品ではない。その「あとがき」執筆完了にひき続いて、「グッド・バイ」の執筆が開始されている。それは作者の死によって中断を余儀なくされるわけだが、敗戦直後の世相を背景に、美男子の雑誌編集長、女性に惚れられるタイプ（その点で大庭葉蔵に似ている）で、愛人をつくりすぎて困っている三十男の田島と、怪力で大食い、「鴉声」の「かつぎ屋」、にもかかわらず「からだが、ほつそりして、手足が可憐に小さく、二十三、四、いや、五、六、顔は愁ひを含んで、梨の花の如く幽かに青く、まさしく高貴、すごい美人」にほかならぬ永井キヌ子とを、主要人物として登場させ、「作者の言葉」にしたがえば、「現代の紳士淑女の（中略）さまざまの別離の様相を」、辛味のきいた諧謔の文体で写しだそうとする太宰最後の物語のどこにも、おのれの生き難さに苦しむ人間の嘆き、呻吟、哀しみ、煩いは見いだせないのである。

もちろんそれは、書きのこされた「変心」の章以下「コールド・ウォー（二）」にいたる物語のはこびについて言えることではある。けれども、「彼（＊田島をさす）は、めつきりキヌ子に、ていねいな言葉でものを言ふやうになつてゐた」で断たれる「グッド・バイ」が、もし書き続けられたとしても、作中人物と物語情況とを徹底して相対化するところに生ずる諧謔の語り口に、変化が現われるとは、思えない。作の標題は、早くも「行進（五）」にみられるように、田島の愛人たちへの訣れの挨拶を指すのであって、太宰自身の現世への〈さよなら〉を意味してはいない。物語はみずからの興味を、もっぱら、美容師の青木さんに「グッド・バイ」とささやいた田島が、以降この一語をめぐってどのように動くかを追うところに、見いだしているはずだ。

「グッド・バイ」を丹念に読んでいると、その書き手が、大庭葉蔵の手記において自身の滅びの歌をうたったとは、とても思われない。死が中断した最後の物語は、逆に作品と事実、すなわち『人間失格』と作者の自死との間に割りこんで、双方をひき離す役割をはたすようである。太宰治〈入水〉の真相は、どれほどたずねてみても、所詮は突きとめがたいものなのであろう。或いはその必然性が本人にあったのかもしれない。としてもそれは、創作の営みとはかかわらぬ〈何か〉であったに違いない。そこで視線を『人間失格』そのものに向けて、それがいかに語られたかを、みつめることが必要になる。

『人間失格』について、まず注意されるべきは、三つの手記が作品のすべてではない、ということだろう。大庭葉蔵の記した文章を前後からはさむ「はしがき」と「あとがき」もまた、物語情況を構成する要素としての扱いを、読者に要求している。すなわち、手記の書かれた「三冊のノートブック」の所在をめぐる「あとがき」と、少年の葉蔵、学生時代と手記を書く時点の彼を写した三枚の写真に触れる「はしがき」との二個の記述は、わずかに二日と短くはあるが、『人間失格』の語りの現在の情況を読者に知らせるために、作品の内部に置かれているのである。すると、そこに姿を見せる書き手の〈私〉、三人の子供の親であるこの作家と、たまたま〈私〉が再会した旧知の女性とが、『人間失格』の空間に登場する人物ということになろう。ノートと写真は、彼女と〈私〉の間にやりとりされて作中に在ることをも、記憶しておきたい。

旧知の女性とは、京橋にあった小さなバアのマダムで、〈私〉は「昭和十年」ごろその店に

「二、三度、立ち寄」ったことがある、という。小柄で眼の細い、「美人といふよりは、美青年といつたはうがいいくらゐの固い感じ」のするマダムはまた、在京時代の大庭葉蔵が面倒をみてもらった女性でもあった。雑誌の女性記者母娘《おやこ》と別れた彼は、バアの二階に食客となって「一年ちかく」過ごしたのち、彼女の世話で近所の煙草屋の娘ヨシ子を「内縁の妻にする事が出来」たと、「第三の手記」は伝えている。葉蔵と一時はそれほど近い関係にあったマダムは、『人間失格』の現在、千葉県の船橋で喫茶店を開いていて、大学時代の友人を同地に訪ねた〈私〉が、通りがかりに聞こえた「レコードの提琴の音にひかれて」その店に入ったところに、大庭葉蔵自身の物語のひらける糸口が、ある。「音」は再会を導き、再会は葉蔵の写真と手記を〈私〉にもたらす。その「音」が〈私〉の耳をとらえなかったら、〈私〉は、「この手記を書いた男」のことはいいいなにも知らずに、ただ、友人の家を探して船橋の町を歩きまわるに止まったはずである。そう考えると、「音」の正体を是非とも突きとめたくなるけれど、「提琴」のかなでた曲が何であったかは、残念ながらわからない。

読者の私の心残りはともかくとして、その「音」に誘われて喫茶店に入った〈私〉は、以後のなりゆきを「あとがき」に、次のように記す。十年振りにめぐり合ったマダムと四方山の思い出話をかわすうちに、大庭葉蔵の身の上が話題にのぼり、彼女の示した「写真に心をひかれ」るとともに、ノートを預って教えられた友人宅におもむき、徹夜でそれを読んだ、というのである。〈私〉自身興味を抱く様子が知られるわけだが、その夜浮かんだ「手記に書かれてあるのは、昔の話ではあつたが、しかし、現代の人たちが読んでも、かなりの興味を持つに違ひない。下手に私の筆を加へるよりは、これはこのまま、どこかの雑誌社にたのんで発表してもらつたはうが、なほ、有意義な事のやうに思はれた」との思いつきを、次の日ふたたび喫茶店を訪れ、「しばらく」ノートを借り受けたあとで、〈私〉はただちに実行に移したものと思われる。だからこそ、われわれ読者も大庭葉蔵の手記そのものを、『人間失格』に読むことができるのである。〈私〉がマダムとともに、手記の公開に深く関与していることを、忘れてはならない。『人間失格』においては、読者に先だって手記に眼をとおしたこの二人の葉蔵観が、まず注目されていい。

＊

ノートと写真を送られながら、戦時下の生活で落ち着いて手にするいとまがなく、「こないだはじめて」手記の全部を読んでみた、と語るマダムは、「泣きましたか？」という〈私〉の質問に答えて、「いいえ、泣くといふより、……だめね、人間も、ああなつては、もう駄目ね」と、感想の一端をもらす。それが、対象を見捨てるのではなく、同情と憐愍のもたらすものであることは、「あとがき」が最後に伝える彼女のセリフ、「私たちの知つてゐる葉ちやんは、とても素直で、よく気がきいて、あれでお酒さへ飲まなければ、いいえ、飲んでも、……神様みたいないい子でした」によって、明らかである。マダムは、宗教とは無縁な日本の庶民の一人で、〈信仰〉

をもつわけではないから、「神様みたいな」とは、神すなわち善なるものとする、ごく素朴な認識に基づく喩であるに違いない。ただ、マダムの葉蔵観は、みずからも言うように直接彼を知るもの、しかも手記によると「自分を……ひどく優しく扱」ってくれた庇護者であり、かなり密着した関係に在った女性のものにほかならぬ点が、記憶されるべきだろう。どうしてもひいき目にみてしまう甘さが、マダムにはあると思う。

ところが、大庭葉蔵を「直接には知らない」〈私〉の印象は、マダムとはまったく逆であるのが、興味深い。「この手記を書き綴つた狂人」(傍点引用者)と「あとがき」の冒頭に記す〈私〉は、また手記を読んだ自身の感想、「多少、誇張して書いてゐるやうなところもあるけど、しかし、あなたも相当ひどい被害をかうむつたやうですね。もし、これが全部事実だつたら、さうして僕がこのひとの友人だつたら、やつぱり脳病院に連れて行きたくなつたかも知れない」とマダムに告げたそれをも、そこに書き留めている。「あとがき」だけではない。その読後感に呼応するカタチで、〈私〉は、三枚の写真から受けた印象を明らかにする「はしがき」を、『人間失格』のはじめに掲げているのである。

「私は、その男の写真を三葉、見たことがある」と、むしろ物語風にはじまる「はしがき」に、「十歳前後かと推定される頃」と「学生」の時と手記執筆時点との三個の映像は、どれも人間らしくない、生命の温か味の感じられない、「何とも知れず、イヤな薄気味悪いもの」・「どこか怪談じみた気味悪いもの」、そして「どこといふ事なく、見る者をして、ぞつとさせ、いやな気持にさせる」ものである、と〈私〉は記す。「こんな不思議な」――「表情の子供を」・「美貌の青年を」・「男の顔を」――「見た事が、いちども無かつた」と、精確に三度くり返されると、誰もが、叶わぬことと知りながら、自分も写真を見てみたいという気を起こす。そこに〈私〉の、読者の興味を「その男」に集めるための語りの戦略が働く。とくに、汚ない部屋の隅にうずくまる、「まるでもう、としの頃がわからない」人物を写す三枚目の写真についての報告は、生ける屍《しかばね》とも言うべき彼の「奇怪な姿」を入念に語って、受け手の側に、ただ滅びのトキを待つしかないもののイメジを想起させる力をもつ。だからその語りは、何の説明もなく「はしがき」のあとに提示される「第一の手記」冒頭の一行、「恥の多い生涯を送つて来ました」と呼応して、写真の男は誰なのかを識りたいという読者の興味を、おのずから手記の書き手大庭葉蔵の許へ導くことができるのである。

かくて、手記にみずからを表わす大庭葉蔵とは、同時に『人間失格』の作品空間において、他者から観られている人物にほかならぬことが、明らかとなる。しかも、観るものが立場を異にすると、「いい子」とも逆に「狂人」とも映る、その意味で相対化された存在として作中に在ることを、銘記しておきたい。先の一行にはじまり、「自分はことし、二十七になります。白髪がめつきりふえたので、たいていの人から四十以上に見られます」と閉じられる、葉蔵の手記の伝える〈みずからの物語〉に、作者の思い入れが動いたとしたら、それは、告白されることがらにではなく、「現代の人たちが読んでも、かなりの興味を持つに違いない」との「あとがき」の一文が示すように、手記をいかに興味深いものとするか――に向けられていたはずである。だからこそ、手記をはさんで「はしがき」と「あとがき」とが置かれることになったのだ、と思う。『沈黙』（遠藤周作）の「まえがき」と、「あとがき」に当たる巻末の「切支丹屋敷役人日記」とが作品の一部であるのとひとしく、〈私〉の「はしがき」と「あとがき」も『人間失格』の成立に欠かせぬ文章にほかならぬことを、改めてここに指摘しておきたい。

　ところで、手記の文体は、それが誰かに語りかけるものにほかならぬのを、示している。だから〈告白〉の文章と見なされるわけだが、すると大庭葉蔵は、おのれの生きざまを、いったい誰に告げているのか。おそらく『人間失格』の読者の大方はすぐ、われわれにと答えるに違いない。だが、その答えの正解でないことを、「あとがき」が明らかにしているはずだ。手記は日中戦争が始まって少し経ったころ、マダムのところに送られてきたと伝える、『人間失格』の「あとがき」は、それゆえにたんなる「あとがき」として軽く読みすごされてはならないのである。

　ちなみに、G・ジュネットは『物語のディスクール　方法論の試み』*14に、「物語世界内の語り手には、物語世界内の聴き手が照応する」・「これら物語世界内の語り手には、われわれに語りかけることができない」と記す。その「われわれ」とは、「〈現実の〉読み手」すなわち物語世界の外にいる読者のことであるともいう。「あとがき」の伝えるように、作品空間〈内〉におかれた手記の書き手である大庭葉蔵も、実情はどうであろうと、ジュネットの指摘する語りの原則に基づいて、『人間失格』の読者には〈語りかけることができない〉のだ。そのかわり作品空間

〈内〉に彼の物語の〈聴き手〉が存在するはずである。

一般の読者より先に手記を読んだ人物が、『人間失格』の内部にいることを、再確認しておこう。マダムと〈私〉の二人。だが、この場合の〈聴き手〉とは、ただの読み手を意味しない。「照応する」とあるゆえに、それは、手記を介して葉蔵と、語り・聴く、というカタチで対応する関係に在るものにほかならない。その点で、〈私〉に〈聴き手〉の位置に身を置く資格のないことは、明らかだろう。〈私〉は、マダムとの面識はあるにせよ、葉蔵を「直接には知らない」のだから。かつてわずかの差で京橋のバアに葉蔵と出会うことのなかった〈私〉、マダムから写真と手記を提示されて、はじめてその「男」の存在に気づいた〈私〉は、『人間失格』の〈内〉に登場するとしても、書き手との関係では、手記のたんなる読み手にとどまって、作品外の読者たちとひとしい立場に、たつ。

それで、『人間失格』の空間に、葉蔵と向き合う〈聴き手〉として在るのは、〈私〉がたまたま再会したマダムということになって、事態は落ち着く。ただ、「燈籠」のサキ子や「ヴィヨンの妻」の語り手の語りとは違って、手記には、誰に語りかけるのかを直接に示す徴表《しるし》が見当らないこと、マダムとのかかわり自体も特別扱いをされず、他と並ぶ葉蔵の「生涯」のひとつの出来ごとと見なされていることが、気になるけれども、写真を添えて手記がマダムの許に送られてきたところに、彼女を〈みずからの物語〉の〈聴き手〉に選んだ葉蔵の想いを、認めていいと思う。おのれのすべてを打ち明けるとは、その相手に自己の身柄そのものを預けることにほかならない。それが可能になったとき、生涯の苦難のあいだで、ひとは誰しもほっとひと息つくことができるだろう。葉蔵にとってのそのような相手は、この世で孤立した彼を無条件で受け容れてくれ、ひと並みに暮らす倖せを得るための配慮を惜しまず、身のなりゆきを気遣い、心を痛めてくれたマダムを措いて、ほかにはなかったはずである。

同時に、別れてから十数年経ったいま、『人間失格』の現在に、なお葉蔵を愛称で呼ぶことを辞さない彼女の姿勢も、注意されていい。「私たちの知つてゐる葉ちやんは、とても素直で、よく気がきいて……」（傍点引用者）と〈私〉に告げるマダムの裡に、彼は好ましく親しいイメジをもって、ずっと棲み続けていたに違いない。だからこそ、手記と写真の小包が届いたときに、「住所も、名前さへも書いてゐなかつた」にもかかわらず、なかをひと目見ただけで「差し出し人は葉ちやんにきまつてゐる」と、判定できたのだろう。そういうマダムは、たしかに〈語り手〉葉蔵と「照応する」告白の受け手、すなわち〈聴き手〉たるにふさわしい。ならばなぜすぐに「全部」を読まなかったかが問題となるが、それは、時局の影響、バーやカフェなどの享楽施設への統制の手がのびはじめて、対応に心を使うことがふえたため、と解されよう。

なお「あとがき」にかかわって、いまひとつ尋ねておきたいことがある。船橋の友人宅に一泊して「れいのノートに読みふけつた」という〈私〉は、そこに「昭和五、六、七年」ごろの「東京の風景がおもに写されてゐる」のを見いだすとともに、手記の伝えるすべてを「昔の話」と見なす。その視点の意味するところは、なにか。「昔の話ではあつたが……」とことわるのは、もちろん、手記のなかの出来ごとが体験されたときと「現代」との時代の差を、〈私〉が意識したためだろう。だが、それだけではあるまい。或る事がらを、過ぎ去った〈昔〉のでき事、自分の〈いま〉とはかかわりのないもの、と認めた（もしくは認めたい）場合に、それは〈昔の話〉だ、とひとはいう。手記のなか味を「昔の話」とする〈私〉の視点にも、そのニュアンスが当然求められていい。そういう〈私〉の眼は、手記の書き手をも過去の一人物と見なし、距離をおいて葉蔵の姿をとらえているはずだ。

この〈私〉の視点に気づいたうえで、手記を読み直したとき、われわれを含めて「現代」の読者の「興味」は、はたして、「はしがき」と「あとがき」が提示するふたつの葉蔵観のどちらに組するであろうか。そこで私も、改めて手記に葉蔵の姿を観なければならない。

(3) 葉蔵の〈年譜〉——一九一二年〜一九三八年秋

(1)の末尾で、わたしは、「あとがき」の〈私〉のセリフ、手記を読み終えた翌日、マダムに告げる「それから十年、とすると、もう亡くなつてゐるかも知れないね」に注意して、〈私〉には、滅びにいたる葉蔵の死が感じとられていたであろうことを、疑問のカタチで示唆しておいた。それは、手記の最後の「いまは自分には、幸福も不幸もありません」という条りと、「ただ、一さいは過ぎて行きます」のくり返し、そして「としの頃がわからない」「頭はいくぶん白髪の」、まるで生気のない写真の印象に、以後の歳月の経過を加味して得られた推測であるに違いない。『人間失格』の現在に、大庭葉蔵が生きているかどうかは不明、というべきだろうが、〈私〉の推測のとおり、もうこの世にはいない公算は大きい、とわたしも思う。おのれの来し方をかえりみて、「恥の多い生涯を送つて来ました」（傍点引用者）と手記を書き起こした彼の眼は、その「生涯」の〈終りのトキ〉が近づいたのを、とらえていたのではないか。だから、「東京八景」[*15]の〈私〉が「小さい遺書のつもりで、こんな穢い子供もゐましたといふ幼年及び少年時代の私の告白を」、「思ひ出」に「書き綴つた」のとおなじ意味で、葉蔵もみずからの姿を手記に書きのこすことにしたのであろう。ただし、それは、あくまでも大庭葉蔵の身に起きた出来ごと――にほかならない。

そこで、そういう大庭葉蔵の二十六年、[*16]手記を書くまでの「生涯」を、さしあたって年譜にまとめてみたいけれども、困ったことに手記自体には年代の記載がみられない。さてどこからどのように、手を着けたらよいものか。「あとがき」の示す〈私〉の、手記にはおもに「昭和五、六、七年」ごろの東京の風景が写されている、という推察は、その点に一応の手がかりを与えてくれそうである。しかし、それよりもいまは、『人間失格』の現在、〈私〉が船橋におもむいた「ことしの二月」に、照準を定めた方がよいと思われる。その「ことし」はまた〈私〉が、三個の手記を「このまま」雑誌に掲げることを思いたち、「はしがき」と「あとがき」を書いた年であって、だから〈私〉が写真の葉蔵に対面し、手記を手にしたのは、ほかならぬ『人間失格』の世に出た一九四八（昭23）年の「二月」と見なすことができるだろう。大庭葉蔵年譜作製の糸口は、そこからひらけてくるようだ。「二月」を基点に作中の情況を追いかけてみよう。すると、葉蔵の生まれた年がわかるはずである。

手記と写真の小包が京橋の店に送られてきたのは、いますなわち一九四八年二月の「十年ほど前」と、マダムは〈私〉に話す。「ほど」とあるから精確に十年とは言いがたいにしても、記憶のなかの数字があやふやなものであるとは思えない。「空襲の時、ほかのものにまぎれて、これも不思議にたすかつて、私はこないだはじめて、全部読んでみて、……」というセリフに、小包を受け取って以来折に触れて手記の気になっていた情況を、うかがうことができるからである。「葉ちゃん」の身の上を忘れないマダムの記憶のたしかさに頼って、いまと手記到着との間に、〈十年〉の歳月の経過を認めてよい、とわたしは思う。そうであれば、葉蔵が手記を書き終えて、小包にして出したのは、一九三八（昭13）年と見当がつくし、その「ことし」に「二十七」歳になると手記にあるゆえ、彼は一九一二（明45・大1）年「東北の田舎」に生れたとわかるのである。おなじ東北の田舎に生れながら、大庭葉蔵は太宰治より三歳年下である点が、記憶されていい。

ちなみに手記を綴った葉蔵のいる場所は、「自分の生れて育つた町から汽車で四、五時間、南下したところに」ある「東北には珍らしいほど暖かい海辺の温泉地」のはずれにたつ「茅屋」だという。その場所がどこかを具体的に確かめる手がかりは、手記自体にはないが、作者とのかかわりでそれを浅虫温泉と仮定すると、葉蔵の生れた「町」は津軽半島北端の今別辺りと見なければならない。また太宰治の金木町から列車で「四、五時間」南へ下った「海辺」に温泉のわく村はない。

それにしても、生れ年を定められれば、あとは手記の記述を追うことによって、年譜の作製もさほど困難なしにできるだろう。まず小学校入学以前と小学生時代を記す「第一の手記」について。大庭葉蔵の小学校入学は数えで八歳の一九一九（大8）年の四月、当時は六年制の尋常小学校の課程が義務教育であったから、卒業は一九二五（大14）年三月となる。その間に、いわゆる

「できる」少年、優秀なる児童として周囲の尊敬を受けそうになった葉蔵は、しかし自分の出会った事態におびえ、恐怖を感じた、という。なぜかといえば、「ほとんど完全に近く人をだまして、さうして、或るひとりの全知全能の者に見破られ、木つ葉みぢんにやられて、死ぬる以上の赤恥をかかせられる、それが、「尊敬される」といふ状態の自分の定義」（傍点引用者）だったからであり、「人間をだまして、「尊敬され」ても、誰かひとりが知つてゐる、さうして、人間たちも、やがて、そのひとりから教へられて、だまされた事に気づいた時、その時の人間たちの怒り、復讐は、いつたい、まあ、どんなでせうか」（同前）と認識し、想像するために、ほかならない。

幼いときから「人間の営みといふもの」が、つまりは人間そのものがよく解らなかった子供は、成長して「尊敬される」ことの怖ろしさを感じる少年となったわけで、傍点の個所の告げているごとく、葉蔵には、その恐怖をもたらすものは何かが、早くから解っていたようである。キリスト教にはおよそ縁のないと見られる田舎町の旧家に生れ育った少年が、「或るひとりの全知全能の者」の存在に気づいていたとは、いささか解《げ》しかねる事態なのだが、手記にそうある以上、事態をそのままに受けとるほかに、致し方はあるまい。おのれの実情をマダムに明かす――そこに葉蔵の手記を書く意味があったのだから、記述にいつわりがあるとは思えない。わたしはむしろ、「尊敬される」ことの恐怖体験に、大庭葉蔵、「こんな不思議な」顔をした「男」（「はしがき」）の正体を識るための手がかりのひとつを摑む。ただ第一の手記で、上京する父から「お土産」に何が欲しいかを問われて、答えられず、不興を買うのを恐れるあまり、夜こっそりと客間におかれた父の手帖に「シシマヒ」と書きつけた、というでき事が、幾歳《いくつ》のときであったかははっきりしない。正月や祭礼の折に獅子舞いのかぶる獅子頭《がしら》の子供用のもの、それが「欲しくないか」と言う父の意を迎えて、そう書いた葉蔵は、その情況からみて六歳ぐらいになっていたのだろうか。

＊

第二の手記は、中学入学から銀座のカフェの女給と心中未遂事件を起こして、起訴猶予となるまで、葉蔵の十四歳から十九歳にいたる間の情況を、記す。彼が、山桜の並木のならぶ海辺をそのまま校庭にした「東北の或る中学校」に、「遠い親戚」の家から通いはじめたのは一九二五（大14）年の四月、中学（修業年限五年）の四年修了の時点で高等学校・大学予科（いずれも三年）への進学を認める、という当時の制度によって、「海と桜の中学校」の四年を終え、「東京の高等学校*17に受験して合格し、すぐに寮生活にはひ」ったのが一九二九（昭4）年の四月、しかし団体生活に感覚的に耐えられず、まもなく寮を出て、「上野桜木町の父の別荘」に移る一方、「本郷千駄木町の洋画家、安田新太郎氏の画塾」にかよい、そこで知り合った画学生堀木正雄から「酒と煙草と淫売婦と質屋と左翼思想」の手ほどきを受けた、という。「妙な取合せ」とあるけれども、

「左翼思想」を含めたそれらとのかかわりは、昭和初年代の学生のむしろ典型的な風潮であった。地方の大地主の子弟、親許を離れたぽっと出の坊っちゃんは、東京の下町に生れ育った、世故に長《た》けた堀木にとって恰好のカモであったに違いない。以後葉蔵は、六歳年長の堀木にひきまわされ、適宜にあしらわれることになるが、二人の繋がりは、手ほどきの内容は異なるとしても、「三四郎」(夏目漱石)の小川三四郎と佐々木与次郎の関係に、よく似ている。

やがて、或る政党に所属していた父は、「議員」(とのみ記されて、貴族院・衆議院のどちらであるかは不明)の任期満了を迎え、別荘を廃止した。そのため、葉蔵が「本郷森川町の遊仙館というふ古い下宿」に入ったのは、叙述の具合から推して、二年の夏休みの終わり頃のことか。以降、自分で自分を支えて生きる、自立の能力を欠く葉蔵は、「ひとり」の生活に絶えず不安と恐怖を感じ、部屋にじっとしておれず、反動的に「れいの運動」、左翼の革命組織のそれにのめりこみ、「中央地区」(とぼんやり記憶にある)すべての高等学校・専門学校・大学(いずれも旧制)の「マルクス学生の行動隊々長」になるが、自身の動きは所詮、「非合法」、法の支配や秩序からはみだして生きる「日蔭者《ひかげもの》」への興味に基づくものであったし、付け加えて言えば「ひとり」で生活するおそれを紛わすための動きに過ぎなかったから、次々と中枢から出される指令に追われる身になると、忙しさ、息苦しさに嫌気がさして、運動から身を退《ひ》いてしまう。手記はそこに「逃げて、さすがに、いい気持はせず、死ぬ事にしました」と記している。葉蔵の「生涯」における最初の死への想い。それをひき出すきっかけは左翼運動からの離脱にあったわけだけれども、その具現に至るプロセスをたどると、事態はさほど単純ではない、とわかる。

たどるべきプロセスの生じたのは、「高等学校へ入学して、二年目」つまり一九三〇（昭5）年の秋のこと。このときちょうど一人の女性が葉蔵の前に現われたのだった。銀座のカフェの女給で、「詐欺罪に問われ」刑務所で服役中の夫をもつ、二歳年長のツネ子との出会いは十月の末、ひと目でツネ子の漂わす「無言のひどい侘びしさ」に惹かれた葉蔵は、そのまま彼女の部屋に赴き、「秋の、寒い夜」をともに過ごして、「そのひとに寄り添ふと、こちらのからだもその気流に包まれ、自分の持つてゐる多少トゲトゲした陰鬱の気流と程よく溶け合ひ、……わが身は、恐怖からも不安からも、離れる事が出来る」という、「生涯」での至福のトキ[*18]を味わったのである。いわば日蔭者同志、相身互《たが》いの親密さと安堵感、それゆえの現世の苦渋から解放された思いが、一夜の二人を結びつけたといっていい。「しかし、ただ一夜でした」と葉蔵は書くが、実はそうではなかったことを、「それから、ひとつき」たった「十一月の末」の再会の場面は、告げている。前回と同じ「親和感」に胸をつかれて、「微弱」だとしても「恋の心の動くのを自覚し」た葉蔵と、彼の訪れをずっと心待ちにしていたおのれを表わすツネ子と。やはり、最初の出会いのトキから、二人の間を眼に見えぬ絆がつないでいたのである。ふたたび一夜をともに過ごした次の日の「夜明けがた」、死を求める「女」の「提案」に、葉蔵もまた「気軽に」・さほど深刻な想いをせずに「同意」したのは、そのために違いない。死を口にしたツネ子が「人間としての営み」に深い疲れを覚えたと見え、葉蔵も現世にかかわる自身の抱える「金、れいの運動、女、学業」（傍点引用者）の諸問題を、これ以上は持ち切れないと感じたのは、どちらも、無条件にわが身を預けられる相手を見いだしてホッとしたからではなかろうか。たえざる緊張がとけた途端に疲労感が押し寄せるのは、世の常のことだろう。

こうして二人は死の道行きを歩みだすのだが、その終りにゆき着くまでに、葉蔵はなおひとつの曲折を体験した、という。はじめはまだ死を「実感として」受けとめていなかったけれども、浅草の喫茶店で牛乳を飲み、支払う段になって、財布のなかには「銅銭が三枚」——のみじめな「現実」を突きつけられたのに加え、「女」の「無心」なセリフ「あら、たつたそれだけ」が、痛く心に染み透ったトキ、「みずからすすんでも死なうと、実感として決意した」（傍点原文）のである。他人がではなく自分が自分に与えた大きな屈辱をバネとした、みずからの死の獲得、そこには自身が〈恋するもの〉に価《あたい》しないいくやしさも、含まれていたと思われるが、葉蔵のこのときの動きは、前夜の「恋の心」の自覚に次ぐ、おのれの意志に基づく、それゆえに人間的な行為であったことが、注意されていい。そういう積極性は、他人の思惑に左右されて生きてきた彼に、かつてみられなかったものである。

二人が「鎌倉の海」に投身した「その夜」は、改めていえば一九三〇（昭5）年十一月末の夜だが、精確な日付けまではわからない。としても「その夜」が、二人のどちらにも地上最後の夜であったなら、事態は大きく変わっていたはずだ。大庭葉蔵は、短くはあったが、人間らしい〈仕合せ〉に生きて生涯を終えた人物となり、手記に「人間、失格」と記すことは、いや手記そのものを綴ることはなかったわけである。したがって『人間失格』の物語自体が存在しなかったことになろう。だが事態はそうはならなかった。死の道行きは、「女のひとは、死にました。さうして、自分だけ助かりました」という、彼にとってまことに思いがけぬ結果を、葉蔵にもたらす。それは『人間失格』成立のためにどうしても必要ななりゆきであったけれども、しかしなぜ「自分だけ」助かったのか、というより、葉蔵がみずから意志した死を死ねなかったのは、どういうわけか。そこに、なみの人間とは異なる大庭葉蔵という語り手、「現代の人たちが読んでも、かなりの興味を持つに違ひない」(「あとがき」)主人公の、存在の謎を解く手がかりのひとつがひそむ、と思われてわたしの関心を促すのだが、その検討はあとに譲って、いまは年譜作成の先を急ぎたい。

　第二の手記は、「海辺の病院」のベッドの上に自身を見いだした葉蔵の以後のなりゆき、「やがて」自殺幇助《ほうじょ》の廉《かど》で病院から警察へ、さらに横浜の検事局へ送られて、「聡明な静謐《せいひつ》の気配」を漂わす検事の取調べを受け、起訴猶予となって、局の控え室に身許引受人の通称ヒラメ、父の知人で同郷の書画骨董《こっとう》商渋田が引き取りにくるのを待つまで——を伝えて、終わる。その末尾の一行、「背後の高い窓から夕焼けの空が見え、鷗が、「女」といふ字みたいな形で飛んでゐました」は、たんなる情景描写なのか。「夕焼け」は待つのが一九三〇年十二月のある日の夕方であるのを、おのずから示すが、問題は一行の後半にある。空を飛ぶ鷗が複数なら、それは、何人かの女性たちと深くかかわることになる、次の手記にみられる情況の〈予兆〉と解されるし、一羽なら、死んだツネ子、『行人』（夏目漱石）の見出しのひとつを借りれば〈塵労〉から解放されて、軽やかに舞う「女」の魂と、控室のベンチに縮こまる自分との、遥かな距離を想う心情の表われとも、受けとれる。「世にもみじめな気持で」とあるので、あとの場合を採るのが妥当かと思われる。

＊

大庭葉蔵の二十歳の年から手記を綴る二十七歳の「ことし」に至る八年間の情況を告げる第三の手記は、前の二つを合わせたより、やや長い。それだけ彼の身の上に忘れがたい出来ごとが多かった、ということだろう。はじめに触れたように第三の手記の叙述は、ヨシ子と「結婚」するまでとしてからとの二章に分けられている。「結婚」——生れつき選択の能力を欠いていたという葉蔵からは、予測しがたい事態の成立、だからそれは彼の生涯に重要な意味を担っていたはずである。その「結婚」を含めて、八年間にいかなる出来ごとがあったのだろう。

「書画骨董商、青龍園」と看板だけは麗々しいが、なんのうるおいもない、寒々としたヒラメの家で年を越した葉蔵が、そこから「逃げ」たのは、一九三一（昭6）年の「三月末」のある「あけがた」のこと。家出は、前日の夕方もっともらしく訓戒を垂れるヒラメの表情に、チラリと動く利害打算の影を読みとり、おそるべき〈世間〉の相貌を見いだしたためにほかならない。

街に出たが、何処と行く当てもないまま「途方にくれ」た葉蔵は、ふと、「それこそ、冗談から駒が出た」ように「堀木」（と手記は一行に記す）のことを思いつき、浅草の家に彼を訪ねた結果、たまたま来合わせたシズ子、「新宿の雑誌社」に勤める女性記者に出会って、そのまま「高円寺のアパート」にゆき、五歳になる娘のシゲ子ともども暮らすようになる。「あなたは、ずゐぶん苦労して育つて来たみたいなひとね。よく気がきくわ。可哀さうに」とは、シズ子の葉蔵に抱いた第一印象であった。

　シズ子は「甲州の生れ」で二十八歳の未亡人、どういうものか葉蔵は年うえの、生死を分かたず夫と別れた女性に、可愛がられるようだ。ツネ子がそうであったし、数年後にかかわりをもつ薬局の女主人も、大学生の息子のある未亡人である。京橋のバアのマダムの場合は身許がはっきりしないけれども、「神様みたいないい子でした」（「あとがき」、傍点引用者）と語るところをみると、少くとも葉蔵より年長であったのに、間違いはない。ずっとひとりでバアを経営し、葉蔵はそこに「男めかけの形」で同居することになったとあるから、離婚歴ぐらいはもっていたのではなかろうか。なぜ葉蔵は年うえの女性にもてるのか。それは、葉蔵を評したシズ子の次の言葉に尽されているだろう、「……あなたを見ると、たいていの女のひとは、何かしてあげたくて、たまらなくなる。……いつも、おどおどしてゐて、それでゐて、滑稽家なんだもの。……時たま、ひとりで、ひどく沈んでゐるけれども、そのさまが、いつそう女のひとの心を、かゆがらせる。」

「いつも」何かにおびえて落ち着かず、「時たま」孤独の影を示す、いかにも頼りなげな在り様は、「道化」とは違って、計算された演技ではなかったから、「女のひと」とくに年うえの女性が手をさしのべたくなるのは、自然のなりゆきであって、葉蔵自身の仕向けたことでない点が、注意されていい。それにしても、「女のひとの心を、かゆがらせる」とのセリフは、言い得て妙——と聞くべきだろう。「かゆがらせる」はあまり耳慣れぬ言い廻しで、だからこそ逆に印象にとどまるのか。不憫と映る若者のイメジが、女心を、その母性本能を否応なくくすぐって、抱きとめずにはいられない、という事態を、それは指すものと思われる。年うえの女性たちにとって、大庭葉蔵とは、〈かゆいところに手が届く〉存在だった、と言い換えてもよい。

高円寺のアパートでシズ・シゲ子と暮らすうちに、娘に描いてやった漫画がシズ子の眼にとまり、葉蔵は、シズ子の斡旋で社の雑誌に漫画を連載するが、それが人気を呼んだため、やがて他社からも注文を受けるようになる。その葉蔵にひとつの〈喪失感〉が兆していたことを、年譜は見のがしてはなるまい。中学時代に同級生の竹一の言葉に刺激されて描いた「自画像」、おのれの正体をまともに写した「陰惨な絵」、竹一だけには見せたけれども、余の誰にも示さずに秘匿したまま、たび重なる移転のあいだにいつしか失われたそれを思いだすと、「永遠に償い難いような喪失感」にとらえられた、と葉蔵は記している。そこにおかれる「飲み残した一杯のアブサン」の喩は、失われたものへの断ちがたい執着、「喪失感」の強さを表わすはずだ。心にあいた穴を埋めるために、葉蔵は何をしなければならないのか。

高円寺のアパートでかつての「自画像」が胸に浮かんだとき、葉蔵は、それをシズ子に見せて「自分の画才を信じさせたい」という焦燥に駆られた、と手記にある。その衝動の一端が、彼に漫画をかかせることになったわけだが、しかしいくらかこうと、どれほど評判になろうと、漫画は所詮漫画にすぎない。「キンタさんとオタさんの冒険」や、「ノンキ和尚」・「セツカチピンチヤン」では、「失はれた傑作」の穴は埋めるべくもないのである。葉蔵にもそのことはわかっていて、漫画かきはやはり〈道化〉の一手段にほかならぬとの自覚をもつ。「飲み残した一杯の」Absintheへの執着、その「喪失感」を〈償う〉ためには、どうしても失われたものに匹敵する、もしくはそれ以上の〈自画像〉を創りだすほかはない。いや実は彼自身すでにいく度か「画いて」みたのだけれども、「遠く」及ばなかったのである。それゆえに「竹一の所謂「お化け」の」絵は貴重な幻となり、思い出のなかで輝きをまし、だからこそ葉蔵はより強く「喪失感」に「なやまされ続け」ねばならない。

そこにわたしは、手記成立の直接のきっかけを見いだす。画筆では意にまかせぬ葉蔵の、画筆をペンに持ち換えた〈自画像〉をかく試み、それが世に残された三つの手記であった、とわたしは思う。容易に償えないところを〈償う〉試みだから、葉蔵は力を籠めて丹念にかいたに違いない。手記中に（）の注記が数多くみられるのは、そのためであろう。手記とともにある三枚の写真は、いわば絵の代役をつとめるもの、とみなすことができる。つけ加えると、『展望』一九四八年八月号「編集後記」の一節「自身の文学の最高峰を示す自画像『人間失格』を本誌のために書かれたまま、忽然世を去った太宰治氏……」（傍点引用者）の傍点の部分は、手記のいま注目した個所を踏まえた評言と思われるが、三つの手記はあくまで大庭葉蔵の〈自画像〉であって、太宰治のそれではないことを、くり返し確認しておきたい。もうひとつ、高円寺のアパートでシゲ子とのかかわりにおいて体験した事がらの詳細は、のちに触れることにする。

〈シゲ子体験〉のあと、おそらくその衝撃で、飲酒癖を募らせ、外泊をかさね、金に窮してシズ子の衣類を持ちだすなど、荒んだ生活に沈湎するにいたった葉蔵の境遇に変化が起きるのは、同棲を始めてから「一年以上経つて、葉桜の頃」とあるから、一九三二（昭7）年四月中旬のことである。例の如く二晩続けて家をあけた三日目の夜、帰宅したときに部屋の入口でそっと見聞きした母と娘との幸せそうな有様に、みずからを幸福の破壊者、邪魔ものと認めた彼は、ただちに二人から離れて、京橋のスタンド・バアにおもむき、「わかれてきた」とひと言マダムに告げて事はきまり、その夜から店の二階に起居する身となった。以後葉蔵は店の客ともマスターとも使用人とも縁者ともつかぬ、「はたから見て甚だ得態の知れない存在」として、マダムの庇護のもとに暮らすが、彼女が彼を「葉ちゃん」と認めた以上、「世間」も怪しまずに彼を受けいれた、という。毎晩店に出て客を相手に酒を飲むその「葉ちゃん」は、やがて漫画家「上司幾太（情死、生きた）」の筆名をもつ。

そういう葉蔵の前に、近所の煙草屋の娘で四、五歳下のヨシ子が現われ、酒を止めるように熱心に勧めるのが、「一年ちかく」経った一九三三（昭8）年の四月はじめごろ、葉蔵二十二歳の年のことである。マダムの許にいて「世の中」の実体がわかりかけても、なお「人間といふもの」への恐怖感を拭い去れない彼が、このとき出会った相手にはいささかも臆せずに対応できたことは、特筆するに価しよう。二人の間は次第に近づいていくが、それは人を疑うことを知らぬヨシ子の在り様に負うところが大きい。その生来の「美質」に葉蔵が決定的に打たれたのは、「としが明けて厳寒の夜」（傍点引用者）酔ってマンホールに落ちたのを、ヨシ子に助けられ、禁酒を誓ったものの、翌日また飲んで詫びを言いにいったとき。酔った姿を見ても、飲んだといっても、それを〈振り〉と受けとめて、「かつがうたつて、だめよ。きのふ約束したんですもの。飲む筈が無いぢやないの」と、真直ぐに言葉を返すヨシ子の姿勢に、心の眼を啓かれた想いで、「結婚しよう、どんな大きな悲哀《かなしみ》がそのために後からやつて来てもよい、……結婚して春になつたら二人で自転車で青葉の滝を見に行かう、と、その場で決意し」たのである。

一九三四（昭9）年一月下旬、大寒のある日の〈決意〉は、明らかに、ヨシ子との「結婚」が大庭葉蔵みずからの意志に基づく選択にほかならぬことを、告げている。したがって〈決意〉から「結婚」にいたる一聯の動きは、まことに人間的なものであり、もともと「二者選一の力さへ無かつた」人物にしては、思い切った姿勢を示したものといえよう。ひとつの転機、人間の営みが理解できず、他者におびえ続けた葉蔵にも、人間らしく生きられるようになる機会が近づいていたのかもしれない。だが、彼の「決意し」たのは「厳寒の」一日である点が、わたしの注意をうながす。そのこと自体、わたしには、やがて実現する結婚生活の行く手に厳しい情況が待ち受けていることを暗示する徴標《しるし》のように思われる。
以上が第三の手記の〈一〉の経過だが、〈二〉はどうか。

＊

スタンド・バアのマダムの世話で、大庭葉蔵がヨシ子を「内縁の妻にする事が出来」たのは、精確にはわからないが、先程の「結婚して春になつたら……青葉の滝を見に行かう」を手がかりにすれば、一九三四年の二月末か三月のはじめとみられる。以後二人は、築地《つきじ》の、隅田川に近い「木造二階建ての小さいアパート」、つまり当時の標準的な庶民の居住空間の、その一室に、つつましくみちたりた小市民の世帯を、もつ。酒を止めて、仕事に打ちこむ一方、鉢植えの〈花《はな》を買《か》ひ来《き》て妻《つま》としたしむ〉[*19]幸福を噛みしめるうちに、「これは自分もひよつとしたら、いまにだんだん人間らしいものになる事が出来て、悲惨な死に方などせずにすむのではなからうか」（傍点引用者）という期待が、「幽か」ではあっても、葉蔵の裡に兆す。にもかかわらず、おのれの築く〈家庭の幸福〉に安住することは、彼に許されない。結婚してから五か月、決意の日からちょうど半年たったとき、「厳寒」と季節の上で逆対応する〈猛暑〉のころ、七月末から八月はじめにかけての「むし暑い夏の夜」、ヨシ子の身に起きた出来ごと、漫画の画稿を集めにくる「小男の商人」に犯されるという、あの「決定的な事件」によって、ひと並みの暮らしへの期待は、粉々に打ち砕かれたのである。それは、葉蔵の「生涯」における最も大きな反転であったといっていい。

「まつかうから眉間を割られ」た「傷」の痛みを抱える葉蔵と、「その夜から」彼の「一顰一笑にさへ気を遣ふやうになり」、以前の快活さがまったく影をひそめたヨシ子と。二人のあいだの信頼関係に「事件」のもたらした劈開《ひび》は、日を追って広がるばかりで、もはや修復しがたい。苦悩の重さに圧倒されて、ふたたび酒に溺れ、生活を乱した葉蔵は、絶望のあまり「その年の暮」、一九三四年の一二月の終わり近くに、睡眠剤ジアール一箱を飲んで自殺をはかるが、今度もなぜか生命をとりとめる。三昼夜の昏睡から醒めて意識をとり戻した彼が、枕もとにいたマダムに「ヨシ子とわかれさせて」と告げたとき、彼女は「身を起し、幽かな溜息をもらし」た、とある。やはりひと並みの倖せには生きられぬ葉蔵の宿命を、感じとったためであろうか。それに続く意想外の呟き、「僕は、女のゐないところに行くんだ」は、彼の身の上に讖《しん》を成して、五か月ののちに「非常に陰惨」なかたちで、実現されることになる。

自暴自棄におちいった葉蔵が最初の喀血に見舞われたのは、「東京に大雪の降つた夜」だから、一九三五（昭10）年二月ごろのこと。酔い痴れて銀座裏をさまよううちに、突然雪の上に血を吐き、そこにできた「日の丸の旗」の模様をみつめて、童女の歌声を「かすかに遠く」聞きながら、涙を流す葉蔵の姿に、地獄の入口・賽の河原の子供らの哀れなイメジを連想したことを、わたしはすでに(1)で記した[*20]。同時に「自《おのづか》らどんどん不幸になるばかりで、防ぎ止める具体策など無いのです」の一行に注意して、地蔵菩薩に救われる子供らとは異なる彼のなりゆきをも、見た。

「自《おのづか》ら」不幸になるという葉蔵のなりゆきは、近所の薬局の女主人、夫を結核で失い、一人息子の医大生も「同じ病ひ」で入院中、しかも中風の舅を抱えて、自身も不幸な境遇にある未亡人の同情に端を発したモルヒネの常習、麻薬中毒の「半狂乱」という〈地獄〉の事態を、招く。万《ばん》策《さく》尽きて「故郷の父」に、「女の事」は除いて実情を告白する手紙を出したが、返答は無い（あとでわかるが、このとき父は胃潰瘍で倒れていたのである）。

自己救済の「最後の手段」もむなしいとわかって、さらに薬の量をふやした葉蔵は、「初夏の頃」、一九三五年五月下旬のある日、三度《みたび》自殺を企て、「今夜」モルヒネを十本注射して「大川」にとび込む覚悟をきめた矢先、「その日の午後」にヒラメと堀木が現われ、二人の手で「森の中の大きい病院」へ連れていかれる。ヒラメと堀木の出現は、タイミングがよかったのか、悪かったのか、いずれにせよ三度目も、葉蔵が死のうとして死ねなかったことだけは、確かである。築地のアパートから自動車でかなりの時間を費して、着いたのは「あたりが薄暗くなつた頃」というから、東京の郊外にあるとみられるこの病院を、結核療養所と思っていた葉蔵は、病棟の一室に収容され、「ガチヤンと鍵をおろされ」て、はじめてここは「脳病院」と気づくが、もう遅い。世間から「狂人」と認められた彼が、やがて「癈人」*21の烙印を押されることは、必定である。だから「人間、失格」となるわけだが、すでに考察したように、それはまた、はじめからひと並みではなく、やがてひと並みであろうとし、ついにひと並みにはなれなかったものの行きついた「生涯」の帰結点でもあった。手記の伝える以後の三年半ほどは、「完全に、人間で無く」なった大庭葉蔵という〈存在〉（としか呼びようがない）のすごした日々にほかならない。

「脳病院」入院、というより半強制的収容がくり返せば一九三〇年五月下旬、「庭の小さい池に紅い睡蓮の花が」見られたときで、「それから三つき」を病院で過ごした葉蔵は、「コスモスが咲きはじめ」た八月の末に、上京した「故郷の長兄」にひきとられて退院、その折に「先月末」の父の病没を知らされ、「すぐに東京から離れて[*22]」（傍点引用者）帰郷の上、療養生活をするよう申し渡されたのである。長兄は父に宛てられた末弟の手紙を読んだはずで、一家の《恥》となっている実情を知り、一刻も早く引きとって自身の管理下に置く必要を、意識したに違いない。だが、父の病気という緊急事態、死を迎えての葬儀その他の後始末に追われて、「引き取り」の実現を先へ延ばさざるをえなかったのであろう。ちなみに長兄は、「田舎で」とはいったが、郷里でとは口にしていない。兄の言葉に、「故郷の山河」を懐しく想いうかべて〈帰る〉ことに同意したひと並みの心情は、そのあと満たされぬまま、葉蔵は手記を書くときを迎えなければならない。〈帰つた〉はずの彼に、身をおくべき場所として用意されていたのは、故郷の町から「汽車で四、五時間南下したところ」にある「海辺の温泉地」の「茅屋」だったのだから。故郷に〈帰つても〉やはり、葉蔵は人びとの間に受け容れられることがないのである。

「はしがき」に紹介された写真の一枚にうつる場所、年齢のわからぬ、髪に白髪のまじった男のいる「ひどく汚い部屋（部屋の壁が三箇所ほど崩れ落ちてゐる……）」は、そのあれはてた古家の一室であろう。そこに老女中のテツの世話で暮らすようになって、「それから三年と少し経ち」、手記は、それが記される「いま」に戻って、終りを告げる。一九三八（昭13）年九月もしくは十月、葉蔵二十七歳の秋――である。擱筆の一歩手前にある「きのふ」のでき事、カルモチンを買いにやらせたテツがさし出した、いつもとは「違う形の箱」の薬を、別段変に思わず「十錠」服用して寝たところ、少しも眠くならず、そのうちに猛烈な下痢を催したので、箱をよく見ると「それはヘノモチンといふ下剤」であった、と記されるそれは、いかにも可笑《おか》しい失敗だが、しかし笑えない。そこに読者は、滑稽であるがゆえに無惨な「癈人」の姿を、みいだすためである。しかも、そういうおのれを提示しながら、葉蔵自身は、「いまは自分には、幸福も不幸もありません」、「ただ、一さいは過ぎて行きます」と書く。無感無覚、もはやひと並みの感覚、感情を動かすことのなくなった、生きながら「自然に死んでゐるような」（「はしがき」）男が、火鉢はあっても、人間的な温《ぬく》もりの欠如した空間にひとりいる情景、それを想い描くと、「はしがき」に〈私〉の記すところも、うなずける。冷えびえとした滅びの風が、葉蔵を包んで、「汚い部屋」を吹き過ぎて行くのを、手記の最後の最後に、わたしは看取しないわけにいかない。

ついでにひと言、ヘノモチンなる下剤は実際にあったか、どうか。少くともわたしの記憶にはない。〈へのへのもへじ〉を連想させるこの奇態な薬品名は、おそらく、諧謔味を増幅するために作者がつけたものであろう。

ここまで、三つの手記に基づいて、大庭葉蔵の年譜の作成を試みてみた。ペンによる〈自画像〉の輪郭を、ひとまずたどったつもりである。それが、あの「陰惨な絵」、中学時代の「自画像」に勝るとも劣らぬもの、「おもてには快楽《けらく》をよそひ、心には悩みわづらふ」[*23]葉蔵の実体を現わす傑作たりえているか、否か——「失はれた傑作」を見ることの叶わぬわたしには、その点の判断をつけがたいけれども、作成した年譜が、かなり精緻と評しうる〈自画像〉の作者そのものへ、「あとがき」の言葉で言えば「現代の人たち」の興味を繋《つな》ぐうえで、多少とも役立てばよい、と思う。

(4)　つけ足す事ども——神と父と女性（たち）のはざま

三つの手記におのれを刻んだ大庭葉蔵をめぐって、さらにいくつかの事がらを書き足しておきたい。

手記の示すとおり、葉蔵は神認識をもつ。唯一絶対の存在、「全知全能の者」の実在をみとめると同時に、この世の人間たちに愛を与える一方で罰を下すその神に対し、自分は「神の罰だけを信じてゐる」と、彼はいう。そういう葉蔵に罰の下った事例として、先に、他者をあざむく彼の詐術が、「白痴に似た」竹一少年と、「正しい美貌」の検事によって見破られた場合を考察した[*24]のだが、それらの「震撼」、言葉を換えれば、自己の現存在を根底から揺すぶられて、「地獄」へ一挙に「蹴落され」る恐怖におののく体験に、いまひとつ、高円寺のアパートでシゲ子との間に起きた出来ごとを、つけ加える必要がある。同居してから「お父ちゃん」と呼んでなついてくるシゲ子に「幽かな救ひ」を見いだし、自分もひと並みに父親らしい気持になった葉蔵は、しかし、「お祈りをすると、神様が、何でも下さるつて、ほんたう？」ときくシゲ子に、神のおのれとの関係を思いうかべて、「シゲちゃんは、いつたい、神様に何をおねだりしたいの？」と「何気無さそうに」たずねたとき、嘘をつくことを知らぬ、無邪気な童女のひと言に、はっしと頭を打たれたのであった。

耳にした途端「ぎよっとして、くらくら目まひしました」とある童女のセリフは、「シゲ子はね、シゲ子の本当のお父ちゃんが欲しいの」。竹一の「ワザ、ワザ」・検事の「ほんたうかい？」がそうであったように、これもまた、無心の童女をとおして「発せられた神の言葉[*25]」であるに違いない。衝撃を受けた葉蔵は、シゲ子に「敵」、こちらの油断を見すまして、不意打ちを食わせる世間の「おそろしい大人」のイメジを見た、という。だがそれは、彼の主観、うちなる世間への恐怖心のつくりだした幻影であって、シゲ子自身の関知するところではあるまい。数えで五歳の女の子に、どうしてそんな狡猾な知恵の働くことがあるだろう？　シゲ子も葉蔵もともに思いを神に向けているこの場面では、「シゲちゃんは……」・「シゲ子はね……」の質問と応答によって、葉蔵は、シゲ子を介して神と言葉を交わしたのだとも、みることができよう。

すでに年譜に注記したけれども、大庭葉蔵の自殺の試みとそのなりゆきもまた、問題となるだろう。十九歳の十一月末と、二十三歳の十二月終り近くと、二十四歳の五月下旬との三度の試み。いや実際に試みたのは前の二度で、三度目は、実行に至らぬうちに病院に連れ去られたのだから、精確には自殺未遂としなければならないが、いずれにせよ、死のうと思った点に変わりはない。ただ、葉蔵の動きが二度は同じで一度だけ異るところに、わたしは興味をもつ。それだけではない。よくみると、同様の情況がほかにもあることに気づく。最初の試みでツネ子とともに死のうとした葉蔵は、あとはどちらも単独で死に向かっていく。自殺の方法をみると、最初は鎌倉の海、三度目は「大川」（隅田川）と水中に死を求めるが、二度目だけは睡眠薬をえらんでいる。時期についても、前の二回はヒラメの言辞でいえば「年の暮」[*26]のことであって、「大川に飛び込まうと、ひそかに覚悟を極めた」のは「初夏の頃」であった。

このように、葉蔵の自殺の試みをめぐって、いくつかの規則的なズレの眼につくことが、わたしには興味深い。このズレかたが、葉蔵自身の演出に基づくとは、到底思えない。彼にそんな余裕はないはずである。とすれば、これは、作者が意識して整えた事態のはこびであるだろう。わたしは、その点に太宰治と大庭葉蔵との間にある少なからぬ隔たりを認めるのに、やぶさかでない。

太宰ならぬこの葉蔵について、いまひとつ注意すべきことがある。死のうとして、にもかかわらず死ねないのは何故なのか、ということ。それも、一度だけならたまたまそういう結果になったのだと片づけて済ますこともできようが、二度、三度と同じ事態がかさなれば、読者は誰しも不思議の感を抱く。やはり大庭葉蔵の存在にかかわる何らかの事情が、そこに働いているのではなかろうか。死ねない葉蔵をみつめていると、わたしの眼には、やはり彼の上に在る〈罰する神〉の姿が、見えてくる。どういうわけか、〈生涯〉のそもそもの始めから葉蔵をとらえて放さない神、「信仰」とは「ただ神の笞を受けるために、うなだれて審判の台に向ふ事のやうな気がしてゐる」と手記の告げる神は、ひと並みに生きるのを許さぬように、みずからの意志で死ぬこと、換言すれば自分の手でおのれの在り様を決めることを、彼に認めないのである。だから死のうとする葉蔵の首筋をつかまえて、ぐいとこの世にひき戻し、黙って、ただひとつ滅びに至る道だけを、彼の前にあけておく。

実は、ヨシ子の身に起きた「事件」のあと、ひび割れた二人の信頼関係に苦しみながら、「神に問ふ、信頼は罪なりや」「果して、無垢の信頼心は、罪の原泉なりや」「無垢の信頼心は、罪なりや」と、ひそかにしかし懸命にたずねた葉蔵に対して、神は何ひとつ反応を現わさない。しかしそれは、問い掛けの声が耳に届かなかったからではない。聞こえたけれども、あえて応じなかった、すなわち《沈黙》[27]のカタチにおいて、〈答えない〉という〈答え〉を、そのとき神は示したのだ、と思う。なぜかと言えば、ヨシ子の「事件」は、神の葉蔵に下した最も重い〈罰〉、反問などの許されぬ「決定的な」裁断であって、あまんじて受けるほかに道はないはずなのだから。その意味でそれを〈罪〉の次元において問い返す葉蔵の動きは、事態の認識に精確さを欠くと見られても、仕方ないだろう。〈罰する神〉への恐怖を心底から味いながらも、なおそうであるのは、自愛の甘さに眼が曇らされたためであろうか。ちなみに、手記は三たびの問いを示しても、神はどうしたかをまったく記録していないのだが、それは却って、葉蔵には神の〈答え〉がよくわかっていたことを、明らかにしてくれる、と思う。わかっていたから、絶望し、さらに疑惑と不安と恐怖を募らせた揚句、二度目の自殺を試みたのではなかったか。

以後、雪の夜道での喀血、くすりを調《ととの》えてくれた薬局の女主人との関係、その好意が仇となった麻薬中毒の「半狂乱」と続く、みずからもいう「地獄」への道行きをたどった葉蔵は、三度目の自殺の「覚悟」とひき換えに、堀木とヒラメの手で「脳病院」へ運ばれるとき、家を出るに当たって、ヨシ子のさしだした「注射器と使ひ残りのあの薬品」を、「いや、もう要らない」とことわったのを最後に、おのれの意志で動くことをしていない。手記が「実に、珍らしい事でした。すすめられて、それを拒否したのは、自分のそれまでの生涯に於いて、その時ただ一度、といつても過言でないくらゐなのです」とかえりみるのは、おそらくその点を意識したうえでのことであるに違いない。

終りに、いまひとつ気になる葉蔵の父とのかかわりに眼を留めておく。父、といっても天のではなく、葉蔵の高校二年のときに任期満了で「議員」を辞した故郷の父のことだが、この肉親との直接の関係は、幼少時は別として、上京してからの葉蔵には、無いにひとしい。現に手記はその第一に、小学校入学まえのあの「お土産」の一件、獅子舞いの面はどうだときかれて何も言えず、「父を怒らせた」恐怖心から、父の手帖に「シシマヒ」と書いた次第を、記したあと、父との間の出来事をひとつも伝えていない。実際に何ごとも起こらなかったからそうなるのも当然、と解すれば解されようが、それにしても東京暮らしの数年間に、ただ一度父に近づき難い人間を強く感じた[*28]というだけで、あとはその影が葉蔵に射すことはないところをみると、故郷の父の存在は彼の「生涯」にさしたる意味を持たない、と読者は思ってしまう。

にもかかわらず、手記は第三の「二」の後半、葉蔵が自身に〈堕地獄〉のなりゆきを認めたところで、三度目の自殺の「覚悟を極める」きっかけとなった、ひとつの情況を告げている。そのことは先の年譜に簡単に示しておいたのだが、葉蔵の父とのかかわりを確かめるのに必要なので、手記の一節に改めて注目したい。

「この地獄からのがれるための最後の手段、これが失敗したら、あとはもう首をくくるばかりだ、といふ神の存在を賭けるほどの決意を以て、自分は、故郷の父あてに長い手紙を書いて、自分の実情一さいを(女の事は、さすがに書けませんでしたが)告白する事にしました。/しかし、結果は一そう悪く、待てど暮せど何の返事も無く、自分はその焦燥と不安のために、かへつて薬の量をふやしてしまひました」——葉蔵の面倒をみたバーのマダムが、のちに「あとがき」で〈私〉に言うセリフ、「あのひとのお父さんが悪いのですよ」は、この一節の告げる情況を踏まえた発言と思われる。けれどもすでに触れたように、このとき故郷の父は病に倒れていたはずだから、「返事」が来なかったのに、無理はない。

葉蔵は、ひと足遅れたのである。自身の「決意」に基づく「告白」の手紙が、いま少し早く書かれ、投函されていたら、彼は、脳病院に送り込まれるかわりに、故郷へ帰って父とまともに向き合う機会に恵まれ、「人間、失格」とはならずに済んだかもしれない。もっとも、そうであれば事のはこびは、葉蔵に〈仕合わせ〉をもたらしはしても、太宰治の読者には大きな損失をもたらすことになっただろう。なぜなら、滅びに至らぬ葉蔵に手記を綴る必要はなかったし、したがって作品『人間失格』そのものも、世に現われなかったはずだから。ところが、葉蔵における現実はそうはならなかったところに、大庭葉蔵とは何ものなのか――の問題がからむわけだろう。故郷の父にほんとうの親子の関係、血縁の〈父と子〉のかかわりを求めたのに、歯車は嚙み合わず、脳病院の一室で「故郷の長兄」から、父の死を知らされなければならない、それが、葉蔵に定められたなりゆきであった。

　ただ、そのときの彼の情態を伝える個所が、「告白」の「決意」をめぐる情況に触れた先の一節とともに、私には気になる。手記に「父が死んだ事を知つてから、自分はいよいよ腑抜けたやうになりました。父が、もうゐない、自分の胸中から一刻も離れなかつたあの懐しくおそろしい存在が、もうゐない、自分の苦悩の壺がからつぽになつたやうな気がしました。自分の苦悩の壺がやけに重かつたのも、あの父のせゐだつたのではなからうかとさへ思はれました。まるで、張合ひが抜けました。苦悩する能力をさへ失ひました。」（傍点引用者）とある在り様。故郷の父の死が葉蔵に与えた衝撃は、思いのほか大きい。ただし意外と受けとるのは読者の側であって、葉蔵自身にはそうでなかったろうことが、傍点の一行で明らかになるだろう。おそらく物心づいてからこのかた「自分の胸中から一刻も離れなかつた」という父、手記の表てにあらわれるのは僅かではあっても、おのれの想いの裡にずっと棲み続けていた人物が姿を消すのは、確かに少なからぬ衝撃であったに違いない。葉蔵にすれば、実のところ父もまた、神に劣らず重い存在、しかもひたすら恐怖の対象となる神と異なって、同様に「おそろしい」としても、「懐しく」思える相手だったことが、注意されていい。やはり、血は水よりも濃い、ということだろうか。

そういう葉蔵をみつめると、「自分の苦悩の壺」を満たしていたもの、彼の生の奥底にひそめていた「苦悩」とは何であったかが、わたしにみえてくる。近寄りがたい父に、不肖の子であるゆえにかえって近づきたい、近づいて強い〈父性〉に思いきり叩かれたい、と切に希いながら、にもかかわらず叶えられなかった苦しみが、ほかならぬそれであった、と思う。その重い「苦悩の壺」を裡に抱えながら、日々をすごすうちに、葉蔵は、希いが叶えられないのは、自分の弱さによるばかりでなく、実現をはばむものの在ること、神が自分にそれを許さぬことに気づいたに違いない。

だからこそ、〈堕地獄〉のおのれの姿を認めたとき、すなわち「壺」の重さの頂点で、「故郷の父あてに」救難信号を発したのである。それは「最後の手段」、絶対絶命の境地に追いこまれたもののとった、乾坤一擲の動きであって、そのとき葉蔵は、「神の存在を賭けるほどの決意を以て」（傍点引用者）、父の前に裸で立つことにした、という。傍点の語の示すように、この一行において「神の存在」は、「決意」の容易ならざることを測る物差しとされている点を、見逃すべきではあるまい。そこに眼を留めると、「告白」の「決意」は、滅びへの道に立たされた葉蔵の、〈罰する神〉に対する必死の抵抗と、わたしには読める。あるいは「あの懐しくおそろしい存在」に還ることによって、おのれの生きる道を拓こうとする試みであったとも言えよう。父に死なれて「まるで張合ひが抜けました」と手記は告げるけれども、父とのかかわりを想うゆえの「苦悩の壺」の重みを抱える「張合い」が、実は、葉蔵にそうした動きを促す力であったのだ、と思う。
しかし、事はなるべきようにはこんで、試みは虚しく終わり、「人間、失格」となった大庭葉蔵は、三個の手記を書き遺さなければならない。それが、彼のもって生れた宿命であった。ちなみに、葉蔵の上に宿命が《成《な》し遂《と》げられた》[*29]ために、作品『人間失格』の世に在ることを想えば、わたしが手記の読者たり得たのも、神のはからいと看做されるだろう。

大庭葉蔵は、考えてみると、「生涯」にみたび〈自画像〉を描く試みをした訳である。中学入学後の、いまは失われた、画筆によるそれと、二十四歳の折の父に宛てた「自分の実情一さい」を「告白する」手紙と、二十七歳の「ことし」に綴った手記と。その事実と、死のうとして死ねなかった体験のやはりみたびであることとが重なって、わたしの興味をひく。しかも手記は、ともにマダムの許に送られた「三葉」の写真に対応するように、「三冊のノートブック」に分けて記されている、という。あの「陰惨な絵」の描かれた時点は、残念ながらいつと特定できない。しかし、仮定に立っての推論は慎まねばならぬと承知のうえで、あえてそれを中学二年、十五歳のときとみるなら、みたびの〈自画像〉の試みは、いずれも三の倍数の歳のでき事となる。そう云えば、葉蔵が生前の父に思いを致したのも、手記にみる限り三度であったし、その「生涯」に影を濃く落した女性は、幼いシゲ子を加えると六人で、そのうちのシズ子とバーのマダムと薬局の女主人との三人が、窮地に立った葉蔵に好意を示し、ためらわずに受け容れている。[*30]

かくて大庭葉蔵の在り方は、思いのほか〈三〉という数と深いかかわりをもつ。どうしてそうなのだろう？　罰せられ、滅びゆくほかはないもの、それゆえ不吉な、いまわしい存在である葉蔵が、「〈走る〉ものの物語」の章で触れたように本来凶の数ではない〈三〉と結びつくのは、いささか解しがたい事態だが、視点を変えて、大庭葉蔵とはそもそも、〈罰する神〉と〈故郷の父〉と、そして〈女性（たち）〉三者のはざまに生きるべく、作者太宰治に命ぜられた人物であったところに注目すれば、語りの仕組みの側面から、その「生涯」の謎もとけるはずである。

注　(1)

＊1　『知性』一九四一年一月。
＊2　この点については本書8章で詳細な検討を試みた。
＊3　文藝春秋社　一九二七年一二月。
＊4　「二十世紀旗手」（『改造』一九三七・一）のエピグラフ。
＊5　「二十世紀旗手」の〈壱唱〉末尾の言葉。
＊6　葉蔵に「罪と罰。ドストイエフスキイ」（第三の手記）を想起させる作者には、やはりドストエフスキーの『白痴』の主人公ムイシキン公爵に〈似た〉の意が、ひそかに想いうかべられていたのではないか。ちなみに竹一は、「刺青」（谷崎潤一郎）の表現を借りるなら、「『愚』と云ふ貴い徳」の持主でもある。
＊7　『中央公論』一九四〇年二月。
＊8　小学館『国語大辞典』。
＊9　「傳道之書」（『聖書　新共同訳』では「コヘレトの言葉」）第一章二節。引用は『舊新約聖書』（米国聖

書協会）に據る。

(2)

＊10　筑摩書房　一九九〇年一〇月。なお「『人間失格』と大庭葉蔵」における作品のテクストは、本書所収のものを使用した。

＊11　山内祥史編「年譜」（『太宰治全集』別巻所収、筑摩書房　一九九二・四刊）。

＊12　『文藝』一九四八年一〇月。

＊13　『日本浪曼派』一九三五年五月。

＊14　花輪光＋和泉涼一訳、書肆風の薔薇　一九八五年九月。

(3)

＊15　『文学界』一九四一年一月。

＊16　手記の最後に「自分はことし、二十七になります」とあるが、太宰治の作品では登場人物の年齢が数え年で示されていることを、考慮した。ただしこの一行の記された時点が、大庭葉蔵の誕生日（不明）以前であるなら、「二十五年」とするべきだろう。

＊17　当時東京には、官立（国立）三、公立一、私立三計七校の旧制高等学校があった。葉蔵の入学したのがそのどれであるかは、わからない。

＊18　葉蔵は、ツネ子と過ごしたその「一夜は、自分にとつて、幸福な（こんな大それた言葉を、なんの躊躇も無く、肯定して使用する事は、自分のこの全手記に於いて、再び無いつもりです）解放せられた夜でした」と記す。とくに括弧内の注記が読者の眼をひく。

＊19　石川啄木の歌集『一握の砂』から、〈友《とも》がみなわれよりえらく見《み》ゆる日《ひ》よ花《はな》を買《か》ひ来《き》て妻《つま》としたしむ〉

の後半を、借りた。

＊20　(1)参照。なお(1)は、「日本の近代文学と〈地獄〉のイメジ――大庭葉蔵（『人間失格』）を軸に――」と題して、『キリスト教文学研究』一七号（日本キリスト教文学会、二〇〇〇・五）に掲げた論考の、三八ページから四四ページ上段七行目までの部分に当る。

＊21　前注におなじ。

＊22　テクストの三〇四ページに、生家での食事のとき「末つ子の自分は、もちろん一ばん下の座でした……」とある。

＊23　「渡り鳥」（『群像』一九四八・四）にエピグラフとして掲げられた「ダンテ・アリギエリ」の詩句を、借りた。「自画像」に関する葉蔵のコメントの一節、「おもては陽気に笑ひ、また人を笑せてゐるけれども、実は、こんな陰鬱な心を自分は持つてゐるのだ」は、それを踏まえた言辞と思われるからである。「渡り鳥」は、『人間失格』の着手に先立って、一九四八（昭23）年の「二月中旬頃に執筆、脱稿した」と推定されている（『太宰治全集9』の「解題」参照）。なお「桜桃」（『世界』一九四八・五）の〈私〉も、「私は家庭に在つては、いつも冗談を言つてゐる。それこそ「心には悩みわづらふ」事の多いゆゑに、「おもてには快楽《けらく》」をよそはざるを得ない、とでも言はうか。いや、家庭に在る時ばかりでなく、私は人に接する時でも、心がどんなにつらくても、からだがどんなに苦しくても、ほとんど必死で、楽しい雰囲気を創る事に努力する」と、記している。

(4)

＊24＊25　＊20におなじ。

＊26　「催眠剤」一箱分を「一気に」のんで二度目の自殺を試みたとき、「三昼夜」の昏睡状態からようやく意識を取り戻した葉蔵の耳に聞こえたヒラメのセリフに、「このまへも、年の暮の事でしてね、お互ひもう、

目が廻るくらゐいそがしいのに、いつも、年の暮をねらつて、こんな事をやられたひには、こつちの命がたまらない」とある。葉蔵の容態を一緒に見守っているバーのマダムに向けられたこのセリフは、しかし事態を正確にとらえていない。ツネ子との心中事件は「十一月の末」（テクスト三四七ページ）のある日のことであって、年の暮ではない。にもかかわらず「このまへも、年の暮……」と口にするのは、その場のヒラメが、自分に面倒をかける葉蔵に強い憤懣を抱いているためである。

*27　問いかける葉蔵に神が応えない情況は、わたしの想いを『沈黙』（遠藤周作）のロドリゴの場合へ、導く。二人の比較を試みるのは、無益なわざではないと思われるが、どうか。

*28　テクスト三三七ページに、「父は、桜木町の別荘では、来客やら外出やら、同じ家にゐても、三日も四日も自分と顔を合せる事が無いほどでしたが、しかし、どうにも、父がけむつたく、おそろしく、この家を出て、どこか下宿でも、と考へながらもそれを言ひ出せずにゐた矢先に、父がその家を売払ふつもりらしいといふ事を別荘番の老爺から聞きました」という一節がある。本文の年譜で推定したように、「別荘」が廃されたのは葉蔵の高等学校二年夏頃とみられるから、「父に近づき難い人間を強く感じた」のは、その少し前と思われる。

*29　「ヨハネによる福音書」十九章三十節にある、地上の生涯の最後に、イエスが遺した言葉を借りた。ただし『聖書　口語訳』（日本聖書協会）の『新約聖書』（一九五四年改訳）では《すべてが終《おわ》った》となっているので、予定の成就の意を伝える『聖書　新共同訳』（日本聖書協会、一九八七年）の訳、《イエスは、このぶどう酒《しゅ》を受《う》けると、「成《な》し遂《と》げられた」と言《い》い、頭《あたま》を垂《た》れて息《いき》を引《ひ》き取《と》られた》に、したがった。

*30　もう一人、「海辺の温泉地」で保養生活を送る葉蔵の身の廻りの世話をする、「六十に近いひどい赤毛の醜い女中」がいるけれども、このテツは本文に記した「女性」の範疇には入らない、とみて、除く。

12

応《こた》えられた物語

——「桜桃」の謎——

はじめに

「桜桃」[*1]は〈私〉がみずからの体験を伝える物語だが、そのなかばを過ぎたところにある次の一節が、わたしの注意をひく。「はつきり言はう。くどくどと、あちこち持つてまはつた書き方をしたが、実はこの小説、夫婦喧嘩の小説なのである」。語り手＝主人公が自分の登場する作品の作者を名乗るのは、めずらしい。だから眼につくわけだが、〈私〉が「この小説」すなわち「桜桃」の作者であるとすれば、その題をつけたのも〈私〉ということになる。したがって題に続くエピグラフの一行、「われ、山にむかひて、目を挙ぐ」を、出典の注記のごとく、旧約聖書のなかから選びだして、そこに掲げたものもまたほかならぬ〈私〉——であるのだろう。「桜桃」の作者は、聖書の世界に少なからぬ関心を抱く人物、と見受けられる。だから物語のなかでも、「涙の谷」の語がずしりと胸にこたえたのだと思う。[*2]その〈私〉は、林檎《りんご》・葡萄《ぶどう》・無花果《いちじく》・柘榴《ざくろ》などとは違って、桜桃は聖書の果実ではないことを、識っていたに違いない。

それにしても、「夫婦喧嘩の小説」がどうして「桜桃」と題されたのか。題とする以上、〈私〉は桜桃にかかわって、何か忘れられぬ体験をしたはずだが、いったいそれはどういうことなのだろう?

「桜桃」はこれまで、行きつけの飲屋での〈私〉のセリフ、「陰《いん》にこもつてやりきれねえんだ。

飲まう」にみられるような、陰湿な夫婦喧嘩の示す暗いイメジと、桜桃そのものの色彩と光沢のもたらす明るさとの折り合いがつけがたい、との理由で、矛盾分裂を抱えた作と評されてきた、という。しかし、〈私〉の伝える物語情況を、そのようにかた付けて済ますわけにはいかない。評者によっては矛盾分裂としかみることのできない、それほど鮮烈な、桜桃出現による場面の転換――そこにこそ、この短篇の成立した所以を解き明かす鍵が、逆に求められるのではなかろうか。そして「夫婦喧嘩の小説」が「桜桃」である理由も、ともに見いだされるのではないか。読者は、物語のはこびに即して、「桜桃」の含むこの謎にせまらなければならない。

のみならずエピグラフの一行がある。「詩篇、第百二十一」と出典の示される、「都《みやこ》まうでの歌《うた》」の第一節、《われ山《やま》にむかひて目《め》をあぐ、わが扶助《たすけ》はいづこよりきたるや》の前半。すると後半の掲げられないことは物語のはこびとのかかわりにおいていかなる意味をもつのか――もまた、一篇の読者の解くべき課題となるだろう。それを加えて、「桜桃」の不思議はいよいよ深い。

1 〈私〉と「桜桃」

「桜桃」は一九四八（昭23）年五月の『世界』に発表されたのち、同年七月二五日実業之日本社発行の作品集『桜桃』に、「斜陽」と『人間失格』とのあいだに発表された他の短篇すべてとともに収録、刊行された。発行の時点から考えて、編纂には著者の意向が反映していると思われる

『桜桃』において、「おさん」[*3]から「家庭の幸福」[*4]までの九篇は執筆順に並べられているけれども、「桜桃」だけはその序列をはずれて、最後に置かれているのが、注意される。作品集の題が『桜桃』である点とあわせて、それは、「桜桃」が著者にとって重要な意味をもつ作品にほかならなかったことを、読者に告げているだろう。

ただ、この短篇の太宰治における成立の時点については、問題がある。全集第九巻[*5]の「解題」（山内祥史）によると、「「桜桃」十五枚は、昭和二十二年十二月の、おそらく下旬に執筆され、十二月末日までに脱稿したと推測され」るが、作中の記述、妻の「妹は重態」の據りどころと見なされる、太宰の義妹石原愛子の病状が、「昭和二十三年二月頃にのみ「妹は重態」であったとすれば」、執筆は「二月下旬であった可能性が強くなる」という。「解題」は、関係資料ならびに作者の身体状況などを細かく検討したうえで、年末説に傾く。したがうべき「推測」だと思うけれども、そうと言い切れぬ含みを、なおのこす。「桜桃」と「人間失格」とのかかわりが気になるわたしは、「桜桃」の作品集に占める位置と、その執筆の時点が一九四八年「二月下旬であった可能性」とを、軽々に見すごすことはできない。

それなら、「この小説」の作者の〈私〉は、「桜桃」をいつ書いたことになるのか。

「夏」のある日の宵から夜にかけての数刻の出来ごとを伝える〈私〉、「もともと、あまりたくさん書ける小説家では無い」とみずから認めるこの人物は、家庭に在っては「夫」であり、三児の「父」でもあって、「長女は七歳、長男は四歳、次女は一歳」（傍点引用者）になるのだが、その次女について「ことしの春に生れた」（傍点同）と〈私〉の記すところに、読者は眼を留めなければならない。傍点の「ことし」を意識すると、〈私〉の「桜桃」執筆は、どれほど遅くとも、次女の生れた「春」と、したがって妻との間に気まずい空気の流れた「夏」の一日とも、おなじ年のうちのことであった、と解されるだろう。ついでに、「ことし」生れた子供を「一歳」とするのだから、「桜桃」の人物たちの年齢が数え年とわかることを、附記しておく。設定を意図的なものと読者に思わせる気配は、物語のどこにも見られない。当然のように数え年となっていて、少くとも「桜桃」の〈私〉にはその数え方が自然であったのを、示している。〈私〉のみならず太宰治の次元でも、事情に変りはあるまい。*6

「桜桃」を読むと、書く〈私〉の、書かれるべき〈私〉に対してつとめて距離をおこうとする姿勢を、うかがうことができる。作者の〈私〉は「桜桃」においてみずからを、「私」と呼ぶのとほぼ同じ頻度で、「父」と呼んでいる点が、注意されていい。また、回数は少ないが、自身を「夫」とも記している。「桜桃」に〈私〉は次のように書く、――「父はタオルでやたらに顔の汗を拭き、／「めし食つて大汗かくもげびた事、と柳多留にあつたけれども、どうも、こんなに子供たちがうるさくては、いかにお上品なお父さんと雖も、汗が流れる」／と、ひとりぶつぶつ不平を言ひ出す」、「子供が三人。父は家事には全然、無能である。蒲団さへ自分で上げない。さうして、ただもう馬鹿げた冗談ばかり言つてゐる。配給だの、登録だの、そんな事は何も知らない」、「母も精一ぱいの努力で生きてゐるのだらうが、父もまた、一生懸命であつた。もともと、あまりたくさん書ける小説家では無いのである。極端な小心者なのである」、「妻のはうはとにかく、夫のはうは、たたけばたたくほど、いくらでもホコリの出さうな男なのである」など、あたかも、第三者の視点に立っておのれを観ているかのごとき書き振りが、あちこちに眼だつ。とくに「仕事部屋にお弁当を持つて出かけて、それつきり一週間も御帰宅にならない事もある。仕事、仕事、といつも騒いでゐるけれども、一日に二、三枚くらゐしかお出来にならないやうである」という個所など、自己対象化がきわめて著しい。

とはいえ、そういう〈私〉の姿勢に、無理があるとは感じられない。冷たく突き放すのでも、苦笑を浮かべながら強いておのれを戯画化するのでもなく、「夏」のある日の数刻の経過を自己の眼の前に再現し、おち着いてそのときの情況を筆にする作者〈私〉のイメジを、「桜桃」の空間の背後に指摘できるようである。じりじりと情況に押されて、「生きるといふ事は、たいへんな事だ。あちこちから鎖がからまつてゐて、少しでも動くと、血が噴き出す」と感じるほど暗澹たる心境に立ちいたった、そのすぐあとに、突然光明が現われて、事態は反転する——という、まことに劇的な、それゆえ忘れられない体験を、確実に文字に刻むためには、〈私〉としてはやはり、体験のあと筆を執るまでにしばらく間《ま》をおく必要があったに違いない、と思う。感じやすく、気が弱い人物、「極端な小心者」とみずからも認める、不器用な「小説家」の〈私〉を意識したとき、さらにその思いは深い。

すると、先ほどの次女の生まれた「春」、出来ごとの体験された「夏」という、物語の季節のめぐりに合わせて、〈私〉の「桜桃」執筆は、「ことし」の〈秋〉となるだろうか。九月下旬から十一月中旬にいたるあいだのいつか、あるいはいま少しあとにズレて、十二月のことである可能性もなくはない。もし十二月であるなら、作品成立の時点が一九四七（昭22）年の「十二月の、おそらく下旬」「十二月末日まで脱稿」と「推測」される情況に照らして、物語の「ことし」も一九四七年と見なされるゆえ、〈私〉が「この小説」を「くどくどと、あちこち持つてまはつた書き方」で書いたのは、時期的に太宰治の「桜桃」執筆とかさなることになる点が、興味深い。のみならず、「桜桃」の次の一節、「私は、悲しい時に、かへつて軽い楽しい物語の創造に努力する。自分では、もつとも、おいしい奉仕のつもりでゐるのだが、人はそれに気づかず、太宰といふ作家も、このごろは軽薄である、面白さだけで読者を釣る、すこぶる安易、と私をさげすむ」（傍点引用者）も、読者の想いを刺激するはずだ。

しかし、だからといって、〈私〉を太宰治とするつもりが、わたしにあるわけではない。なるほど、〈私〉とひとしく、太宰治も三児の父であって、長女（一九四一生まれ）と長男（一九四四生まれ）は物語の時点で数え年七歳と四歳になり、次女は一九四七年三月十日に生まれている。しかも「三鷹の家で、茶の間にしてゐましたのは、三畳間で、それにタンス二つと茶ぶ台が置いてあり、幼い子供が三人もまつはりついて、夏には西陽がさしこむ」と、「美智子夫人の手記」にあるという。[*7] 自宅のほかに「仕事部屋」をもち、原稿を書きに出掛けていたのも、〈私〉と変らない。そのように太宰身辺の事実がとりいれられているにもかかわらず、〈私〉はやはり〈私〉

であって、太宰治とは別個の人格なのだと思う。〈私〉の「桜桃」執筆は、一九四七年十二月の〈可能性〉はあるにしても、それと特定することはできないし、「太宰」を名乗る「小説家」は、「桜桃」に限らず、太宰治の短篇の多くに登場し、変幻自在の活動を示して、それぞれ独自の物語の主人公となっている情況[*8]は、よく知られたところであろう。「桜桃」は、作者〈私〉の〈私小説〉ではあっても、太宰治のそれではない。同時期の「美男子と煙草」[*9]の〈私〉も「太宰」姓の「小心者」だが、難局に立たされると「かへつて反射的に相手に立向ふ性癖を持つてゐる」点で、思いを内に屈折させて「黙し」てしまい、その場からそっと逃げだす「桜桃」の〈私〉とは、違うことを確認しておく。

なお、「桜桃」本文の異同に気になる個所があるので、挙げておこう。物語の最終場面、全集のテクストでいえば二三三ページの「父が持つて帰つたら、よろこぶだらう」（二行目）の一文と、「食べては種を吐き」の三度のくり返し（四〜五行目）がそれで、ともに原稿・初出のそのカタチが、『桜桃』所収では、前者は削除、後者は二度に訂されている、という。[*10]どちらも物語情況に変化をもたらす異同であって、見逃しがたい。事態の詳細はあとで最終場面を検討するときに、あらためて触れることにして、いまは、原稿・初出にしたがう全集テクストに據るのと、初版本に據るのとでは、「桜桃」のヨミに大きな違いが生じることを断わるにとどめたい。初版の本文からは、「夫婦喧嘩の小説」がなぜ「桜桃」であるのかは読みとれない、と思う。

2 「父と母」

「桜桃」における物語のはこび、というより〈私〉の「小説」のプロットは、どうなのか。それは、単純にみえて、意外と単純ではないように、わたしの眼にうつる。

すべての記述のなかから、最も鮮やかに浮かびあがるのは、物語の終わりに近く、題に掲げられながら、容易に「桜桃」の空間に姿を見せぬものの出現——を告げる、「桜桃が出た」であるだろう。人によって受けとめ方は異なるかもしれないが、少くともわたしはそのように読む。いつ、どこで現われるかというひそかな期待を、ようやくにして満たす、待たれた一文といっていいそれが、読者の眼をとらえるのは、当然のなりゆきだと思う。とはいえ、わたしが注目するのには、いまひとつ別の理由がある。「桜桃が出た」を境として、前後する物語情況には、著しい差違が認められる。だからこそ、わたしにとって、この一文は印象的なのである。

のみならず、そのすぐ前に、「子供より親が大事、と思ひたい。子供よりも、その親のはうが弱いのだ」の一行がおかれていることも、わたしの注意をうながす。なぜなら、これは、「桜桃」のはじまり、「子供より親が大事、と思ひたい。子供のために、などと古風な道学者みたいな事を殊勝らしく考へてみても、何、子供よりも、その親のはうが弱いのだ」を、ほぼそのまままくり返して、物語のはこびのうえでその一節と対応する一行にほかならないからである。日ごろから胸底にわだかまる「子供より親が大事」との思いを、あらためて意識しながらおのれの体験を記す〈私〉が、その思いを明かすところから「桜桃」をはじめるはこびは、理解できるが、いま一度のくり返し、物語情況からいって、他の個所に示されてもおかしくはない一行を、〈桜桃〉の出現を記す直前にさし挟むのは、偶然のなりゆきとは思われない。そうすることで、夏の夕べの食卓に端を発した「夫婦喧嘩」のプロセスを具体的にたどる記述は、首尾を整えたひとつの、しかし「桜桃」ならざる物語としてのまとまりを、もつ。わたしはそこに、〈私〉の「桜桃」の作者である標識《しるし》を、見いだすのである。

「桜桃」はたんなる自己告白の「小説」とは違う。これは、みずからの体験の真相をより瞭《あき》らかに示すように語りの工夫が施された、紛れもない〈私〉の創作なのだ。夫婦喧嘩の話にひとまずけりをつけるのは、情況の急転をきわ立たせるための操作にほかならない。ひとつの事がらが終わったと思ったすぐあとに何かが起こると、ちょっとしたことでも、大きく心に響く。そういう心理のメカニズムを、〈私〉は記述のうえに応用したに違いない。思わくどおり、続くわずか五文字の一文は、ただちに読者の眼をうばい、彼の裡に拡がる。しかもその「桜桃が出た」は、前後するパラグラフから独立した一行として、提示されている点も、見逃せない。物語の盤面にぴしりと打たれた要《かなめ》の石といった趣きをもつ、短く重い一行——それゆえはっとした読者は、以下の新たな局面におのずから思いを寄せて、なりゆきをみつめるとともに、物語が「桜桃」と題される所以を、それぞれに読み解くことになるはずである。〈私〉のもくろみは功を奏したといっていい。ではわたしはどう読み解くかが問われるところだが、その点はしばらく措《お》いて、「桜桃」に転ずるまでの夫婦喧嘩の記述が伝える情況を、さきに辿ることにしよう。

いきなり「子供より親が大事」という、世間の常識とは逆の思いを提示するところから書きだしたために、ひとの思わくを気にするかのように、「まさか、自分が老人になつてから、子供に助けられ、世話にならうなどといふ図々しい虫のよい下心は、まつたく持ち合せてはゐないけれども」と、弁解じみた言辞をつけ加えながら、わが家の子供たち、幼いが「既にそれぞれ、両親を圧倒しかけてゐる」三人と、彼らにふり回される「父と母」の姿を、〈私〉はまず紹介する。書かでものことを書くのは、「小心者」で、いつも「公衆」を意識して「へどもどしながら書いてゐる」ためだろう。もっとも、〈私〉にすればそう見られることは、はじめから織り込み済みであったのかもしれない。

紹介のあとに「夏、家族全部三畳に集り、大にぎやか、大混雑の夕食をしたため」る情景が続いて、物語は具体的に動き始めるわけだが、大人二人と七歳・四歳・一歳の子供たちが三畳ひと間に一緒にいれば、なるほどにぎやか過ぎて暑苦しいはずである。父なる〈私〉が「ひとりぶつぶつ不平を言ひ出す」のに、無理はないとも思われる。だが、この場面では、〈私〉のかたわらに在る妻の姿勢の方が、より強くわたしの注意を促す。なぜなら物語空間に姿を現わすそのイメジは、最初からはっきりと〈母〉であるからにほかならない。彼女は、何よりもまず次女に授乳する母、また上の「子供たちのこぼしたものを拭くやら、拾ふやら、鼻をかんでやるやら」と、細かに面倒をみる母であって、しかも「お父さんは、お鼻に一ばん汗をおかきになるやうね。いつも、せはしくお鼻を拭いていらつしやる」「お上品なお父さんですこと」（傍点ともに引用者）と口にするように、普段から〈私〉に対して、母の立場にたつものの態度を崩さない。妻としてなら、夫を「お父さん」と呼ぶことはまずあるまい。〈私〉が「さうして、お父さんと長女と長男のお給仕をするやら……」（傍点引用者）と書くのは、相手のそういう態度が心に沁みこんでいるためだと思う。傍点の語は「父」でもなんら差し支えないはずだ。

のみならず、家族の食事の世話に「八面六臂のすさまじい働き」をしながら、〈私〉の不平の鉾先をやんわりと受け流して、話題を転じ、〈私〉の「苦笑」を誘いだす〈懐《ふところ》の深さ〉も、注目されてよい。二人のあいだが気まずくなっても、慌てず騒がず事態に対処する落ち着きと忍耐心を備え、必要なら諦念を働かし、打開の途を講ずる知恵に恵まれたこの母、然るべきときは「いつでも、自分の思つてゐることをハツキリ主張できるひと」と暮して、〈私〉はいつも、到底かなわぬという劣等感を抱くとともに、頭のあがらぬ想いが心底に動くのを、禁じえないのではなかろうか。

なお「桜桃」のはこびにおいて、〈私〉はみずからを「私」（二〇回）とするのとほぼおなじ頻度で、「父」（一九回）と呼ぶのにくらべて、「夫」と呼ぶのはわずか三回しかない。それに応じて配偶者についても、「妻」二回・「女房」二回のほかは、すべて「母」（一六回）でとおしているところが、眼だつ。その点を意識すると、この「夫婦喧嘩の小説」は、実質的には〈父＝私〉

と〈母〉との争いの物語と読まれるべきことになるが、それはそれとして、「桜桃」の空間、少くとも〈私〉の家庭にしっかりと根付く〈母〉なる女性に対して、〈私〉は単純に素直ではありえない。争いに負けるとわかっているのに、いや、だからこそ意地でも負けを認めたくない思いに、支配されてしまう。物語のなかほどに、〈私〉がみずからの心的機構を分析してみせた、次の一段がある。

「私は議論をして、勝つたためしが無い。必ず負けるのである。相手の確信の強さ、自己肯定のすさまじさに圧倒せられるのである。さうして私は沈黙する。しかし、だんだん考へてみると、相手の身勝手に気がつき、ただこつちばかりが悪いのではないのが確信せられて来るのだが、いちど言ひ負けたくせに、またしつこく戦闘開始するのも陰惨だし、それに私には言ひ争ひは殴り合ひと同じくらゐにいつまでも不快な憎しみとして残るので、怒りにふるへながらも笑ひ、沈黙し、それから、いろいろさまざま考へ、ついヤケ酒といふ事になるのである」——所詮は「ヤケ酒」に行き着く、という裏返された劣等感の動き、〈私〉のそれこそ、二人の関係を「喧嘩」に導き、家庭の空気に緊張をもたらす原因なのである。〈私〉がカラッとした気性の男であるなら、事態は深刻にならずに済むわけで、したがって責任は母（妻）にはない、と思う。〈私〉は、「一触即発の危険」をかもし出す可能性が双方にあるとみているようだが、しかし「妻のはうはとにかく、夫のはうは、たたけばたたくほど、いくらでもホコリの出さうな男なのである」ともつけ加えて、悪いのはやはり自分——という思いが心の隅にあるのを、それとなく顕《あら》わしている。

3　〈涙の谷〉の物語

父と母のあいだのドラマは、なにも物語のいまにはじめて生じたのではない。劣等感とヤケ酒とが〈私〉についてまわっている以上、これまでにもときおり見られた情景だったはずで、「夏」の夕食時のそれも、そのひとつの場合にほかならない。ただ問題は、母の口にした「涙の谷」の一語が、この日のドラマの発端であったというところにある。その情況を、「お父さんは、お鼻に一ばん汗をおかきになる……」と母に不平の鉾先をかわされ、苦笑する父の反問「それぢや、お前はどこだ。内股かね？」以下、二人の対話に伝えて、「「私はね」／と母は少しまじめな顔になり、／「この、お乳とお乳のあひだに、……涙の谷、……」／涙の谷。／父は黙して、食事をつづけた」（傍点引用者）と、〈私〉は記す。そこまでが「桜桃」の第一段だが、傍点の個所に眼を留める必要があるだろう。

「涙の谷。」――一語・一文で、しかも独立した一行、あとにある「桜桃が出た」にも似た作中のそのカタチは、父の心裡にこのひとことがいかに重くかつ深く響いたかを、告げている。母は、そういう効果を意識し、父に打撃を与えるべく、「涙の谷」と言ったのではないだろう。ひとえに父の方で、返す言葉を喪い、ただ「黙して、食事をつづけ」るほかはないほど、深刻に、それを受けとめているわけで、だから「涙の谷」を耳にした〈一瞬〉は、衝撃的なトキとして、〈私〉自身の記憶に鮮やかに刻まれたはずである。そのことを、物語のはこびのうえで確認して、読者に注意を促すために、〈私〉は「涙の谷。」と書いたに違いない。周知のように、〈涙の谷〉は聖書の語彙であって、日常の慣用語ではない。「詩篇」第八十四篇「ギテトの琴《こと》にあはせて伶《うたの》長《かみ》にうたはしめたるコラの子《こ》のうた」[*11]（傍線原文）に、《その力《ちから》なんぢにあり、その心《こころ》シオンの大《おほ》路《ぢ》にある者《もの》はさいはひなり　かれらは涙の谷をすぐれども其處《そこ》をおほくの泉《いづみ》あるところとなす》（五〜六節、傍点引用者）とある個所のそれ。おなじく詩篇の一行をエピグラフに掲げた〈私〉は、夏の夕べの〈一瞬〉に、この個所をただちに想起した父であったろう。本論の最初に〝だから物語のなかでも、「涙の谷」の語がずしりと胸にこたえた〟と記した所以である。

　ちなみに〈涙の谷〉は本来、バルサムすなわちバカ（bāḵā）の木のある〈バカの谷〉で、「エルサレムへ上る巡礼者の通路にある水のない土地」を指す、という。[*12]また〈其處〉が〈涙の谷〉と訳されるのは、「この木から樹脂化した樹液がしたたり落ちる（bāḵāh「泣く」）ことに由来するものだろう」とも考えられているが、[*13]聖地を目指してはるばる旅を続けてきた「巡礼者」たちが、この「水のない土地」を過ぎるとき、疲れと渇きで辛い思いを余儀なくされ、〈涙〉したであろうことも、想像に難くない。聖書テクストとしては最も新しい岩波書店版の『詩篇　旧約聖書XI』（松田伊作訳、一九九八年六月刊）では、当該個所が《バーカーの谷底《たにそこ》》となっていて、「「バーカー」（bkʼ）は神殿への途上にある涸れ谷（ワーディ）の名か。「ベケー」（bkh）と読むと

「嘆き」（七十人訳等。エズ一〇1）になる。「バルサムの樹」を意味する（サム下五23）から、これと結び付ける説もある。いずれにせよ、その位置は不詳」という脚注が施されている。

〈涙の谷〉をめぐるそのような聖書的背景まで、〈私〉が理会していたかどうかは、定かでない。母は母で、重荷を負って現世を渡る自身の苦悩のすべてを、聖書の一語に集約し、胸の谷間を指してみせたわけだが、やはりわが身の辛さを「巡礼者」たちの辛さに重ね合わせていたとは、思われない。二人のあいだでは、〈涙の谷〉が詩篇にあることだけで充分であったのだろう。そうではあっても、母の口にした「涙の谷」の語は、すでにみたごとくその直後、およびひき続く展開に四度とくり返されて、「桜桃」の〈私〉に少なからぬ痕跡をのこしたことを、示す。母のそれを含めて都合六度の表記のされ方をみると、括弧づきの「涙の谷」とそうでない場合とが、ちょうど半々であるとわかって、興味深い。それは、この語が、〈私〉にとっては、内部に浸みこんだものであると同時に、外からもたらされたものとして意識されていた、という情況を、物語るのではなかろうか。換言すれば、〈涙の谷〉は、〈私〉自身の受け容れた言葉でありながら、母の言説でも在り続けたのだ、と思う。

それゆえ、〈涙の谷〉が〈私〉＝父の母に抱く劣等感を強く刺激するのも、避けられない。母に言われて「黙し」た父の心裡には、さまざまな思いが渦巻く。その情況を伝える「桜桃」の第二段を、〈私〉は次のような一節から書きだす――「私は家庭に在つては、いつも冗談を言つてゐる。それこそ「心には悩みわづらふ」事の多いゆゑに、「おもてには快楽《けらく》」をよそはざるを得ない、とでも言はうか」。

引かれているのは、微妙に屈折した心情の切なさをうたった、ダンテ・アリギエリの抒情詩「あはれ今」[*14]四連の最後の二行。ただし順序は逆で、原作では「おもてには快楽《けらく》をよそひ、心には悩みわづらふ」となっている。〈私〉は、ダンテのこの詩句に、裏返された劣等感にもとづく自身の欝屈した心情の、恰好のはけ口を見いだしたに違いない。あとに、普通なら他人眼《ひとめ》にはさらさぬはずのおのれの内証を明かす記述が綿々と続くのは、そのためだろう。そこには、世間――たのしませよう、不快《いや》な思いをさせまいとする身を削る「努力」に「気づかず」、逆にこちらに軽蔑の目を向ける人びとに対するひそかな抗議の声、「人間が、人間に奉仕をするといふのは、悪い事であらうか。もつたいぶつて、なかなか笑はぬといふのは、善い事であらうか」も、聞こえるが、主な話題はやはり、「家庭に在る」〈私〉の在り様、〈家族と私〉にかかわるその思いにほかならない。

では、「黙した」父＝〈私〉の裡を、駆けめぐるものは、なにか。秩序が整い、平和で明るく見えるけれども、「それは外見。母が胸をあけると、涙の谷、父の寝汗も、いよいよひどく、夫婦は互ひに相手の苦痛を知つてゐるのだが、それに、さはらないやうに努めて、父が冗談を言へば、母も笑ふ」（傍点引用者）という家庭情況が問題で、「夫婦」間の水面下の緊張を用意するのは、子供たち、とりわけ「痩せこけてゐて、まだ立てない」、知的障害をもつ長男の存在であること、また、生活者として無能力な〈私〉自身であること。その重荷と負い目とに〈悩みわづらふ〉心をひそめる〈私〉は、母の辛さがよく解るゆえに、なんとかしてやりたい、しなければならぬと、懸命に思う。けれども、母と較べて、どうにかする意力が自分には欠けていることを、逆に意識させられ、苦悩はさらに増す……みずからがそのように伝える情況に、〈私〉は、父の抱える〈涙の谷〉を見ていたに違いない。

だから「母も精一ぱいの努力で生きてゐるのだらうが、父もまた、一生懸命であつた」（傍点引用者）と記すのだし、父の〈涙の谷〉はすなわち〈私〉自身のものにほかならないから、「「涙の谷」／さう言はれて、夫は、ひがんだ。しかし、言ひ争ひは好まない。沈黙した」（傍点同じ）と書くことにもなる。この個所の〈涙の谷〉が、母＝妻の口にした言葉として〈私〉の外にあるのを示す括弧付きである点に、そして「夫は」とあって、〈私〉の裡に、自身を母＝妻と対置しようとする思いの働く様子がうかがえる点に、注意しておきたい。そのあとに続く「お前はおれに、いくぶんあてつける気持で、さう言つたのだらうが、しかし、泣いてゐるのはお前だけでない。おれだつて、お前に負けず、子供の事は考へてゐる。自分の家庭は大事だと思つてゐる。子供が夜中に、へんな咳一つしても、きつと眼がさめて、たまらない気持になる。もう少し、ましな家に引越して、お前や子供たちをよろこばせてあげたくてならぬが、しかし、おれには、どうしてもそこまで手が廻らないのだ。これでもう精一ぱいなのだ。おれだつて、兇暴な魔物ではない。妻子を見殺しにして平然、といふやうな「度胸」を持つてはゐないのだ。配給や登録の事だつて、知らないのではない、知るひまが無いのだ」（傍点原文）という一節、「沈黙した」「夫」の思いをそのままに告げる記述が、「……父は、さう心の中で呟き」と受け留められていることも興味深いが、第二段の示す、〈私〉すなわち夫でも父でもある主人公の内心の動きは、この「おれ」の述懐に焦点を結ぶ、といっていい。

　もしも〈私〉がこのとき、黙り込むのを止めて、声にならぬ〈呟き〉を「ハッキリ」と母に告げていたら、なりゆきは「桜桃」のそれとは大きく異なったはずだ。「夫婦喧嘩」は、激しくはなっても、〈陰にこもる〉ことなく、短く終わって、二人のあいだは却ってすっきりしたものとなったろう。にもかかわらず、自己の思いを明確に表わす勁さを持ち合わせない、性格的に負け犬の〈私〉は、「黙しつづけ」て「気まづさ」をつのらせたあげく、わずかに「「誰か、ひとを雇ひなさい。どうしたつて、さうしなければ、いけない」／と、母の機嫌を損じないやうに、おつかなびつくり、ひとりごとのやうにして呟く」という有様で、事態が好転する兆しはそこにはまだ見られない。あとで〈私〉は、行きつけの飲屋のマダムに「けふは、夫婦喧嘩でね、陰《いん》にこもつてやりきれねえんだ」とぼやくけれども、それは、うじうじした性分に基づく、自業自得の仕儀というべきだろう。〈私〉自身はそのことに気づいているのか、どうか。

　「誰か、ひとを雇ひなさい」、――「ひとりごとみたいに、わづかに主張してみた」〈私〉の言葉は、しかし二人のあいだに多少の波瀾をひき起こす。その情況を、「来てくれるひとが無いんぢやない、ゐてくれるひとが無いんぢやないかな？」（傍点原文）と言われて気色《けしき》ばんだ母のセリフ、「私が、ひとを使ふのが下手だとおつしやるのですか？」に圧倒され、「そんな、……」と絶句したまま「父は、また黙した」——と伝える「桜桃」の第三段は、次に、「今夜は」病気の重い妹を見舞ってやりたいとの「女房」（とそこにはある）の願いを、あえて無視して、「仕事部屋」へ出かけるために家をあとにする〈私〉の動きに触れ、「私は黙つて立つて、六畳間の机の引出しから稿料のはひつてゐる封筒を取り出し、袂につつ込んで、それから原稿用紙と辞典を黒い風呂敷に包み、物体でないみたいに、ふはりと外に出る」（傍点引用者）と記す。傍点の個所が、わたしの関心を刺激する。この一節の意味するところは、何か。

「物体でないみたいに……」は〈軽さ〉の喩であろう。けれども、気になるのは、質と量とかたちを備えた、重さのある個体を意味する「物体」の語が、ここでは〈私〉の在り方に即して使われている点にほかならない。人間は、その肉体において、一個の〈物体〉と見なされるはずだ。したがってこの一節は、〝肉体を持つ存在ではないかのように〟を意味しており、肉体の重みから自己を切り離して、身軽になることを求めた〈私〉の想いが、そこに托されている、と解されるだろう。一節の直前に示された〈私〉の、「生きるといふ事」についての実感が、そうと想わなければとても家をあとにはできない〈私〉の情況を、自身は記さずとも、おのずから明かしている、と思う。わが身は家族・親戚と複雑にからみ合う人間関係の「鎖」に繋がれて、思うように動くとたちまち身体が傷つき、「血が噴き出す」、それが「生きるといふ事」なのだ——との実感が、「ふはりと」家を出ていく〈私〉の心底にひそんでいることを、見逃してはなるまい。

あるいは、「外に出る」〈私〉に一個のエグザイル、すなわちなれ親しんだ環境を、容易には切れぬかかわりを、すべて打ち棄てて、異郷に身を投じる亡命者の面影を、かさねることもできようか。家を出た〈私〉は、ひとり道を歩きながら「自殺の事ばかり考へてゐる」という。しかも〈私〉の足のおもむくところは、予定された「仕事部屋」とは違って、「酒を飲む場所」なのだ、という。鬱屈のあげくヤケ酒にいたる、お決まりのコースをたどるわけだが、それにしても、どうして行く先は、単純に飲屋とされず、「酒を飲む場所」なのだろう？　あまり眼に慣れない、いささか勿体《もったい》ぶったこの呼称は、「桜桃」の物語では、そこが〈私〉にとって特別な意味を持つ「場所」であることを、ひそかに告げているのではなかろうか。家や仕事場と、地続きでありながら、はっきりと区別された「場所」、自己を生活圏から、おのれの意志で追放した〈私〉の逃れ行く先、その意味で〈私〉にとって〈異境〉のニュアンスを含むところとして、「酒を飲む場所」は在ると思われる。——こうして、「自殺の事ばかり考へ」る〈私〉のイメジと「酒を飲む場所」の語とが、主人公の面《おもて》に射すエグザイルの影を、わたしに認めさせるのである。

以上にみつめた〈私〉は、しかしまだ「桜桃」の主人公ではない。「酒を飲む場所」に着いた〈私〉が、店のマダムに挨拶して、「夫婦喧嘩」のことを告げ、「飲まう。今夜は泊るぜ。だんぜん泊る」と強がってみせたところで、作者が情況に〈ひとまずけりをつける〉のを、先にみた。物語がそこで終れば、〈私〉は、〈「涙の谷」の物語〉の主人公として、読者の前に姿を見せていたはずだ。けれどもそうなると、「女房」の・「妻」の、いや何よりも母の胸の〈涙の谷〉のイメジは、いつまでも重く心に遺《のこ》るだろう。だから桜桃が姿を見せて、そこで情況は一転することになる。

4　〈桜桃〉の出現

物語が「桜桃」となる、最後のなりゆきを見てみよう。それは、やはり先に注目した「桜桃が出た」によって開かれるわけだが、わずか五文字のこの一行は、何よりも物語空間そのものの変容を、もたらす。もちろん、〈私〉のいる場所がかわるのではないし、向かい合う「綺麗な縞」柄の着物をきた女性が姿を消すのでもない。にもかかわらず、「桜桃が出た」あとの情況には、「酒を飲む場所」のたたずまいも女性のけはいも、消えている。〈私〉の想いは、眼の前の「大皿に盛られた桜桃」に惹きつけられ、それゆえそこは桜桃が一切を支配する空間と化す——といっていい。そのなかで〈私〉の想いは、次のように動く。

「私の家では、子供たちに、ぜいたくなものを食べさせない。子供たちは、桜桃など、見た事も無いかも知れない。食べさせたら、よろこぶだらう。父が持つて帰つたら、よろこぶだらう。蔓《つる》を糸でつないで、首にかけると、桜桃は、珊瑚の首飾のやうに見えるだらう」（傍線引用者）。

本論1章の終わりですでに注意したように、傍線を施した一文は、原稿・初出にはあって初版にはない。したがって「桜桃」が『桜桃』で読まれると、この一段が告げているのは、すべて「子供たち」をめぐる想い、と解されてしまう。それではしかし、読者に〈私〉の真意は伝わらない。なぜなら、原稿・初出のカタチでみる限り、桜桃の触発する〈私〉の想いは、「子供たち」のことに尽きない、と読めるからだ。傍線の個所で再度彼らの有り様を想い描くその心の動きが、前文とまったく同じ「よろこぶだらう」の語で、くり返し示されているところに、注目したい。そういう表示の仕方は、〈語り〉のうえでひとつの情況の終ったことを示す、と思う。のみならず、このときの〈私〉が「私」ではなく「父」である点も、興味深い。もちろん「よろこぶだらう」三人に対応しての自分を想うためなのだろうが、みずからを「父」とする〈私〉の裡に、同時にその子らの母の姿が想い浮かんでいたとしても、〈涙の谷の物語〉の経過から推して、些かも不思議ではない。〈私〉の想いは、「子供たち」から、さらにいま一人の方へのびていく。

　だから〈私〉にとって、「父が……」は絶対に欠かせぬ一文にほかならず、初版でそれが削られたのは、『桜桃』の編集を担当したものが、自分なりの読みで余計だと判断した結果なのであろうか。もしも太宰治自身がそうしたのなら、かならずその過ちに気づいて、あとで元に戻したはずである。[*15] ちなみに、没後最初の定本版全集第九巻[*16]に収録された「桜桃」の本文、「校訂は原稿に據り、発表雑誌および初版本を参照した」と「後記」にあるそれも、表記は、初出誌を底本とする、わたしの用いたテクストと、変らない。そのことはやはり、「桜桃」が原稿・初出のカタチで読まれなければならぬのを、示しているだろう。

　そのような、本来のカタチにおける「桜桃」の終局、物語のポイントとなる重要な場面に、

〈母〉なる語はたしかにみられない。としても、あれほどこだわり続けた母の姿を、〈私〉がそこに想わなかったとは、考えにくい。「蔓《つる》を糸でつない」だ桜桃の輪、貴重な「珊瑚の首飾」に見立てられるそのイメジは、数えで七・四・当歳の子供たちには似つかわしくあるまい。まだ幼い三人には、食べて無邪気に「よろこぶ」在り様の想像だけで、充分なのだ。桜桃の連珠の鮮かな輝きは、成人の女性、〈母なるひと〉の豊熟にこそ、ふさわしい。それを「首にかけると」、下辺がちょうど母の胸の谷間に懸って、「涙の谷」のうえに映え、《其處《そこ》をおほくの泉《いづみ》あるところ》とするだろう。桜桃の輪が「珊瑚の首飾のやうに見える」情景を想い描く〈私〉の想像の眼は、それにかさねて、苦難の母に救いと慰めのもたらされるさまを、とらえているに違いない。その想いによって、「涙の谷」の語にもとづく自身のわだかまりも融けていく。桜桃の輝きは何よりもまず、「陰にこもつてやりきれねえんだ」という〈私〉の裡を照らして、心を軽くするように働くのである。

「桜桃」の読者はさらに、そういう桜桃が、「出た」のであって、〈出された〉のではないことを、銘記する必要があるだろう。実情は、いうまでもなく飲屋の女性が客へのサービスとして出したものだが、「桜桃」の空間では、何故か実情はいっさい顧みられず、あたかも桜桃が自分の意志で眼前に姿を見せたかのように、示されている。「桜桃が出た」の一文の与える唐突感が、読者にそう思わせるのかもしれない。あるいは〈私〉も同じ印象をもったであろうか。しかし、鳥や獣ならばともかく、果実が意志をもち、みずから動くことは、現実の人間界ではありえまい。桜桃はやはり、何ものかが物語に差しだした、とみるべきだろう。では何ものとは誰なのか。それを問うわたしは、いまの一文にあらためて注目しなければならない。

おのれの思わく、「子供より親が大事」にとらわれた〈私〉の前に、「桜桃が出た」と物語は言う。そのとき飲屋の女性はお愛想をいったはずだが、桜桃の出現とともに、相手の言葉はもはや〈私〉の許には届かない。桜桃は、何の前触れもなく、〈私〉の思惟を超えていきなり「出た」のであって、その点に、わたしは「桜桃」の空間における〈見えざる手〉の働きを、見いだす。それは、エピグラフ、物語に先立って方向を指示するというべき「詩篇」の一行と照応して、「桜桃」の背後から《エホバ》＝《主》[*17]すなわち神が、〈涙の谷の物語〉のゆくえをじっと観まもっていることを、証《あかし》するのだと思われる。それにしても、物語のいまは暑い「夏」で、桜桃は季節の菓物というわけではない。また冒頭に触れたように、これは聖書の果実でもない。にもかかわらず、どうして〈桜桃〉なのだろう?

エピグラフ――「われ、山にむかひて、目を挙ぐ」の「山」は、《わが扶助《たすけ》はいづこよりきたるや。わがたすけは天地《あめつち》をつくりたまへるエホバよりきたる》（傍線原文）と続く聖書原典に即して、神の住居《すまい》を指すと解される。[*18]したがってエルサレムへのぼる巡礼者の《われ》は、神の方に眼を向けて、《京《みやこ》まうでの歌》を詠誦する、と見なすことができよう。後世がそこに神への呼びかけの声を聞いたとしても、不思議ではない。〈私〉もその一人として、「桜桃」を書く際に、「詩篇、第百二十一」の冒頭に心を惹かれたはずである。なぜそうであったかといえば、「夏」の一夜の体験を顧みたとき、聖書の《われ》とひとしい心情が、自身の裡にも働いていたのに気づいたからだ、と思う。そして、隠された裡なる呼びかけを〈私〉に気づかせたものこそ、〈私〉のひそかな呼び声にはっきりと応《こた》えた神の動きにほかならない。神は、〈私〉の前に〈桜桃《おうとう》〉を顕現させることによって、まさしくみずからの《応答《おうとう》》を示したのである。[*19] それで、「桜桃」にまつわる謎、姿を現わすのが、なぜ、季節の菓物でも聖書の果実でもない桜桃なのか、「夫婦喧嘩の小説」が、どうして「桜桃」の題をもつのか——は、おのずから解けるだろう。同時に、桜桃出現の意味するところは、〈私〉にはわかっていたから、詩篇第百二十一篇一節の前半だけが、エピグラフに選ばれたという事情も、明らかとなるだろう。神の〈見えざる手〉が差しのばされたことを識るものにとって、《わが扶助《たすけ》はいづこよりきたるや》とかさねて問う必要は、なかったのである。

だが、物語は「桜桃が出た」ところでは終らない。さらに、書信の追伸に似た一節、「しかし、父は、大皿に盛られた桜桃を、極めてまずさうに食べては種を吐き、食べては種を吐き、食べては種を吐き、さうして心の中で虚勢みたいに呟く言葉は、子供よりも親が大事」（傍線引用者）を置く。傍線の繰り返しは、これも先にみたように、初版では二度に訂されたが、全集本（第一次）では元に復されている。やはり原稿・初出のかたちが本来なのだろう。三度の反復はなるほどややくどく感じられる。けれどもそれゆえに、桜桃を、家に「持つて帰」るかわりに、次々と口に運んで「極めてまずさうに食べ」、しかも例のモットー、「子供よりも親が大事」をひそかに口にする「父」の姿が、読者に強く印象づけられるのだ。「父」のその動きはあたかも、直前の自分、家に待つ「子供たち」のよろこびを想い、桜桃の連珠で母の「涙の谷」が美しく飾られるさまを想う〈われ〉に、意趣返しをしているかに見える。〈私〉はそれで、神と自己とのあいだに成り立つ〈呼応〉の関係を、虚妄として、読者の前に排除してみせるのであろうか？　いや、そうではあるまい。

　読者は、「虚勢みたいに」との表示がそこに在ることを、認めるべきだろう。桜桃に頼らず、おのれの思わくを恃《たの》もうとする姿勢は、つまるところわざとする強がりにすぎない。ちなみに助動詞〈みたいだ〉には三とおりの用法があるが、今の場合は「不確かなまま遠まわしに断定する意を表わす」[*20]と受け取るのが、妥当かと思われる。「桜桃」の幕を引くこの「虚勢みたいに」呟かれる「言葉」は、物語ですでに二度、冒頭と〈涙の谷の物語〉の終わりとに繰り返されたそれとは、微妙に異なる。「子供よりも親が大事」（傍点引用者）と「子供より親が大事」——違いは傍点の辞の有無とわずかであるが、「も」の一語の在ることで、最後の最後の呟きの底に、おのれをそのひと言に托そうとする〈私〉の意識の働く情況が、透けて見えるはずだ。それは、桜桃を「まづさうに」口に入れては種を吐きだす動きと裏腹であって、だから「さうして」で結ばれる、「桜桃」最終節の「父」の在り様、つまり〈私〉のふたつの虚勢は、どう見ても、何かを打ち消そうとして「虚勢」を張っている、としか思われない。

　そうだとすると、「桜桃」の幕切れ、追伸に似た一節の意味するところは、いったいなにか。

読者はそこに、桜桃の輝きの〈私〉をとらえた出来ごとは、それを否定する〈私〉の動きそのものによって、逆に紛れもない〈真実〉として「桜桃」の空間に存することが証《あかし》されるのを、見いだすに違いない。桜桃体験を本当に虚妄と認めるなら、なにも、躍起になって打ち消したり、強がってみせたりする必要は、あるまい。食べられ、種を吐きすてられても、桜桃の美しいイメジは、〈私〉の心にいつまでものこるのである。ただそれを素直に受け容れられないところに、なお問われなければならない〈私〉の在り方があるけれども、そうなったのは、日ごろから母への劣等感に圧迫されていた〈私〉の屈折した心情のなせるわざと考えて差しつかえない、と思う。

おわりに

文字どおりおわりに、作者の次元にたって、「桜桃」成立の太宰治における意味を、少したずねておきたい。

「桜桃」の執筆時点は、すでにみたように、一九四七（昭22）年の十二月下旬と「推測」されているが、次の年の二月下旬の可能性もある、という。もしも後者と確定されれば、「桜桃」の成立は、一九四八（昭23）年の「三月七日か三月十日かのいずれか」と目される、「人間失格」起稿の直前のこととなる点が、興味深い。なぜかといえば、「桜桃」を書きあげたから、「人間失格」の執筆に手をつけることができたという因果関係を、太宰治の創作情況に想定できるからである。

「桜桃」と「人間失格」とは、主題において鮮やかに対照するといっていい。〈語り〉のカタチとしては、どちらも――ただし「人間失格」についていま問題にするのは、三つの〈手記〉の部分だが――、主人公がみずからの体験を綴る一人称をとっている。にもかかわらず、桜桃の輝きを通して神の〈応答〉、すなわち救いが、〈私〉にそして母と子供たちにもたらされる次第を告げる「桜桃」とは逆に、「人間失格」の〈手記〉は、幼少時から「人間の営み」がわからず、裡に「世間」への恐怖心を培いつつ成長したひとりの人物が、神の罰を受けて滅亡のトキを迎えるに至る過程を、つぶさに伝えている。「自分は神にさへ、おびえてゐました。神の愛は信ぜられず、神の罰だけを信じてゐるのでした。信仰。それは、ただ神の笞を受けるために、うなだれて審判の台に向ふ事のやうな気がしてゐるのでした」[*21]と、〈手記〉の書き手大庭葉蔵は記す。その「神」の愛（すなわち許し）と罰、主人公たちに与えられる救いと滅び――という二作の主題の際立つ対照が、注目に価するのである。

　太宰治が「人間失格」を書こうと思いたったのは、敗戦後のかなり早い時期であった。一九四六（昭21）年一月二十五日付と四月二十二日付の堤重久あての書簡に、それぞれ、「四月頃から「展望」に戯曲を書く。それから或る季刊雑誌に長編「人間失格」を連載の予定なり」・「いま「未帰還の友に」といふ、三十枚くらゐ見当のものを書いてゐる。（中略）それからまた、「春の枯葉」といふ三幕悲劇も書くつもり。それがすむといよいよ「人間失格」といふ大長編にとりかかるつもり、これだけでもう三十代の仕事、一ぱいといふところです」とある。そのことを指摘しつつ、全集第九巻の「解題」は、「現存の「人間失格」のような作品を執筆しようという意向がかたまってきたのは、昭和二十一年初頭の頃」とみるのである。けれども以降一九四八（昭23）年三月三日付保知勇次郎あてのはがきに「二、三日後には、また熱海にカンヅメになりに行かねばなりません。「展望」の長編に取りかかるのです」と記されるまで、太宰書簡に「人間失格」への言及はみられない。

まさか、せっかくの「意向」を忘れてしまったわけではないだろう。雑誌連載の「予定」がたち、題名も決まっていたのだから、漠としたものではあっても、何をどう書くかについての大まかな構想は、太宰治にあったに違いない。執筆を思いたってから起筆までの二年余り、「人間失格」の成立における〈空白〉。そこには、「予定」された「季刊雑誌」、「解題」によると『創元』[*22]の刊行が、出版社側の予定どおりに進まなかった、という事情も、絡んでいるようだが、それにしても長い。その間に、「冬の花火」「春の枯葉」をはじめ、長篇「斜陽」、短篇「トカトントン」「メリイクリスマス」「ヴィヨンの妻」などを次々と発表した創作力の充実ぶりと、先の書簡に垣間見られる「人間失格」創出にかける意気込みとを想うと、たんなる外的な事情だけで、関心が色褪せ、意欲は萎えたとは、考えられない。具体的には触れなかったにせよ、長い〈空白〉の時間のなかで、「人間失格」をどうにかしたいという気持が、太宰治をとらえたことは、一度ならずあったであろう。

にもかかわらず、着手が意外に延びたのは、掲載誌の問題、他作の執筆での忙しさとともに、

「人間失格」をおいそれとは書きがたい思いが、太宰自身に存したからではないか。神の罰を受けて「人間、失格」に至る大庭葉蔵のなりゆきをきっちりと、しかも彼みずからの〈語り〉を通して提示する営みは、自分にも〈滅亡の民〉を意識するところのあった太宰治にとって、決して気軽にできる作業ではなかったはずである。書きたいとの意欲は強くても、いざ書こうとすると、やはり辛さや痛みがわが身の裡に兆すのを、禁じえなかったろう、と思われる。それでは、〈手記〉の書き手の姿を、「人間失格」の〈はしがき〉と〈あとがき〉を記す作家の〈私〉のように突き放して観ることは、できまい。だからこそ「桜桃」の成立が求められたのだ。〈山〉すなわち神の住居《すまい》に眼を放って、そこから〈応答〉である〈桜桃〉を示された存在、大庭葉蔵とは正反対のなりゆきを体現する〈私〉を、自己の物語世界に活かすことで、落ち着いて自在に、「神の罰だけを信じて」滅びの淵におもむく〈人間失格〉者のイメジを刻みだす仕事にたち向かうことが、太宰治には可能となったのである。それが、先にわたしの想定した創作情況における〈因果関係〉の内実にほかならない。

「桜桃」の成立と「人間失格」の起筆と、そのふたつのトキの連続性についての確証のない点が、いささか気になるけれども、しかし『桜桃』に示された「桜桃」の重みを想えば、太宰治の裡に〈因果関係〉はやはり存したと認めてよいのではなかろうか。

蛇足をひとつつけ加えよう——作品「桜桃」はどこまでも〝おうとう〟と読まれるべきである。

注

＊1　本論における「桜桃」のテクストは、『太宰治全集9』（筑摩書房、一九九〇・一〇　初版第一刷）所収のそれを、使用した。

＊2　聖書正典と認められた諸書の範囲でいう。いわゆる外典（アポクリファ）はこの限りではない。

＊3　『改造』一九四七年一〇月。

＊4　『中央公論』一九四八年八月。執筆は同年の「「二月末頃」と考えておくのが、妥当だと思われる」と、＊1の全集本「解題」（山内祥史）にある。

＊5　＊1に同じ。

＊6　作中人物の年齢を決めるのは、実際は作者だから、「桜桃」も他の作も「数え年」の設定とみてよい。

＊7　＊1の全集本「解題」の紹介にしたがった。

＊8　本書8章で、その情況に触れている。

＊9　『日本小説』一九四八年三月。

＊10　＊1の全集本巻末の「校異」を参照。

＊11　引用は『舊新約聖書』（米国聖書協会発行、一九一四・一初版）に據る。ただし傍点を打つため、〈涙の谷〉のルビを省略した。

＊12　『旧約・新約　聖書大事典』（教文館、一九八九・六）の「バルサムの木」の項参照。

＊13　前注に同じ。

＊14　『新生』中の一篇。他の三篇——「泣けよ戀人」「忌々しき『死』の大君は」「きその日は」とともに、『家庭文藝』創刊号（一九〇七・一）に上田敏が訳出したもの。参考までに「あはれ今」の第四連を掲げておく。「さながら、われは零落の身を恥らひて／貧しさを掩《おほ》はむとするなれの果《はて》、／おもてには快楽《けらく》をよそひ、／心には悩みわづらふ」。引用は『上田敏集　明治文学全集31』（筑摩書房、一九六六・四）所

収に據った。

*15 削除は編集担当者によるものであって、太宰治がそれに気付いたら、『桜桃』において元に戻すことを求めたに違いない。しかしその点を確かめるより先に、死が彼を訪れたのである。

*16 筑摩書房版の第一次『太宰治全集』（一九五五・一〇〜一九五六・九）の第九巻。

*17 *11の『舊新約聖書』では《エホバ》だが、『聖書　口語訳』（日本聖書協会、「旧約聖書」は一九五五年、「新約聖書」は一九五四年の改訳）・『聖書　新共同訳』（日本聖書協会、一九八七）では、ともに《主》と訳出されている。

*18 「旧約聖書」で山が神の住居を指す例は、「イザヤ書」第二章二節にもみられる。《すゑの日《ひ》にエホバの家《いへ》の山《やま》はもろもろの山《やま》のいたゞきに堅《かた》く立《た》ち、もろ〳〵の嶺《みね》よりもたかく擧《あが》り、すべての國《くに》は流《ながれ》のごとく之《これ》につかん》（『舊新約聖書』）

*19 旧かなづかいでは、桜桃は〈あうたう〉、応答は〈おうたふ〉と表記されたが、どちらも〈おうとう〉と読まれてきたはずである。ちなみに「大体、現代語音にもとづいて、現代語をかなで書きあらわす場合の準則を示したもの」（「まえがき」）という「現代かなづかい」は、一九四六（昭21）年十一月十六日付の〈内閣告示〉として、公布された。

*20 『国語大辞典』（小学館）。

*21 *1の全集本所収の「人間失格」に據る。

*22 創元社発行の文芸美術雑誌。小林秀雄・青山二郎・石原龍一の編集で、「本来季刊の予定であった」が、結局、一九四六（昭21）年十二月の創刊号と一九四八（昭23）年十一月の二号のみで終わった、という（講談社『日本近代文学大事典』第五巻の「創元」の項〔吉田凞生執筆〕にしたがう）。

あとがき

ここに二冊目の論集を上梓することができた。前著『谷崎潤一郎――小説の構造』刊行からの歳月を顧みると、どうしても、ようやくにしてという言葉が、口を衝く。その間自分なりに仕事はしてきたつもりだが、さまざまな事がらにあれこれと眼を走らせたために、研究の姿勢が散漫になっていたことは、否めない。もっとひとつの問題に集中し、持続的に論をかさねるべきであった、と思う。

それにしても、行き当たりばったりに時を過ごしたわけではない。日本の近・現代の文学に、物語性の豊かな作品を、キリスト教と深くかかわる作品を、あるいは双方の特質を兼ね備えた作品を求めて、それぞれを読み解く作業を、続けてきたのである。その営みをみずからに課すに当たって、わたしは何よりも、採りあげた対象そのものと直接に向き合うように、心懸けた。およそ作品は作者がいなければ生まれない。けれどもひと度世に出た作品は、一個の完結した生命体として在ることも、確かであろう。この〈事実〉を、わたしは軽く見逃せない。それゆえ、作者に據って作品を問わないことを、換言すれば、自分と論ずべき対象とのあいだに作者を介入させないことを、そうしてまず作品内空間に自身を置いて、そこに何がいかに語られているかをつぶさに観ることを、目指したのである。直接にとはその意味にほかならない。もちろん作者を完全に切り捨てるわけにはいかず、そちらに眼を配る必要も生じるわけだが、それとて作品をとおして作者の在り様をたずねるためではない。

若いころのわたしには、太宰治の作品がにが手であった。読んでいてもどこか作者にはぐらかされているような気がして、〈熱中〉できなかったのである。一九四八年六月のセンセイショナルな彼の死は、わたしの大学二年のときのでき事、それに前後するいわゆる太宰ブームの渦中で、もっぱら作者の姿を気にして、「ヴィヨンの妻」を、「斜陽」を、「人間失格」を——ではなく、太宰治をそこに読もうとしていたわけだ。筑摩書房の最初の全集を揃えたのも、太宰を論ずる人たちにおくれをとるまいと思ったからにほかならない。けれどもひとつひとつの作品をきちんと読み解けずにいて、どうしてその向うに在る作家像を、想いえがくことができるだろう？ そういうわたしを、「魚服記」「思ひ出」以下の諸篇に近づけたものは、あれはたんなる〈物語作家〉にすぎないという負の太宰評価であったところが、おもしろい。それを心に留めたとき、わたしは逆に、そうであるなら太宰治の作品を作者の影から切り離し、自立した〈物語〉としてあつかうことができる、と考え、作中に太宰を名乗る小説家が登場しようと、主人公の境遇がどれほど太宰治に近かろうと、彼らを作中人物と見なして、物語情況の推移をたどることにした。すると以前には気づかなかったさまざまの事柄が見えて、関心をかき立てられ、あらためて『太宰治全集』（第十次、筑摩書房版）を手許におくこととなったのである。全集のテクストに據って、「列車」から「人間失格」にいたる十数篇を読みなおしてきたいま、わたしは太宰治を、日本の近・現代に有数の、すぐれた〈物語作家〉にほかならぬ、と認めている。

本書に収録した十二の論考のうち、「トカトントン」を論じた「ふたつの音」が、最も早い。書肆のもとめに応じて書いたものだが、いま顧みるとこの一文が太宰治の作品を〈物語〉として読む道を拓くきっかけとなった、と思う。しかしなお数年の試行のときを経て、作品に〈聖なるもの〉の影を求める論考を書いてから、年に一、二篇というまことに緩慢なペースながら、太宰治の〈物語〉に向き合って、ようやくここにいたることができた。『人間失格』論と「桜桃」論とが最も新らしい書きおろしだが、論考の配列は、採りあげた作品の成立・発表の順にしたがった。ただし、「桜桃」はわたしにとって深い意味をもつ〈物語〉なので、「応《こた》えられた物語――「桜桃」の謎――」を、最後におくことにした。その〈謎〉を解く作業は、同時に太宰治という作家の〈謎〉を解く試みとなるのではないか、という想いがわたしには在る。ちなみに「〈走る〉ものの物語――「走れメロス」について――」に関しては、初出の際編集上の都合で削除した個所を活かし、全体に多少の手直しをほどこしたこと、『人間失格』と大庭葉蔵」の二・三・四章は、昭和女子大学大学院文学研究科における最終講義（二〇〇一・一・二三）の講義草稿に基づく論考であることを、附け加えておく。

本書の書名について気になることがあるので、お断わりしておかねばならない。先ほど触れたような、諸論考成立の経緯を踏まえて、論集の刊行を思いたった時点でわたしは、書名を『太宰治の〈物語〉』にしようと決めていた。ところがひと足先に、東郷克美氏の『太宰治という物語』

（筑摩書房）が世に出たのである。正直にいって、これは困ったことになったと思った。両者のカタチがあまりに似すぎている、どうしようと思い悩んで、別の書名にしようか、とも考えた。しかし、よく検討してみると、〈太宰治という――〉と〈太宰治の――〉とでは、やはり意味するところは、違う。わたしの場合は、くり返せば太宰治という作家の書き残した作品を、〈物語〉として読むことを目指すのである。そう考え直して、書名は当初の案のままとした。ここに事情を記して、大方の御理解をえたい、と希う。おなじタイトルのもとにみつめてみたい〈物語〉は、太宰作品のなかになお少くない。いくつもの課題が、今後のわたしに約束されているようである。

最後になったが、出版情勢のきびしい折に、本書の刊行について種々の御配慮を頂いた、翰林書房の今井肇・静江御夫妻に、厚く御礼申し上げたい。とともに、新進の太宰文学研究家である大國眞希さんが、索引作成の労を執ってくださったことに、深い感謝の意を表したい。

二〇〇三年九月

遠藤　祐

初出一覧

1　上野発一〇三列車　『太宰治研究』1　和泉書院、一九九四・六

2　「魚服記」「地球図」「燈籠」など――聖なるものの影――
（原題「〈聖なるもの〉の影――太宰治「魚服記」「地球図」「燈籠」など」）――
『聖なるものと想像力』下（山形和美編）彩流社、一九九四・三

3　「地球図」を読む　『学苑』六六三号　昭和女子大学、一九九五・三

4　「俗天使」の〈私〉――なぜ「不機嫌である」か――　『フェリス女学院大学国文学論叢』一九九五・六

5　〈走る〉ものの物語――「走れメロス」について――
『ことばとの解逅』（橋浦兵一編）開文社出版、一九九八・四

6　〈背骨〉のなかでうたうもの――「きりぎりす」を読む――
『宗教と文化』18号　聖心女子大学キリスト教文化研究所　一九九七・三

7　「鷗」と「風の便り」を軸に――聖書と太宰治――
（原題「太宰治と聖書――（一九四〇・四一年を中心に――）
『太宰治研究』7　和泉書院、二〇〇〇・二

8　「誰」――問いかける物語――　『学苑』七二三号　昭和女子大学、二〇〇〇・九

9　ふたつの音――「トカトントン」を読む――　『太宰治』4　洋々社、一九八八・七

10　〈奥さま〉と〈ウメちゃん〉と――「饗応夫人」について――

『宗教と文化』19号　聖心女子大学キリスト教文化研究所　一九九九・三

11　『人間失格』と大庭葉蔵

(1)手記の書き手――葉蔵と〈地獄〉――

＊『キリスト教文学研究』17号（日本キリスト教文学会　二〇〇〇・五）発表の「日本の近代文学と〈地獄〉のイメジ」の三八～四四ページ。

(2)「はしがき」と「あとがき」――作家〈私〉と手記および写真――　＊書きおろし

(3)葉蔵の年譜――一九一二年～一九三八年秋――　＊書きおろし

(4)つけ足す事ども――神と父と女性（たち）のはざま――　＊書きおろし

12　応《こた》えられた物語――「桜桃」の謎――　＊書きおろし

I N D E X

＊表題また章題などにその名が含まれているものは、本文中の最初に出てくる頁のみを採り太字で示した。

【著者略歴】

遠藤　祐（えんどう・ゆう）
1925（大14）年11月　東京に生れる。
1950（昭25）年３月　東京大学文学部国文学科卒業。
岩手大学学芸学部助教授，フェリス女学院大学文学部・聖心女子大学文学部・昭和女子大学大学院各教授を歴任，現在同大学院講師。

主要著作・論文

『新潮日本文学アルバム　有島武郎』（1984，新潮社）
『谷崎潤一郎―小説の構造』（1987，明治書院）
『世界日本キリスト教文学事典』（共編著　1994，教文館）
『長田幹彦全集』全15巻・別巻１（編集と解説　1998，日本図書センター）
『小島政二郎全集』全９巻・補巻３（編集と解説　2002，日本図書センター）
『太宰治文学館』全５巻（編集と解説　2002，日本図書センター）
「賢治童話をどう読むか―『フランドン農学校の豚』を例として―」
（『近代の文学　井上百合子先生記念論集』所収，1993，河出書房）
「《燃えあがる緑の木》三部作の人びと」（1996．12『日本文藝学』33号）
「『深い河』―その物語構造」（『遠藤周作―その文学世界』所収，1997，国研出版）
「旅の物語―『侍』を読む」（『作品論遠藤周作』所収，1999，双文社）
「『雁の童子』と二人の語り手」（2002．11，『学苑』747号，昭和女子大学）
「ひとすじの物語―「よだかの星」はいかにして夜空に生れたか」（2003．２，『学苑』750号，昭和女子大学）

太宰治の〈物語〉

発行日……………………………2003年10月10日・初版第１刷発行

著者……………………………遠藤　祐
発行者…………………………今井　肇
発行所…………………………株式会社翰林書房
〒101-0051
千代田区神田神保町1-14
TEL　03-3294-0588
印刷・製本……………………シナノ印刷株式会社

落丁・乱丁本はお取替えいたします

ISBN4-87737-183-4 C0093